BRIGHTWOOD BRANCH
SPRINGFIELD (MA) CITY LIBRARY

860 398.2 MEJORES   BUB

Las mejores leyendas
 mitol ogicas   ✓

D1769720

LAS MEJORES
LEYENDAS
MITOLÓGICAS

José Repollés

LAS MEJORES
LEYENDAS
MITOLÓGICAS

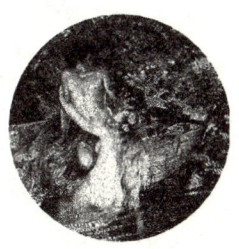

Editorial OPTIMA

© Edición publicada por acuerdo con Ediciones B, S.A.

Ilustración de la cubierta:
Historia de Nastasio degli Onesti, Bandro Botticcelli.
Museu del Prado, Madrid

1ª edición: octubre 1999

Queda rigurosamente prohibida, sin la autorización escrita de los titulares del "Copyright", bajo las sanciones establecidas en las leyes, la reproducción total o parcial de esta obra por cualquier medio o procedimiento, comprendidos la reprografía o el tratamiento informático.

© EDITORIAL OPTIMA, S.L. Rambla Catalunya, 98, 7º, 2ª
08008 Barcelona - Tel. 93 487 00 31 - Fax 93 487 04 93

Diseño cubierta: Víctor Oliva

Printed in Spain - Impreso en España
Impreso y encuadernado por Balmes, S.A.

ISBN: 84-89693-90-0   Depósito legal: B-41.207-99

PERSIA

La creación del mundo

Ormuz, el principio del bien, y Ahrimán, el principio del mal, son los personajes o divinidades más sobresalientes del zoroastrismo, religión que también es conocida por los nombres de *parsismo, mazdeísmo y magismo.*

Según esta creencia, la creación del mundo debió empezar por medio de la emanación.

La primera emanación de lo Eterno fue la luz, de donde salió el rey de la misma, Ormuz, ser sagrado y celestial, el conocimiento y la inteligencia personificados.

Ormuz creó el mundo, del cual es conservador y juez. Ormuz, el primogénito del tiempo sin límites, empezó creando a su imagen y semejanza seis genios o espíritus, que rodean su trono y son sus mensajeros para los espíritus inferiores y los hombres, siendo para los mismos los modelos y ejemplos de pureza y perfección.

La segunda serie de las creaciones de Ormuz fue la de los veintidós espíritus que velan por la inocencia, la felicidad y conservación del mundo: son modelos de virtud y los intérpretes de las plegarias de los hombres.

La tercera hueste de espíritus puros es más numerosa y formada por los «farohars», los pensamientos de Ormuz, o las ideas concebidas por él antes de proceder a la creación de las cosas.

No solamente los «farohars» de los hombres santos y de los infantes inocentes están por encima de Ormuz, sino que éste tiene también su «farohar», o sea la personificación de su sabiduría y de su idea bienhechora, su razón y su verbo.

La triple creación de los espíritus buenos fue la consecuencia necesaria del simultáneo desarrollo del principio del mal.

El hijo segundo del Eterno, Ahrimán, emanó al igual que Ormuz a la luz primitiva y fue puro como él, pero por su ambición y soberbia concibió la pasión de la envidia y, para castigarle, el Ser supremo le condenó a vivir durante doce mil años en la región de las tinieblas, el tiempo suficiente –dice el «Avesta»– para que se libre la batalla y se adjudique el triunfo entre el bien y el mal.

Pero Ahrimán creó a su vez un sinnúmero de espíritus malos, los cuales llenan la tierra de miseria, malestar y pecado. Los malos espíritus son la impureza, la violencia, la codicia y la crueldad; los demonios del frío, del hambre, de la pobreza, de la esterilidad e ignorancia, y el más perezoso de todos, el demonio de la calumnia.

Ormuz, después de un reinado de tres mil años, creó el mundo material o físico en seis etapas o períodos de tiempo (en el mismo orden que en el Génesis), dando existencia primero a la luz terrena (que no debe confundirse con la celestial), al agua, la tierra, las plantas, los animales y al hombre.

Ahrimán asistió a la creación de la tierra y el agua, porque las tinieblas habían invadido estos elementos. Tomó también parte activa en la creación y subsiguiente corrupción y destrucción del hombre, al que Ormuz creó mediante un simple acto de su voluntad y por medio de su palabra.

Además de la semilla de este ser, Ormuz sacó también a la luz de la existencia la primera pareja humana, denominándose Meshia el varón y Meshiana la hembra.

Poco después Ahrimán sedujo a la mujer y luego al varón, llevándolos al mal, haciéndoles comer ciertos frutos. Con lo cual no sólo pervirtió la naturaleza del hombre, sino también la de los animales, tales como los insectos, las serpientes, los lobos, etc., los cuales de innocuos pasaron a ser nocivos, propagando así la corrupción por toda la superficie de la tierra.

En castigo de su iniquidad, Ahrimán y sus perversos espíritus fueron vencidos y arrojados de todas partes, quedando entablada la perpetua lucha, entre el bien y el mal.

Dice Zoroastro que en este rudo combate los hombres justos y prudentes no tienen nada que temer, porque el trabajo es el exterminador del mal, y el hombre bueno obedece siempre al justo juez, cultiva asiduamente la tierra, extrae de la misma buenas cosechas y planta árboles frutales en abundancia.

Transcurridos los doce mil años, cuando la tierra se vea libre de los malos espíritus, aparecerán tres profetas que estarán al lado de los hombres ayudándoles con su poder y su ciencia, devolviendo a la tierra su primitiva belleza, juzgando el bien y el mal y dando a cada uno su merecido.

Y así, los espíritus buenos volarán a la región de los bienes eternos e inmutables, mientras que Ahrimán con todos sus demonios y los hombres que le hayan seguido, serán echados a un mar de metal fundido en estado de liquefacción.

Por último, el bien vencerá al mal, la luz a las tinieblas y con ello llegará el definitivo triunfo de Ormuz.

El origen del fuego

El mundo, acabado de crear, apareció joven y esplendoroso. En lo más alto del cielo se hallaba el sol iluminando brillantemente la tierra, mientras los campos se llenaban de verdor y las aguas se extendían, tranquilas y azules, formando los mares y océanos.

Se oyó un trueno inmenso, como si el cielo crujiera, y en aquel momento el héroe Kaiumur fue elevado al trono de Persia, para ser el primer emperador del mundo.

Kaiumur era hermoso y resplandeciente, y brillaba en su trono de oro y piedras preciosas como el sol brilla sobre las cumbres nevadas. Vivía en la montaña, en un castillo que se alzaba sobre los picos más altos, como queriendo tocar el cielo.

No sólo los hombres, sino también las fieras y las aves del bosque, al verle, acudieron a él de todas partes y se inclinaron ante su trono para rendirle pleitesía.

El emperador Kaiumur tenía un hijo virtuoso y apuesto llamado Siamek, al que adoraba con toda su alma y por el que siempre estaba sufriendo ante el temor de perderlo.

Puede decirse que el reinado de Kaiumur era muy feliz para los pueblos a él sometidos. Sin embargo, el gran emperador tenía un temible enemigo, Ahrimán, señor de los Divs, que conspiraba en la sombra para provocar su ruina porque envidiaba su poderío y su prestigio.

Ahrimán tenía también un hijo, Div, que era la antítesis de Siamek, el hijo de Kaiumur, puesto que tenía la cara de lobo feroz, largos colmillos y garras rapaces. Div se presentó un día ante su padre y le dijo:

—Padre, no puedo vivir sabiendo que Siamek es más hermoso que yo y que a la muerte de su padre me superará en esplendor. Quiero que me facilites un ejército para hacerle la guerra y acabar con el reino de ese rival que me atormenta y al que envidio profundamente.

—Me alegra oírte hablar así, Div –respondió Ahrimán.

E inmediatamente ordenó a sus generales que prepararan el ejército más poderoso que nunca se hubiera visto en el mundo.

Mientras tanto, Kaiumur, ignorante de cuanto se tramaba en su contra, vivía feliz con su amado hijo. Pero Dios no permitió que fuese sorprendido inerme por el malvado Div, y le envió un mensajero, el espíritu Seroshe.

Cierto día, al ponerse el sol, cuando el emperador se preparaba para ir a descansar, se le apareció un fantasma hermoso y deslumbrante como un dios.

—Kaiumur –dijo el espíritu–, no te entregues al ocio y prepara tu defensa. Dispón tu ejército para el combate porque tus enemigos no tardarán en atacarte.

Cuando el fantasma desapareció, el rey corrió a dar la alarma a su hijo y a sus generales. Siamek se irritó profundamente al conocer la noticia. Pero sin perder un instante reunió un poderoso ejército, cubrió su cuerpo con una piel de tigre y tomando la lanza y el escudo corrió al encuentro del malvado Div, sediento de entablar combate.

Mas cuando los dos ejércitos se hallaron frente a frente, el generoso Siamek, conteniendo a duras penas el ímpetu de sus soldados, que querían lanzarse inmediatamente contra sus enemigos, envió un emisario a su rival Div.

—Mi señor, el príncipe Siamek, —dijo el heraldo— me ordena deciros que considera que no es justo que los soldados se maten entre sí, cuando el verdadero odio sólo existe entre él y vos. Que combatan, pues, Siamek y Div, y del resultado de su duelo dependerá el del combate.

El malvado Div aceptó con cruel alegría la noble propuesta, y se presentó en el terreno de la lucha solo y sin arma ninguna. Pero cuando Siamek se adelantó hacia él blandiendo la lanza, Div lanzó un feroz aullido, saltó sobre él, le lanzó por tierra y le desgarró las entrañas con sus agudos colmillos y sus poderosas garras.

Siamek murió, y su ejército, al quedar sin jefe, tuvo que retirarse derrotado sin combatir. El emperador Kaiumur tuvo conocimiento inmediatamente de la muerte de su idolatrado hijo. Y sumergido en su inmenso dolor, sin poder contener la pena y el llanto que le embargaban, creyó que el mundo entero se había vuelto negro y sombrío.

No sólo el abrumado ejército, sino todos los súbditos rodearon enlutados y llorosos el trono real. Y mientras todos proferían, con los ojos relampagueantes de cólera, gritos dolorosos, veían con asombro cómo incluso las fieras y los pájaros acudían de todas las partes del mundo al palacio real, aullando desolados. Mientras tanto, una inmensa nube de polvo se levantó ante el palacio, llegando a oscurecer la luz del sol.

Un año entero estuvieron llorando y gimiendo de dolor, acompañando en su pena al viejo rey. Mas, al cumplirse el aniversario de la muerte del príncipe Siamek, una luz resplandeciente bajó del cielo, y en una nube luminosa apareció el espíritu Seroshe. Sonriente, bendijo a todos y luego dijo al rey Kaiumur:

—El cielo quiere que no llores más. Y te ordena que prepares tu ejército y lo lleves al combate para aniquilar las huestes de Div. Así librarás a la tierra de este malvado y tu alma quedará satisfecha con esta venganza.

Al desaparecer el espíritu Seroshe, el ilustre Kaiumur ordenó preparar un poderoso ejército. Y acto seguido llamó a su nieto Huscheng, hijo del glorioso Siamek, que vivía en el palacio, y le dijo:

—Huscheng, debes vengar a tu padre y hacerte un nombre lleno de gloria. Como yo soy muy viejo y pronto moriré, tú, dentro de poco, subirás al trono, si llevas a tu pueblo a la victoria.

—Venceré a nuestros enemigos –aseguró el joven.

Y deseoso de venganza y excitado por las palabras de su abuelo, Huscheng se dispuso al combate. A la cabeza de su ejército fue al encuentro de Div y los suyos. Iniciada la lucha, Huscheng se lanzó resueltamente contra Div, que huía acobardado, le cortó la cabeza de un tajo y despedazó su cuerpo para que fuera pasto de las fieras.

El enemigo quedó totalmente destruido, y Siamek fue vengado. El anciano Kaiumur pudo morir tranquilo y satisfecho. Poco después, la muerte envolvió al viejo emperador en su manto de sombras y se lo llevó al mundo luminoso de los cielos.

Al morir su abuelo, el justo y valeroso Huscheng subió al trono de Persia como emperador de todos los pueblos de la tierra. Todos sus súbditos lo alababan porque su corazón era recto, y su espíritu estaba lleno de sabiduría y prudencia.

Cierto día, el soberano iba andando por las laderas de una escarpada montaña en compañía de un fiel criado. La noche no tardó en caer, y las tinieblas borraron el camino, velando los horribles precipicios.

Súbitamente, apareció ante ellos una espantosa serpiente, larga y negra como el infierno. Sus ojos, de un resplandor rojizo, semejante a dos fuentes de sangre, brillaban en su enorme cabeza, por cuya boca lanzaba entre repelentes babas un humo fosforescente que se elevaba en nubes espesas y amarillentas.

A la vista de aquel terrible monstruo, el criado empezó a temblar y a gritar, rogando a su señor que retrocediera para ponerse a salvo. Pero el rey Huscheng, impávido, siguió avanzando y diciendo:

—¡No tengas miedo! ¡Ahora verás!

Y arrancando una gran piedra la lanzó contra la serpiente, en cuanto estuvo cerca, con toda la fuerza de su poderoso brazo. Presintiendo el peligro, el monstruo, con un rápido movimiento, se escondió detrás de una roca, al borde de un precipicio.

La piedra lanzada por el monarca fue a estrellarse contra la roca, y en el choque saltó una fuerte chispa que prendió fuego a unas matas cercanas. Este fue el origen del fuego.

Es cierto que la serpiente había escapado a la muerte, pero, en cambio, el fuego había bajado a la tierra como regalo divino para los hombres, brotando de la roca donde estaba oculto.

El emperador Huscheng, al ver aquel milagro, se postró en tierra, adorando a Dios y dándole gracias fervorosamente. Después encendió una gran hoguera en el monte, y ordenó que acudieran todos sus súbditos para admirarla y para honrar al cielo y a su soberano.

A partir de entonces, todos los años, ese mismo día, se celebró durante siglos, en Persia, una fiesta llamada «Sedek», para conmemorar el nacimiento del fuego.

El arte de la escritura

Hace miles de años reinaba en Persia un joven emperador, fuerte y valeroso, que se llamaba Tamuras.

Cierto día, se presentó en el palacio real un anciano, un célebre mago llegado de lejanos países. En su rostro arrugado, sus ojos brillaban como carbones encendidos y tenía una larga barba blanca que le llegaba hasta las rodillas.

Cuando el mago estuvo en presencia del rey de reyes, que ese es el título del emperador de Persia, le dijo:

—Poderosísimo señor: a tu perfección falta todavía una sola ciencia, la magia. Yo vengo de muy lejos y he andado noche y día para instruirte en esa misteriosa ciencia que muy pocos conocen. Si quieres saber por qué hago esto es debido a que he pensado que no es justo que un soberano tan sabio, valeroso y recto, ignore las ciencias ocultas en las que yo soy un maestro.

El emperador Tamuras agradeció al viejo mago sus palabras y luego se encerró con él en la habitación más solitaria de su palacio. Permanecieron allí siete días con sus siete noches, sin permitir que nadie cruzara el umbral de la estancia.

Jamás se supo lo que el mago dijo al joven monarca; para todos siguió siendo un misterio qué palabras y qué artes le enseñó. Pero transcurridos los siete días, el viejo salió del palacio y de la ciudad, llevando al hombro un saco de piedras preciosas como recompensa del emperador Tamuras.

Y mientras el mago se alejaba, el monarca sentía una gran alegría en el corazón. Ahora ya sabía todo lo que era dado saber en la tierra a los hombres; sin duda era muy superior a todos los demás mortales y podría vencer a sus tradicionales enemigos, los terribles Divs, a los que sus antepasados no habían logrado aniquilar.

Se puso en acción inmediatamente. Tras ordenar a sus generales que prepararan un poderoso ejército, se encerró solo en una habitación y acto seguido pronunció unas palabras misteriosas. De repente se hizo invisible.

Entonces se trasladó en un segundo al interior del palacio de Ahrimán, el cruel rey de los Divs, entró en la sala del trono y, acercándose al monarca, pronunció otras palabras mágicas en su oído. En el acto también Ahrimán se hizo invisible, desapareciendo a la vista de los presentes que, temerosos, no comprendían lo que ocurría.

Aunque los demás no lo veían, el joven rey Tamuras agarró al malvado Ahrimán como si fuese un fardo y lo condujo a su reino, volando por los aires.

Una vez estuvo de nuevo en su palacio, se encerró con su prisionero en sus habitaciones, y sin pérdida de tiempo echó en un brasero encendido ramas de áloe y pétalos de rosa. En el acto se elevaron nubes de humo azulado, y el rey Tamuras volvió a pronunciar palabras extrañas.

Aún no había acabado de hablar cuando, de repente, Ahrimán se transformó en un hermoso caballo, negro como el azabache. Al ver el asombro de sus cortesanos, les dijo:

—¿Os gusta este espléndido caballo? Me lo han regalado y quiero que se le cuide de manera especial en mis cuadras, porque desde ahora será mi caballo favorito.

Efectivamente, desde aquel día, se vio salir al rey Tamuras todas las mañanas de palacio, montado en el soberbio caballo negro, para cabalgar por la llanura a galope tendido.

Pasado el plazo dado a sus generales para preparar el ejército, el rey de reyes Tamuras tomó el mando de las tropas y las condujo al país de los Divs, donde en aquel momento reinaba la discordia y el desorden, debido a la ausencia de su jefe.

Los dos hijos de Ahrimán, demasiado jóvenes e inexpertos, intentaban en vano llamarles al orden. Por fin, desolados e impotentes, los dos príncipes pidieron consejo al jefe de los magos del reino. Y éste, tras consultar sus libracos, y después de observar el firmamento y de haber quemado extrañas hierbas, les dijo:

—Queridos príncipes, no hay nada que hacer. Vuestro padre está en poder del rey Tamuras, que le tiene prisionero con sus artes mágicas. No se puede luchar contra el destino. El reino de los Divs debe terminar, al igual que todas las cosas de este mundo.

Sin embargo, los dos jóvenes príncipes no se resignaron con esta respuesta y se situaron al frente de su ejército para combatir al del soberano Tamuras. El enfrentamiento fue terrible, pero al final los dos príncipes fueron hechos prisioneros y sus tropas completamente deshechas.

Al verse ante su vencedor, reducidos a viles esclavos, se inclinaron llorando ante él y le rogaron que les concediera la libertad a ellos y a su padre.

—¡Por favor, rey Tamuras! –le dijeron–. ¡Devuélvenos a nuestro padre! Es ya viejo, y nada tienes que temer de él. Deja que pase en libertad sus últimos días, con el cariño de sus hijos. A cambio de su libertad y de la nuestra te revelaremos un secreto que hará grande e ilustre a Persia a través de los siglos. Haz lo que te pedimos y no te pesará.

El rey Tamuras accedió a las súplicas de los príncipes. Hizo que trajeran el caballo negro, lo tocó con el cetro de oro y murmuró algunas palabras mágicas que nadie entendió. Ahrimán recobró entonces su forma humana. Y como a sus hijos ya les habían quitado sus cadenas, se abrazaron los tres, sin cesar de gemir y de llorar al ver su triste suerte.

Seguidamente, fieles a su promesa, los príncipes Divs revelaron al rey Tamuras el hasta entonces desconocido arte de la escritura. Y a partir de este momento, los persas llegaron a ser muy sabios y difundieron su ciencia por todo el mundo.

Ahrimán y los suyos, sin embargo, no se resignaron a la derrota sufrida. Y en silencio se preparaban para tomar cumplida venganza del noble Tamuras, tan pronto como vieran la ocasión propicia.

—He de vengarme de quien tanto me ha humillado –decía el cruel Ahrimán.

Y con el corazón rebosando rencor y envidia, fue a vivir con sus hijos en una gruta de la montaña, lejos del mundo y de los hombres, para meditar mejor su terrible venganza.

INDIA

La trimurti

Brahma es el señor, existente por sí mismo, que está fuera del alcance de los sentidos, sin partes visibles, fuente de todos los seres, ser indeterminado, principio neutro, eterno e inactivo, cuyo desarrollo es la fuente de creación y desenvolvimiento del mundo.

Este ser invisible e incorpóreo se encarnó para poder enunciar su doctrina. Y a esta encarnación siguieron otras dos, en virtud de las cuales se produjeron los dioses Vishnú y Siva, que junto con Brahma forman la «Trimurti» o Trinidad india.

Brahma salió de las profundidades de su eternidad para crear el mundo. Su primera emanación no fue otra cosa que su energía creadora, la madre y origen de las demás: llamábase Sacti, Parasacti y Maya. Fue la primera mujer y la primera virgen.

Cuéntase que Maya, la ilusión, el principio femenino universal, que salió del seno del eterno y absoluto Brahma, que fue la madre virgen de la Trimurti y de todas las cosas, nacidas del mar de leche que brotó de sus pechos, se unió a Kaciapa, el espacio, y dio a luz al hermoso Kama o Kamadeva.

Juzgado Kama, por las mencionadas circunstancias, como hijo de Brahma, éste le predijo que sería el poblador de los mundos.

Kama, que era luz, calor, orden, amor, tenía por cabalgadura un papagayo, llevaba el símbolo de la fecundidad expresado por el pez minas, y nunca abandonaba su carcaj con cinco flechas de flores y el arco, cuya cuerda estaba formada de abejas.

El apuesto mancebo tuvo por esposas a Priti, la afección, y especialmente a Rati, la voluptuosidad.

Se le representa siempre acompañado de Rati, al que otros denominaron Holica o Vasanti la primavera, que alegra y beneficia, recorriendo los mundos con las reconfortantes brisas. Se le personifica en el árbol del amor.

Este dios de los dioses ejercía también con ellos su poder: al mismo Brahma le hizo enamorarse de su hija Sandhya, y entonces Brahma le predijo a Kama:

—Pronto serás convertido en cenizas por Siva.

Y así fue; porque Kama hirió a Siva, haciéndole enamorarse de Durga. Por esto Siva lo consumió con su fuego.

Entristeciéronse todos los dioses y suplicaron a Siva, el cual permitió que Kama renaciera en nueva forma, por cuya reconciliación se consideró también a Kama como hijo de Siva.

Kama renació como Pradyumna o Adhoyoni, hijo de Krishna y de su favorita Dukmini. Y como Krishna es una de las encarnaciones de Vishnú, Kama era hijo igualmente de Vishnú.

Así, pues, Kama, hijo de las tres revelaciones de la Trimurti, fue lazo de unión de la misma.

Pero un mal espíritu, llamado Sambara, robó al niño Adhoyoni y lo arrojó al mar. Al pequeño se lo tragó un pez, que fue cogido por unos pescadores y llevado a la cocina de Sambara, cuya cocinera era Rati, disfrazada de Mayavati.

Halló ésta un precioso niño en el vientre del pez, lo adoptó y lo crió con solicitud maternal. El niño creció, amando a Mayavati como si fuera su madre, hasta que ambos se reconocieron como Rati y Kama.

Entonces volvieron triunfantes a la corte de Krishna, y Sambara sucumbió debido a los golpes que le dio Kama.

El nacimiento de Buda

Dice la leyenda que entre el Ganges y el Nepal, al pie de los eternos hielos del Himalaya, vivía el príncipe Sudhodana, descendiente de los Gotamas y cuyos orígenes se perdían en la noche de los tiempos.

Su esposa, llamada Maya Devi, era tan bella y encantadora y a la vez estaba adornada de tantas virtudes que la habían denominado «ilusión».

Cierta mañana, la hermosa Maya contó a su esposo un extraño sueño que había tenido aquella noche y que dejó inundada su alma de un gran placer y bienestar.

—Sin golpear la puerta –le dijo–, cuatro reyes penetraron en mi morada y con delicadeza elevaron mi lecho por los aires hasta colocarlo en la cima más elevada del Himalaya, dejándome a la sombra de un frondoso árbol. Aparecieron luego cuatro reinas, me vistieron con ricos ropajes y me condujeron a una casa hecha de oro. Un elefante de seis colmillos, blanco como la plata, entró en mi habitación y se postró ante mí; en su trompa llevaba un loto. Luego, el canto de un pájaro me despertó.

El sueño era tan grave e importante que el príncipe Sudhodana requirió a los más ilustres magos para que lo descifraran. Acudieron cuatro prestigiosos brahmanes, y el más anciano de ellos dijo:

—Maya tendrá un hijo cuyo cuerpo nacerá con los signos de los grandes monarcas. Si consiente en reinar, será el soberano del mundo. Pero si lo abandona todo para seguir la vida de los ascetas, no reinará sobre la tierra, pero sí sobre las almas. Llegará a «Buda» y librará a los hombres de los sufrimientos causados por la enfermedad, la vejez y la muerte. Será el más grande monarca del Universo y vencerá por el amor, no por las armas.

Por estas fechas reinaba la primavera. Los árboles ostentaban un verde follaje, y las flores lucían sus más vistosos y bellos colores.

El Bodhisatva (Buda) vivía feliz en el cielo de los bienaventurados, en su tienda divina, resplandeciente de indescriptibles magnificencias y en donde todos los habitantes del cielo le admiraban.

Cuando el Bodhisatva, porque aún no era Buda, vio desde lo alto a la que había de ser su madre, bajó a la tierra en forma de un hermoso elefante blanco.

Todo el Universo se conmovió y crujieron sus cimientos más poderosos, pero en el aire sonaron al mismo tiempo voces alegres y suaves. No hubo en parte alguna ni desorden, ni llanto, ni odio, ni discordia.

Cuando la hermosa Maya comprendió que la hora de ser madre estaba próxima, rogó a su esposo:

—Dejadme, amado mío, que vaya a dar a luz en casa de mis padres.

Y acompañada por un numeroso séquito emprendió el camino, pero Maya no pudo pasar del bosque de Lumbini. Entonces, de pie, rodeada de ninfas que le ofrecían sus servicios y que la animaban, dirigió gozosa su mirada al cielo y extendió su mano derecha con la que cogió la rama de un árbol.

Un deslumbrador relámpago iluminó el bosque, y en el acto salió de su costado derecho, sin herirla, el hijo que había de ser el salvador de quinientos millones de mortales.

Mientras los pájaros acudían entonando sus melodiosos cantos, el propio dios Indra recibió al niño presentando una tela divina. Al punto, dos magas, Nanda y Upananda, aparecieron y crearon dos corrientes de agua, una fría y otra caliente, para lavar al recién nacido.

Acto seguido, el niño dio siete pasos en dirección de cada uno de los siete puntos cardinales (?), proclamando con ello su futura gloria. A medida que andaba, los lotos nacían bajo sus pies.

En una choza solitaria al pie del Himalaya vivía a la sazón un sabio brahmán y gran poeta, el anciano Asita, que, al saber que había nacido el Siddartha, se elevó por los aires, trasladándose al palacio real de Capila. Cuando vio al niño en brazos del rey Sudhodana y observó la señal de «sacra» en sus plantas, inclinóse respetuosamente y rompió a llorar.

—¿Por qué lloráis? –le preguntó asustado Sudhodana– Os suplico que no me ocultéis nada, sea bueno o malo.

Pero el anciano Asita le tranquilizó diciendo:

—No lloro por tu hijo ni veo desgracia alguna en su porvenir. Lloro por mí, que viejo y caduco como soy, no podré ver el día en que tu hijo dará al mundo su ley, que será la salvación de los hombres. Pero has de saber, ¡oh rey!, que este príncipe que acaba de nacer no se inclinará hacia los goces materiales y será un Buda.

A los siete días murió Maya, y subió al cielo de Indra, pues era usual que la madre de un Bodhisatva pasara a mejor vida a los siete días justos de haber dado luz al hijo, porque así se ahorraba la pena de verlo convertido en humilde peregrino tan pronto como alcanzara la edad viril.

A Buda se le dio el nombre de Siddartha, y fue criado cariñosamente por Mahapradjapati, hermana de la difunta Maya Devi y segunda mujer del rey Sudhodana.

Al llegar el día en que Buda debía ser presentado al templo de los dioses, su anciana aya Gautami lo atavió convenientemente. Pero las joyas que fueron prendidas en torno a su cuello y a sus brazos perdieron todo su brillo. Asita lo explicó diciendo:

—Ello se debe a que la pompa material palidece ante el resplandor de Siddartha.

Cuando Buda entró con su brillante acompañamiento en el templo, cayeron de sus pedestales las imágenes de los dioses Siva, Vishnú e Indra.

Y, como de costumbre, tembló la tierra, llovieron pétalos de lotos y flores blancas y se oyeron cantos celestiales.

Tanto la infancia como la juventud de Buda son tan maravillosas como su concepción y nacimiento. Puede decirse que toda su vida está gloriosamente esmaltada de episodios célebres y sorprendentes.

Cuando el príncipe Siddhartha fue algo mayor, entró en la escuela para aprender las letras. Al verle, Visvamitra, el profesor bajo cuyos cuidados debía ser educado, cayó desmayado al suelo. Miles de jóvenes dijeron al rey Sudhodana:

—Tu hijo nada tiene que hacer en la escuela, pues conoce todas las ciencias y las artes, y únicamente puede servir de guía y salvación a la juventud.

Entretanto, Buda contemplaba el incesante trabajo de las hormigas y el lento paso de las nubes. Interpretaba el lenguaje de las flores y se estremecía de pena cuando veía a los pájaros devorar a los insectos que acudían a las heridas producidas en la piel de los bueyes por el agudo punzón de los campesinos.

Durante estos profundos momentos de contemplación extática el futuro Buda parecía ausente de este mundo.

Al cumplir el príncipe los veinte años, su padre ordenó construir tres estanques: uno, cubierto de lotos azules; otro, de lotos blancos y el tercero, de lotos rojos, para que florecieran todo el año.

Por aquel entonces los ancianos «sakias» aconsejaron al rey Sudhodana que dispusiera el casamiento de su hijo.

—De esta manera –añadieron– el príncipe renunciará a la vida de peregrino mendicante.

Buda solicitó un plazo de siete días para decidirse, al cabo de los cuales se mostró conforme con el proyecto de matrimonio. El rey mandó fabricar numerosas y ricas joyas que haría repartir por su hijo entre las doncellas, en cuya ocasión se vería cuál le gustaba más.

Una semana después, se reunieron todas las pretendientes en la sala del consejo, y el príncipe Siddartha dio a cada una su regalo. Sin levantar la vista lo recibieron todas hasta quedar una sola, llamada Gopa o Yusodhara, hija del príncipe Dandapini, que se había mantenido alejada en medio de sus esclavas, pero que, adelantándose entonces, dijo a Buda:

—¿Qué te he hecho yo, que no has reservado joya alguna para mí?

A lo que Siddartha respondió:

—Se me han terminado los regalos.

Y luego añadió:

—Pero toma éste, ya que la ciudad se enorgullece de tu belleza.

Y quitándose una preciosa sortija del dedo, se la ofreció a Gopa.

Tan pronto como volvieron a posarse los pájaros en los árboles, la hermosa joven declaró a su padre que estaba locamente enamorada del príncipe Siddartha. El monarca se mostró un poco descontento de la elección hecha por su hija, y así lo anunció al rey Sudhodana.

—Si tu hijo ignora el manejo de las armas a causa de su indolencia y desconoce el arte de la guerra por haber sido educado con mucho mimo, ¿cómo puedo concederle la mano de mi hija?

Al saber esto, el príncipe exclamó con orgullo:

—¿Hay alguien capaz de competir conmigo?

Y seguidamente ordenó disponer un magno torneo que habría de celebrarse siete días después, y cuyo vencedor, por voluntad del rey Dandapani, obtendría como premio la mano de su hija Gopa.

El día designado se presentaron en las afueras de la ciudad trescientos príncipes y los pueblos de varios reinos para presenciar las luchas. En el arte de la escritura y en la interpretación de los libros sagrados venció fácilmente Siddartha, mostrándose muy superior, no sólo a sus rivales, sino incluso al maestro y juez Arxuna.

Luego siguieron los deportes y juegos varoniles, tales como los saltos, la natación, las luchas y el tiro con arco. Ni que decir tiene que Buda triunfó, superando a todos sus competidores y adversarios.

Es más, en el concurso de tiro, todos los arcos se quebraban en las poderosas manos de Siddartha. Hubo que ir a buscar el de su abuelo Simhahanu, que nadie pudo jamás armar. Pero el Bodhisatva, «sin levantarse de su asiento lo coge con la mano izquierda y lo tiende con un solo dedo de la mano derecha». La flecha partió tan rápida, que la vista no podía seguirla. Y tras atravesar una serie de tambores de hierro, fue a hundirse en tierra a una gran distancia.

Dos parientes de Siddartha tomaron parte en el torneo: Ananda y Devadata. El primero fue, con el transcurso del tiempo, discípulo suyo; el segundo, en cambio, irritado por la derrota sufrida, fue desde aquel día su más implacable enemigo.

La bella Gopa fue conducida a la morada de su esposo el príncipe Siddartha, el cual vivió desde entonces rodeado de placeres y en medio del fausto de las danzas y juegos de las numerosas mujeres que habitaban en su suntuoso palacio.

Al príncipe la vida corriente, la vida de trabajos y sufrimientos, le era totalmente desconocida. No sabía tan siquiera cuán efímera y breve es.

Pero el momento de los «cuatro encuentros» había llegado.

Un día, Siddartha mostró sus deseos de efectuar una excursión a los bosques de recreo, y salió por la puerta oriental. Antes, su padre ordenó apartar de los lugares por donde tenía que pasar su hijo «todo cuanto pudiera no halagar los ojos del joven, o no serle agradable».

Sin embargo, no había recorrido la comitiva mucho trecho, cuando el destino quiso que se cruzara en su camino un anciano decrépito y tembloroso, apoyado en una larga caña. El príncipe, profundamente impresionado, preguntó a su cochero:

—¿Qué enfermedad padece este hombre?

—No es nada de particular –le respondió su auriga–. Este hombre paga el tributo a la vejez, que a nadie perdona.

Profundamente turbado y meditabundo, Buda regresó a su palacio, sin haber llevado a cabo la proyectada excursión.

Transcurrido algún tiempo repitióse la salida al jardín de los entretenimientos, pero quisieron los dioses que encontraran a un enfermo. Y de nuevo el cochero, a instancias del príncipe, hubo de explicarle:

—Señor, sabed que todas las personas están expuestas a las enfermedades que debilitan el cuerpo y hacen derramar lágrimas de dolor.

La comitiva se alejó de aquel triste espectáculo y regresó rápidamente a palacio.

Al poco tiempo se dispuso por tercera vez la excursión. Mas al salir la comitiva por la puerta de occidente, tropezó con un entierro cuyo séquito daba muestras de gran dolor. Nuevamente, el cochero explicó al príncipe el significado de todo aquello. Y el Siddartha, apesadumbrado al conocer los efectos de la muerte, regresó a su palacio.

Cuando se organizó por cuarta vez la expedición, cerca de la puerta del norte, un asceta errante, digno, alegre y tranquilo, pasó junto a ellos mendigando. Al ver al monje, una gratísima sensación de bienestar invadió el corazón del príncipe y entonces nació en su espíritu el primer brote de la fuerza que le empujaría a buscar, poco después, en la vida religiosa, la serenidad exenta de pasiones.

Realizada la excursión, Siddartha regresó muy satisfecho a la ciudad. Y al día siguiente comunicó al rey, su padre, su inquebrantable propósito.

—Deseo ser monje mendicante –dijo.

El monarca intentó en vano disuadirle de aquella idea, prometiéndole que le daría cuanto pidiera. A lo cual repuso el príncipe:

—Renunciaré a mis deseos si me podéis conceder estas cuatro cosas: juventud y belleza permanentes; salud y vida; fortuna imperecedera, y librarme de toda clase de enfermedades.

El rey confesó, con el corazón oprimido, que nada de aquello podía concederle. Y entonces se limitó a desearle buena suerte en su propósito de ser el salvador del mundo.

Sin embargo, el rey hizo vigilar al príncipe de cerca, y puso en las puertas de la ciudad hombres armados, con órdenes estrictas. Envió asimismo a hermosísimas mujeres que le distrajeran con toda clase de placeres, músicas y danzas. Pero Siddartha se dormía viéndolas y escuchándolas.

Al fin, una noche, salió de su cámara, se hizo traer su soberbio caballo «Kantaka» y escapó del palacio seguido de Chandaka, su fiel escudero. Los Lokopalas pusieron sus manos en los pies de los caballos para que no hicieran ruido al galopar. Y los dioses adormecieron a los centinelas de las puertas, abrieron éstas y formaron incluso el cortejo triunfal del príncipe.

Los pájaros del bosque, despertando de su ligero sueño, saludaron al futuro Buda, que se alejaba hacia su nueva vida de penitencia, mientras los dioses guiaban su corcel.

Cuando ya el palacio estaba muy a lo lejos, las primeras luces del alba asomaron tímidamente poniendo sus reflejos sobre las tupidas alfombras de lotos. Fue entonces cuando el príncipe se despojó de sus atavíos principescos y regaló su corona de perlas y sus joyas a un aldeano que encontró en su camino, ya que en adelante las galas habían de serle del todo inútiles.

Luego, con la ayuda de su espada cortó su larga cabellera, que arrojó al aire; pero el dios Indra la cogió y la llevó al cielo. Y como le pareciera que sus ricos vestidos eran impropios de su nuevo género de vida, los sustituyó por un burdo sayal de color rojizo.

Seguidamente, entregó el caballo a su criado Chandaka, le despidió y marchando a pie empezó su vida errante y miserable en busca de la verdad.

El Ramayana

En la antigua India, allá por los años de su Edad de Oro, había un extenso y hermoso país llamado Kosalas, que se extendía a lo largo de las orillas del Sarayu. Allí se encontraba la noble ciudad de Ayodhya, sede real de Dazaratha, ilustre y afortunado rey, amado por las gentes y rodeado de ministros prudentes y sabios.

Viejo ya Dazaratha y sin hijos que perpetuaran su ínclita estirpe y los fúnebres ritos, mandó que se celebrara un solemne Asvamedha o sacrificio del caballo. Al terminar el sacrificio sintiéronse encintas tres de las cuatro esposas de Dazaratha, y llegado el momento del parto nacieron cuatro hijos, partes de las sustancias de Vishnú.

Kausalia, poseedora de todas las gracias, fue madre de Rama, el primogénito, leal y virtuoso; Kailey, joven y ambiciosa, tuvo a Bharata, el juicioso, y Sumitra fue madre de dos mellizos, Laksmana y Satrugna, impetuosos y valientes. La cuarta reina no tuvo hijos.

Entre todos ellos sobresalía y resplandecía el valeroso Rama, gozo y orgullo de su padre, delicia de las gentes, destinado por Brahma y los iracundos Devas a destruir al feroz y prepotente Ravana, dominador de Lanka (Ceilán) y la infame simiente de los Raksasas.

Y para que, cuando llegara la época de la gran lucha, Rama tuviese poderes auxiliares en su empresa, los Devas crearon una generación de seres sobrenaturales, tremendos, capaces de sacudir los cimientos de las montañas, de desgarrar la tierra y de alterar los océanos. Unos seres que, en vez de lanzas, usaban desmedidos troncos de árboles descuajados y, en vez de proyectiles, enormes trozos de roca.

Mientras tanto, en la ciudad de Mitila, capital del reino de Videha, el rey Janaka creyó llegada la hora de casar a su hija, la incomparable Sita, la de los ojos como la flor del loto. E hizo comunicar a todos los que eran de real estirpe que aquel que pudiera doblar el arco sagrado y disparar con él podría casarse con su hija.

Ninguno de los príncipes que acudió logró, a pesar de sus esfuerzos, doblar el famoso arco de Rudra. También llegaron con la misma pretensión desde Ayodhya el príncipe Rama y su hermano Laksmana, acompañados del sabio Viswamitra, quien, con gran dignidad, solicitó al rey Janaka que permitiera a Rama probar su fuerza con el arco maravilloso.

Concedido el permiso, le fue presentado a Rama el arco de Rudra en su descomunal estuche. Y ante el asombro y la estupefacción de los presentes, el príncipe alzó el arco en el aire, lo encorvó y tanta era su fuerza que lo partió al tensarlo.

Se produjo entonces un formidable estrépito, semejante a un enorme trueno, tembló la tierra y los cortesanos y cuantos allí estaban se desvanecieron. Finalmente, tras los primeros instantes de terror, el rey Janaka concedió a Rama por esposa a su bella hija Sita.

Poco después de celebrada la boda, sintiendo el rey Dazaratha acercarse el fin de sus días, determinó hacer consagrar a su hijo Rama consorte del reino. Éste era su supremo deseo, ya que Rama, además de ser el primogénito, era el más apropiado para gobernar en su día los Estados, pues su carácter ascético, su destreza en la guerra, el amor a su padre, a su esposa y a sus compatriotas, y su ciencia en la religión de los antiguos Vedas le convertían en el adecuado gobernante.

Cuando el rey sometió a consejo aquel proyecto, todos unánimemente pronunciaron su asentimiento, su adhesión y su regocijo. Únicamente la reina Kailey, aconsejada por la intrigante

Mantara, aya y criada de la soberana, decidió impedir la coronación de Rama y que la corona fuese de su hijo Bharata.

Sería largo explicar con qué maléficas artes ofuscó Mantara la mente de la reina Kailey, para inducirla a quebrantar el proyecto de su esposo Dazaratha. Sin duda es uno de los trozos más hermosos del Ramayana, siendo éste el más bello no tan sólo de los antiguos poemas de la India, sino de todos los poemas épicos del mundo.

La malvada Mantara ideó el medio de impedir la consagración de Rama. En la antigua guerra de los Devas y los Asuras, Dazaratha, que combatía en favor de los Devas, quedó gravemente herido. La hermosa Kailey, que lo había seguido, le salvó en aquel funesto trance. Al volver en sí, Dazaratha se encontró entre los brazos de Kailey, y le juró solemnemente que le concedería dos favores de la naturaleza que fuesen.

Por eso ahora, cuando el rey Dazaratha fue en busca de la joven reina Kailey, la más bella de sus esposas y la más cara a su corazón, para hacerle saber la nueva de la coronación de Rama, se sorprendió profundamente al oír la extraña petición de su esposa.

—Quiero –le dijo Kailey– que los preparativos hechos para la coronación de Rama sirvan para mi hijo Bharata, el que será ungido en lugar de aquél. Y quiero que tu primogénito, vestido de pieles, pase siete años y siete más en las selvas de Dandaka. Ahora deseo que cumpláis los dos favores que me prometisteis, a saber: ¡Que mi hijo Bharata sea ungido rey y que Rama sea desterrado!

Al escuchar semejantes palabras el viejo rey Dazaratha se arrepintió profundamente de lo que prometiera con tanta ligereza; pero ni sus ruegos ni su enojo pudieron hacer desistir a la reina Kailey de su ambicioso propósito. Antes al contrario, amenazó al monarca de considerarle mentiroso y perjuro a su palabra.

El príncipe Rama, con heroica tranquilidad, escuchó la terrible orden de destierro. Y firme en su propósito de no convertir en perjuro a su padre, abandonando la corte, se fue, con su fiel esposa y su hermano Laksmana, a la selva. Allí, los dos esposos y su acompañante organizaron una vida casi eremítica en la que el amor suplía con creces la ausencia de las comodidades y halagos de la corte de Ayodhya.

Rama, con su esposa y su hermano, vivían al pie del monte Tsitrakuta, desde donde se divisaba un maravilloso paisaje. La montaña estaba cubierta de un bosque de árboles floridos; a lo largo de sus laderas corrían cantando pequeños arroyos de plata; soplaba un aire suave y perfumado y los pájaros gorjeaban como dando la bienvenida a los forasteros.

A los pocos días, Rama, Sita y Laksmana habían olvidado la amargura del trono perdido, la añoranza de la patria lejana y el odio contra la malvada reina Kailey. Lo olvidaron todo; diríase que la visión de aquel delicioso paisaje había purificado sus almas, y sus corazones palpitaban de alegría.

Un día murió Dazaratha y los cortesanos y ministros, sin hacer caso del desterrado e intachable Rama, se apresuraron a ofrecer el trono al digno príncipe Bharata, el hijo de Kailey, pero éste rehusó. Y no solamente hizo esto, sino que al frente de un poderoso ejército emprendió el camino de la selva, se dirigió a Tsitrakuta y suplicó a su hermano que aceptase el trono que le correspondía legítimamente. Rama no lo aceptó, por obediencia a lo dispuesto por su padre, por lo que Bharata regresó a la corte, aunque se negó en lo sucesivo a ocupar el trono, colocando en él las zapatillas de su hermano mayor, Rama, en señal de que le consideraba como su rey.

Mientras tanto, Rama abandonó Tsitrakuta junto con Sita y Laksmana y se internaron en lo más profundo de las selvas de Dandaka, para evitar que sus amigos o sus parientes pudieran volver a encontrarles de nuevo. A la vez Rama quería visitar en larga peregrinación, a través de los montes meridionales de la India, los más célebres santuarios y a los sabios más venerados por su edad, santidad y sabiduría.

Pero ocurrió cierto día que una hermana de Ravana, el cruel demonio de las diez cabezas y rey de Ceilán, se enamoró locamente de Rama y como éste no le correspondiera, incitó a su diabólico hermano para que vengase la ofrenta.

Ravana envió dos ejércitos contra Rama, pero nada pudieron frente a la destreza y la fuerza extraordinaria del héroe. Al ver a sus raksasas derrotados, Ravana envió al astuto Maritsa, para que, valiéndose de una argucia, raptara a la hermosa Sita.

Cuando Rama y Laksmana regresaron al lugar donde habían dejado a Sita, al no encontrarla, prorrumpieron en lamentaciones y empezaron a buscarla desolados por la selva. De repente, un rumor de pasos atrajo su atención y vieron cómo iba a su encuentro un mono grande y alto como un hombre. Era Sugriva, el rey de los monos, que después de darse a conocer y explicar a Rama que había visto cruzar el aire al raptor de Sita, le invitó a conocer su reino.

Siguiendo a Sugriva y a su ayudante Hanumat, los dos jóvenes penetraron en la selva, que parecía adornada como para una fiesta: guirnaldas de flores colgaban de las ramas, abigarrados papagayos y pájaros raros revoloteaban en el aire, formando sobre las cabezas de los forasteros una especie de palio multicolor; esbeltas gacelas, arrogantes ciervos, tigres, leones, elefantes, todos los animales de la selva fueron a rendir homenaje al príncipe Rama y a su valeroso hermano Laksmana.

Sugriva obtuvo la ayuda de Rama para librarse de Bali, su hermano primogénito y a la vez su más peligroso enemigo. Al morir Bali, herido por las flechas de Rama, Sugriva fue proclamado y consagrado rey y señor supremo de los monos. Pasada la estación de las lluvias, Rama y Laksmana lograron que Sugriva, cumpliendo su promesa de ayudarles, enviara un poderoso ejército de monos al mando de Hanumat, en busca de la hermosa Sita.

Después de largas peripecias, Hanumat pudo llegar a Lanka, la ciudad en que Sita estaba prisionera. Lanka era una población maravillosa, llena de hermosísimas mujeres, adornadas con lindas flores en la cabeza, de demonios de admirable belleza los unos, los otros de gran fealdad. Las hiedras trepadoras de los embriagadores jardines se enroscaban en los árboles; las flores del loto reflejadas en las lagunas embalsamaban el aire, mientras pájaros de mil formas y colores animaban el paisaje y las flores parecían confundirse con ellos.

En medio de tanta hermosura Hanumat descubrió al fin a la princesa Sita. La reconoció en el acto por su belleza y por la gracia mayestática de su porte. Estaba entre un grupo de raksasas de pies de elefante, cuello de cocodrilo, cabeza de jabalí, hocico de tigre, grandes bocas y desorbitados ojos.

No tardó en aparecer el cruel Ravana cubierto de púrpura. Y entonces Hanumat vio cómo acercándose a la cautiva y, loco de lujuria, la increpaba con mezcla de palabras soeces y apelativos cariñosos. Mendigaba su amor, ora con amenazas ora con halagos, pero Sita permanecía inalterable.

Al marcharse Ravana, las mujeres y los demonios raksasas que custodiaban a la princesa la acosaron con amenazas y ultrajes. Pero una de aquellas mujeres, llamada Tridjata, la protegió, y le explicó un sueño que acababa de tener, según el cual se anunciaba la próxima ruina de Ravana y de todos los raksasas. Al propio tiempo se manifestaban a Sita presagios, indicios y pronósticos, confirmando el sueño de Tridjata.

Hanumat, que se había ido acercando poco a poco hacia donde se encontraba la princesa, pensaba tan sólo en el modo de manifestarse a ella sin asustarla. Para ello creyó que el mejor medio era hacer resonar en los oídos de Sita el nombre de Rama y sus alabanzas. Y entonando una linda canción así lo hizo, oculto entre las ramas de un árbol.

Al oír aquella voz, Sita creyó de momento que era una ilusión, un sueño. Luego, más tranquila, alzó la cabeza y descubrió en el árbol al audaz Hanumat. Éste entonces, con ademán reverente, le dio noticias de Rama y de su hermano. Y para alejar toda sospecha de Sita, le entregó una sortija que Rama le había dado al partir. A cambio Sita entregó entonces a Hanumat una joya nupcial, la única que había quedado en su poder.

Llegado el momento de partir, Hanumat no quiso marcharse de Lanka sin hacer alguna afrenta al soberbio señor de los raksasas. Sabiendo que un bosquecillo de adelfas era sumamente grato a Ravana, se propuso destruirlo. Y en efecto, rompe, troncha, derriba árboles y estropea cuanto está a su alcance.

Avisado Ravana, envía a varios de sus guerreros contra Hanumat, pero éste da buena cuenta de ellos, hasta que finalmente el valeroso mono es rodeado y hecho prisionero. Conducido a presencia del rey de los raksasas y, cuando éste averiguó quién era y a qué había venido aquel osado forastero, fue condenado a muerte.

Sin embargo, uno de los hermanos de Ravana, llamado Vibisana, se opuso a esta sentencia, alegando ciertas razones, principalmente su carácter de mensajero. Ravana accedió a la petición de su hermano y cambió de idea.

—Está bien –dijo–, no será condenado a muerte, pero sufrirá otro castigo cruel. Lo que más estiman los monos es el rabo; quémese, pues, el rabo de Hanumat.

La sentencia se ejecutó inmediatamente, y Hanumat fue paseado por las calles de Lanka con el rabo ardiendo. Pero sabedora Sita de lo ocurrido, rogó al Fuego que no ofendiera a Hanumat. Y, en efecto, el fuego ardía, pero no quemaba el rabo del mono.

Finalmente, Hanumat, reconcentrando todas sus fuerzas, rompió todas sus ataduras, se libró al instante de sus guardianes, y con el rabo encendido prendió fuego a la ciudad. Incendiada Lanka, Hanumat fue a despedirse de Sita. Luego, cumplido totalmente su objeto, se lanzó otra vez por el aire, como hizo a su llegada y emprendió el camino de regreso al monte Mahendra, de donde había partido y en donde todos le recibieron jubilosos aunque impacientes.

Rama, Laksmana y Hanumat prepararon a continuación la invasión de Lanka. Lo difícil era llegar hasta esta isla. Entonces el Océano aconsejó a Rama que hiciera construir en el mar un camino sólido, por el que pudiera pasar todo el ejército, y le prometió sostener su peso y no derribarlo con sus olas. El mono Nala, hijo del arquitecto divino, fue el encargado de construir el gran puente en aquel brazo de mar que separa la isla de Lanka (Ceilán) de la tierra firme.

Durante un mes estuvo pasando por aquella calzada gigantesca el enorme ejército de monos, que capitaneaba el intrépido Rama. Hubo terribles combates en los que los monos, armados de gruesos troncos de árboles, de peñascos, de pedazos de montañas, se arrojaban al asalto de Lanka, amenazando simultáneamente todas las puertas de la ciudad. Al propio tiempo las huestes de raksasas, armadas de flechas, mazas y lanzas, resistían heroicamente la acometida de los monos, continuando la pelea a pesar de la llegada de la noche.

Por último se entabló un formidable duelo directo entre Rama y Ravana que duró tres meses, y al que asistieron maravillados los dioses y los demonios. Durante este singular combate perdieron la vida el hijo de Ravana, Indragit, a manos de Laksmana, y éste fue herido en el corazón por el fiero Ravana. Pero Sugriva hizo venir a Susena, conocedor de la virtud oculta de las hierbas, quien logró que el valeroso Laksmana curara y recobrase las fuerzas.

Al reanudar la batalla, Ravana se adelantó montado en un espléndido carro; pero como Rama iba a pie y el combate era desigual, el dios Indra envió al príncipe su carro divino con su auriga Matali. Rama subió a él y peleó con Ravana.

Entonces tuvo lugar un combate maravilloso, inaudito, más allá de toda proporción humana: ambos contendientes peleaban con armas divinas, con flechas misteriosas; temblaba la tierra, se agitaba el mar, se conturbaba el cielo. Tanto los Devas como los Asuras eran espectadores de aquel combate titánico, y animaban los unos a Rama y los otros a Ravana. Luego Devas y Asuras pelearon entre sí, puesto que eran enemigos eternos como el bien y el mal.

Por fin, Ravana cayó fulminado por un certero golpe de Rama, lo que otorgó al príncipe la victoria total.

Terminada así la gran guerra, los monos entraron victoriosos en Lanka, recorriendo asombrados sus calles y admirando la magnificencia de la noble ciudad.

Después de festejar la gran victoria, de celebrar con solemnes ritos los funerales de Ravana, el rey de los raksasas, y de consagrar como nuevo soberano del reino raksasa a Vibisana, Rama ordenó a Hanumat que anunciara a Sita el fin de su largo cautiverio. El corazón de la princesa se abrió a un gozo inefable; pero aquel gozo se convertiría muy pronto en una pena y un dolor inmensos.

En efecto, al llegar rebosando de amor a presencia de Rama, Sita fue acogida por su esposo con semblante severo y con el ceño fruncido. Acto seguido, ante el asombro de la infeliz mujer, le hizo saber que su larga permanencia en Lanka, en manos de su raptor, había manchado su nombre y hecho dudoso a los hombres su pudor.

—Así es que ahora –añadió– no puedo recibirte como esposa. Dispón, pues, de ti misma, y toma el partido que más te agrade.

Sita prorrumpió en llanto al escuchar aquellas duras palabras. Después, reanimándose, respondió a Rama con frases nobles y generosas y mandó que se preparase una hoguera, último asilo de una mujer inocente, abandonada del ser amado. Una vez preparada la pira, Sita invocó como protector y testigo de su fidelidad al omnipotente dios del Fuego y se precipitó resueltamente entre las ardientes llamas.

En este preciso instante se hicieron visibles el dios Brahma, Indra, Yama y Varuna, y entre éstos aparecía radiante de luz inmortal el difunto Dazaratha, padre de Rama.

Mientras Brahma pronunciaba un largo discurso, dedicado a recordar a Rama que era Vishnú, y a celebrarlo con los varios nombres de éste, Deva, el dios Fuego, apareciendo también de modo visible en medio de la hoguera y sacando a Sita de la misma, proclamó inocente de toda culpa y la entregó a Rama.

Al ver el príncipe manifiesta ante la presencia de todos la inocencia de Sita, la acogió con regocijo y amor y diole el dulce nombre de esposa. Seguidamente Rama y Laksmana se acercaron a Dazaratha, que estaba sentado en un espléndido carro celeste, y tras abrazar con reverencia sus pies escucharon atentamente sus palabras.

—Volviéndote a ver, ¡oh, Rama! –dijo Dazaratha–, se calma al fin mi antiguo dolor. Vuelve a Ayodhya, ¡oh, Rama!, devuelve la alegría a Kausalia, tu madre y reina. Ama a Sita, tu casta y fiel compañera; protege a las gentes y sé feliz.

Una vez pronunciadas estas palabras, Dazaratha se dispuso a regresar al cielo; pero Rama, levantando las manos le dijo:

—¡Oh padre!, he de pedirte una gracia suprema; ¡perdona a Kailey!

Momentos antes de separarse de Rama, Indra le preguntó si deseaba algún favor.

—Sí –respondió Rama–. Os ruego que devolváis la vida a los guerreros muertos en esta guerra.

Y acogiendo la súplica, Indra esparció una profunda lluvia de ambrosía sobre el campo de batalla, y al contacto de aquella esencia resucitaron vivificados los guerreros muertos.

Rama se dispuso a regresar a Ayodhya. Para el gran viaje se dispuso el célebre carro Puspako. Rama subió a él junto con Sita y Laksmana, con Sugriva, Vibisana y otros caudillos, y se encaminó rápidamente a la ciudad sede de su imperio.

Mientras recorría victorioso y feliz aquel camino que había recorrido errante y desterrado algunos años antes, Rama iba indicando a Sita los lugares que le recordaban los hechos pasados. Al llegar al eremitorio de Bharadvadja, expidió Rama a Hanumat para que anunciara a su hermano Bharata su próximo regreso.

Al conocer tan grata noticia, Bharata ordenó que se prepararan solemnes y aparatosos festejos. El bando que publicó decía: «Cúbranse de flores las calles, adórnense las casas, enarbólense al aire estandartes y banderas, resplandezca por todas partes la alegría y el regocijo, porque Rama ha vuelto».

Después, seguido de la reina Kausalia, de Sumitra, de gran número de ciudadanos y del ejército, Bharata se dirigió al encuentro de su querido hermano.

El largo luto de la casa de Dazaratha había terminado y renacía el gozo en todos los corazones. Rama con todo el cortejo se dirigió primero a Nandigrama, donde le cortaron su cabellera de penitente.

Finalmente se encaminó a Ayodhya, y allí fue consagrado solemnemente rey de la tierra de sus mayores.

De esta forma recuperó la felicidad y el trono. Y a partir de entonces todo fue paz y alegría en el reino de Kosala.

El Mahabarata

Del rey Barata, poderosísimo monarca de la dinastía lunar, dominador de toda la tierra, que reinaba en Astinapur, descendía un cierto Cunava, hijo del rey Santanu, llamado Vicirovirya. Éste murió sin sucesión, dejando el trono vacante.

Pero Satyavati, viuda de Santanu, fue fecundada por Vyasa, hermano uterino del extinto, dando nacimiento a Dritarastra y Pandu, y a una doncella que tuvo muchos hijos. Dritarastra nació ciego, ocupando por ello el trono Pandu bajo la regencia de Bisma, que educó cuidadosamente a los hijos de Vyasa.

Dritarastra engendró al valeroso Duryodana y a un centenar más de hijos denominados los Coros. Su hermano Pandu, en cambio, sólo tuvo cinco hijos varones denominados los Pandos: Indistira, el piadoso; Bima, el atleta; Arjuna, famoso por sus armas, y los gemelos Nakula y Sahaveda. El dios de la virtud, Dharma, presidió el nacimiento del primero; Vaiú, dios del Viento, asistió al del segundo; Indra, el poderoso, apadrinó al temible Arjuna, y los gandarvas que alegran con su música el cielo resplandeciente entonaron sus cánticos cuando nacieron los mellizos.

Muerto Pandu, subió al trono el ciego Dritarastra y al principio guardó como cosa sagrada los derechos de sus cinco sobrinos, los Pandos. Más tarde, sin embargo, éstos despertaron la envidia de los hijos de Dritarastra, que los hicieron encarcelar y querían matarlos, no quedándoles otro remedio que esconderse en Cumpela, después de atravesar horrendos desiertos y bosques.

Allí vivieron piadosamente como brahmanes, estudiando y obteniendo por esposa a la bella Draupadi, hija del rey de Panchala.

Los Pandos se hicieron tan ilustres por su valor y generosidad, que Dritarastra resolvió dividir entre ellos su reino. Dioles, pues, la mitad del mismo con Dehli por capital, reservándose la otra mitad cuya capital era Astinapur.

Todo esto se realizó entre misiones, milagros, predicciones, encarnaciones de dioses, los cuales favorecían o contrariaban a los Pandos. Pero la mala fortuna en el juego hundió a éstos;

en cambio los Cauravyas, descendientes de Coru y de Dritarastra, crecían y sus conflictos son el tema de esta epopeya.

Poco después de dar a sus sobrinos la mitad de su reino, el rey Dritarastra, arrepentido y envidioso, los invitó a su casa, y jugando con ellos al ajedrez les ganó con trampas los países que poseían.

De esta forma fueron a parar a manos de Dritarastra las posesiones, las riquezas, las mujeres y las personas de sus parientes. Al jugar la última partida, los Pandos prometieron:

—Si perdemos, nos retiraremos durante doce años a la soledad y viviremos allí sin que nadie sepa de nosotros.

Perdieron y cumplieron su palabra. En el destierro y viviendo como anacoretas y cazadores pasó el tiempo, hasta que Dharma, dios de la Justicia, se les reveló, les aconsejó, y con armas encantadas se unieron en alianza y parentesco.

A su regreso a la corte, el príncipe Duryodana, el primogénito de Dritarastra, trató a sus primos tan áspera y cruelmente, que éstos tomaron las armas en su contra.

Promovióse, pues, una guerra terrible, con prodigios de valor. Durante ella, Vishnú, apiadado de las quejas que la tierra le dirigía, en forma de ternera, pidiéndole que remediase la depravación de los hombres, resolvió redimirlos, encarnándose bajo el nombre de Krisna.

Se libró portentosamente de los muchos peligros que rodearon su cuna, el más grave de los cuales fue la muerte de todos los niños, ordenada por sus enemigos.

El valiente y justiciero Krisna, estando aún en mantillas, hizo numerosos milagros. Se libró de las serpientes, mató gigantes y monstruos, vivió entre pastores ocupado en sus tareas y sus juegos, y con su zampoña amansaba a las fieras y deleitaba a las pastorcillas.

Al enamorarse, fue a rescatar las hermosas cautivas; venció a un gigante de siete cabezas, y por este hecho dieciséis mil vírgenes hermosísimas se casaron simultáneamente con su libertador.

Siendo la misión de Krisna combatir el mal bajo cualquier forma, sostuvo a los Pandos en sus discordias con los Coros, hasta que en la batalla del lago Curchet, que duró dieciocho días, murió el príncipe Duryodana y resultaron vencedores los Pandos.

Finalizada la guerra, los hermanos Pandhavas entraron victoriosos en Astinapur, siendo poco después coronado el animoso Indistira como rey de los kurus, el cual reconoció, empero, la autoridad del ciego Dritarastra, hermano de su padre.

La epopeya finaliza diciendo que Krisna, reclamado entonces por los dioses, regresó al cielo, donde al parecer dirige los bailes circulares de los astros, de los días y los años, que se mueven armónicamente alrededor del sol.

También Indistira al morir subió al cielo en un carro celestial que le fue enviado por los dioses, deseosos de tenerle con ellos.

CHINA

El ordenador del mundo

Refiere una antigua leyenda china que el Universo procede de un huevo, cuya gestación duró dieciocho millones de años, del que brotaron el Cielo y la Tierra. De la unión de éstos se formó el ser Pan-Ku, quien se extendió sobre la Tierra, y al morir, toda la naturaleza emanó de su organismo.

Los árboles y las plantas salieron del vello de Pan-Ku; de sus dientes y huesos, los metales; su cabeza y su tronco dieron origen a los montes; sus venas, a los ríos; el sudor de su cuerpo se convirtió en lluvia. Y finalmente el hombre y los demás animales proceden de los parásitos que cubrían el cuerpo de Pan-Ku.

Este primer ser, llamado también Hoen-Tun (caos primordial), vivió dos mil seiscientos treinta y siete años antes de nuestra era. Y poseía tanto dominio sobre la Naturaleza, que modificaba montes, ríos, valles y mares a su antojo. Por esto se dijo de él que era el ordenador del mundo.

Después de Pan-Ku empezaron tres grandes reinados. Primero, el del cielo; luego, el de la tierra, y por último el del hombre. Todo ello se desarrolló en el espacio de ciento veintinueve mil seiscientos años. Lo que constituye un gran período compuesto de doce partes llamadas «conjunciones», de diez mil ochocientos años cada una, las cuales comprenden también la destrucción de las cosas.

En el primero de los reinados se verificó la actual formación del cielo, que se hizo sucesivamente por el movimiento que la gran cumbre, o el ser primordial, imprimió a la materia, que se hallaba antes en un reposo absoluto.

La tierra se produjo en la segunda «conjunción», tal como antes se había formado el cielo.

Y en la tercera nació el hombre, como los demás seres de la naturaleza, incluidas las plantas.

Para cada período existe también su correspondiente soberanía: los tres Hoang, los tres Augustos revestidos de poderes, de estructura y de símbolos diversos, con formas diferentes de las de la actual humanidad.

Los primeros Hoang tenían cuerpo de serpiente. Los segundos, rostro de muchacho, cabeza de dragón, cuerpo de serpiente y pies de caballo. Los terceros, rostro de hombre y cuerpo de dragón o de serpiente.

Transcurrieron otros diez grandes períodos de tiempo llamados Ki, durante los cuales los hombres sufrieron nueva metamorfosis. Primeramente vivían en cuevas, trepaban por los árboles, construían sus viviendas o nidos sobre los altos troncos y montaban en ciervos alados y dragones.

Finalmente, comenzó el imperio del hombre sobre la Naturaleza, y los seres humanos dejaron de habitar las cuevas y los nidos. ¡Pero los hombres eran muy desdichados!

Hasta entonces los hombres, metidos en cuevas o encaramados en los árboles, poseían el Universo. Todo era de todos, aun cuando carecían de todo. Los reyes tenían carros tirados por seis unicornios alados. Abundaban las serpientes venenosas y los grandes animales, mientras las aguas eran estancadas y pestilentes.

Sin embargo, como los hombres no pensaban en hacer daño a las bestias, éstas tampoco les ofendían ni atacaban. ¡Pasaron miles de años y los hombres adquirieron demasiadas luces! Cansados de cubrir su desnudez con vestidos de hierbas, mataron a los animales para hacerse vestidos con sus pieles.

Y ésta fue la causa de que se rebelasen las fieras, antes sosegadas y pacíficas. Los animales armados de garras, dientes, cuernos y veneno, atacaban a los hombres, que no podían resistirles.

Se inició entonces una guerra y la Naturaleza perdió su quietud. La lucha comenzó para siempre. ¡Desde aquel instante el mundo perdió su tranquilidad y reposo!

El arroz

Los primeros hombres que habitaron la tierra eran inmortales. Pero pronto llegaron a ser tan numerosos que el mundo no tuvo fuerzas para poderlos soportar. Y cuando estaba a punto de ahogarse en las profundas aguas que debían tragarlo, lanzó al infinito un desgarrador grito de auxilio.

El rey de los dioses, el Augusto de Jade, lo oyó y al ver que lo que había creado estaba por desaparecer, fue presa de una terrible ira. Entonces de su cuerpo se desprendió un fuego que empezó a devorar el cielo, la tierra, el espacio y el universo con todos los seres que contenía.

Desde su palacio de oro los demás dioses vieron el devastador incendio, y lanzando un grito de terror y de compasión se echaron a los pies del Señor del Cielo, y pidieron gracia.

El Augusto de Jade se dejó convencer, apagó el fuego de su ira y con un solo gesto creó la cabeza de una nueva diosa. Vestida con un traje negro y rojo, con los ojos oscuros y brillantes, la cabeza recubierta de adornos divinos, la joven diosa permaneció allí, esperando ante su creador.

—Te llamarás Muerte –le dijo el Señor del Cielo– y serás dueña de la vida de todos los seres vivos. Tú los destruirás cuando quieras, sean listos o tontos, pobres o ricos.

La diosa fue presa de gran desesperación, al oír esas órdenes. Se echó a los pies del Augusto de Jade, y se puso a llorar desconsoladamente.

—Señor –dijo entre sollozos–, ¿deberé sembrar el terror en el corazón de todos los seres? ¿Sólo me has creado para este terrible cometido? ¿Habré de ser el objeto de todas sus maldiciones?

Mientras tanto, sus lágrimas corrían, abundantes, por sus pálidas mejillas y llegaban hasta el suelo, formando un río. El dios, conmovido, se inclinó sobre ella y le dijo, dulcemente:

—No llores, divina joven, no llores. Obedece mis órdenes, destruye los seres vivos; no tendrás ninguna culpa por ello. Las lágrimas que derramaron tus magníficos ojos y que ahora, reunidas en un río, corren a mis pies, se transformarán en numerosas enfermedades que, al cabo de cierto tiempo, truncarán la vida de los hombres. La culpa de su muerte será de esas enfermedades, y no tuya. Ve, pues, y cumple con tu deber, hija mía.

Tras oír estas palabras, la Muerte se secó los ojos y sonrió a su padre. Después, bajó a la Tierra.

El caos ya había finalizado por entonces. El Augusto de Jade, padre de los dioses, había acabado de organizar su celeste imperio. Reinaba sentado en un trono de zafiros; a su diestra se sentaba la Estrella del Sur, Nam Tao, que llevaba el registro de nacimientos, mientras que a su izquierda estaba la Estrella Polar, Bac Dan, encargada del registro de las muertes.

De vez en cuando, el Señor del Cielo adoptaba el aspecto de Pájaro de Fuego que tenía antes de la creación, y acompañado, por el Genio de la Tierra, Tho Dia, bajaba a visitar el globo.

Mas al verlo tan triste y desolado, semejante a una pelota de arcilla amarilla, no hacía más que cavilar pensando qué podría hacer. Por fin, un día dijo a uno de sus oficiales, el viejo Kim Kuang:

—He decidido crear hombres y animales sobre la tierra. Y tú, Kim Kuang, irás a echar esta haz de hierbas, cada una por separado, y estos dos enormes granos de arroz.

Después de inclinarse respetuosamente ante el Señor del Cielo, Kim Kuang montó en el arco iris para cumplir la misión que le habían confiado. Y cuando estuvo cerca de la tierra arrojó el manojo de hierbas.

Pero sea por negligencia, o por incapacidad del oficial, el hecho es que la hierba cayó en manojo y no por separado, como le había ordenado el padre de los dioses.

Kim Kuang vio que la mancha crecía rápidamente, y que muy pronto la hierba cubría todo el espacio que no estaba sumergido por las aguas.

Al ver aquello, miró los dos granos de arroz, y se dijo:

—Si cada grano se multiplica como la hierba, no quedará en la tierra lugar para los hombres y los animales.

Y, por eso, sólo echó un grano; el otro se lo comió.

Poco después, cuando el padre de los dioses creó los hombres y los animales, observó sorprendido que en la tierra había más hierba que espigas de arroz. Indignado, llamó a su presencia a Kim Kuang.

—Has estropeado lo que debía ser mi obra más hermosa –le dijo–. Ahora la tierra es una enorme pelota de hierba, y a los hombres y a ciertos animales les costará mucho hallar alimento. Por eso voy a crear otro animal: el búfalo. Tendrá tu cara y tu cerebro obtuso, y tú mismo serás el que baje a la tierra bajo esa forma. Te condeno a comer toda esa hierba hasta que logres librar de ella a la tierra.

De nada sirvieron las protestas del infeliz Kim Kuang, al ver que se iba convirtiendo en un animal de cuatro patas.

Y desde entonces, el búfalo come hierba sin cesar con la esperanza de acabar con toda la que hay en la tierra.

El Día y la Noche

En tiempos remotísimos, el Señor del Cielo ofreció al Día el don maravilloso del sol.

—Te concedo la bendición –dijo– de la luz alegre. Así colmarás de esperanza el corazón de los hombres, presidirás sus trabajos y los harás leves con tu luz.

La Noche, en cambio, quedó humillada en su triste mundo de tinieblas, envidiando la luminosidad radiante del Día.

Y ocurrió que el gigante Ti-Nu quiso consolarla, compadecido de su tristeza. Entonces, con sus enormes manos, insensibles a la violencia destructora del fuego, ahondó en el cuerpo tórrido del sol y arrancó una parte del mismo. Después corrió con su carga hacia el oscuro reino de la Noche.

Pero el perrazo Pao se lanzó en su persecución. Ti-Nu corría velozmente. Sin darse cuenta había envuelto la porción de sol en un gran saco de nubes que tenía más agujeros y roturas que un viejo colador. Por esta razón, la materia luminosa caía en los campos de la Noche, formando trizas de fuego, cual florecillas incandescentes.

Sin embargo, el gigante Ti-Nu, preocupado por su fuga, no se daba cuenta de nada. No vio siquiera el gran balde en el cual Pa-Me, la mujer de la inmensidad, había vertido la leche argentina de la cabra Siol, la protegida de los dioses.

Ti-Nu tropezó, pues en aquel balde y la última porción de sol cayó dentro de la leche, quedó desleída , perdió el inteso resplandor y se convirtió en una forma redonda de discreta luminosidad.

Entonces el gigante, decepcionado, la arrojó en el seno de la Noche y siguió corriendo perseguido por el perrazo.

Lo que Ti-Nu no supo era que había creado el firmamento, con las refulgentes estrellas y la pálida luna, protectora de los sueños y las ilusiones de los enamorados.

Poco después, el padre de los dioses creó la tierra. Y en ella puso las plantas, los animales y el hombre. A éste le dotó de todas las virtudes. Le dio la belleza, la inteligencia, la fuerza y la sensibilidad.

Pero en el momento en que el Señor del Cielo estaba otorgando tan espléndidos dones a su criatura, el espíritu de la sombra se presentó ante él para formularle una importantísima petición.

Por esta causa el padre de los dioses se olvidó de concederle al hombre el último don, el valor.

Y soplando sobre él le envió, tal como estaba, a la tierra.

El hombre era feliz entonces. Sonreía a las plantas, a las flores, a los pájaros, y se miraba complacido en el agua quieta y límpida de los lagos.

Pero cuando del espesor de un zarzal salió el cuerpo ondulante y viscoso de una enorme serpiente y los verdes ojos enigmáticos del reptil le miraron con fijeza, aquel hombre, que no tenía entre las cualidades divinas, la del valor, sintióse morir de miedo, sin que pudiera dar ni un paso, ni lanzar un grito en demanda de auxilio.

Entretanto, miraba desesperado y hechizado la cabeza del reptil que se le acercaba implacablemente y en la que brillaban como dos esmeraldas sus fríos ojos verdes.

Kin, el espíritu del aire, corrió en su ayuda. Y logró salvarle. Pero ya la serpiente había soplado sobre el hombre su hálito emponzoñado y maligno.

Así fue como en el ánimo del hombre entraron entonces el egoísmo, la traición, la crueldad, la sospecha y la envidia. Y estos venenos trastornaron también su belleza. Por ello el hijo del sublime Señor de los Cielos es, desde tantos siglos, infeliz y desgraciado.

Y lo seguirá siendo mientras no logre liberarse del peso del mal que oprime su espíritu.

JAPÓN

La creación del mundo

En el principio de los tiempos, cuando la tierra aún no existía y las aguas del océano ocupaban, como dueñas absolutas, todo el globo, en la infinita bóveda azul del cielo habitaban los dioses inmortales.

Estos seres sobrenaturales eran semejantes en su aspecto a los hombres de hoy, pero más majestuosos, más fuertes, más hermosos y más poderosos, pero mortales y reproductivos.

Y aunque un día pensaron en crear el mundo, para distraer su aburrimiento, la verdad es que el creador del Mundo no fue ningún dios. Los dioses vinieron luego, cuando la Naturaleza ya había evolucionado bastante.

La diferenciación entre el Cielo y la Tierra se operó al desprenderse de aquella masa primitiva los elementos más puros y transparentes, que por su ligereza se elevaron formando los Cielos; las sustancias más pesadas constituyeron la Tierra.

Entre el Cielo y la Tierra se formó una especie de cereal que se metamorfoseó en un dios, emergiendo de este modo el primer espíritu celeste, llamado Kami. Por aquel entonces, en medio de las aguas terrestres apareció una isla nadando como un pez sobre la superficie líquida. Era Japón.

La bóveda celeste era en aquellos momentos una vasta región surcada por un ancho río (Vía Láctea), en cuyas riberas celebraban consejo las deidades o kami (seres simplemente, superiores a los mortales). La Tierra se unía al Cielo mediante una escalera por la que bajaban con frecuencia los celestes moradores. Pero un buen día esa escalera se derrumbó en el mar, originándose un istmo.

El llamado «País de las Tinieblas» o Infierno era subterráneo. Y por una de sus entradas afluía el agua de los mares con la que los hombres se lavaban los pecados el día de la Gran Purificación.

Tanto el primer dios como sus seis deidades que le sucedieron fueron hermafroditas y se reproducían por sí mismos. El séptimo genio, llamado *Izanagi*, se desdobló en un ser macho y en un ser hembra al que se denominó *Izanami*, calificativos que significan, respectivamente, «el honorable que concede abundantemente» y «la honorable que excita en gran manera».

Después de quedar constituida esta primera pareja creadora, los dioses se preguntaron:

—¿Existen continentes e islas abajo, en las profundidades?

Y asomándose al caos barrizoso armados con una lanza roja de piedra preciosa, llamada Nukobo, la pareja removió el fondo, y la gota de agua turbia que se deslizó al retirar la lanza formó la isla Onogoro.

Allí fue donde Izanagi e Izanami establecieron su residencia y en ella se instituyó posteriormente el Imperio nipón.

Al llegar a la isla Onogoro, el dios macho descendió por el lado izquierdo y la hembra por el derecho. Al encontrarse sobre la «columna del Imperio», el genio femenino, habiéndole reconocido, dijo:

—Estoy extasiada de encontrar un joven tan bello.

Entonces Izanagi, en tono brusco e irritado, respondió:

—Yo soy hombre y, por lo tanto, es justo que hable primero. ¿Cómo te has atrevido a empezar siendo tú mujer?

Luego se separaron y prosiguieron su camino. Pero volvieron a encontrarse de nuevo en el lugar de donde partieron. Esta vez el genio masculino dijo:

—Soy feliz por haber encontrado una joven tan hermosa: tu hermosura me fascina; no puedo resistir tus encantos, y todo mi ser arde por ti. ¿Tienes algo a propósito para la procreación?

—Tengo en mi cuerpo un órgano femenino —respondió ella.

A lo que el genio masculino agregó:

—Y mi cuerpo posee asimismo un órgano de origen masculino y deseo juntarlo con el de tu cuerpo.

Pero este matrimonio de dioses no conocía el amor. Y fueron dos pájaros los que se lo enseñaron.

Así dieron vida a su hijo, el dios Hirugo, que nació imbécil y cretino, y tan desmedrado que sus padres lo abandonaron en medio de las aguas de los océanos, dejando que las olas se lo llevaran sobre una lanchita de caña.

Después engendraron una isla que resultó ser de espuma. Y como tampoco les satisfizo preguntaron a los demás dioses la razón de estos dos desafortunados nacimientos.

—Ello se debe —les contestaron— a que se ofreció primeramente la esposa.

Del nuevo enlace que efectuaron los dioses nacieron las ocho islas principales del Japón, engendrando acto seguido ella a los dioses que dirigen los vientos, la Tierra, los montes, los árboles, las montañas y, finalmente, al dios del Fuego.

Izanami murió a consecuencia del ígneo parto del dios del Fuego, y su cadáver fue enterrado en la cúspide del monte Hiba. Su esposo Izanagi se enfureció enormemente y no cejó hasta decapitar al recién nacido dios del Fuego. Pero de cada gota de sangre del decapitado, surgió un nuevo dios.

Sin pérdida de tiempo Izanagi se fue en busca de su mujer a los Infiernos, al reino de los muertos —como Orfeo fue en busca de su difunta Eurídice—, pero ésta no pudo regresar al mundo de los vivos ya que había probado los manjares del mundo subterráneo.

A pesar de ello, Izanami solicitó de los dioses tenebrosos el favor de poder retornar a la Tierra, exigiendo antes de su esposo la solemne promesa de que la esperaría sin intentar verla.

A pesar de la promesa, el marido se cansó de esperar y penetró resueltamente en los Infiernos. Llegado por fin junto a ella, la abrazó con tanto ardor y fuerza que rompió una de las púas de su peineta. Inmediatamente, la diosa se convirtió en una montón de carnes en estado de putrefacción, y a Izanagi le fue imposible reconstruirla y rescatarla.

A la vista de su esposo y entre las recriminaciones de la difunta, se abalanzaron contra Izanagi los Ocho Truenos, ayudados por las Horrendas Hembras Infernales.

Izanagi emprendió la huida, logrando escapar obstruyendo la entrada con una roca. Al salir de aquel lugar inmundo, con el objeto de purificarse se encaminó jadeante y fatigado hacia la isla Kyushu, por donde corría el río de los Naranjos, y en cuyas límpidas y purificadores aguas se bañó repetidamente.

Entonces, de cada parte de su cuerpo que tocaba el agua surgió una divinidad. De una gota que le cayó del ojo derecho nació Tsukino-Kani, el dios de la Luna; de otra gota que se le desprendió del ojo izquierdo, nació Amaterasu, la diosa del Sol; y de una gota de agua que le resbaló de la nariz, nació Susanoo, el dios de la Tempestad, el Hércules de la mitología japonesa, más violento que éste en sus acometidas amorosas y en sus hazañas guerreras.

Origen de la dinastía imperial japonesa

La diosa Amaterasu, cuya imagen simboliza al Sol y con el cual se confunde a veces, es considerada como fundadora de la nación japonesa, en cuyo país goza de universal veneración.

Amaterasu recibió de su padre, Izanagi, la orden de gobernar el mundo; pero envidioso de ello su hermano Susanoo —que significa «el macho impetuoso»—, puso obstáculos al bienestar de su reino. Además, el joven Susanoo perpetró mil fechorías y devastó el palacio de su hermana, en el que penetró por el techo a lomos de un caballo celeste al que había desollado vivo poco antes.

Tanto se ofendió y llenó de espanto Amaterasu que fue a ocultarse en el fondo de una gruta, dejando a oscuras el mundo y esparciendo por la tierra los malos espíritus.

Al verse privados de luz, los demás dioses decidieron buscar una fórmula para captarse de nuevo la buena voluntad de la diosa Amaterasu. Un astuto kami hizo llevar gallos cerca de la gruta para que con su canto pareciera que había llegado la aurora. También obligó a que todos los pájaros formaran un gran coro en torno a la cueva; y se plantaron quinientos árboles aromáticos para perfumar el albergue de la ofendida diosa.

Por si esto fuera poco, se situó frente a la gruta un gran espejo, mientras empavesaban de blanco algunos árboles en los que colocaron una infinidad de joyas que sirvieran de reflectores.

Entretanto, una diosa subalterna de gran belleza, llamada Ameno Uszunu, ejecutaba artísticas danzas, dejando caer a cada vuelta una prenda de su vaporoso vestido. A medida que iban cayendo los velos que la cubrían, los dioses, reunidos allí, prorrumpían en grandes carcajadas ante la cómica danza o bien elogiaban entusiásticamente el esplendor de las formas desnudas de la hermosa bailarina.

Y como quiera que Amaterasu oía, oculta, tales risas y alabanzas, más que curiosidad sintió celos y salió de la gruta, por lo que tornó a brillar la luz en el mundo.

Los dioses le entregaron el espejo para que se contemplase, y la diosa del Sol se sintió satisfecha al convencerse de que era mucho más hermosa que ninguna otra.

Entonces accedió a gobernar de nuevo y a iluminar el mundo. Por su parte, los dioses castigaron duramente a Susanoo, hermano de Amaterasu, expulsándolo del cielo y dándole el imperio de los mares. Pero antes, los dioses le arrancaron los cabellos y las uñas como castigo a su osadía.

Susanoo acató la voluntad de sus superiores, pero antes hubo de luchar con un fiero dragón de ocho cabezas, que, sembrando el terror y cometiendo tropelías, se había erigido en dueño y señor de los mares.

—¡Toma este sable, él te ayudará a vencer! —dijo el dios de la Guerra, entregándoselo a Susanoo.

Y tras un combate valiente y peligroso, el antiguo dios de la Fuerza venció al dragón. Su astucia, su arrojo, pudieron con el monstruo, que quedó sepultado en las profundidades marinas.

A continuación, Susanoo regresó a la tierra y regaló a su hermana Amaterasu, en desagravio de sus ofensas, una joya en forma de esfera que llevaba el dragón y el sable con el que le dio muerte.

Pasó el tiempo y, un buen día, de los incestuosos amores de la hermosa Amaterasu y del valeroso Susanoo nacieron otras familias de dioses, de una de las cuales procede la dinastía imperial del Japón. Al parecer, los dioses, primitivamente de una naturaleza sobrehumana, fueron metamorfoseándose paulatinamente, hasta llegar a Jimmu, nieto de Amaterasu y Susanoo y primer emperador-hombre, fundador de la dinastía del imperio japonés que empezó a regir el año 660 antes de Jesucristo.

Por eso, los emperadores del Japón, a los que se les da los calificativos de «Tenno» (Emperador celeste), y «Tenshi» (Hijo del Cielo), son los únicos que se creen descendientes de dioses, ya que tuvieron por abuelos a la diosa del Sol y al dios del Valor.

Al nacer su nieto Jimmu Tenno, la diosa Amaterasu le regaló las islas del Japón, nombrándole para siempre su emperador. Y al mismo tiempo le entregó los tres tesoros sagrados: el Espejo, el Sable y la Joya.

Desde entonces éstos son los emblemas del emperador japonés. Están guardados en el templo antiguo de Isé, envueltos en ricas telas de seda.

El Espejo es el mismo que los dioses entregaron a Amaterasu al salir de la gruta para que contemplase su belleza; el Sable es el que empleó Susanoo para matar al dragón de ocho cabezas, y la Joya es la misma que Susanoo quitó a esta fiera al matarla.

Por consiguiente, desde Jimmu Tenno, el primer emperador del Japón, hasta nuestros días, durante más de dos mil seiscientos años no ha habido discontinuidad entre sus emperadores. Todos han descendido en línea directa de la divina Amaterasu, la hermosísima diosa del Sol.

La muerte del dragón

Cuéntase que Susanoo, el dios de las Tempestades y del Valor, expulsado del cielo por su agresividad y mal comportamiento, se quedó en la tierra en lugar de trasladarse al mar, lugar al que había sido destinado. Y para no aburrirse se puso a viajar de un sitio a otro, observando las cosas y estudiando a los hombres y a las mujeres.

Cierto día, hacia la puesta del sol, llegó junto al río Ki, en cuya ribera vio una alquería que atrajo su atención, por lo que, decidido a pedir hospitalidad por aquella noche, se encaminó resueltamente hacia la entrada.

Pero cuando ya se hallaba a corta distancia de la misma, hirieron sus oídos unas voces lamentables, interrumpidas de vez en cuando por sollozos y suspiros.

Susanoo detúvose perplejo en el umbral y echó una rápida ojeada al interior de la casa. En el centro de una estancia desnuda y con el hogar sin fuego, se hallaban tres personas: un anciano, una anciana y una muchacha de rara belleza, de larga cabellera, negra como la noche, y hermosos ojos brillantes como estrellas. Los tres se lamentaban, llorando y golpeándose el pecho en señal de desesperación.

—¿Qué os sucede? –preguntó Susanoo–. ¿A qué se debe tanto dolor?

El anciano alzó el rostro lleno de arrugas y húmedo de lágrimas hacia aquel desconocido y respondió:

—Soy Asizanuci, ésta es mi mujer Tenazuci y la muchacha que aquí veis llorando es mi hija Kunisada, a quien dentro de poco el dragón de las ocho cabezas vendrá a buscar para llevársela a su guarida y devorarla.

—¿Qué monstruo es ese? –preguntó intrigado el dios Susanoo.

—¡Oh! Es un monstruo enorme, que con su mole ocupa ocho valles y ocho colinas; tiene ocho cabezas y ocho colas. Sus ojos son de fuego, su vientre lanza chispas y su cuerpo está cubierto de un espeso bosque de cedros gigantescos. Este monstruo se ha llevado todas mis riquezas; ha devorado uno tras otro todos los animales que había en mi establo y todos los siervos y criados que poblaban mi hacienda. Y ahora que me ha despojado de todo, viene a quitarme la única alegría de mi vida, esta hija adorada, en la que había puesto todas mis esperanzas.

Conmovido por aquel relato, dijo Susanoo:

—Si Kunisada quiere ser mi esposa, os prometo que la salvaré del dragón.

Y para darse a conocer, abrió la capa de peregrino que lo cubría, y al instante apareció a los ojos de los presentes en toda su prestancia y majestad divinas. Los afligidos padres accedieron gustosos a la propuesta de Susanoo, y también la bella Kunisada se acercó al joven dios, confiada, ofreciéndole su blanca mano, que éste apretó entre las suyas con ternura.

En aquel preciso momento, la tierra tembló terriblemente y un terrible aullido resonó en la noche. El dragón se acercaba a la alquería. Ya se divisaban las dieciséis llamas de sus encendidos ojos, que desgarraban las tinieblas con lívidos resplandores, en tanto que su cuerpo inmenso, semejante a una gran montaña, se iba aproximando, arrasándolo todo a su paso.

Susanoo desenvainó decidido su refulgente espada, que le había regalado el dios de la Guerra, y ordenó a los dos ancianos y a la muchacha, que rezaban temblorosos en un rincón de la estancia:

—Llenad en seguida ocho odres de aguardiente «saké» y ponedlos frente a la entrada de la alquería.

Mientras tanto, el fiero dragón avanzaba, veloz como el pensamiento, a pesar de su gigantesca mole. Pero al llegar cerca de la casa se detuvo: había sentido los efluvios del «saké», del que era muy aficionado. Luego, sin vacilar, metió las ocho cabezas en los ocho odres y se puso a beber con avidez.

El monstruo bebió y bebió, hasta que, embriagándose por completo, se durmió profundamente lanzando tremendos y aterradores ronquidos.

Susanoo se acercó entonces al dormido dragón y resueltamente hundió infinitas veces la hoja de su espada en el cuerpo inmóvil. Poco después miles de chorros de sangre negruzca y pestilente manaban de las heridas como cascadas, formando a lo lejos un agitado río de sangrientas olas.

Aunque sin duda el dragón estaba ya muerto, para mayor seguridad, el valeroso Susanoo hundió una vez más su afilada arma junto al corazón del monstruo.

Entonces se escuchó un ruido metálico, y al instante la espada divina saltó hecha pedazos.

—¿Qué ha ocurrido? –preguntó extrañado Susanoo.

Y deseando averiguarlo, el dios descuartizó el cuerpo del dragón. Pero su asombro no tuvo límites al descubrir en sus entrañas un sable diamantino de rara belleza.

—Este hermoso sable –dijo Susanoo, mientras lo sacaba de su original vaina– lo regalaré a mi hermana Amaterasu para obtener su perdón.

Instantes después, tomó de la mano a la bella Kunisada y la condujo a su maravilloso palacio, ceñido de nubes plateadas, donde vivió feliz con su esposa el resto de sus días.

COREA Y TÍBET

La soberbia del árbol

Hace muchísimos años que en la cumbre más alta del Himalaya se levantaba un árbol gigantesco, de extraordinaria frondosidad, a cuya sombra iban a cobijarse todos los habitantes de aquellas apartadas regiones.

Y ocurrió que cierto día, un santo monje budista llamado Shinram, extenuado por el calor y la fatiga de una larga caminata, fue a sentarse a la sombra acogedora del gran árbol. Y el bonzo no pudo por menos que dirigir al espléndido vegetal palabras de agradecimiento y admiración.

—Es evidente –le dijo– que debes gozar de la protección de algún poderoso dios, puesto que ni el huracán ni las ventiscas –que tan violentas son en el Tíbet– han podido desbaratar tu magnífica melena, ni abatir tu soberbio tronco en el curso de los siglos. ¿Es acaso el mismo dios del Viento quien te protege?

—¡Ni mucho menos! –contestó el árbol con altivez, sacudiendo sus frondas con un ruido semejante al trueno–. Por ese lado te engañas, anciano. Nunca me ha protegido ninguna divinidad, y menos aun el maligno Viento, que no tiene amigos ni perdona a nadie.

—Entonces... –dijo el monje.

—Lo que sucede –interrumpió el árbol– es que nadie ni nada puede contra mí, por fuerte y poderoso que sea. Cuando el viento se desata furioso y arrolla con su ímpetu a los demás árboles, se detiene como agotado ante mi potencia y se retira, mudo y temeroso, deseando en su corazón que yo no me encolerice contra él y le castigue severamente.

Tales palabras, llenas de soberbia y de necia jactancia, indignaron al bueno de Shinram. Sabido es que los tibetanos adoran los lagos, los montes, los bosques, el sol, y diversos fenómenos como manifestaciones de su dios.

También aquel monje, al igual que otros muchos bonzos budistas, creía que el dios creador de todo lo existente se unió con otro del sexo femenino, y de su unión salieron los hombres primitivos, o pequeños dioses, y la Tierra.

Es decir, que Shinram, creía que el Cielo y la Tierra venían a ser como seres de distinto sexo; el Cielo, masculino, tenía como principio fecundante el Sol, el cual emitía los gérmenes de reproducción en los «fecundísimos senos de la Luna» la cual los enviaba a la Tierra, ser femenino.

Los coreanos, en cambio, creen descender de una vaca que vivía en las playas marítimas, aunque las clases nobles, en su orgullo, se han denominado siempre hijos del Sol.

Mirando fijamente al soberbio árbol, el monje budista exclamó con acento indignado:

—¿No te da vergüenza? ¿Cómo te atreves, miserable vegetal, a emplear ese acento lleno de desprecio para con uno de los dioses más poderosos, que es el terror del universo?

Y poniéndose en pie, decidido a abandonar aquellos lugares, añadió:

—Me voy de aquí. Aunque cansado y deseoso de sombras y de frescura, no puedo detenerme ni un minuto más a hablar con un ser tan indigno y necio como tú.

Acto seguido marchóse indignado, apoyándose en su grueso cayado y murmurando palabras de enojo contra el soberbio árbol.

Pero aún no había desaparecido en la lontananza, cuando el cielo se oscureció, la tierra se puso a temblar y presentóse el Viento en persona y con un espantoso silbido, agitando amenazadoramente sobre el árbol sus potentes brazos hechos de nubes.

Cuando el árbol vio al poderoso dios junto a él, se estremeció hasta sus más profundas raíces y en su fuero interno deseó no haber pronunciado jamás aquellas insensatas palabras.

—¿Qué tal, arbolito? –aulló el Viento–. ¡Así que yo no soy bastante potente para ti! ¡Ja, ja!

Y al reír todos los árboles del bosque se doblegaron aterrorizados hasta el suelo. El Viento prosiguió diciendo, malhumorado:

—¡Muy bien! ¡De manera que te tengo miedo! ¿No sabes que si yo quisiera te derribaría en un instante como al más pequeño de los arbustos? Si ahora te he perdonado la vida, ingrato, y te he conservado intacto durante siglos, es porque en la noche de los tiempos, cuando el mundo era todavía en gran parte un caos, el dios Brahma, cansado del trabajo de la creación del mundo, vino a reposar a tu sombra. ¿No lo sabías, acaso?

—No, no lo sabía –acertó a murmurar el árbol.

—Y ha sido precisamente en memoria de aquel hecho –agregó el Viento–, por lo que te he concedido la vida hasta hoy. Pero tú me has insultado, me has ultrajado, y por eso mereces el castigo más atroz. Pero no lo aplicaré ahora, sino mañana.

—¡Perdón! –suplicó el árbol–. ¡Te prometo no volver a hacerlo!

Pero el Viento, sin hacer caso de tal súplica, prosiguió en tono amenazador:

—Quiero castigarte a la luz del sol para que todos puedan ver cómo el Viento trata a los ingratos y soberbios. ¡Hasta mañana!

Y tras haber lanzado un último silbido que abatió a los árboles de la selva y heló a las fieras en el fondo de sus guaridas, desapareció tan rápidamente como había venido.

Poco después vino la noche y el silencio y las tinieblas envolvieron al mundo. Todas las plantas se adormecieron rendidas y temerosas. ¡Sólo el árbol del Himalaya velaba en su angustia! Y, acongojado, decía para sí:

«¡Qué a gusto me desdeciría de cuanto he dicho al monje budista y me retractaría de todo! ¡Ahora quién sabe lo que me espera! Probablemente seré arrancado de cuajo, hecho pedazos y triturado; mi tronco y mis ramas serán esparcidas por la selva, marchitos y secos, y sólo serán útiles para arder en una hoguera. ¡Después de tantos siglos de vida y de reinado, seré borrado, de la faz de la tierra...!»

Pero a medida que iba meditando en estas cosas, se le ocurrió que tal vez existía un remedio heroico, una última esperanza de sobrevivir: resistiendo la furia del Viento.

—Sí –murmuró el árbol–, despojado de todas mis ramas y de todas mis hojas, podré resistir mejor los embates de mi enemigo.

Y así lo hizo seguidamente. En un momento se despojó de todas las ramas, se arrancó hasta la última hoja, y las primeras horas del alba encontraron, en el lugar del árbol magnífico, señor de la selva y rey de todos los bosques, un miserable tronco, mutilado y desnudo.

Unos momentos después se presentó el Viento, como había prometido. Venía lleno de cólera y deseoso de vengarse. Pero entonces ocurrió algo curioso, sorprendente.

Cuando el dios estuvo junto al árbol y lo vio sin hojas y con las ramas y las flores esparcidas por el suelo, su cólera se desvaneció instantáneamente y comenzó a reír con una risa primero breve y queda, luego fuerte y sonora, que invadió toda la tierra y la sacudió hasta sus cimientos.

Por fin, una vez recobrado el aliento, dijo con ironía:

—¡En verdad que no te conozco, árbol soberbio! El castigo que tú mismo te has infligido ha sido mucho más atroz que el que yo habría podido aplicarte con toda la fuerza de mi cólera. Ahora eres un espectáculo realmente grotesco, porque todos se reirán de ti: los animales y las plantas, los hombres y también los dioses. ¿Qué mayor venganza contra un soberbio y necio como tú? ¡Ja, ja!

Y profiriendo sonoras carcajadas regresó a la áurea morada de los dioses, dejando al árbol triste y humillado.

Buda y la liebre

En cierta ocasión, hace de esto mucho tiempo, el futuro Buda nació en forma de liebre.

Vivía en un bosque, en cuyos linderos había una montaña, un río y un pueblo. Pero en aquel mismo bosque vivían otros tres animales: un mono, un chacal y una nutria.

Los cuatro animales eran buenos amigos y compañeros. Durante el día, cada uno de ellos cazaba y vivía a su propio modo, pero por la noche, se reunían para charlar un rato. Sin embargo, la liebre, debido a que sus camaradas la consideraban más sabia, era casi siempre quien llevaba la voz cantante en todos los asuntos. Ella les enseñaba también la doctrina y les exhortaba a seguirla.

—Dad limosnas –les decía–, guardad los preceptos, observad los días de ayuno.

Una de las veces que estaban reunidos, el futuro Buda miró al cielo para contemplar la luna y al mirarla, se dio cuenta de que al día siguiente sería de ayuno.

—Mañana debemos ayunar –les dijo a sus compañeros– Todos tenemos la obligación de observar este precepto. Y, como dar limosnas en ese día trae grandes recompensas, si alguien os suplica un presente, dadle incluso una parte de vuestra propia comida.

—Así lo haremos, amiga liebre –le respondieron los otros animales yéndose cada cual a su guarida para pasar la noche.

Al día siguiente, la nutria se despertó muy temprano y se dirigió directamente a las orillas del cercano río a buscar alimento. Al llegar allí vio a un pescador que había cogido siete pescados rojos y los estaba ensartando en un sarmiento. Una vez hecho esto los enterró bajo la arena y continuó pescando a lo largo de la orilla del río.

Naturalmente, la nutria se dio cuenta, por el olor, de donde estaba enterrado el pescado y al ver lejos al pescador escarbó en la arena hasta dejar los peces al descubierto. Luego, y por tres veces, gritó sin que nadie pudiera oírla:

—¿Tiene dueño esto que está aquí?

La astuta nutria esperó un rato, y como no recibiera ninguna respuesta, ni apareciese nadie a recogerlo, asió el sarmiento con los dientes y arrastró su presa hasta su madriguera. Sin embargo, al llegar allí, dejó los peces en un rincón sin atreverse a tocarlos, pues recordaba lo que la liebre había dicho y deseaba guardar los preceptos.

—Los comeré cuando acabe el ayuno –pensó.

También el mono se internó en el bosque en busca de comida. Cuando halló los mangos que le parecieron a su gusto, arrancó un racimo del árbol y se lo llevó a su casa. Creyó igualmente que era su deber no tocarlos hasta que hubiera pasado el día de ayuno.

—Aunque tengo hambre –pensó– la aplacaré a su debido tiempo.

El chacal, por su parte, salió también a ver qué encontraba. Y andando, llegó a la cabaña de un guardabosques. Penetró con cautela en su interior y, rebuscando por todas partes, halló un tarro de manteca agria, dos trozos de carne asada y uno de iguana. El chacal, al igual que la nutria, antes de tocar las cosas, gritó por tres veces:

—¿Tiene dueño esto que está aquí?

Y como no obtuviera contestación, se colgó el cordón que servía de asa del tarro alrededor del cuello, cogió la carne y la iguana con los dientes, y se lo llevó todo a su madriguera. Pero tampoco el chacal probó bocado. Se acordaba del día que era y quería guardar el ayuno.

—Lo comeré a su debido tiempo –se dijo.

Sin embargo, el futuro Buda, es decir, la liebre, no se movió de su guarida. Tenía el propósito de permanecer en ella hasta que pasara el día, para cumplir de esta forma el precepto divino.

Y mientras yacía en el suelo descansando, le vino a la mente una idea: ¿Qué podría ofrecer si venía alguien a pedirle comida? No poseía nada. ¿Nada?

—Si alguien viene a pedir –se dijo con resolución– le daré mi propia carne.

El trono de mármol de Brahma se sintió conmovido por el ardoroso ímpetu con que aquella liebre ofrecía su sacrificio.

Y, queriendo saber si era cierta y sincera su resolución, se disfrazó de bonzo y quiso poner a prueba por sí mismo la promesa de la liebre.

Primeramente visitó a la nutria. Ésta, al ver al monje sentado a la puerta de su casa, le preguntó:

—¿Qué haces aquí?

—Si tuviera tan sólo un poco de comida –respondió el bonzo– podría guardar mis votos y cumplir mis deberes.

—No te preocupes, yo te daré comida –contestó la nutria– Aquí tengo siete peces rojos que encontré enterrados esta mañana en las arenas del río.

—Gracias, amiga –le replicó el monje–. Te estoy muy agradecido. Volveré por ellos más tarde. Mañana tal vez. Hoy tengo que cumplir el ayuno.

Después de despedirse de la nutria, se fue a ver al mono y al chacal. Los dos animales al verle le ofrecieron su comida en cuanto hizo su petición. Sin embargo, también a ellos, les dijo lo mismo que a la nutria.

Sin pérdida de tiempo se fue a ver a la liebre. Cuando ésta oyó las súplicas del monje budista, se puso muy contenta.

—Has hecho bien en venir a mí para que te diera de comer –le dijo–. Hoy, por ser día de ayuno, me siento más generosa que otras veces, y te ofreceré algo que jamás di antes. Incluso con ello te ayudaré a mantener los preceptos de no hacer daño a ninguna criatura viviente.

—¿Qué quieres decir? –replicó intrigado el bonzo.

—Amigo mío –respondió la liebre–, ve y haz un fuego en un claro del bosque. Cuando haya un buen lecho de brasas refulgentes, ven a buscarme. Saltaré entre ellas y te ofrendaré mi vida. Y cuando veas que mi cuerpo está suficientemente asado, come de mi carne y cumple después con tus deberes de monje.

Así se hizo. El sacerdote, con su mágico poder, encendió enseguida un montón de brillantes ascuas. Luego fue a visitar al futuro Buda, que se levantó rápidamente de su lecho de hierbas y le siguió hasta la hoguera.

Antes de tirarse al fuego, sin embargo, se sacudió tres veces diciendo en voz alta:

—¡Voy a perecer! Si algún insecto hay en mi piel, no tengo derecho a hacerle morir conmigo. Que se vaya si quiere.

Acto seguido, esclava de su bondadosa liberalidad, se arrojó a las ardientes brasas con la misma delicia que una abeja se posa en el corazón de una flor para libar.

Aquel fuego, sin embargo, no le llegó a chamuscar ni siquiera un pelo. Antes al contrario, al arrojarse en él, le pareció que se sumergía en un lecho de blandas y frescas nubes. Entonces miró al monje extrañada y dijo:

—¿Quién eres tú? El fuego que encendiste está tan frío que apenas ha caldeado mi cuerpo. ¿Qué significa este prodigio?

—Soy Brahma –respondió el monje–, y vine a poner a prueba tu promesa.

A lo que replicó el futuro Buda con voz de trueno:

—Señor, si todos los seres que habitan en el mundo trataran de poner a prueba mi prodigalidad, no descubrirían en mí falta alguna de inclinación a dar.

—Prudente y sabia eres, liebre –dijo Brahma–. Yo haré que tu virtud sea proclamada por todos los confines del mundo y aun más allá.

Entonces cogió una enorme montaña, la estrujó entre sus poderosas manos, y del jugo que estrajo de ella dibujó una liebre en el disco de la luna.

Después de hacer esto, ordenó a la liebre que se internara en lo más intrincado del bosque, e hizo crecer allí hierba adecuada para su alimento. A continuación, se despidió de ella y partió hacia las celestiales mansiones.

Y por guardar los preceptos, los cuatro animales de esta leyenda vivieron feliz y armoniosamente en aquellos parajes.

EGIPTO

El mito de Osiris

Refiere la leyenda que llegó un momento en que los dioses, además de gobernar el cielo, quisieron gobernar la tierra, y en su virtud tomaron forma y cualidades humanas, descendieron y empezaron a regir Egipto.

El quinto de los dioses gobernantes fue Osiris (el bien). Al nacer, se oyó una voz que dijo:

—El señor de todas las cosas ha venido al mundo.

Reinando con su esposa y hermana Isis, en todo el Egipto, Osiris, bondadoso, paternal, instruido, civilizó a su pueblo que se hallaba en estado salvaje, enseñándole el cultivo de la vid –la planta por excelencia–, la práctica de la agricultura, el ejercicio de las artes y dándole leyes religiosas y políticas. Isis, por su parte, descubría el trigo y la cebada.

Esta magna obra le atrajo la enemistad de su perverso hermano Seth o Tifón (el mal) de cabellos rojos, que tramó la muerte de Osiris, por odio y envidia a sus bondades.

El dios-rey, no satisfecho aún con lo que había hecho, partió con su ejército a la conquista del mundo, llevando por amas las bellas artes. Y en Etiopía, Arabia, India, Tracia, Macedonia y otras regiones, enseñó las leyes, las artes y el cultivo del campo.

Mientras tanto, el Gobierno de Egipto quedó encomendado a Isis, con su buen ministro Thoth, los cuales continuaron administrándolo rectamente. Pero tuvieron que luchar contra Tifón, que pretendió apoderarse del reino. Sin embargo, Tifón fue vencido, y se reconcilió posteriormente con su hermana Isis.

Al regresar Osiris triunfante a Egipto, el ambicioso Tifón, fingiendo afecto, invitó al héroe victorioso a un espléndido festín, llevando a él un magnífico cofre o féretro, que asombró a todos. Después del banquete, Tifón invitó a los convidados a que entrasen uno a uno en el sarcófago para regalárselo a quien mejor le estuviera. Y al corresponder el turno a Osiris, Tifón o Seth, con la ayuda de setenta y dos conjurados, cerraron la tapa del féretro y, clavándola, lo arrojaron al Nilo, cuyas aguas llevaron al Mediterráneo el sarcófago, donde murió Osiris.

La afligida Isis, después de cortarse un bucle de sus cabellos, acompañada de su hermana Nefté, esposa de Seth, y guiada por su fiel guardián Anubis (dios de Kinonpolis), buscó durante mucho tiempo los restos de su señor y esposo amado.

Al cabo de un tiempo, por revelación de sus padres divinos Geb y Nut, supo que las olas del mar habían llevado el féretro a la frontera siria, a las costas de Byblos o Gebal. Allí fue detenido entre las ramas de un tamarindo, que creció y envolvió en su tronco el cofre durante mucho tiempo, hasta que el rey de aquel país lo supo e hizo con el tronco del árbol una columna, que colocó en su palacio.

Mientras, Isis emprendió el camino de Byblos en busca del cadáver de su esposo. En las inmediaciones de la ciudad se sentó al lado de una fuente, rehusando hablar con las gentes que pasaban. Pero cuando llegaron las esclavas de la reina las saludó cariñosamente, trenzó sus cabellos y los impregnó de rica esencia.

La reina de Byblos sintió vivos deseos de conocer a la extranjera de porte tan aristocrático y olor tan agradable; la condujo a la corte, y le encomendó la crianza de uno de sus hijos.

Isis colocaba al niño en el fuego para consumir su parte mortal, mientras ella, transformada en golondrina, revoloteaba alrededor de la columna hecha con el tronco de tamarindo, deplorando su triste suerte.

Cierta noche, la reina, llena de curiosidad, fue a la estancia donde estaba Isis, y al ver a su hijo entre las llamas, dio un agudo grito, que privó al niño de la inmortalidad. Entonces la diosa se dio a conocer a la reina y solicitó la columna que le fue concedida.

Acto seguido, llorando amargamente, Isis sacó el cuerpo de Osiris del tronco, y éste, envuelto en paños de odorífero lino, lo devolvió a los reyes, que dispusieron su traslado al templo de Byblos.

Isis regresó con el féretro y el cuerpo de Osiris a Egipto, con objeto de embalsamar el cadáver de su esposo en Menfis. Pero antes quiso visitar a su hijo Horus, y depositó el sarcófago en un lugar oculto hasta su regreso.

Pero enterado Seth de lo ocurrido y temiendo que Isis resucitara a Osiris, mediante magia o encantamientos, cierta noche, cazando al claro de la luna, halló casualmente el cadáver de su hermano. Inmediatamente lo dividió en catorce pedazos, que dispersó, distribuyéndolos entre sus cómplices para que los enterraran en diferentes lugares de Egipto. El sexo lo arrojó a las aguas.

Isis, desolada al ver perdido otra vez a su esposo, ordenó construir una barca de papiro y emprendió nuevamente una peregrinación para recuperar los pedazos de su marido. Navegó por el Nilo, recorriendo todo Egipto y, gracias a unas misteriosas luces que le indicaban el lugar donde se hallaban, logró encontrar y reunir los restos de Osiris, excepto el órgano de la reproducción, que había sido devorado por los oxirrincos del Nilo; la diosa lo sustituyó por un falo hecho de sicómoro, higuera originaria de Egipto, que posee desde entonces un carácter sagrado.

Inmediatamente, Isis ordenó a los sacerdotes que celebraran solemnes honras fúnebres. Lloró con el pueblo y dispuso que se construyeran, como santuarios de Osiris, catorce tumbas suntuosas, en forma de buey, por ser el animal a cuya alma pasaba la de Osiris.

Poco después, encargó a los sacerdotes que dedicasen a la memoria de su esposo muerto un animal, que gozaría de los honores divinos y que fue el buey Apis, cría única de una novilla, fecundada por un rayo de sol y que lo dio a luz sin perder su virginidad.

Otra versión dice que Isis hizo, de cera mezclada con aromas, figuras iguales a la de Osiris, y en cada una de ellas colocó un trozo del cuerpo de su esposo. Luego llamó secretamente a cada uno de los colegios de sacerdotes y les hizo jurar el secreto, asegurando a cada uno que lo había preferido a todos los demás para hacerle depositario de todo el cuerpo de Osiris.

Así comenzaron los misterios osirianos.

Después, Isis pidió a su hijo Horus que vengase a su padre. Este se apareció en forma de lobo, venido de las regiones de las sombras, e instruyó a su hijo en el manejo de las armas.

Osiris en otra aparición visitó a Isis, y la diosa tuvo otro hijo, sobre una flor de loto, llamado Harpócrates, que nació antes de tiempo y tenía torcidas las piernas.

Horus, a quien se representaba generalmente con cabeza de gavilán y también en forma de la misma ave, símbolo del sol, auxiliado de su primer ministro Thoth, reunió su ejército y emprendió una activa campaña contra su tío Seth o Tifón. Este fue vencido y hecho prisionero; pero Isis, compadecida, puso en libertad a su hermano.

Indignado Horus, arrancó a su madre la diadema real, dándole Thoth en cambio otra de piel de buey, o, según otros, la cabeza de una vaca.

Horus volvió a declarar la guerra a Seth, lo venció nuevamente y lo mató, clavándole una lanza en la cabeza.

Según otra versión, Seth logró escapar de la furia de su sobrino convirtiéndose en cocodrilo, recobró luego su forma, caminó sobre un asno durante siete días hacia el Norte, llegó al pantano de Menzaleh, antes lago Sirbón, y se sumergió en él para siempre.

También se cuenta que Isis, después de recuperar las partes de su esposo, todas excepto la del sexo, recompuso con estas reliquias, ayudada por Anubis y Nefté o Neftis, esposa de Seth, pero también hermana de Isis y Osiris, el cuerpo y lo resucitó mediante unos conjuros mágicos.

Una vez resucitado Osiris y para corresponder al supremo amor de su esposa, fecundó a Isis sin intervención de la carne, por obra exclusiva del amor, dando a luz a Horus. Este fue criado y educado por su madre en las tierras pantanosas del delta del Nilo, al abrigo de las iras de Tifón que quería vengar en él la resurrección de Osiris merced al poder de Isis.

Cuando Horus fue adulto, emprendió una serie de luchas contra su tío Seth para vengar el asesinato de su padre Osiris y para recuperar el reino que le había usurpado.

Por fin, Seth fue derrotado por Horus en una encarnizada batalla en la que éste perdió un ojo y aquél el sexo. Entonces Seth reclamó ante los dioses el derecho sobre su reino, constituyéndose un tribunal presidido por Geb, padre de Seth y de Osiris.

Después de un duro debate, quedó demostrado el terrible delito de crimen que había cometido Seth o Tifón en la persona de su hermano Osiris, por lo que los dioses, después de restituir el sexo a Seth y el ojo a Horus, condenaron a aquél a deambular por el mundo de las tinieblas, mientras que a Horus se le reconocía el derecho de reinar en el país del Nilo.

La leyenda termina diciendo que Isis y Horus, reconciliados, continuaron gobernando Egipto felizmente, siendo Horus el último de los reyes divinos, tras el que empezaron a reinar las dinastías humanas.

Entretanto, Osiris, dios extramundano, redivivo por los misterios, y satisfecho por el triunfo de su hijo, reinaba en el opuesto imperio de occidente y juzgaba a los hombres en la otra vida.

La historia del náufrago

Esta narración egipcia, que se remonta a más de tres mil años antes de Jesucristo, refiere las aventuras de un príncipe que regresaba de un viaje a Nubia.

Dicho príncipe iba poco satisfecho de sí mismo, debido a que, navegando por el Nilo, había pasado más allá de la isla en que pensaba desembarcar. Y ya se proponía terminar el viaje a pie, de cualquier modo, a través del desierto, sin gloria alguna, hasta llegar a su querido Egipto y dar cuenta del fracaso de su misión al rey, cuando uno de los que formaban parte de su séquito, al verle tan alicaído, se aventuró a narrarle, para levantar su ánimo, lo que a él le ocurrió en un viaje semejante, que se inició con un naufragio, pero que acabó muy felizmente, proporcionándole honra y provecho.

Empezó por citarle las jubilosas palabras de un experto capitán:

—¡Alégrese tu corazón, señor mío, porque, ved, ya hemos llegado a casa!

Y lo que sigue revela el entusiasmo de un hombre tan buen marino como buen patriota. Pero que era ante todo glorificador de la vida marinera y del orgullo del piloto que llega a puerto sano y salvo, sin haber perdido ni uno solo de los tripulantes.

El relato cuenta que, habiendo partido el viajero para trabajar en unas minas que el rey poseía en la península del Sinaí, naufragó la nave en que iba, y de los ciento cincuenta expertos navegantes que constituían la expedición, sólo uno quedó vivo, el narrador, a quien una ola del mar Rojo arrojó a una playa desierta.

Allí pasó tres días, «sin más compañía –dice– que la de su propio corazón», y durmiendo, al llegar la noche, en un sitio que halló cubierto de césped, «donde no podía abrazar más que a su propia sombra».

Empezó a divagar por aquellas tierras en busca de alimento, y descubrió higos, uvas, nueces, pájaros, peces, y en holocausto a los dioses encendió un fuego. Entonces oyó una voz horrenda que hizo temblar hasta los árboles y la tierra, y se encontró ante un enorme dragón recubierto de oro. A pesar de su tremendo aspecto, el dragón era un dios bondadoso, que le preguntó con insistencia:

—¿Cómo tú, tan pequeño, has podido llegar a esta isla desierta?

Y el narrador le contó lo que le había ocurrido con la nave y que una ola le había arrojado allí.

Compadecido de su desgracia, y para darle ánimos, el dragón le refirió que a él también le afligió una vez la desgracia, pues una estrella que cayó del cielo había dado muerte a los setenta y cuatro hijos que tenía. Y, sin embargo, resistió con ánimo firme el dolor de aquella desdicha.

—Esto ha de servirte de ejemplo –añadió el dragón– para que hagas lo mismo, hasta que puedas regresar a tu tierra, abrazar a tu esposa y a tus hijos y ver de nuevo tu casa, la mejor del mundo.

Además, le predijo que no estaría en aquella isla más de cuatro meses, transcurridos los cuales volvería a partir en una nave egipcia y sería feliz, yendo al palacio del rey para informarle de su viaje.

El náufrago, agradecidísimo, le prometió toda clase de presentes cuando llegase a su país e implantar en él su culto; pero el dragón se rió y le dijo que él tenía de todo en abundancia, y que cuando él se marchara, la isla desaparecería tragada por el mar.

Transcurridos los cuatro meses, apareció la nave egipcia anunciada por el maravilloso dragón. Embarcóse el náufrago, considerándose ya feliz y, al partir, quien le colmó de presentes fue el dragón, que llenó el barco de mirra, aceites, nardos, perfumes, ungüentos, resinas, y, además, jirafas, elefantes, lebreles, monos, etc.

Todo esto fue ofrecido por el náufrago al faraón, dos meses después, que es lo que duró la travesía. Y en pago de ello el rey le otorgó el nombramiento de capitán y le regaló esclavos que estuvieron a su servicio.

—Y aquí añade el narrador dirigiéndose al príncipe a quien quiere animar:

—Sírvante de ejemplo todos los trabajos que yo pasé y atiende a mi buen consejo, porque éstos deben ser siempre atendidos por los hombres. Pero no quiero cansarte con ellos.

La respuesta del príncipe fue tan pesimista como pintoresca.

—No te preocupes, querido amigo –dijo–, porque ¿quién se entretiene en dar de beber al ganso que ha de ser sacrificado en el acto?

CALDEA Y ASIRIA

La creación del mundo

En un principio, cuando «arriba», el Cielo no tenía aún denominación, y «abajo», la Tierra carecía de nombre, únicamente existía Apsú, el océano primordial, y Tiamat, el mar tempestuoso.

De sus aguas resultaron, al fundirse, todos los seres, incluso los dioses. Mummú (el tumulto de las olas) fue el primero en salir; luego Lahmú y Lahamú, una pareja de serpientes monstruosas, que a su vez dieron vida a Anshar (el mundo celeste) y a Kishar (el mundo terrestre).

De estas dos serpientes nacieron los grandes dioses: Anú, el poderoso; Bel Marduk, creador del hombre y, posteriormente, el dios que intervenía en todo lo relativo a la Tierra; Ea, el dios anfibio de la vasta inteligencia, y las demás divinidades: los Igigi, que poblaron el Cielo, y los Anunnaki, extendidos por la Tierra y los infiernos.

Sin embargo, muy pronto los dos primeros elementos, Apsú y Tiamat, decidieron destruirlos porque estaban descontentos debido a que los dioses turbaban su divino reposo.

Ocurrió entonces que Ea, la que gracias a su poderosa inteligencia lo sabía todo, al darse cuenta de su propósito, hizo uso de las artes mágicas y se apoderó del poderoso Apsú y del violento Mummú. Entonces Tiamat reunió a su alrededor un cierto número de dioses y dio nacimiento a enormes serpientes y espantosos monstruos (a los Monstruos de la tempestad, a los Huracanes, a los Hombres-peces, a los Hombres-escorpiones y a los Hombres-carneros, además de los Perros furiosos).

Tiamat se dispuso inmediatamente a luchar contra los otros dioses después de elegir como jefe de su ejército a Kingú, al que hizo soberano de los dioses clavando en su pecho las «tabletas de los destinos».

Anshar y Ea, por su parte, se prepararon para hacerles frente nombrando jefe del ejército de los dioses que estaban con ellos al valeroso Bel Marduk, por considerarlo más animoso que Anú.

Después de recibir la autoridad suprema, Bel Marduk cogió su arco y su carcaj y, tras iluminar su cara con un relámpago, construyó una red para envolver en ella a Tiamat. Seguidamente, desencadenó los Vientos y los puso a su lado, y también al Diluvio, montó en su carro y seguido de sus tropas y precedidos de una horrenda tempestad, se dirigió «vestido de espanto» a desafiar a Tiamat.

La batalla fue indescriptible. Bien pronto, al resultar muerto Tiamat por una flecha que le arrojó Bel Marduk, encadenado Kingú y enviado al mundo infernal y en desbandada su ejército, Bel Marduk pudo cantar victoria.

A continuación, hendió el cráneo de Tiamat, «seccionó los conductos de su sangre, cortó el cuerpo como un pescado, en dos partes, y de una de ellas hizo la bóveda del Cielo, y de la otra, el soporte de la Tierra».

Después enraizó el Mundo y lo organizó; primero construyó en el Cielo una morada para los dioses y después instaló en lo alto las estrellas, regularizando el curso de los astros. Cuando el orden celeste estuvo establecido, se ocupó de la Tierra, que estaba totalmente sumergida bajo el mar. «En la superficie de las aguas trenzó un enrejado, creó el polvo y lo echó sobre el enrejado.» Y así creó la Tierra.

Después hizo la Humanidad, amasando al hombre con su propia sangre. O, según otra interpretación, con la de Kingú, secundado en esta labor por el dios Ararú, que «produjo con Bel Marduk la simiente de humanidad».

Finalmente, hizo aparecer los animales salvajes y domésticos y los grandes ríos.

De esta forma quedó terminada la creación del Mundo.

Tras la victoria de Bel Marduk sobre Tiamat, cada divinidad recibió sus propias atribuciones. A Anú le correspondió el Cielo, a Marduk la Tierra y a Ea el elemento líquido. Así quedó constituida la trinidad de los grandes dioses.

La epopeya de Gilgamesh

La ciudad de Uruk o Erech estaba regida por Dumuzi, de origen divino, cuya esposa era la casquivana diosa Isthar.

El amado Dumuzi pereció trágicamente, y su esposa, que recogió el cetro de la Caldea, no pudo contener la invasión de los enemigos elamitas.

La ciudad sufría bajo los tiranos invasores, pero en ella vivía el héroe Gish-Dubarra o Izdubar, más conocido por Gilgamesh, al que los hebreos llamaron Nemrod, «masa de fuego..., fuerte y valeroso cazador», descendiente directo del último rey antediluviano, Hasisadra, Xisuthros o también Utnapishtim, «que fue como el Noé del diluvio mosaico».

Gilgamesh o Izdubar, que recorría la tierra, tenía sus monteros, a las órdenes de su fiel servidor Zaidu o Saïd, al que encargó que matase al monstruo marino que obligaba a los habitantes del país a entregarle hermosas jóvenes que devoraba.

Cierto día, Gilgamesh tuvo el extraño sueño de que le caían encima las estrellas y un monstruo con garras de león, que lo arrojó al suelo y lo llenó de miedo. El valeroso cazador, preocupado, llamó a los más famosos adivinos y les ofreció grandes recompensas si descifraban su sueño. Ninguno lo consiguió.

Entonces supo Gilgamesh que existía un sabio extraordinario, llamado Ea-bani, «la criatura de Ea», que vivía alejado de los hombres en una cueva, como una fiera, que tenía el cuerpo inferior de toro y dos cuernos en la cabeza, y que, ajeno a toda ambición, no quería abandonar su retiro, aunque conocía hasta las cosas más ocultas.

Gilgamesh envió a su servidor Zaidu para que lo trajera; pero Zaidu sintió un miedo terrible al acercarse a la cueva del sabio hombre-toro, y regresó sin él. Gilgamesh envió entonces a Shamatu, «la gracia», y a Harintu, «la persuasión», dos servidoras de Isthar, escoltadas por Zaidu. La segunda consiguió convencer a Ea-bani.

—Iré –dijo éste– con la condición de llevar un león del desierto para que Gilgamesh pruebe su valor matándolo.

Cuando el sabio hombre-toro llegó a la ciudad, fue recibido con grandes honores. Poco después, el valiente Gilgamesh luchó con el león y lo mató, con lo que consiguió la estimación de Ea-bani o Enkidú, haciéndose amigos inseparables.

Los nuevos amigos marcharon inmediatamente contra el tirano elamita Kumbaba o Combabus, al que mataron, dejando su cuerpo abandonado a las aves de rapiña, y saquearon su palacio, que se alzaba en un monte oscurecido por cedros y cipreses.

Al regresar Gilgamesh a la libertada Erech fue proclamado rey, según predijera Ea-bani. Tras su victoria y para purificarse, Gilgamesh se desnudó totalmente para cambiar la ropa que había llevado durante el combate por otra distinta. Entonces Isthar, que le contemplaba admirada, al ver la hermosura del héroe le propuso que fuese su amante. Y además de ofrecerle su amor le prometió grandes honores y riquezas.

Pero el amor de la inconstante diosa era mortal; sus amantes habían muerto en sus brazos, por lo que el orgulloso Gilgamesh, aunque lamentándolo profundamente, pues era muy apasionado con las mujeres hermosas, rechazó el amor de Isthar y le reprochó su existencia prostituida por haber querido a otros antes que a él, especialmente al divino Dumuzi, a quien aún se lloraba.

La diosa, ofendida y encolerizada, subió al Cielo y pidió a su padre Anú que enviase contra el imprudente un animal terrible.

Entonces Anú creó un monstruoso toro alado y lo lanzó contra el héroe. Pero Ea-bani o Enkidú acudió en socorro de su amigo y sujetó al toro celeste, mientras Gilgamesh le asestaba un golpe mortal en la nuca.

Isthar, desde la muralla de Erech, rodeada de las cortesanas sagradas, maldijo a Gilgamesh y se lamentó por la muerte del animal divino. Al verle, Enkidú despellejó el lado derecho del monstruo que habían matado y lo arrojó a la cara de la diosa.

—¡Y si pudiese haría lo mismo contigo! –le dijo burlonamente.

Después de llevar el toro muerto en holocausto al altar de Shamash o el Sol, ambos amigos se lavaron las manos en el Eufrates y entraron en la ciudad de Erech donde, entre las aclamaciones del pueblo, celebraron grandes fiestas.

Sin embargo, Isthar ardía en deseos de venganza, por lo que su madre Anatú la satisfizo, haciendo morir a Ea-bani, víctima de una terrible enfermedad contra la que luchó en vano durante doce días, muriendo al decimotercero, y angustiando a Gilgamesh con su horrorosa y repugnante lepra.

El héroe, sin su mejor amigo, sufriendo grandes dolores y careciendo de consuelo, empezó a temer la muerte. Y, acosado por este temor, se decidió a consultar con su inmortal antepasado Hasisadra o Utnapishtim, el hombre afortunado, que por haber escapado del diluvio, había recibido de los dioses el privilegio de la inmortalidad.

Utnapishtim vivía muy lejos, en el paraíso, en la desembocadura de los ríos, y para llegar hasta allí había que recorrer un camino largo y peligroso.

Gilgamesh no se arredró y se puso en marcha. Salió solo y pronto llegó a tierra extranjera, alcanzando el monte Mashú, donde el Sol se refugia todas las tardes para descansar tras su carrera diurna. Allí habitaban los terribles guardianes del Sol, gigantes con el medio cuerpo inferior de alacrán. Gilgamesh les dijo quién era y ellos, después de dejarle el paso expedito, le indicaron el camino del paraíso, largo y escabroso.

Durante once dobles horas, el héroe atravesó un desierto de arena en medio de la más completa oscuridad. A la doceava, la luz brilló, al fin, y Gilgamesh se encontró en un jardín maravilloso, a orillas del mar. Ante él se levantaba el «Árbol de los dioses», cuyos magníficos frutos eran sostenidos por ramas de lapislázuli y piedras preciosas formaban el suelo.

Aquel lugar de ensueño era la morada de la diosa Siduri Sabitú, que habitaba en las extremidades del mar. La diosa, al ver al viajero lleno de lepra y vestido simplemente con una piel de animal, tuvo miedo y se encerró en su palacio, ordenando a sus hermosas guardianas que cerraran la puerta.

Después de vencer innumerables peligros, Gilgamesh llegó a la orilla de las aguas de la Muerte, donde contó sus desdichas y manifestó sus deseos al barquero Urubel, Ur-Ea o Urshanabi, que estaba al servicio de Utnapishtim y era el único que podría guiar al héroe durante la arriesgada navegación que tendría que emprender.

Cuando Gilgamesh rogó al barquero que le llevase a la otra orilla donde moraban los muertos, bienaventurados e inmortales, Urubel se compadeció y le dijo:

—Te llevaré, pero antes debes cortar en el bosque ciento veinte pértigas de sesenta codos cada una.

Una vez hechas y colocadas en la barca, Urubel hizo entrar también en ella al héroe y durante cuarenta y cinco días ambos hombres navegaron por el océano.

Al fin, alcanzaron la tierra de los muertos bienaventurados en la desembocadura de los ríos. Estas aguas de la Muerte rodeaban el paraíso de Utnapishtim, e impedían que se llegase hasta él. Porque, ¡ay de quien tocaba aquellas aguas malditas!

Pero gracias a la previsión del barquero Urubel, Gilgamesh pudo evitar el contacto mortal. Y para cruzar a través de las fatales aguas se sirvió de las pértigas, arrojando una tras otra, cuando se gastaban. Al tirar la última, quedó franqueado el difícil paso y, poco después, el héroe estaba en presencia de su inmortal antepasado Hasisadra o Utnapishtim, a quien pidió su auxilio y manifestó su deseo de alcanzar la inmortalidad que él gozaba.

—No puedo darte el secreto que deseas –le contestó Utnapishtim–. Si yo he conseguido la inmortalidad ha sido gracias a la benevolencia de los dioses.

Y para probarle que no se podía luchar contra el Destino, le propuso que durante seis días y seis noches no se acostase.
—Huye del sueño, imagen de la muerte –añadió.
Pero Gilgamesh, apenas sentado, ¡se durmió!

El Diluvio Universal

Al despertar de su sueño Gilgamesh, escuchó de labios de su bisabuelo Utnapishtim el relato del Diluvio Universal.

Sucedió que un día, viéndose los dioses incapaces de soportar a sus hijos, los hombres, decidieron que perecieran, inundando la Tierra. Pero la diosa Ea, mediante sus suspiros, hizo participe de sus generosos sentimientos a un seto de cañas. Y éste, a su vez, merced a sus movimientos al ser mecido por el viento, informó a Utnapishtim, hombre inteligentísimo que sabía descifrar los murmullos de las plantas.

Utnapishtim contó a Gilgamesh cómo vivía antes en Shuruppak, la antigua ciudad situada a orillas del Eufrates, y era un fiel adorador de Ea, la diosa del Océano.

Cierto día, los dioses Bel Marduk, Anú y otros decidieron destruir el mundo por medio de un diluvio, pero Ea previno a su adorador y le ordenó:

«Hombre de Shuruppak, hijo de Ubaratutu, / destruye tu casa / y construye un navío de ciento veinte codos de alto (unos ochenta y seis metros y medio). / Abandona las riquezas, / ¡busca la vida! / Desprecia los bienes, / ¡salva la vida! / Mete toda simiente de vida dentro del navío. / El navío que debes construir... / las medidas estén (bien) proporcionadas»

Utnapishtim, de acuerdo con las órdenes recibidas de Ea, construyó el navío, lo que explica de la siguiente forma:

«El quinto día tracé su estructura. / Su superficie era de doce iku (unos tres mil metros cuadrados). / Las paredes eran de diez gar de altura (sesenta metros, aproximadamente). / Los recubrí con seis pisos; repartí su anchura siete veces. / Su interior lo repartí nueve veces. / Seis sar (medida desconocida) de brea eché en el horno.»

Una vez que Utnapishtim hubo finalizado la construcción del navío, celebró una gran fiesta. Sacrificó bueyes y ovejas para que comieran los que le ayudaron y les obsequió con «mosto, cerveza, aceite, vino y miel con la misma profusión que si se tratara de agua corriente».

Luego prosiguió diciendo a Gilgamesh:

«Todo lo que tenía lo cargué con toda clase de simiente de vida. / Metí en el navío a toda mi familia y parentela. / Ganados del campo, animales del campo, artesanos... a todos los metí. / Entré en el navío y cerré mi puerta. / Cuando brilló la luz matutina, de los fundamentos del cielo se alzó una nube negra: Adad rugía allí dentro. / El furor de Adad llegaba hasta el cielo; y toda claridad se trastocó en tinieblas.»

Hasta los mismos dioses, horrorizados ante aquella terrible inundación, se refugiaron en los cielos superiores, en el cielo del dios Anú, y allí «se acurrucaron como perros» y, temblando de miedo por tan horrible catástrofe, protestaban cabizbajos y lloraban la destrucción de los hombres.

Entretanto, continuaba el Diluvio con vientos huracanados, truenos espantosos y temblores de tierra.

«Seis días y seis noches corre el viento, el Diluvio; la tempestad devasta la región. / Cuando llegó el séptimo día, la tempestad, el Diluvio, fue vencido en la batalla que, como ejército, había librado. Se amansó el mar, calló el huracán, cesó el Diluvio. Y todo el género humano se había convertido en fango. / La campiña se había convertido en algo semejante a una techumbre.»

Gilgamesh escuchaba muy impresionado la descripción que Utnapishtim le hacía de lo que sucedió al cesar la tempestad:

«Abrí la ventana y la luz resbaló por mis mejillas. / La nave seguía la dirección de Nisir (país situado al NE de Babilonia que corresponde al moderno Kurdistán). / El navío se posó en el monte Nisir. / El monte Nisir retuvo el barco y no lo dejó bogar más. / Pasaron seis días. / El séptimo día solté una paloma: la paloma volvió. / Solté un cuervo: el cuervo no volvió. / Entonces salí de la nave y ofrecí un sacrificio en la cumbre de la montaña.»

Como se ve, son muy evidentes los puntos de contacto entre esta leyenda babilónica de Gilgamesh y la narración mosaica. Pero esta afinidad no resta nada de autenticidad histórica al texto bíblico.

Después de dar gracias al cielo por su salvación, Utnapishtim fue elevado por Bel Marduk a la categoría de dios inmortal en la tierra de los bienaventurados que él ocupaba.

Seguidamente, Utnapishtim hizo que su biznieto Gilgamesh recobrara la salud y el vigor acostumbrado, y a éste no le quedó más remedio que conformarse con su condición de mortal.

Sin embargo, antes de emprender el viaje de retorno, Utnapishtim, a ruegos de su mujer, le reveló que en el fondo del océano había una planta espinosa que tenía la virtud de tornar joven al viejo.

—Cómela –le dijo– y, al menos, volverás a gozar de la juventud.

Dueño de este precioso secreto, Gilgamesh se embarcó de nuevo con Urubel. Y cuando estuvo en alta mar, ató a sus piernas piedras muy pesadas y se arrojó al agua, se hundió en ella, llegó a donde crecía la planta que buscaba, la cogió, pese a que le atravesaba la mano con sus espinas, se quitó las piedras y feliz volvió a la barca de Urubel.

Satisfecho con su tesoro, emprendió el regreso a Erech. Pero un día, cerca ya de la ciudad, mientras Gilgamesh se bañaba en una fuente, llegó una serpiente atraída por el fragante olor de la maravillosa planta espinosa, ¡y se la robó!

Y así fue como, profundamente triste, el héroe regresó a su ciudad perseguido siempre por el temor a la muerte y apenado por la falta de un buen amigo.

Al entrar en el templo de Bel Marduk para dar gracias a los dioses por su viaje, preguntó a éstos por su amigo Ea-bani. La diosa Ea le oyó y seguidamente envió a su hijo Mirridug, para sacar de la región de las sombras el espíritu de Ea-bani, el cual fue trasladado a la tierra del paraíso.

Y allí vivirá eternamente, reclinado en blando lecho y bebiendo agua de puros manantiales.

Aquí terminan las aventuras de Gilgamesh, la epopeya de Nemrod, el más grande y famoso de los héroes caldeo-asirios.

Semíramis

Nada más poético que la figura de la hermosa y legendaria Semíramis, la reina de Asiria que reconstruyó Babilonia y ordenó construir sus célebres jardines colgantes.

Cuéntase que era hija de la diosa o sacerdotisa Derceto, la cual concibió una fuerte pasión amorosa por un joven sacerdote, y dio a luz una niña.

Avergonzada de su debilidad, dejó abandonada a la recién nacida en un lugar solitario, mató a su amante y se arrojó a un lago, donde se convirtió en pez.

Pero el Destino veló por la hermosa niña, preservándola de que las fieras la devorasen y procurando que no muriera de hambre y de frío. De esto último se encargaron las palomas que vivían en los huecos de las rocas, que cada día se cuidaban de darle calor y alimentarla con la leche, pan y queso que le traían en sus picos de los vecinos apriscos.

Intrigados los pastores por los continuos robos de las palomas, investigaron su causa y no tardaron en encontrar a la niña, que recibió el nombre de Semíramis, que significa paloma.

El pastor Simmas, encargado de la ganadería real, adoptó a la bella muchacha y la crio. Semíramis tenía algo de los inmortales. Y era tan hermosa que no se la podía mirar sin enamorarse de ella. Yendo un día de caza, el intendente real la descubrió casualmente y, admirado de su sorprendente belleza, la llevó a palacio. Poco después, Semíramis se casaba con Oanes, gobernador de Babilonia.

Un día, el esposo de Semíramis fue a la guerra que el rey Nino o Minos, rey de Asiria, había declarado a un pueblo enemigo. Ella se empeñó en seguirle, ansiosa por conocer la emoción del combate. Y una vez en el campo de batalla, vestida de guerrero y en un momento en que parecía que la resistencia enemiga no se podía vencer, se puso al frente de las tropas asirias y las enardeció de tal modo que obtuvieron una resonante victoria.

A raíz de este hecho, el rey Nino, fundador del imperio asirio y de su capital Nínive, se enamoró de Semíramis, y no pudiendo resistir su atracción y haciendo uso de la prerrogativa regia se la arrebató a Oanes, el cual se suicidó bajo el peso de la pena, o fue cegado y encarcelado por el soberano.

Semíramis brilló en Nínive como reina, y pronto mandó degollar a su segundo esposo Nino, según unos, aunque otros dicen que el rey huyó asustado a Creta, viendo las costumbres licenciosas de su libidinosa y hermosísima mujer.

Muerto Nino, fue elevada al trono, donde imperó poderosa, esclavizando a los hombres con su fascinante mirada y logrando con su energía, valor en la guerra y buenas dotes de gobernante fundar un vasto imperio.

Las victorias y conquistas de Semíramis le proporcionaron inmensas riquezas, que la bella reina empleó en construir ciudades, embellecer Babilonia y erigir los célebres jardines colgantes, monumento cuya magnificencia y belleza legó su nombre a la posteridad y que figuraba como una de las siete maravillas del mundo antiguo.

Pero debido a que Semíramis se entregó también a los más refinados placeres, fue reprendida por sus hijos, a los que persiguió, pereciendo todos menos Ninyas, que llevó a cabo una guerra en contra suya.

Dice una versión que Semíramis fue derrotada por su propio hijo, pereciendo con sus huestes. Según otra, después de reinar cuarenta y dos años, atormentada interiormente por sus remordimientos, que le hacían ver en todas partes la sombra de Nino, se transformó en paloma, encaminándose con una bandada de estas aves hacia el cielo de la leyenda...

Semíramis dejó así el floreciente imperio asirio al joven y voluptuoso Ninyas, que carecía de las cualidades de príncipe guerrero que había tenido su padre.

FENICIA

La leyenda de Biblos

Este mito de la ciudad fenicia de Biblos expresa la victoria del Sol destructor del verano sobre el benéfico primaveral, que es el esposo de la tierra lozana, y se funda en el himeneo universal del risueño y espléndido Cielo con la fecunda y hermosa Naturaleza, de cuya unión dependen la vida y la producción de las cosas.

El Baal de Biblos era Adón y la Baaltis era Ashera, la esposa o señora. El culto al estío estaba representado por Moloch, que simbolizaba el dios de la muerte, divinidad cuyo culto se extendió al pueblo fenicio y posteriormente a Cartago.

Según la leyenda, Moloch, que ardía en celos ante la dicha de Adón y Ashera, se convertía en fiero jabalí y mataba en el monte Ida del Líbano a su encantador rival, hiriendo mortalmente en el sexo al joven dios Adonis-Tammuz y extendiendo su maléfico poderío sobre la tierra.

Al llegar el otoño, las lluvias fertilizaban la tierra y la esposa divina se trocaba en Salambó, imagen de pureza que, triste y sin consuelo, lloraba el trágico fin de su amado Adón.

El copioso llanto de Salambó refrigeraba los campos secos, retornaba a la vida al adorado esposo, y al conjuro del amor renacía la vida en la naturaleza.

En Biblos, la primavera deliciosa, en la que la floración y fructificación de árboles y de plantas se realizaba espléndidamente, era considerada como el resultado de la unión feliz de ambas divinidades. Pero al llegar el estío, la fuerza de los rayos solares y el vaho caliginoso que desprendía la tierra agostaban los cultivos y hacían muy difícil la existencia a los habitantes, que no podían resistir los rigores de tan alta temperatura, y la sequía los diezmaba.

Así se explica que todos los años fueran sinnúmero los seres que perecían víctimas de la insolación y devorados por las fieras sedientas, que recorrían el país alocadas en busca de agua.

La leyenda descrita originó un culto que hizo famosos a Moloch y al templo de Biblos.

Se cuenta que durante el período estival, cuando el sol abrasaba la vegetación y calcinaba los huesos de los muertos, Gebal o Biblos quedaba convertido en un lugar de expiación, donde las gentes eran presas de una aura de exaltación mística.

En efecto, un sentimiento de terror, más que de devoción, se apoderaba de las muchedumbres, que iban al templo a impetrar piedad y conmiseración para sus dolores y sus miserias. Los peregrinos, formando una hilera interminable, se entregaban a toda clase de aberraciones.

Las mujeres, con el rostro sudoroso, desgreñadas, con los vestidos desgarrados, se punzaban de continuo con los cilicios y lanzaban gritos de angustia y desesperación, llorando la infausta muerte de Adón Adonim. Los hombres, por su parte, se flagelaban ferozmente unos a otros y su delirio llegaba al paroxismo hasta penetrar en el templo, fatigados y en plena vesania.

Entonces hacía su aparición el sumo sacerdote que, revestido de púrpura y tocado con una alta tiara de oro y pedrería, explicaba a la atónita multitud lo que significaba el pavoroso culto que se conmemoraba.

Se efectuaban sacrificios humanos, y durante los mismos se practicaba, según Tácito, la curiosa ceremonia de cambiarse los trajes hombres y mujeres, imitando a la estatua Afrodita, que tenía cuerpo y vestido de mujer, y sexo y barba de varón.

En el aniversario de la muerte de Adón, se sacrificaban cerdos para vengarse del jabalí matador, los cuales habían sido alimentados con higos y no habían comido inmundicias. Participaban en la fiesta sacerdotes, danzantes, matarifes, mozos, porteros, y se practicaba la prostitución sagrada como en Babilonia.

Era costumbre que las mujeres entregaran su virginidad a un extranjero y luego ofrecieran a la diosa una moneda de plata como fruto de la sagrada cópula; los hombres iniciados entregaban un falo y sal, emblemas del nacimiento de Venus.

Sería interminable el relato de los distintos episodios a que dio lugar el horrendo y repugnante culto al dios antropófago Moloch, que imperaba en Fenicia durante el estío.

La superstición de todo el pueblo adquirió caracteres extraordinarios, enormes. Y parecen inconcebibles los extremos de crueldad a los que llegaron los fenicios y cartagineses, con su mente sojuzgada por la horrible creencia de un dios vengativo y feroz, que era la encarnación de la crueldad erigida en norma.

Impulsados por una fe ciega, los padres llevaban a sus propios hijos al sacrificio; entregaban voluntariamente a los niños de corta edad para que fueran devorados por el monstruo candente, que simbolizaba la estación devastadora.

Se debe resaltar que los niños torpemente inmolados eran los más bellos y robustos. ¡Es incalculable el número de niños que fueron sacrificados en holocausto a la voracidad del dios de las fauces metálicas y las entrañas de fuego!

La segunda parte del terrible poema se celebraba en el otoño. Los fanáticos fenicios, dando prueba de su estulticia, se entregaban durante siete días a llorar, en compañía de Salambó, la muerte de Adón.

El rito funerario prescribía más penitencias y más mortificaciones. Las escenas antes descritas se repetían, mientras las muchedumbres, impresionadas por el redoble de los tambores y el sonido de las flautas, sollozaban hasta caer exánimes debido a que no podían resistir las prácticas de ritual.

Al terminar el séptimo día, los ecos de los crótalos eran el anuncio de que el dios Adón había renacido. Entonces todos los peregrinos prorrumpían en exclamaciones de alegría y corrían alocados al templo para dar gracias.

Y luego, aquella enloquecida multitud, poseída del ansia de vivir y de gozar, abandonaba el templo y corría a los bosques para rendir culto a la diosa del placer.

LA ANTIGUA GRECIA

Zeus o Júpiter

Este dios ha sido considerado como el soberano del Olimpo griego durante todo el período clásico, por lo que su leyenda es la primera que hay que analizar.

Según la leyenda, Zeus fue el sexto de los hijos que tuvieron Cronos, el titán, y su hermana Rea. Pero Cronos había sabido por el Cielo y la Tierra que sus hijos lo destruirían, y para intentar impedirlo los devoraba a medida que nacían.

Rea, desesperada, al sentirse madre por sexta vez, decidió salvar al que iba a nacer. Y aconsejada por Uranos y Gea, tras parir a Zeus de noche, substituyó al recién nacido a la mañana siguiente por una gran piedra y la ofreció a su marido envuelta en unos pañales que Cronos, sin sospechar el engaño, se tragó inmediatamente.

Así fue como Zeus se salvó, educándose según los consejos de Gea. Las ninfas del monte donde había sido escondido el recién nacido le recibieron en sus brazos y le adormecieron en una cuna de oro. La ninfa Adrastea, principalmente, vigiló y dirigió los primeros pasos del futuro dios.

Ni que decir tiene que todos los seres de la montaña velaban por Zeus y contribuían a su maravilloso desarrollo. Así, por ejemplo, las cabras le ofrecían su leche; las abejas destilaban para él su miel más dulce; y los Kouretes, en fin, ejecutaban en torno de su áurea cuna la danza pírrica, entrechocando escudos y lanzas para impedir, mediante el estrépito que hacían, que el llanto o los gritos del niño-dios llegasen hasta su padre Cronos.

Tan pronto como Zeus fue adulto, pensó inmediatamente en destronar a su padre, para lo que pidió consejo a Metis, hija de Océano y de Tetis, que luego fue la primera amante o mujer de Zeus. Metis, que encarnaba la Prudencia, le dio una droga por obra de la cual Cronos vomitó todos los hijos que había tragado.

Entonces, con ayuda de sus hermanos, de los Hekatogcheires y de los Cíclopes, y tras una lucha que duró diez años, Zeus consiguió vencer a Cronos y a los demás Titanes, sus auxiliares, a los que encerró en el profundo Tártaros.

Para poder combatir mejor, los Cíclopes dieron a Zeus el rayo, a Hades un casco que hacía invisible a quien lo llevaba y a Poseidón un tridente cuyo choque trastornaba mar y tierra.

Después de vencidos y encadenados los Titanes, aún tuvieron los dioses olímpicos que luchar con los Gigantes. Aunque de origen divino, éstos eran mortales, o al menos podían ser muertos a condición de serlo a la vez por un dios y un mortal. Existía, sin embargo, una hierba mágica que podía sustraerlos a los golpes fatales; pero Zeus la cogió, haciendo que ni el Sol, ni la Luna, ni la Aurora brillasen hasta que la encontró.

Tras vencer a los Gigantes, seres enormes, de una fuerza invencible y de un aspecto espantoso, Zeus aún tuvo que luchar con Tifón, el peor de sus poderosos enemigos. Este ser monstruoso sobrepujaba en talla y fuerza a todos los demás hijos gigantescos de la Tierra. Más grande que las montañas, su cabeza chocaba a veces con las estrellas. Cuando extendía los brazos, una mano alcanzaba el Oriente y la otra el Occidente. Por dedos tenía cien cabezas de dragones, y de cintura para abajo estaba rodeado de víboras. Su cuerpo era alado y sus ojos despedían llamas.

A pesar de ello, todos los enemigos fueron dominados y entonces empezó el verdadero triunfo de Zeus, su dominio indiscutible sobre cuanto había sido creado, su intervención en los asuntos de la Tierra y, finalmente, sus múltiples uniones y aventuras amorosas, tanto con diosas como con criaturas mortales.

Una vez obtenida la victoria total, vino el reparto del universo, que se hizo a suertes. A Zeus, por ser el favorecido, le correspondió el cielo y la preeminencia sobre todo lo existente; a Poseidón, el mar, y a Hades, el mundo subterráneo.

Tal reparto, en realidad, fue una simple fórmula de compromisos, pues Zeus era en tal modo superior a sus dos hermanos, que no había más potestad que la suya.

Refiere la leyenda que los primeros siglos de la existencia de Zeus fueron una sucesión de aventuras amorosas. En primer lugar se unió a Metis, dando origen a Atena. Luego amó a Temis, que le dio aún más numerosa descendencia.

Temis personificaba la ley y era la madre de las Horas y de las Estaciones, de Eunomía (el orden), Diké (la justicia), Eirené (la paz) y las Moiras o Parcas, a quienes Zeus había encargado distribuir entre los hombres, durante su vida, los bienes y los males.

Después Zeus llevó su ardor amoroso hacia Mnemosine, personificación de la Memoria. El caprichoso dios se unió a ella en Pieria, comarca de Macedonia, situada cerca del Olimpos, durante nueve noches consecutivas, haciéndola madre de las nueve Musas.

Con Eurineme, hija de Océano y Tetis, Zeus tuvo las tres graciosas Charites. Y de los amores con Leto nacieron Apolo, los rayos del Sol, y Artemisa, los de la Luna.

De las aventuras con otra diosa, Deméter, hermana suya, nació Perséfone, aunque hay quien afirma que ésta era hija de Zeus, pero no de Deméter, sino de Estigia, la ninfa del río infernal del mismo nombre.

Afrodita, la diosa del amor, es también, según la leyenda, hija de Zeus y de Dione. Cuenta una tradición que Dione era hija de Uranos y de Gea. Pero otra afirma que era una de las Oceánidas, y por consiguiente, hija de Océano y de Tetis.

Con Hera, su esposa legítima y hermana, tuvo Zeus a Ares, el dios de la guerra, a Hebe (personificación de la Juventud), que hasta el rapto de Ganimedes era la que servía el néctar de los dioses, y que con Musas y Horas bailaba el son de la lira de Apolo, y a Eileitüa, genio femenino que presidía los partos.

Por si esto fuera poco, Zeus tuvo también incontables amores con simples mortales. No es de extrañar, pues, que Hera, a quien sedujo antes de desposarse, fuera celosa y con razón, ya que su mujeriego marido persiguió durante diecisiete generaciones a las mujeres de los mortales y entre ellas a su madre y sus hijas, utilizando para ello todos los recursos meteorológicos.

Efectivamente, a Semele la convirtió en cenizas; para Dánae se transformó en lluvia de oro. Y a menudo el poderoso y prolífico dios, para poder satisfacer su pasión amorosa, tuvo que revestir las formas más peregrinas, tales como las de toro, cisne, palomo, águila, hormiga, moneda de oro, etc.

Pero a Zeus todo le estaba permitido, puesto que era padre todopoderoso, rey de reyes, jefe de todos los seres y supremo conductor de todas las cosas, que con incomparable majestad ocupaba su trono en el cielo donde las Charites «adoraban su gloria eterna».

Según Homero, Zeus era el más grande, el más poderoso, el más fuerte, el mejor y más majestuoso y glorioso de los dioses, y el que reinaba no solamente sobre los hombres, sino también sobre los inmortales.

Júpiter, divinidad romana asimilada a Zeus, fue el dios principal de la mitología latina en la época clásica.

Dionisos o Baco

La leyenda popular del nacimiento de Dionisos es muy interesante. Sémele era, según la tradición tebana, hija de Cadmo y de Harmonía. Amada por Zeus, tuvo de él a Dionisos o Baco.

Como los celos son capaces de todo, la diosa Hera, celosa una vez más, sugirió a la infeliz Sémele una idea perversa y desdichada: que se empeñase en ver a su amado Zeus en toda su grandeza, en la plenitud de su gloria, tal como se mostraba en presencia de su esposa cuando le manifestaba su amor.

Y como quiera que Zeus, en un momento de pasión, le había prometido concederle cuanto le pidiese, no tuvo más remedio que mostrarse a la ninfa amante rodeado de su atmósfera de rayos y truenos.

Ni que decir tiene que la pobre Sémele ardió viva, muriendo abrasada, pero el fruto que llevaba en su seno fue salvado por Zeus, quien lo encerró en su propio muslo.

Transcurrido algún tiempo, Dionisos vino al mundo, saliendo del muslo de su padre, perfectamente vivo y formado.

Una vez en vida, fue confiado a Hermes, que posteriormente lo dejó en manos de Atamas, rey de Orchómenos, y de su segunda mujer, Ino, para que le criasen. Y les aconsejó que le vistiesen como si fuera una niña, para tratar de engañar a Hera y librarle así de su celosa cólera. Pero la diosa descubrió el ardid, y para vengarse de Ino y de Atamas los volvió locos.

Entonces Zeus llevó a su hijo Dionisos fuera de Grecia, al país llamado Nisa y allí se lo confió a las ninfas.

Además, para impedir que su mujer Hera le reconociese, le transformó en un cabritillo.

Las ninfas que le criaron se convirtieron posteriormente, como recompensa a sus esfuerzos, en las siete estrellas de la constelación Hiades.

Dionisos o Baco era el dios de la viña, del vino y del delirio místico o báquico, delicado eufemismo para expresar de una manera discreta los efectos de la embriaguez en la que incurrían sus adoradoras y sus sacerdotisas (menades o bacantes y tiiades) a fuerza de empinar el codo.

Pues bien, si creemos en una de sus leyendas, este dios, alegre y plural, encontró cierto día una delicada planta que le cayó en gracia. Era delicada y apenas había crecido, pues sólo tenía unos pujantes brotes verdes. Allí no se adivinaban aún ni pámpanos ni racimos.

Dionisos, al ver que la planta era pequeña y frágil en aquel momento, no se le ocurrió para protegerla más que meterla en un hueso de pájaro. Y el débil tallo, abrigado y satisfecho, no tardó en crecer de tal modo que el dios, viendo que el lecho que le había deparado era insuficiente, le metió en otro mayor, siendo esta vez otro hueso, pero de león.

Sin embargo, como Dionisos viese que su protegida seguía prosperando visiblemente, acabó por acondicionarla en un fémur de asno. Y allí fue donde la planta, ya adulta, dio fruto: la uva.

Entonces Dionisos, vivamente interesado por su inesperado hallazgo, no tardó en descubrir el modo de transformar aquellas uvas en vino. Lo asombroso era que aquel maravilloso licor nació con las cualidades de los seres a los que había correspondido criar la planta: alegría, fuerza y estupidez.

A partir de entonces todo el que bebe en exceso adquiere las dos primeras cualidades: disfruta, momentáneamente, de una alegría de pájaro y de una audacia y fuerza de león.

Y al que abusa constantemente, le aguardan inevitablemente la debilidad y el embrutecimiento. O sea, volverse una bestia, un asno de dos patas.

Narra otra leyenda que cierto día Dionisos fue raptado por unos piratas que navegaban a lo largo de la costa. El dios he hallaba descansando en un promontorio cuando fue apresado por los piratas y conducido al barco. Pero el piloto, reconociendo en el raptado a un dios, aconsejó a sus compañeros:

—Desembarcadle al punto si queréis evitar grandes males.

Pero los piratas se rieron de él, aunque no por mucho tiempo, pues Dionisos empezó inmediatamente a hacer de las suyas. Primero hizo correr por la cubierta de la nave olas de un vino exquisito que exhalaba un olor embriagador. A continuación vieron trepar por el mástil y enroscarse a la vela una viña que comenzó a invadirlo todo con sus ramas, junto a una hiedra fresca y pujante.

Los piratas, aterrados al contemplar tanto prodigio y comprendiendo al fin que el piloto tenía razón, le instaron a que hiciera regresar el barco a la costa.

Pero Baco se transformó en un león y creó incluso una osa, con la que sembró el espanto entre los piratas, que corrían aterrados a refugiarse junto al timonel. Entonces el león saltó sobre el jefe de los ladrones; los demás, al huir, enloquecidos, se tiraron de cabeza al mar, donde fueron transformados por el dios en delfines.

Dionisos salvó al piloto por haber reconocido su naturaleza divina.

En otra ocasión, Baco encontró en la isla de Naxos a la hermosa Ariadna, la hija de Ninos y Pasífae, abandonada allí por Teseo.

Ariadna se encontraba durmiendo en la playa, ignorando aún su desgracia, cuando fue vista por Baco, que, enamorado de ella al punto, al contemplar su magnífico cabello, la hizo su esposa y le ofreció como regalo de boda una hermosísima corona de oro, obra maestra de Vulcano o Hefaistos.

Baco obtuvo de su padre Zeus el don de la inmortalidad para Ariadna. Tuvieron un hijo, que se llamó Estófilo. Cuéntase que fue pastor, y habiendo notado que una de sus cabras llegaba al redil más tarde que las demás y siempre alegre y saltando, la siguió sin que lo notase, y la halló comiendo uvas, lo que le inspiró la idea de confeccionar el vino con el zumo de esa fruta.

Estófilo tuvo un hijo, llamado Anio, que fue rey de Delos y gran sacerdote de Apolo. Tuvo tres hijas, a las que Baco dio diversos dones. A la primera, llamada Ocno («oinos», vino), de transformar en vino cuanto tocase; a la segunda, Esper («sperma», simiente, grano), de trocarlos en trigo, y a la tercera, Elaía («elaía», olivo), de convertirlo en aceite.

Cuando Agamenón acudió al sitio de Troya, quiso obligar a las tres hermanas a que fuesen con él, considerando que llevándolas consigo no necesitaba de provisiones para el ejército. Estas, afligidas, acudieron a Baco, que para libertarlas las transformó en palomas.

Los romanos, al adoptar al Dionisos griego, modificaron su segundo nombre Bakchos (Bachus, en latín), y lo transformaron en «Bacchus» o Baco. Poco después, se introdujeron en Roma las «bacanales», pero pronto se hicieron tan escandalosas, que el Senado tuvo que prohibirlas el año 186 antes de J. C.

Apolo o Helios

Apolo sigue a Zeus en orden de importancia en el Olimpo, y es uno de los dioses más complejos y brillantes del panteón griego.

Su origen es muy incierto. Unos dicen que fue hijo de Zeus y de Leto, otros de Vulcano, y no pocos aseguran que de Titán Coeo.

Al hallarse encinta su madre Leto o Latona, fue cruelmente perseguida por los celos implacables de Hera o Juno, de manera que no encontraba dónde guarecerse para dar a luz, pues en todas partes era temida la cólera de la gran diosa, esposa de Zeus.

Tan desesperada estaba la pobre Leto que, al fin, compadecido Neptuno o Poseidón de ella, hizo surgir del fondo del mar una isla flotante y estéril, a la que se llamó Ortigia o Delos. Y allí, al pie del único árbol que había en ella, una palmera, Leto tuvo dos mellizos, que fueron Artemisa o Diana, y luego y ayudada por ésta, a Apolo.

Sin embargo, este parto fue muy laborioso, ya que durante nueve días y nueve noches Leto fue víctima de los crueles dolores del alumbramiento, sin conseguir dar a luz.

Todo ello fue debido a que la diosa Hera, siempre vengativa, retenía a su hija Eileitiia, la diosa de los partos. Pero habiendo decidido las apuradas y compadecidas diosas que rodeaban a Leto, especialmente Atena, ver de acabar a todo trance con sus dolores, enviaron al Olimpo a Iris, la mensajera celestial, con este encargo:

—Procura burlar como puedas la vigilancia de Hera, ponerte de acuerdo con Eileitiia y traértela contigo en seguida.

Y, en efecto, mediante el ofrecimiento de un collar de oro y ámbar de nueve codos de espesor, la diosa de los partos consintió en ir junto a la parturienta.

Apolo fue dios del Sol y de la Luz, por lo que también se llamó Febo. Apenas nacido, los cisnes de Lidia o Maionia dieron siete veces la vuelta a la isla celebrando y cantando el parto de Leto. El dios Zeus, por su parte, le entregó una mitra de oro, una lira y un carro tirado por blancos cisnes y le ordenó que fuese a Delfos.

A los tres días de nacer del seno de su madre, Apolo mató a Pitón, terrible serpiente que habitaba junto a Delfos, al pie de una fuente, y que era el terror de hombres y ganado.

Este monstruo perseguía a Leto por orden de Hera, la que sabía, por habérselo predicho un oráculo, que Pitón moriría a manos de un hijo de Leto. En Delfos instaló luego Apolo un oráculo suyo, pero antes tuvo que luchar encarnizadamente contra Herakles.

Apolo era muy hermoso, atractivo y viril. A pesar de ello no consiguió hacerse amar de Dafne, ninfa profética del Parnasos, hija e intérprete del oráculo de Gaia.

La casta y bella Dafne huyó al ser requerida amorosamente por Apolo. Pero al verse perseguida por el apuesto dios y al ir éste a alcanzarla, lanzó un grito al tiempo que se encomendaba a su madre. Y entonces, en lugar de la desaparecida Dafne, brotó un verde laurel.

Más suerte tuvo Apolo con Coronis o Kirene, la ninfa tesalia que guardaba en el Pindo los rebaños de su padre Flegias, rey de los lápitas.

Cierto día la valerosa joven atacó, sin otras armas que sus manos, a un león, al que consiguió dominar. Al contemplar casualmente Apolo tal hazaña, se enamoró de ella. Y sin más, la cogió con fuerza para que no se le escapase como Dafne, la metió en su carro de oro y se la llevó, cruzando el mar, hasta Libia.

Coronis y Apolo tuvieron un hijo, llamado Asklepios o Esculapio, que fue tan gran médico, que mereció ser dios de la Medicina. No sólo sanaba a los enfermos, sino que también resucitaba a los muertos, por lo cual Plutón, que era el dios del mundo subterráneo, se quejó a Zeus, diciéndole que ya nadie aparecía por allí. Entonces Zeus, para complacer a su hermano, mató a Esculapio con uno de sus rayos.

Apolo, lleno de ira y dolor por la muerte de su hijo, y no pudiendo vengarse de Júpiter, por ser dios y por ser su padre, mató a flechazos a todos los Cíclopes, formidables gigantes con un solo ojo en la frente, y que eran los herreros de la fragua de Vulcano.

Enojado Zeus con Apolo por haber matado a los Cíclopes, le desterró del Olimpo. A partir de este momento empieza una era muy difícil para el famoso y varonil dios del Sol, de las Artes y de la Poesía.

Empezó por guardar los ganados de Admeto, rey de Tesalia. Y aunque se preciaba de su belleza, ninguna ninfa quiso corresponder a su amor, como le pasó con Dafne. Por entonces también labró con Neptuno las murallas de Troya e inventó la lira. Pero habiendo preferido Pan, dios de los pastores, la flauta, que él había inventado, eligieron a Midas, rey de Frigia, juez de la contienda.

Incomprensiblemente el ridículo Midas se declaró en favor de Pan, e indignado Apolo por su mal gusto, hizo que le nacieran unas enormes orejas de burro.

Por último, Zeus se dio por satisfecho, le perdonó y Apolo se volvió a encargar de esparcir la luz, por lo cual se le representa, regularmente, como un hermoso joven coronado de laurel con la lira en la mano y conduciendo por el cielo el carro del Sol, tirado por cuatro hermosos caballos blancos y rodeado de las Horas, que eran hijas de Zeus y de Temis.

También con las Musas tuvo Apolo sus devaneos. Al principio sólo hubo tres: Mélete, que representa la Meditación o Reflexión, Mneme, la Memoria, y Aedé, el Canto o relación de los hechos. Más adelante fueron nueve, que representan las artes liberales y son: Caliopo, que preside la Poesía épica, Elocuencia y Retórica; Clío, la Historia; Erato, la Poesía Amorosa; Talía, la Comedia; Melpómene, la Tragedia; Terpsícore, el Baile; Euterpe, la Música; Polimnia, la armonía, pantomima y elocuencia, y Urania, que preside a la Astronomía.

Las Musas habitaban, por lo regular, en la cumbre del Parnaso, que es la montaña de la Fócida.

Se dice que Apolo junto con Talía fue el padre de los Koribantes, y que con Ourania engendró a Linos y a Orfeo, músicos consumados ambos. La leyenda le atribuye al dios de la belleza gran número de hijos.

Pero Apolo no solamente gustaba de las mujeres, sino que, como buen griego, no desdeñaba tampoco a los bellos efebos. Jacinto y Kiparissos fueron los más célebres de sus amados.

Artemisa o Diana

En toda la poesía griega no existe una diosa más pura, virginal y hermosa que brille como Artemisa, la hermana gemela de Apolo.

Artemisa era hija de Zeus y de Leto, y quizá por ser melliza de Apolo la variedad de facetas, de dones, de atributos, es decir, la complejidad de este dios flechador y hermoso, la encontramos asimismo en ella en muchísimas ocasiones.

Diana nació en primer lugar. Y al considerar las muchas penas y molestias que había pasado su madre, Leto, al dar a luz, pidió a su padre Zeus que le permitiese permanecer siempre soltera, lo que le fue concedido, haciéndola diosa de los bosques y de la cacería en la tierra. Su padre le dio por séquito sesenta ninfas, llamadas Océanas u Oceánidas, y otras veinte llamadas Asias, y en el cielo la constituyó en Luna.

La caza era su constante ocupación, por lo que se la representa con una túnica corta, recogida por un lado, llevando arcos y flechas, con la media luna sobre su frente y perros de caza a su alrededor.

En una ocasión en que cazaba por los bosques, Acteón, hijo de Aristeo y de Antonea y nieto de Cadmo, faltó al respeto a Diana y a sus ninfas. La diosa, para castigar semejante desacato, le transformó en venado, y sus propios perros le destrozaron y devoraron.

Esta diosa cazadora de los pies ligeros no era, en definitiva, sino el doble femenino de su hermano Apolo. En muchas ocasiones se dejaba llevar por su carácter cruel y sanguinario.

A Orión, por ejemplo, el hermoso cazador gigante, le mató haciendo que le picara un escorpión que lanzó contra él, porque se había atrevido a desafiarla a tirar el disco.

El ser la diosa de la luz pura y fría del astro de la noche, la Luna, transformó a Artemisa en una casta virgen que jamás gozó de las delicias del himeneo, aun cuando tampoco de las torturas que a veces acarrea el amor.

Se decía que esta castidad, que en ella llegaba a verdadero odio a los hombres o al sexo contrario al suyo, provenía de haber asistido a su madre Leto, en el parto de su hermano Apolo.

Al parecer, las angustias y dolores de que entonces fue testigo la apartaron, para siempre, de toda inclinación hacia el contacto carnal y la hicieron cruel con cuantos quedaban seducidos por su extremada hermosura.

Diana era en Roma la divinidad que correspondía a la Artemisa griega. El más célebre de los templos que se erigieron en su honor fue el de Éfeso, que pasaba por ser una de las siete maravillas del mundo. Su construcción duró doscientos veinte años.

Pero un día, Erostrato, hombre oscuro y vano, por el necio afán de que hablasen de él y fuese nombrado en la Historia, prendió fuego a aquel magnífico templo, la misma noche en que nació Alejandro Magno.

Hera o Juno

La diosa Hera fue una de las tres hijas (Hestia, Deméter, Hera) que, además de tres hijos (Hades, Poseidón y Zeus) tuvieron Cronos y Rea.

Lo más probable es que fue criada y educada por Océano y Tetis en el palacio de éstos. También se afirma que fue educada por las Horas.

Según Hesíodo, Hera fue la tercera mujer «legítima» de Zeus (la primera fue Metis, la segunda, Temis). Sin embargo, la *Ilíada* cuenta que Zeus y Hera desde muy jóvenes, ya se amaban y hasta folgaban a escondidas de sus padres.

Cuatro hijos nacieron del matrimonio Zeus-Hera: Hefaistos, Ares, Eileitiia y Hebe. Se dice, sin embargo, que Hefaistos o Vulcano, era sólo hijo de Hera pues como Zeus había tenido a Atena sin su concurso, ya que salió de su cabeza al recibir un hachazo, ella, despechada y por no ser menos, alumbró al herrero divino por su propia cuenta.

La leyenda presenta siempre a Hera poderosa, fuerte y respetada por los demás dioses como verdadera reina del

Olimpo. Pero también como una mujer en toda la extensión de la palabra.

En efecto, como mujer se la ve en muchas ocasiones, orgullosa de su posición, insolente a causa de su rango, vanidosa de su belleza, embustera por conveniencia, coqueta y zalamera cuando quiere obtener algo, perjura por temor y celosa e implacable en todo momento.

Si bien es cierto que su esposo Zeus tuvo muchos devaneos extra-conyugales, Hera no dejó tampoco, por lo menos, de ser solicitada. Se cuenta que Eurimedón, rey de los Gigantes, violó a Hera, siendo niña, teniendo con ella a Prometeo.

Al parecer también intentaron violentarla otros gigantes como Efialtes y Porfirión, e incluso la pretendió un simple mortal llamado Ixión, hijo de Flegias, rey de los lápitas.

Otras leyendas atribuyen a Hera otro hijo, el monstruoso Tifón. Cuéntase que a causa de la derrota y prisión de sus hijos los Gigantes, la descontenta Gaia empleó contra Zeus su arma propia de mujer furiosa: la calumnia. Y precisamente se valió de la celosa Hera, tan dispuesta en todo momento a creer lo que iba en contra de su augusto esposo y a inflamarse violentamente.

Así fue como, sumamente irritada, corrió a pedir a Cronos un medio de vengarse. Entonces Cronos, hijo de Gaia o Gea y Uranos, le dio dos huevos untados con su propia simiente: enterrados, debían dar origen a un demonio capaz de destronar a Zeus.

Este demonio fue Tifón, al que los terribles rayos de Zeus lograron abatir.

En la antigua Roma, Juno era una de las más grandes diosas de la mitología romana, siendo más tarde asimilada a Hera.

No obstante, cabe advertir que la personalidad de Juno siguió siendo, en realidad, distinta de Hera, la diosa griega.

Atenea o Minerva

Dícese que Metis, la encarnación de la Prudencia, hija de Océano y de Tetis, pasaba por ser la primera amante o esposa de Zeus. Al quedar embarazada de este dios, Gaia o Gea y Uranos dijeron a Zeus:

—Tras la hija que vas a tener con Metis, vendrá un hijo que te destronará al igual que tú hiciste con tu padre y éste con tu abuelo.

Temeroso Zeus de que aquello pudiera realizarse, se tragó a su esposa convertida en mosca cuando llegó el momento de que ésta diera a luz.

Pero como luego sintiese un gran dolor de cabeza, ordenó a su hijo Hefaistos que le diese un hachazo en la frente para que se le quitase.

Obedeció el dios-herrero, y al hacerlo, salió de la brecha una hermosa joven cubierta de una armadura completa: era Atenea o Minerva. Entonces la hizo diosa de la sabiduría y de la guerra, y por este concepto se llamaba Palas.

A pesar de ser la diosa de la Sabiduría, Atenea no estaba exenta de vicios tan ridículos como el de la vanidad y tan bajos como el de la venganza.

Minerva llevaba sobre su cabeza un yelmo, sobre su pecho su égida con la cabeza de Medusa, en una mano un escudo y en la otra una lanza. Otros ponen en su mano una rama de olivo, y ello se debe al siguiente motivo:

En cierta ocasión disputaron Neptuno y ella sobre el nombre que debía ponérsele a la capital de la Ática; aquél quería que fuese Posidonia, y ésta que llevase uno de los suyos, Atenea.

Neptuno y Minerva acudieron al Tribunal Supremo de los dioses para que fallase en su contienda y éstos dijeron:

—Tendrá derecho a darle nombre a la ciudad aquel que sea capaz de crear la cosa más útil a los hombres.

Neptuno, golpeando la tierra con su tridente, hizo que surgiese el caballo y Minerva hizo que de la tierra brotase el olivo, y obtuvo el premio.

Otras muchas cosas en ciencias y artes enseñó Atenea a los hombres. La más notable fue la construcción de la nave que tripularon los Argonautas, a la que puso un leño que hablaba, gobernando y guiando la nave, haciéndole evitar escollos.

Al igual que Artemisa, Atenea también permaneció siempre virgen. Se cuenta, sin embargo, que tuvo un hijo de la forma más curiosa: un día fue a visitar a Hefaistos para que éste le facilitase armas. El dios cojo, a quien Afrodita había abandonado, se encaprichó de Atenea y quiso poseerla.

Pero Atenea escapó, no sin que Hefaistos, a pesar de su cojera, espoleado por un violento deseo, consiguiera cogerla y estrecharla entre sus brazos.

La diosa le rechazó con violencia, porque no sentía ningún interés por el feo y sucio dios del Fuego. Mas la pasión del herrero divino era tan fuerte que en el forcejeo, no pudiendo hacer otra cosa, profanó con su esperma una de las piernas de la hermosa Atenea.

Entonces ella, llena de asco, se limpió con un trozo de lana, que después arrojó al suelo. Y ocurrió que de la tierra así fecundada nació el niño Erichtonios, al que Atenea consideraba como su hijo, y al que después de meterlo en un cesto confió a las hijas de Kékrops, y se dice que fue el primero de los reyes míticos de Atenas.

Cuando las princesas, llenas de curiosidad, abrieron el cesto, encontraron dentro a un niño guardado por dos serpientes.

También se dice que el niño tenía el cuerpo terminado en una cola de serpiente, como la mayor parte de los seres nacidos en la tierra. E incluso hay quien asegura que una vez abierto el cesto el niño escapó en forma de serpiente y se refugió en el escudo de su madre.

Sea como fuere, el hecho es que las princesas, enloquecidas de terror, se arrojaron desde lo alto de las rocas de la Acrópolis, matándose en el acto.

Además de su carácter guerrero, Atenea presidía todas las artes y trabajos de la paz, pues sus manos estaban caracterizadas por la más perfecta habilidad. También era la patrona de los alfareros y pasaba por haber inventado el torno que éstos utilizan.

Como era muy amiga de enseñar, la solían representar con un búho, para significar el estudio, porque veía de noche, y con un dragón, que significa la rígida virtud, con la que nadie se atreve.

Minerva, equivalente latino de la Atenea griega, gozaba de gran importancia en Roma. Con Júpiter y Juno formaba la trinidad capitolina.

Afrodita o Venus

Afrodita es la diosa del Amor, la reina del deseo, la belleza, la dulzura y la alegría femenina. Esta diosa de la hermosura y de la gracia ocupaba en el Olimpo griego un lugar principal.

Toda la magia de la pasión se hallaba en su cintura, que Hera le pidió prestada para reconquistar a su caprichoso marido. Afrodita sola perturbaba la sociedad de los dioses por sus amores con Ares, engañando a su esposo Hefaistos y entregándose también a los mortales que le agradaban, como por ejemplo, a Anquises.

Existen versiones sobre el nacimiento de este encanto de diosa. La primera dice que Afrodita era hija de Zeus y de Diones. La segunda, referida por Hesíodo, afirma que cuando Cronos, después de mutilar a su padre con su afilada guadaña, lanzó los despojos de la virilidad de Uranos al mar, en torno a estos restos que flotaron sobre las olas mucho tiempo «se amontonó una gran cantidad de blanca espuma en cuyo albo y blando regazo nació y creció como una perla maravillosa, una virgen hermosísima: Afrodita».

A partir de entonces esta virgen iba a ser la diosa del amor y de la belleza, de la amistad amorosa y de todos los placeres y pasiones que tienen su origen en el amor.

Afrodita no tardó en llegar a la costa de Chipre, recostada sobre el suavísimo e irisado nácar de una concha marina que servía a la vez de cuna, lecho y nave. Allí fue recibida por las Horas, que quedaron maravilladas y absortas al ver aquel perfecto cuerpo formado de marfil, seda, alabastro, luz y pétalos de rosa.

Inmediatamente las Horas pusieron en torno al cuello de nieve de la hermosa Afrodita un collar resplandeciente y una corona sobre su cabeza, proclamándola con ello soberana total de la hermosura, y la condujeron inmediatamente al Olimpo, el palacio de los dioses.

Envuelta en el resplandor incomparable de su propia belleza, adornada, mejor que con las más ricas galas, con su virginal, noble y perfecta desnudez, Afrodita se presentó sonriente a los dioses inmortales que, al verla, quedaron estupefactos y maravillados ante el espectáculo incomparable de su divina hermosura.

Como la diosa iba sembrando amor a su paso, todos los dioses se enamoraron de ella. Incluso su padre, Júpiter, quedó hechizado por la joven. Pero viendo que su hija no le correspondía, la esposó, como castigo, con su horroroso hijo Hefaistos o Vulcano.

Así fue como el dios más feo tuvo por mujer a la diosa más bella del Olimpo.

Sin embargo, Afrodita no quería por marido sino a Ares o Marte, pero como ya estaba casada no tuvo más remedio que tener al dios de la guerra por amante.

El feo Hefaistos le tenía prohibido que hablase con el apuesto Marte. Pero advertido por el Sol de que era engañado, preparó una habilísima celada a los amantes. Ésta consistió en que, mientras estaban en plena pasión, los encerró en una sutil red de hierro que había elaborado en su fragua y, tras inmovilizarlos, los expuso a la burla y regocijo de los demás dioses.

Después de convencer a Zeus de la desobediencia de su mujer, Vulcano regresó cojeando a su fragua y quedó divorciado de la caprichosa Afrodita.

Acto seguido la hermosa Venus se casó con Ares, del que tuvo dos hijos. Cupido, también llamado Eros, que es el dios del amor, y Anteros que es el dios de la correspondencia, o amor que corresponde al primero.

Afrodita tuvo después otros amantes, tales como Poseidón o Neptuno, señor y dueño del mar, Hermes o Mercurio, dios simpático y servicial con el que tuvo un hijo llamado Hermafroditos, que era hermosísimo y más tarde llegó a estar dotado de los dos sexos.

Afrodita, al igual que los demás dioses, tuvo también algunas aventuras amorosas con mortales. Un día, Cronos inspiró a la bella diosa el irresistible deseo de unirse con el pastor Anquises.

Uno de los himnos homéricos cuenta que Anquises, «que era hermosísimo, apacentaba vacas en las alturas del Ida, tan abundante en manantiales; y apenas le vio Afrodita, sintió que un vehemente e irreprimible deseo se apoderaba de su albedrío y se enamoró de él».

De estos amores, que el himno describe primorosamente, nació Eneas, el héroe de Virgilio.

Un tanto avergonzada, Afrodita aconsejó a su amante Anquises que no revelase ni se alabase ante nadie de haber sido amado por una diosa pues, de lo contrario, Zeus le castigaría. Y así ocurrió. Un día de fiesta, habiendo bebido en exceso, Anquises habló. Por lo que Zeus le dejó cojo (ciego, según otra versión) con un rayo.

Sin embargo, el bello Adonis fue la grande, la verdadera pasión de Afrodita o Venus. El poeta Ovidio narra así estos amores:

Fruto del casamiento de Pigmalión con su estatua viviente, por favor especial de Venus, fueron dos hijos: el segundo, Ciniras, fue rey de Chipre y casó con Ceneris, los cuales fueron padres de la hermosa Mirra.

Al ser requerida de amores, la joven Mirra rechazaba a los pretendientes, porque se había enamorado de su padre Ciniras, con fuerte pasión, que le infundió Afrodita. La muchacha resolvió ahogarse con un dogal, pero lo impidió su aya, que pérfidamente logró saber el secreto de Mirra.

Poco después comenzaron las fiestas de Ceres, uno de cuyos solemnes ritos era la separación de los matrimonios durante nueve noches. Mientras Ceneris estaba en las fiestas y Ciniras se hallaba transtornado por el vino, el aya criminal, verdadera Celestina, pero llamada Hippolite, aprovechó la oscuridad de la noche y arrastró a Mirra al incestuoso lecho de su padre Ciniras.

Doce noches se repitió este hecho; la última, el hombre ordenó que le trajesen luz, deseoso de ver a la desconocida. Pero al darse cuenta del engaño, loco de furor desenvainó la espada para matar a su hija Mirra, que, aterrada, huyó del palacio, protegida por los dioses, siempre clementes con los enamorados.

La desdichada joven anduvo errante varios meses, y tristemente apenada, pidió castigo a los dioses, deseando ser transformada y arrojada al reino tenebroso.

Y fue atendida en su ruego. Inmediatamente empezó la tierra a cubrir sus pies, convertidos en retorcidas raíces, sus huesos formaron un tronco, la sangre se convirtió en savia, la piel en corteza, los brazos y los dedos se trocaron en ramas y la cabeza quedó también sepultada en el tronco. De la joven sólo quedó el llanto.

Las cálidas gotas que el tronco destilaba y corrían como lágrimas se espesaban formando la perfumada resina del árbol llamado mirra.

Mientras, el feto crecía debajo del árbol. Éste gemía y se encorvaba, y aquél buscaba salida. Pasados los meses necesarios, la corteza del árbol, que había ido hinchándose poco a poco, estaba a punto de estallar. Entonces la diosa Lucinia, que se mostraba propicia, aplicó sus manos al tronco y pronunció las palabras que facilitan los partos. En el acto abrióse el árbol y salió un precioso niño, que empezó a llorar.

Las Náyades lo pusieron sobre la hierba mullida, lo ungieron y bañaron con la olorosa goma que la mirra destilaba, dándole el nombre de Adonis, y que parecía otro Cupido.

Al ver la hermosura singular de aquel niño, Afrodita lo recogió conmovida, lo encerró en un estuche adecuado y se lo confió a Perséfone, mujer de Haides, señor de la región tenebrosa, creyendo que con ello estaría a salvo en las profundidades del mar.

Atraída Perséfone por la curiosidad, abrió el misterioso cofre para ver qué contenía. Y seducida también por aquel hermoso niño, se negó a devolvérselo a Afrodita cuando ésta se lo reclamó.

Como en tantas otras ocasiones, Zeus, padre, señor y juez de las contiendas divinas, tuvo que intervenir en el litigio. Su sentencia fue muy hábil: Adonis pasaría un tercio del año con Afrodita, otro tercio con Perséfone, y el tercero donde quisiera, incluso en el Olimpo si ése era su deseo.

Naturalmente, Adonis pasaba la mayoría del tiempo con Afrodita, mientras se convertía paulatinamente en un hermoso mancebo.

Pero Afrodita o Venus debía expiar el incestuoso amor que inspiró a la desgraciada Mirra. Un día, al acercarse Cupido a su madre para besarla, le clavó en el pecho inadvertidamente una punta de sus flechas. La diosa, sintiéndose herida, apartó malhumorada a su hijo Cupido; pero la herida había encendido un amor apasionado, arrebatador para el hermoso Adonis, que entonces ya era un notable cazador.

Sintiendo una irresistible atracción por el joven, de cuyo lado no quería apartarse, Afrodita dejó de frecuentar sus regiones habituales y se ausentó finalmente del Olimpo. Y si antes gustaba de las delicias de la sombra y de los adornos encantadores ahora, descalza, alto el vestido, trepaba por los collados, salvaba peñas, azuzaba a los perros y perseguía con su amante a las veloces liebres, los ciervos y otros venados.

En cambio, rehuía la cacería de los jabalíes, de los hambrientos lobos, de los osos de fuertes uñas, de los leones que devoraban ganados. Y siempre advertía a su amado Adonis:

—Querido, teme el ímpetu de todas esas fieras.

—¿Por qué temes tanto a esos animales? –le preguntó Adonis.

Entonces, Venus le invitó a descansar a la fresca sombra de un álamo blanco, sobre la hierba de la pradera, y amorosamente le refirió la historia de Hipómenes y Atalanta.

El nieto de Neptuno o Poseidón, habiendo ganado la carrera a la nunca vencida princesa, mediante las tres manzanas de oro que Afrodita le dio y que distrajeron a Atalanta en su velocidad, obtuvo la mano de la hermosa doncella. Pero, ingrato o desmemoriado, no hizo sacrificios en honor a la diosa Venus, la cual, irritada, juró vengarse de los esposos.

Efectivamente, descansando éstos un día al abrigo de un templo de Cibeles, Afrodita les infundió el deseo de amarse allí mismo y, ante aquel sacrilegio, Cibeles ordenó inmediatamente el castigo de los esposos: que se convirtieran en leones.

Y de esta forma fue como Hipómenes y Atalanta pasaron a ser dóciles leones para el carro de la diosa Cibeles.

Cuando Venus terminó el relato, repitió su consejo a Adonis de que evitase el encuentro de aquellos animales. Después, se despidió del mancebo amado y se elevó por los aires en un carro de oro tirado por blancos cisnes.

Adonis siguió cazando con sus perros, que dieron con el rastro de un gran jabalí en el bosque. Herido el animal por un dardo del cazador, se dirigió acometedor hacia el hermoso y afortunado doncel, el cual huyó apresurado buscando refugio.

Mas, antes de que Adonis llegase al mismo, el jabalí le alcanzó, le clavó los colmillos en las ingles y lo arrojó al suelo, moribundo.

Al parecer, este jabalí fue enviado por Artemisa, la virgen. y feroz enemiga de Afrodita, a la que, como era lógico, envidiaba sus amores con el hermoso doncel.

Venus, que no había llegado aún a la isla de Chipre, oyó los quejidos de su amante, llevados por Céfiro, y retrocedió ligera y vivamente alarmada. Entonces vio a Adonis desmayado y teñido en sangre, recogió su último aliento y, dominada por el dolor, se rasgó los vestidos, se arrancó los cabellos, se golpeó el pecho e inconsolable se lamentó amargamente de los hados.

Recordando después lo que hizo Proserpina con la ninfa Menta, que era querida de Plutón, y que aquélla, celosa de su rival, la convirtió en «hierbabuena», roció con néctar oloroso la sangre de Adonis, formándose de ella gotas transparentes y brotando una flor colorada, semejante a la de la granada.

Y la diosa Afrodita entristecida, en memoria de la muerte de su querido y bello Adonis, decretó la celebración de una fiesta anual en la que se representaría su llanto y dolor.

Gracias a su indescriptible belleza, Afrodita reinaba como dueña absoluta en los corazones. Y podía, a su antojo, apartarlos de la pasión amorosa o, por el contrario, precipitarlos en ella, fuesen cuales fueren las consecuencias.

Tal le ocurrió a Helena de Troya, a Eos, a Medea, a Pasífae, a Fedra, a las mujeres de Lemnos y a muchas otras heroínas, víctimas de las pasiones insensatas que Afrodita o Venus supo inspirarlas.

Pero no solamente extraviaba los corazones de las mujeres que la ofendían, sino también los de los hombres. Así se vengó del Sol, de Diomedes, de Hippólitos, de Tindáreos...

Como diosa de la fecundidad de la Naturaleza, no es de extrañar que Afrodita tuviera una numerosa descendencia. Sin embargo, de sus hijos, los más conocidos eran Eros o Cupido y Aineias.

Finalmente, justo es reconocer que uno de los episodios más célebres e interesantes en que Afrodita aparece mezclada es el relativo al llamado «juicio de París», cuando la bella diosa se le presentó en unión de Hera y de Atenea, para que el hijo de Príamo decidiese cuál de las tres era más hermosa.

Venus, la diosa del Amor entre los latinos, era una divinidad muy antigua. Al principio, Venus, no estaba entre las grandes diosas romanas. Fue posteriormente, a partir del siglo II antes de nuestra Era, al confundirse los dioses romanos con los griegos, cuando Venus y Afrodita no fueron sino una sola divinidad con el carácter y funciones de la diosa griega.

Hermes o Mercurio

Pleione, hija del Océano, casó con Atlas, hijo de Uranos, que fue rey de Mauritania y gran astrónomo. Inventó la esfera, por lo cual se le representaba llevando el globo sobre los hombros y agobiado bajo su peso.

Otros dicen, en cambio, que fue un castigo que Zeus impuso a Atlas por haber ayudado a los Titanes en la guerra que emprendieron contra él.

El matrimonio Pleione-Atlas tuvo siete hijas, que se llamaron Pléyades, y son las estrellas que forman la constelación de este nombre, menos una de ellas, Electra, que se ausentó para no ver la destrucción de Troya, que había fundado su hijo Dárdano.

Desde aquel entonces, Electra no volvió a aparecer entre sus hermanas como un cometa pasajero.

Una de estas Pléyades, llamada Maia, había de hacerse más famosa que sus hermanas, porque embarazada por Zeus daría a luz un hijo llamado Hermes, que significa «mensajero». En efecto, su augusto padre le hizo mensajero de los dioses. Para ello, le puso alas en los pies y en su tocado, que es una especie de gorro, con el que se le ve siempre representado.

Además, su padre le hizo también dios de la elocuencia, del comercio y de los ladrones.

Hermes nació en la Arkadia, siendo concebido en una gruta del monte Killene, hoy llamado Ziria, pues su madre, la hermosa Maia, «no gustaba del trato de los bienaventurados dioses». Por eso Zeus iba a reunirse con ella a medianoche, «mientras el sueño envolvía a su esposa Hera, la de los níveos brazos».

Hermes nació extraordinariamente precoz e incomparablemente audaz, cualidades que sin duda heredó de su astuto padre. El himno lo representa de esta forma:

«Un hijo de multiforme ingenio, sagaz, astuto, ladrón, cuatrero de bueyes, príncipe de los sueños, espía nocturno, vigía y guardián de todas las puertas y que muy pronto había de hacer alarde de gloriosas hazañas ante los inmortales dioses.»

Efectivamente, «nacido al alba, a mediodía pulsaba la cítara y por la tarde robaba las vacas del flechador Apolo; y todo esto ocurría el día cuarto del mes, en el cual le había dado a luz la venerada Maia».

Sorprende realmente la sagacidad y la precocidad admirables de Hermes, ya que el mismo día de su nacimiento hizo dos cosas verdaderamente extraordinarias: inventar y construir una cítara, y robar un rebaño de vacas; y esto, nada menos que a Apolo.

A poco de nacer, Hermes saltó de la cuna, salió de la gruta y se encontró con una tortuga «que pacía la jugosa hierba delante de la morada». Dichoso al verla, le saludó contento con estas palabras:

«Salve, criatura naturalmente amable, reguladora de la danza, compañera del festín, en feliz momento te me has aparecido gratamente... Tú serás, mientras vivas, quien preserva de los dañinos sortilegios; y luego, cuando hayas muerto, cantarás dulcemente.»

Y para que la pobre tortuga pudiera hacer todo cuanto el recién nacido Hermes le decía, éste la cogió, entró con ella en la gruta, la vació «con un buril de blanquecino acero», cortó cañas, cogió una tripa seca, cuerdas hechas asimismo de tripas y cuanto era necesario, y fabricó la primera cítara.

«Entonces –dice el himno a Hermes–, cogiendo el amable juguete que acababa de construir, ensayó cada nota con el arco, y bajo sus manos sonó un sorprendente sonido.»

Después de haber ensayado la cítara, la dejó en la cuna, y «ávido de carne» corrió hacia las montañas de Pieria, adonde llegó «cuando el Sol se hundía con su carro y sus corceles debajo de la Tierra», dispuesto a robar parte del rebaño de los dioses.

Seguidamente robó cincuenta vacas y las llevó de un sitio para otro, protegido por las sombras de la noche. Y para confundir sus huellas se valió de toda suerte de tretas. Por ejemplo, «haciendo que las pezuñas de delante marchasen hacia atrás y las de atrás hacia adelante, y andando él mismo, al guiarlas, de espaldas», además de ponerles ramas en las colas para hacer las huellas más confusas.

Cuando clareaba el día llegó al borde del Alfeios, el mayor de los ríos del Peloponeso, inventó el fuego, inmoló dos vacas en honor de los dioses, escondió luego los animales en una caverna, hizo desaparecer los rastros del sacrificio, tiró sus sandalias al río y escapó a todo correr hacia la cueva donde había nacido pocas horas antes.

Amanecía cuando llegó al monte Killene y se metió en su gruta por el ojo de la cerradura «empequeñeciéndose cual hubiera podido hacerlo la neblina o el aura otoñal», llegó a la cuna sin hacer ruido, se coló en ella, se fajó «y se puso a juguetear, como un niño, con el lienzo que le envolvía, pero asiendo a su amada tortuga con la mano izquierda».

Como era de esperar, Apolo no tardó en presentarse, pues su arte y pericia en adivinar le hizo descubrir rápidamente dónde se escondía el ladrón.

—Devuélveme las vacas. ¿Dónde están? –dijo Apolo.

Pero Hermes negó con la mayor audacia, por lo que acabaron recurriendo a Zeus, quien, pese a mostrarse muy satisfecho de la precocidad y astucia de su nuevo hijo, le obligó a devolver lo robado. Mejor dicho, lo sustraído, ya que los fuertes no roban: conquistan o sustraen.

—Faltan dos vacas –se quejó Apolo.

Eran las que Hermes había sacrificado a los dioses. Mas para calmar la cólera de su hermano, el ladronzuelo hizo sonar la lira «tocando con el plectro todas y cada una de las cuerdas. Y al vibrar éstas armoniosamente, llenóse de gozo Apolo, pues su grato sonido le embelesó y le hizo sentir al punto vivísimo el deseo de apoderarse de ella».

Viendo Hermes que su hermoso hermano, el dios músico, el que dirigía el coro de las Musas, envidiaba su nuevo instrumento, se lo regaló en el acto.

Sintiéndose feliz Apolo y olvidando sus rencores le dio a cambio su látigo de vaquero hecho de un rayo de sol y hasta le instó:

—Ocúpate de ahora en adelante de las vacas.

Y así fue como hecha la paz y sellada con promesas solemnes de no perjudicarse mutuamente, en lo sucesivo su amistad fue imperecedera.

Apolo sería el dios de la lira y Hermes el divino protector de los rebaños.

No debe extrañar que un dios tan particularmente sagaz, útil y astuto, fuera muy afortunado en amores. Con Afrodita tuvo a Hermafroditos; con Antianeira, otros dos hijos, gemelos: Eritos y Echión, que figuraron entre los Argonautas. Otro vástago de Hermes fue Abderos, joven que fue amado por Herakles y muerto por las yeguas de Diomedes.

La leyenda atribuye también a Hermes la paternidad de Autólicos, el más desvergonzado de los ladrones mitológicos, y asimismo el más afortunado de ellos, puesto que su padre le había concedido el don de no ser sorprendido jamás. Igualmente se dice que Kefalos era hijo de Hermes, habido con Herse, una de las hijas de Kekrops. Y, por último, hay algunos que aseguran que Hermes se unió a la fiel Penélope, la mujer de Ulises, con la que tuvo el dios Pan.

Cierto día, Hermes encontró a dos serpientes peleando y las separó con la varita o látigo que le dio Apolo, alrededor de la cual se enroscaron. Éste es el Caduceo, que tiene el poder de acabar con todas las disensiones.

De las preciosas cualidades del inquieto y veloz Hermes o Mercurio se aprovechó su padre Zeus o Júpiter para encomendarle toda clase de comisiones, desde las nobles hasta las innobles, que desempeñaba con gran rapidez y solicitud.

Pero no solamente era el «correveidile» de los dioses, como se le ha llamado, sino también el dios de la elocuencia, por sus dotes de persuasión; el de la prudencia, la astucia y aun las raterías; el protector de los viajeros y caminantes; el que difundía los grandes inventos; el que protegía toda clase de trabajos y ejercicios físicos, especialmente aquellos en los que se empleaba la fuerza y la agilidad.

Y finalmente, y ésta es de todas sus representaciones la que ha triunfado modernamente, casi como única: era el dios del comercio y de la suerte, incluso en el juego.

Ocurrió un día que Zeus, al que como es sabido le entusiasmaban las aventuras amorosas, pretendió a Yuturna, hija de Dáceno, que era muy hermosa. Pero como a la joven no le agradaba el casquivano dios, huyó y se tiró al río Tíber, suplicando a sus Náyades que la ocultasen, a lo que éstas accedieron gustosamente.

Una de ellas, sin embargo, llamada Lara, indignada, participó a la diosa Juno lo que pasaba y ésta, celosa como siempre, convirtió a la bella Yuturna en fuente. Pero Júpiter, irritado contra la chismosa Lara, le ordenó que se cortara la lengua y dijo a Hermes o Mercurio:

—Anda, llévala al infierno, donde yo no la vea.

Pero Mercurio, conmovido por su desgracia y seducido por su belleza, se casó con ella. Tuvieron por hijos a los dioses Lares, genios buenos de las casas y custodios de las familias, como lo eran también los Penates.

Otra versión latina dice que los Lares descendían de Vulcano y de la diosa Maia, encarnación de la Tierra Madre.

Corno es sabido, Mercurio era la divinidad romana que en la época clásica se identificó con el Hermes griego.

Hestia o Vesta

La diosa Hestia, como su nombre indica, era la personificación del hogar.

Dice Hesíodo que Hestia era la primera de los seis hijos que tuvieron Cronos y Rea, y por lo tanto, hermana de Deméter, Hera, Hades, Poseidón y Zeus.

El trono de Hestia era el «sitio central del Cosmos» y éste era inmutable. Allí permanecía la diosa sola, en reposo. Por consiguiente, era considerada como la Tierra colocada en el centro del Mundo, en el que permanecía estable e inmóvil, mientras que los demás cuerpos celestes cumplían sus revoluciones.

Si bien la figura simbólica de Hestia fue menos precisa que la de sus hermanos, su influencia fue ampliándose paulatinamente, pues a partir del humo de los sacrificios familiares, que unía la Tierra con el Cielo, y del fuego del hogar doméstico, llegó a ser o a representar el fuego central de la Tierra y la Tierra misma.

Hestia o Vesta era una diosa virgen, pues obtuvo de Zeus el don de conservar su pureza. Y no hay duda de que mucho le debió costar conservarla, pues tanto Apolo como Poseidón la cortejaron insistentemente.

En efecto, Apolo, el Sol, que la contemplaba amorosamente durante todo el día, jamás podía unirse con ella. Condenado a recorrer sin cesar la bóveda celeste, acercábase cada día a Hestia pero sin poder alcanzarla, puesto que acababa por hundirse en el Océano.

Poseidón, que también amaba a Hestia y la acariciaba con sus olas, lo más que hacía era rozar apenas su cuerpo divino, pues le estaba prohibido penetrar hasta el seno de la Tierra, donde residía la solitaria e inmóvil diosa.

Zeus también concedió a su hermana otros honores excepcionales, como el de recibir culto en los templos de todos los dioses y en todas las casas de los hombres.

La Vesta romana era una diosa que tenía los mismos caracteres y hasta el mismo nombre (Hestia, Vesta) que la diosa griega, a la que equivalía en Roma.

Poseidón o Neptuno

Poseidón, dios del agua, especialmente del mar, pero también de ríos, arroyos, lagos, manantiales y fuentes, era uno de los grandes dioses del Olimpo.

De la misma manera que los dioses Zeus y Hades, habían nacido de la pareja Cronos y Rea, siendo, según la tradición, el mayor de los tres hermanos, aunque posteriormente, en virtud siempre del antropomorfismo, se consideraba a Zeus como el primogénito.

Como ya es sabido, después de ser vencidos los Titanes y Gigantes y al hacer el reparto del mundo, botín obtenido con la victoria, a Poseidón le correspondió la soberanía de todo el elemento líquido, fuese cual fuese su origen.

En la *Ilíada* se lee: «Tres pasos dio, haciendo retemblar las altas colinas y las espesas selvas bajo sus inmortales pies; al cuarto llegó al término de su viaje, a Aigai. Allí, en las profundidades del mar tenía magníficos palacios de oro, resplandecientes e indestructibles».

Sí, Poseidón habitaba en el fondo del mar, en su hermoso palacio de Aigai. Iba siempre armado de un tridente, que era su arma favorita y la que utilizaba para todo: para levantar las olas del mar, para hacer brotar fuentes y manantiales, aparecer pozos y lagos y para provocar terremotos.

Sus vastos dominios los recorría en un carro arrastrado por impetuosos corceles, imagen de las olas espumeantes que se empujan, obligadas por el viento.

Por esto, el animal que se consagró preferentemente a Poseidón fue el caballo. Recuérdese, por ejemplo, que de la unión de Poseidón y Medusa, nació Pegaso, el caballo alado.

Sobre los amores de Poseidón hay varias versiones. Una de ellas refiere que, enamorado locamente de Amfitrite, una de las Nereidas, la raptó un día que ésta jugaba con sus hermanas cerca de la isla de Naxos.

Otra cuenta que la hermosa joven, que se sabía amada por el dios de las aguas, le rehuía siempre por simple pudor. De tal modo que, en cierta ocasión, fue a esconderse más allá de las Columnas de Hércules, es decir, al otro lado del mar.

No conforme con esto, el enamorado Poseidón mandó a los delfines en su busca y uno de ellos, que la encontró, la persuadió y la trajo consigo para ser esposa del dios del tridente.

Las Nereidas, divinidades marinas, personificación de las olas del mar, eran hijas de Nereus y de Doris, una de las hijas de Océano. Poseidón, por tanto, era a la vez que esposo el abuelo de Amfitrite.

Generalmente las Nereidas eran cincuenta, aunque a veces se las hacía llegar hasta cien. Vivían en el fondo del mar, en el palacio de su padre, sentadas en tronos de oro. Empleaban el tiempo hilando, tejiendo y bailando. Las más conocidas son: Tetis, la madre de Aquiles, al que tuvo con Peleus; Amfitrite, la esposa de Poseidón; Galatea, amada por Polifemo, el cíclope siciliano de cuerpo monstruoso.

El papel de Amfitrite junto a Poseidón era el mismo que el de Hera con Zeus: el de esposa legítima y engañada. En efecto, porque si Zeus cometió muchas infidelidades, puede decirse que comparado con su hermano casi fue un modelo de marido.

Desde luego pocas dioses tuvieron tantas amantes como Poseidón, y una progenie tan cumplida. Se dice que la primera de ellas fue Halia, la hermana de los Telchines, especie de demonios de Rodas, que, al parecer, le había criado. Enamorado de ella, la hizo madre de seis hijos varones y de una hembra que se llamó Rodos. Luego se llamó Rodas a la tierra o cuna de tan fecundos amores.

Amímone era una de las cincuenta hijas del rey Dánaos y de Europa. Dánaos dejó Libia y fue a instalarse en Argos. Pero el país carecía de agua, porque Poseidón, furioso a causa de que le hubiese sido atribuido a Hera, la había desprovisto de su elemento.

Entonces Dánaos envió a sus hijas en busca del precioso líquido. Amímone partió, como sus hermanas, cada una en una dirección. Cansada de andar, terminó por dormirse, rendida, en pleno campo, ocasión que aprovechó un sátiro para intentar violarla. La joven, defendiéndose, invocó a Poseidón. Y el dios se presentó inmediatamente, tiró el tridente al sátiro, que pudo evitarlo y huyó, y el arma, chocando contra una roca, hizo brotar un magnífico chorro de agua.

Amímone, agradecida, concedió entonces al dios lo que había negado al sátiro. De su unión nació un hijo, llamado Nauplios, que fundó posteriormente la ciudad de su nombre.

Famosas son también las relaciones amoroso-violentas de Poseidón con su hermana Deméter, y las mantenidas con Medusa, una de las Gorgo o Gorgonas. Éstas eran hijas de Forcis y Ecto, su propia hermana. Además de las Gorgo (Gorgonas), tuvieron a las Forquides y a un dragón.

Las Forquides, llamadas también Graiai, nunca fueron jóvenes: habían nacido viejas. Eran tres y no poseían más que un ojo y un diente, que se prestaban sucesivamente. Vivían en el país de la noche, donde jamás brillaba el sol. Su misión consistía en guardar el camino que conducía a las Gorgo, para que nadie llegase hasta ellas.

Las Gorgo eran tres igualmente: Estenea, Euríale y Medusa. Las dos primeras eran inmortales; la última, mortal. Pero ésta es la Gorgona por excelencia. Las cabezas de estos tres monstruos estaban coronadas de serpientes, sus dientes eran como colmillos de jabalí, sus manos, de bronce y sus alas, de oro. La mirada de sus ojos era tan espantosa que transformaban en piedra a quienes osaban desafiarla. Hasta los dioses inmortales huían de ellas aterrados.

Tan sólo Poseidón no tuvo miedo de unirse a Medusa, a la que dejó encinta. Al matarla luego Perseo, de su sangre salieron Pegaso, el caballo alado, y Chrisaor, «el hombre de la espada de oro», hijos de Poseidón, dios especializado en la creación de monstruos.

Efectivamente, Poseidón no engendró, en general, sino monstruos y bandidos. De todos sus hijos, el héroe más digno de tal nombre fue Tese. En cuanto a los demás, son famosos Kérkopes, los Aloadai, Polifemo, el célebre Cíclope, el gigante Antaíos, Lamos, el gigante antropófago, el bandido Kerkión, el asesino Skirón, Orión, el cazador maldito...

De la unión de Poseidón con Amfitrite nacieron varios hijos, de los cuales el más conocido es Tritón. Más tarde, al enamorarse Poseidón de Skille, Amfitrite consiguió convertirla, mediante un filtro mágico que le dio Circe, en un monstruo de seis cabezas y doce pies, cuya parte inferior estaba rodeada de seis perros rabiosos que devoraban todo lo que estaba a su alcance.

Tritón, por su parte, estaba dotado, como todos los genios marinos, del don de la profecía. Los episodios principales de su vida, aparte sus aventuras amorosas con las Nereidas, fueron sus luchas con Herakles y con Dionisos. Estos dos consiguieron dominar al monstruo Tritón. Se dice que para vencerle bastaba darle una crátera de vino, pues la bebía y caía dormido.

Cuenta Platón en el *Timaios* y sobre todo en el *Kritias* que cuando los dioses se distribuyeron la tierra, Atlantis (la Atlántida) le correspondió a Poseidón. En esta isla, situada delante de las Columnas de Hércules, según se salía del Mediterráneo para entrar en el Atlántico, vivía una joven huérfana, llamada Klito, de la que se enamoró Poseidón. Con ella, que habitaba en la montaña central de la isla, vivió mucho tiempo, haciéndola cinco veces madre de dos gemelos. Poseidón dio al mayor, llamado Atlas, la superioridad.

Neptuno es el dios latino equivalente a Poseidón.

Ares o Marte

Este dios bélico por excelencia era hijo de Zeus y de Hera o Juno. Este hijo fue tan revoltoso, bárbaro y cruel, que se hizo odioso a los mismos dioses.

Hay quien dice que primitivamente había sido el dios de la tempestad; pero todos le conocen preferentemente por el dios de la guerra en lo que ésta tiene de bestial, de implacable, de feroz e inhumana. Guerrero ante todo y sobre todo, Ares gozaba en impulsar a la lucha a los hombres, ayudado por la terrible Belona o Enio, que unos dicen que fue su hermana y otros su esposa.

Además de su mujer, el dios de la guerra iba siempre acompañado de Deimos (el Espanto) y de Fobos (el Terror), ambos hijos suyos; de Eris (la Discordia), y de una multitud de demonios que le servían de escuderos, caballerizos y servidores.

Sin embargo, resulta curioso observar que, pese a ser el dios de la guerra y de las batallas, en la mayor parte de sus leyendas guerreras siempre era vencido. Le venció Atenea, le venció Herakles, le vencieron los Alodai, y le vencieron hasta hombres, por ejemplo Diomedes, aun cuando este último estuvo apoyado por Atenea.

Oto y el fornido Efialtes, hijos de Alodai o Aloco, se apoderaron de Ares en una tremenda lucha, le tuvieron trece meses atado con fuertes cadenas en una tinaja de bronce, y «allí hubiera perecido el dios insaciable de combates, si su madrastra, la bellísima Eribea, no hubiese participado el caso a Mercurio, quien sacó furtivamente de la cárcel a Marte casi exánime, pues las crueles ataduras le agobiaban».

—Éste es uno de los desacatos o atrevimientos que los dioses tienen que tolerar, a veces, a los hombres.

Estas palabras las pronunció, ante su hija Venus, la bella Dione, hija del Océano y amante de Zeus, al ser ligeramente herida por el guerrero Diomedes.

Otro episodio muy conocido fue el que le aconteció a Marte con el herrero divino. Parece el colmo de las paradojas que al feo y cojo Hefaistos le hubiera dado a Venus por esposa Zeus, cuando él mismo y todos los demás dioses estaban enamorados de ella. Pero, según cuentan, esa boda ridícula fue el castigo que el rey de los dioses y de los hombres le impuso a la orgullosa beldad por haberle despreciado.

Sea como fuese, el hecho es que aquel matrimonio no podía de ningún modo ser feliz, por lo que el día que el glorioso barbilindo Marte quiso, Afrodita se entregó a él, burlándose del sucio y feo marido, habilísimo forjador, ocupado constantemente en mantener el fuego de su fragua, allá en las montañas de la tierra, lo que a Venus le debía parecer poco divertido.

Ares iba a visitar a su amada por las noches. Pero temeroso de que el Sol, que todo lo ve, les sorprendiera juntos, tenía un amigo, llamado Alectrión, encargado de avisarle al despuntar el alba. Mas una noche el vigilante se quedó dormido y el Sol, que se enteró de cuanto Marte quería ocultarle, corrió inmediatamente con el soplo a Vulcano.

En castigo de su olvido, Alectrión fue transformado en gallo. Y desde entonces no deja nunca de anunciar con anticipación la salida del rey de los astros. La cresta que orgullosamente ostenta no es más que el recuerdo de su perdido almete de guerrero.

En cuanto a Hefaistos, ya es sabido que su venganza fue cosa nunca vista, ni antes ni después. Fríamente, llevando al colmo su habilidad de perfecto artífice, fabricó una finísima red de hierro de irrompibles hilos, la colocó sobre el lecho de los adúlteros de modo que no pudiera verse, y en el momento oportuno la hizo caer sobre los amantes, aprisionándolos.

Inmediatamente convocó a todos los dioses, que vieron el pasmoso ardid, celebrándolo con carcajadas y chistes. Lo más prosaico y positivista de este asunto es que Vulcano no sólo clamó para se le hiciera justicia, sino que exigió también una indemnización.

Sin embargo, desconfiando de que Marte llegara a pagarle esa indemnización que a toda costa reclamaba y que el otro le prometiera, fue preciso que Poseidón se ofreciese como fiador. Y hasta que Vulcano, el marido burlado, no tuvo esta seguridad, no deshizo la red, libertando a la pareja de amantes.

Claro que quien interesaba a Neptuno no era Marte, sino la hermosa Venus, que como es sabido había nacido de la espuma del mar.

Afrodita huyó enseguida, avergonzada, refugiándose en la isla de Chipre, donde su culto se hizo muy célebre. Ares, por su parte, se marchó airado a la salvaje Tracia.

También tuvo Marte numerosos amores con mujeres mortales. Y los hijos que tuvo con ellas fueron todos violentos, inhospitalarios, bandidos que eran amantes de entregarse a actos de violencia y de crueldad.

El dios romano, Marte, fue identificado con el Ares griego.

Deméter o Ceres

Su nombre significa madre tierra o tierra maternal. Por eso, en la antigüedad, Deméter, era considerada principalmente como la divinidad de la tierra en la época de la sementera y de la siega, y no hubo diosa que fuese más adorada en las ciudades y aldeas, ni que tuviese más templos y santuarios.

Deméter era hija de Cronos y Rea. Pasaba por ser la segunda hija, después de Hestia y antes que Hera. Unida luego a Zeus, su hermano, tuvo de él a Perséfone, de la que fue inseparable, de tal modo que a menudo se las designaba como las diosas, presidiendo juntas la religión de Eleusis.

Deméter también tuvo amores con Poseidón, de cuya unión nació el caballo Areión. Deméter, sin embargo, fue fecundada por el dios del mar contra su voluntad.

Ocurrió que cuando la diosa buscaba, enloquecida, por todas partes a su hija Perséfone, raptada por Hades, el dios de los mares, Poseidón, que la amaba, la seguía sin cesar. Mas para escapar a sus importunidades, Deméter se transformó en yegua y se metió entre los caballos del rey Onkos, en Arcadia.

Pero Poseidón no se dejó engañar. Tomando la forma de un caballo, se apareó con ella a la fuerza. De esta unión nació una hija, que como estaba prohibido nombrarla, se la llamaba Despoína (el Ama, la Dueña, la Señora), y un caballo llamado Areión.

No obstante, lo esencial de la leyenda de Deméter es el rapto de su hija Perséfone.

Cuéntase que un día, mientras jugaba Perséfone con sus hermanas (de padre) Atenea y Artemisa, y varias Ninfas, en la pradera de Enna (Sicilia), apareció de pronto Hades, su tío, que estaba enamorado de ella, y ayudado por Zeus (¡vaya familia!), la raptó.

Al saber lo ocurrido, Deméter creyó morir de dolor. Y no sabiendo dónde podría estar su adorada hija, empezó a recorrer el mundo, angustiada, buscando hasta en el último rincón.

Cuando Perséfone desapareció en los abismos, profirió un grito que enloqueció a su madre, la cual, desatinada, se lanzó en su busca. Deméter vagó por la Tierra durante nueve días y nueve noches, alumbrándose con una antorcha encendida en cada mano.

Al décimo día encontró a Hékate, la benéfica, que había oído también el grito de la joven, pero que no había podido reconocer al raptor, cuya cabeza estaba rodeada de sombras.

En cambio, Helios (el Sol), podía saber dónde se hallaba, porque desde su altura brillante lo veía todo.

En efecto, Helios lo sabía: Hades había raptado a Perséfone con la complicidad de Zeus.

Deméter, loca y furiosa, pero comprendiendo que nada podía hacer, por estar el amo de los dioses implicado en la cuestión, decidió no volver al cielo. Así, permanecería en la tierra, pero abdicando, es decir, olvidando sus funciones propias de divinidad del suelo.

¿Y qué ocurrió? Pues que, naturalmente, la tierra se tornó estéril, y con ello todo el orden y vida del mundo se sintieron perturbados. De tal modo que Zeus tuvo que ordenar a Hades que devolviera a Perséfone a su madre.

Mas tal cosa resultaba imposible, por haber comido Perséfone un grano, uno tan sólo, de cierta granada que le había ofrecido su enamorado raptor, con lo que aquel grano bastó para que quedase ligada a él para siempre.

Entonces Zeus buscó la forma de llegar a un acuerdo. Deméter volvería a ser la diosa benéfica de la tierra, e incluso se dignaría ocupar nuevamente su puesto en el Olimpo, pero con la condición de que su hija saliera del infierno cada seis meses, es decir, cada primavera. Después, transcurridos otros seis meses, volvería a las tinieblas con su esposo.

Con su benéfica presencia, la simiente germinaría en los surcos, la Naturaleza volvería a llenarse de flores y frutos, y la vida podría seguir su curso hasta que volviera a desaparecer en el helado invierno.

Toda esta leyenda había de formar el fondo de las iniciaciones de los célebres Misterios de Eleusis, los más solemnes de Grecia.

Al parecer, la diosa Deméter, en su loca peregrinación por el mundo, en busca de Perséfone, halló primeramente asilo y consuelo en el palacio de Keleos, primer rey mítico de Eleusis. Se hallaba «sentada en el camino, con el corazón desgarrado por el dolor, cerca del pozo de Partenios, a la sombra de un espeso olivo que la cubría con sus ramas».

Las hijas de Keleos, que iban al pozo a por agua, vieron a la pobre anciana en que la diosa se había transformado, tan miserable y desdichada, que, apiadadas de ella, la interrogaron.

—He sido robada por unos piratas –respondió Deméter– y abandonada luego en la costa de Ática. Busco asilo, y me emplearía como niñera o criada.

Las hijas del rey Keleos explicaron su encuentro a la reina Metaneira, su madre, y la instaron a que socorriese a la desgraciada. Y como ésta tenía un hijo pequeño, llamado Demofón (hermano menor de Triptólemos) tomó a Deméter a su servicio, encargándola que se ocupase de él.

Sucedió, sin embargo, que al entrar la diosa en el palacio real, éste se iluminó con una claridad tan maravillosa, que Metaneira quedó sobrecogida, al verla, de tal mezcla de temor y respeto, que le ofreció el asiento donde ella estaba.

—No, gracias –respondió Deméter.

Y con el rostro cubierto por un espeso velo, permaneció largo rato inmóvil, sin que nada pudiera consolarla ni distraerla. Únicamente la joven Iambe, la hija de Pan y de la ninfa Eco, criada de la reina, consiguió al fin con sus bromas que la sonrisa asomase a los labios de la diosa Ceres.

Pasó el tiempo y Deméter, encargada de cuidar a Demofón, empezó a hacerle crecer y prosperar «como un dios, sin alimentarle con pan ni dándole leche». La diosa-niñera le ungía con ambrosía, le acariciaba dulcemente con su aliento cuando le tenía en sus brazos, y por la noche, sin que nadie lo supiese, le metía en el fuego, como a un tizón, con objeto de purificarlo y hacerlo inmortal.

Pero, en cierta ocasión, Metaneira vio lo que hacía, y empezó a gritar asustada, creyendo que su hijo iba a morir, obligando con su desesperación a que Deméter lo retirase del fuego.

Entonces, manifestándose la diosa tal cual era en realidad, increpó así a la asustada madre:

—Soy Deméter, la diosa colmada de honores, la alegría y provecho de diosas y mortales. Pero vamos, quiero que todo el pueblo me construya sobre la ciudad y sus altos bastiones, allá en el Kallichoros, cerca de Eleusis, sobre la colina que lo domina todo, un gran templo y un altar. Y yo misma os enseñaré mis misterios, con objeto de que en lo sucesivo practiquéis los ritos sagrados.

De esta forma queda justificada y hasta explicada la institución de los célebres Misterios de Eleusis.

Ceres, diosa de la agricultura, es el nombre romano de Deméter, la divinidad griega con la que se identificó enteramente.

Hefaistos o Vulcano

Desde su nacimiento, este dios tuvo una significación muy clara: el fuego, terrestre, celeste y submarino, pues su primera forja o fragua la tenía debajo del mar.

Hefaistos o Vulcano estuvo, por consiguiente, siempre unido al fuego y sólo al fuego. Otra particularidad, igual mente exclusiva y característica, distinguía al herrero divino: el ser cojo de ambos pies, que tenía torcidos y disminuidos de tamaño. Esta cojera hacía que su forma de andar fuera tan cómica, que al verle caminar como un cangrejo excitaba la hilaridad de los dioses.

La *Ilíada* dice que Hefaistos era hijo de Zeus y de Hera. Pero Hesíodo afirma que fue Hera quien le engendró por sí sola, bien por despecho, a causa de haber dado nacimiento Zeus a Atenea sin su concurso, bien con propósito de venganza, uno de los muchos días que había altercado matrimonial.

En cuanto a la cojera de Hefaistos, existen dos versiones. Una de ellas, referida en la *Ilíada*, cuenta que cierto día que Hefaistos trató de defender a su madre con ocasión de uno de aquellos frecuentes disgustos entre Zeus y Hera, el padre de los dioses cogió a su hijo por un pie, lo lanzó al espacio, y el pobre, tras rodar hacia abajo, por los aires un día entero, fue a parar a Lemos, donde lo recogieron los sinties medio asfixiado y casi exánime.

Otra versión dice que fue Hera quien, apenas lo había parido, al verle tan feo y deforme, avergonzada de su obra y temiendo que los dioses se burlasen de ella, lo lanzó al espacio, con intención de deshacerse de él.

Pero el desdichado dios, por fortuna, cayó en el mar, donde Tetis y Eurinome le recogieron y consolaron. Después, le condujeron a una gruta submarina, donde durante nueve años no hizo más que fabricar joyas admirables y otras obras maravillosas para sus protectoras, a las que siempre estuvo muy agradecido.

¿Cómo volvió Hefaistos al Olimpo? Se cuenta que habiendo fabricado en su gruta-taller del fondo del mar un maravilloso trono de oro, se lo envió como regalo a Hera, su vanidosa madre.

Esta, satisfecha del obsequio, se apresuró a sentarse en él. Sin embargo, apenas lo había hecho cuando quedó prisionera, y de tal modo, que le fue imposible hacer el menor movimiento.

Los dioses, Zeus el primero, que acudieron en su auxilio, no consiguieron libertarla. Entonces, Júpiter decidió hacer algo práctico.

—¡Que venga mi hijo, ese endiablado constructor de tan singular artefacto! —Ordenó con voz de trueno.

Pero como Hefaistos aún se acordaba de las volteretas que su padre le había hecho dar bajando del cielo, se negó a obedecerle, y fueron vanas cuantas instancias se le hicieron.

Menos mal que allí estaba Dionisos, a cuyos recursos era difícil resistir. En efecto, bajando a la fragua, emborrachó a Hefaistos y, más patizambo y pintoresco que nunca, a causa del vino ingerido, le condujo al Olimpo para sacar a su madre del trono-cepo de oro.

A partir de aquel momento, Hefaistos se reconcilió con su madre y se le vio, en adelante, entre los dioses, mezclándose en sus aventuras, pero siempre valiéndose de sus artes de herrero incomparable y de su elemento, el fuego.

Merece destacarse el hecho de que, a pesar de no ser Hefaistos un Adonis, es decir, un dios apuesto y guapo, no por eso dejó de unirse a mujeres hermosas.

En efecto, ya hicimos referencia antes a su matrimonio con la bella Afrodita y a la red que fabricó para vengarse de la esposa adúltera y de su amante Ares.

La *Ilíada* da a Hefaistos como esposa a Charis, la Gracia por excelencia. Y Hesíodo le atribuye la mayor de las Charites, Aglaia, «la brillante», personificación de los rayos de la Aurora.

También se le atribuye una curiosa aventura amorosa con Atenea, a la que ya se hizo mención al hablar de esta diosa. Asimismo se atribuye a Hefaistos otra esposa llamada Kabeiro, hija de Proteus y de Anchinoé, con la que tuvo a los Kabires y Kabirides, divinidades misteriosas, tres de cada clase.

Es natural que con tantas uniones como tuvo Hefaistos fueran muchos igualmente sus hijos. Así, por ejemplo, se le atribuyen Erichtonios, el nacido de su esperma lanzada a tierra por

Atenea, Palaimón, uno de los Argonautas; Ardalos, el escultor legendario que, al igual que Palaimón, había heredado de su padre la habilidad manual.

Por otra parte, aunque realmente no era el verdadero padre de Atenea, intervino de un modo muy eficaz en su nacimiento, al abrir la frente de Zeus de un hachazo. También modeló con arcilla y agua a Pandora, la primera mujer, y tras darle forma le infundió vida y voz, por orden de Zeus.

El taller de Hefaistos estuvo primitivamente en el fondo del mar. Luego, a partir del establecimiento de los griegos en Sicilia, se instaló en el inmenso brasero del volcán Etna, donde trabajaba con los Cíclopes hasta la muerte de éstos por Apolo.

De los talleres-fragua de Vulcano no sólo salían obras maravillosas y raras, sino a menudo otras dotadas de movimiento y vida.

Vulcano era el dios romano del fuego que con el tiempo fue asimilado al Hefaistos griego.

Haides o Plutón

Haides, Hades o Plutón era un dios que no tuvo suerte. Hijo de Cronos o Saturno y de Rea o Cibeles, era hermano, por consiguiente, de Zeus y de Poseidón.

Cuando se dividió el universo, mientras Zeus se quedaba, además de con la supremacía absoluta, con el dominio del cielo y de la luz, y a Poseidón le correspondía el mar y todas las aguas, a Haides le dejaron el mundo de las tinieblas y de la oscuridad tétrica y sombría, la región profunda, temida y odiada, del seno jamás iluminado de la Tierra.

En realidad, era el dios del infierno y del reino de los muertos. Por si esto fuera poco, adornaron al pobre Haides con un carácter feroz, y le hicieron intratable e inexorable a todo ruego, sin un adarme de piedad, sin conocer la compasión.

Quizá por todo eso, no halló Haides ninguna diosa que quisiese compartir con él su triste imperio, por lo que un buen día se decidió a raptar a Perséfone o Proserpina, hija de su hermana Deméter.

En aquel imperio subterráneo estaban a las órdenes de Haides el barquero Carón (Caronte), las Keres, divinidades aladas y sombrías hijas de la noche, con los vestidos siempre manchados de sangre; las terribles Erinies, vengadoras de los crímenes, y Tánatos, el genio de la Muerte.

Había en los dominios de Plutón varios ríos, que eran Acherón o Aqueronte, el Estigia, el Piriflegeton («el torrente de fuego») y el Kokitos («el río de los gemidos»).

El Acherón era el río que tenían que atravesar las almas para llegar al Imperio de los Muertos. El encargado de pasar las almas a la otra orilla era el barquero Carón, hombre de carácter inexorable y que era hijo de Erebo (la Noche) y del Caos.

Las almas, después de atravesar aquel río fangoso y con las orillas llenas de cañas, hallaban en la orilla opuesta el tribunal que los había de juzgar, compuesto por tres jueces, que eran Eaco, Minos y Radamanto. Las almas de los buenos iban a los Campos Elíseos, y las de los malos al Tártaros, lugar de prisión y tormento para los enemigos de los dioses.

El portero de aquellos tétricos lugares era el can Cerbero, que era un perro de tres cabezas y cola formada por una serpiente. Hacían de verdugos las tres Furias, que se llamaban Alecto, Megera y Tisifone y eran hijas de Aqueronte.

También moraban allí las tres Parcas, que hilaban y cortaban el hilo de la vida de los mortales. Lachesis tenía el huso, Cloto el hilo, y Atropos, la más vieja de las tres, las tijeras con que lo cortaba. Forman la alegoría de lo pasado, de lo presente y de lo futuro.

Después de algunos años de sufrimiento, las almas iban a los Campos Elíseos para vivir de nuevo alegremente en el mundo. Pero antes bebían en el Lete, que era el río del olvido, para que no recordasen su anterior existencia.

Haides era un dios muy grave, sentado casi siempre en su trono de oro. Y como apenas salía de sus dominios, donde escaseaban las mujeres hermosas, no se le conocen grandes aventuras amorosas. La más importante fue el rapto de Perséfone, la bella hija de Deméter, al que ya hicimos referencia anteriormente.

En aquel sombrío reino había un personaje llamado Pluto, que era ministro de Haides o Plutón. Le llamaban el dios de la riqueza, y lo hacían hijo de Ceres y de Jusión, para signicar que la agricultura era la verdadera madre de la riqueza.

Pluto tenía mucha vista, pero un día se atrevió a decir a Júpiter que sólo favorecía la virtud. El padre de los dioses quiso castigarle y lo cegó para que no pudiese discernir la virtud del vicio.

Los romanos dieron a Perséfone el nombre de Proserpina, a la que consideraban como la reina del mundo infernal y la esposa de Plutón.

DIVINIDADES SECUNDARIAS

Los servidores de los dioses

Temis, la diosa de la ley, es considerada la segunda esposa divina de Zeus, con el que engendró a las Horas, las Moiras (Parcas), a la virgen Astraia, personificación de la justicia, a las Ninfas del río Eridanos y hasta hay quien asegura que a las mismas Hespérides.

Como es natural, en la corte de los dioses olímpicos no podía faltar un jefe de ceremonias, un heraldo, un consejero, que llevase órdenes y mensajes, un copero, puesto que el néctar corría allí con abundancia, músicos, danzantes, en fin, servidores de todo tipo que cumpliesen las órdenes de las divinidades.

Pues bien, Temis cumplía a maravilla las tres primeras funciones en el Olimpo. Como heraldo, convocaba los consejos de los dioses; como consejero, se la representaba a menudo sentada junto al trono de Zeus, conversando con él familiarmente e inspirándole, mediante sus discretas razones, la sabiduría.

Por ser sabia, y razonable y emblema de la justicia divina, lo era también de la humana, rama de la celeste, eso es, parte del orden universal del que el amo de dioses y hombres era el soberano absoluto.

Si Temis era sabia y discreta, era porque sus ojos veían todo. Por ello se le consideraba con frecuencia como hija de Helios, el Sol, que por dominarlo todo desde la altura que recorre, ve cuanto ocurre en la Tierra.

Temis necesitaba no solamente la memoria de lo pasado y el conocimiento de lo presente, sino del porvenir, para cumplir debidamente misiones tan importantes como las de la diosa de la justicia y protectora del derecho. De ahí el que muchas veces se le concediese también carácter profético, y se la considerara protectora de la hospitalidad, el más sagrado de los dones.

Como maestra de ceremonias, además de ejecutar las órdenes de Zeus y de hacer reinar el buen orden en el Olimpo, Temis presidía los banquetes de los inmortales y daba ejemplo de buenas maneras y cortesía palaciega.

Cuando Hera entraba en el palacio divino, Temis le precedía. Y cuando se le ofrecía el néctar o la ambrosía, su mano era la primera que alargaba la copa de oro a la reina del Olimpo, y esta copa era la que la celosa Hera cogía prefiriéndola a todas las otras.

La graciosa Hebe, hija de Zeus y de Hera, personificación de la juventud, era la encargada de verter el néctar en las copas de los dioses.

Además, Hebe se encargaba de preparar el carro de su madre, de lavar las vestiduras de su hermano Ares, que siempre estaban limpias y dispuestas; bailaba con Musas y Horas a los acordes de la música de Apolo, etcétera.

Más tarde, esta dulce virgen divina, cuando la apoteosis de Herakles que, reconciliado con Hera, que tanto le había perseguido en la tierra, fue admitido en el Olimpo, llegó a ser la esposa del formidable héroe.

Cierto día, sin embargo, Hebe dio una caída desairada al servir la bebida a los dioses. Entonces Zeus, enojado por el traspiés de su bella hija, la destituyó de su cargo de copera mayor y se lo dio a Ganimedes, «el más hermoso de los mortales».

Ganimedes pertenecía a la raza real de Troya. Antepasado suyo fue Dárdanos, el hijo de Zeus y de Electra. Un día, cuando siendo adolescente aún guardaba los rebaños de su padre Tros, rey de Troya (su madre era Kalliron, la hija del dios-río Skamandros), en unas montañas cercanas a la ciudad, Zeus, enamorado del joven Ganimedes, se trasformó en águila, lo arrebató y lo transportó al Olimpo, donde hizo de él el escanciador de los dioses.

Tros quedó muy triste con la desaparición de su hijo Ganimedes, pero Zeus, para compensar el rapto, regaló al rey de Troya caballos divinos magníficos, o, según otra versión, una variedad de cepas de oro, obra de Vulcano.

Así como las Horas, hijas de Zeus y de Temis, tenían la misión de abrir y cerrar las puertas del espacioso Olimpo o Cielo, las Musas, hijas de Zeus y de Mnemosine, cantaban y bailaban al son de la lira o cítara de Apolo para solaz de los dioses. Las Charites, por su parte, hijas de Zeus y de Eurineme, encarnaban la fuente de toda gracia y alegría. Sin su presencia nada era amable y seductor.

También Iris, hija de Taumas y de Electra, pertenecía al cortejo de los dioses. Junto con Hermes, tenía la importante misión de ser mensajera de los dioses, muy particularmente de Zeus y aún más de su esposa Hera. Personificaba el arco de su nombre que unía el cielo con la tierra y se la representaba alada y cubierta con un velo ligero al que el Sol daba los tonos del iris.

Por consiguiente, puede decirse que con Horas y Charites, las Musas completaban el cuadro artístico celestial, que, dirigido por Apolo, hacía grata y envidiable la vida de los dioses olímpicos.

Los amores de Selene y Endimión

Cuenta Hesíodo que Selene, la Luna, era hija de Hiperión y de Teia y, por consiguiente, hermana de Helios, el Sol, y de Eos, la Aurora.

Selene, que significa luz brillante, era también llamada Mene cuando, en lugar de considerarla poéticamente como a una virgen, cuya resplandeciente hermosura hacía palidecer de envidia a los demás astros nocturnos, al asomar su cambiante rostro de plata, se consideraban tan sólo sus transformaciones periódicas en el transcurso de cada mes. En este caso, de la palabra «men» (mes), salía su segundo nombre.

Si bien Helios era un joven muy hermoso y viril, y los rayos que le rodeaban formaban en su cabeza como una cabellera de oro, su hermana Selene o Lima no era menos bella, aunque no tan resplandeciente y bañado su divino cuerpo en argentado color.

También la Luna, como su hermano el Sol, tuvo muchas aventuras amorosas. En su corazón abrió la marcha el tenorio de Zeus, que la hizo madre de Pandia, la claridad serena de las luminosas noches del Ática. Después, en Arkadia, Selene tuvo relaciones muy íntimas con el dios Pan, divinidad también sumamente amorosa, que se unía a ella en la cima de las montañas, ante el escándalo de las estrellas, cuando la Luna se acercaba para envolverlas mejor con su luz brillante.

Sin embargo, el más célebre y renombrado de los amores de Selene fue su pasión por el hermoso pastor Endimión, de quien se prendó ciegamente la diosa Luna, cierta noche en que, rendido el mozo por el sueño, dormía a la entrada de una caverna del monte Latinos, en Karia, hoy Monte di Palatschio.

Verle y amarle fue todo uno. Selene quedó prendada instantáneamente sin que estuviesen allí Apolo ni Artemisa, con la que habría de confundírsela más tarde. Y sin poder ni querer contenerse en su locura amorosa, bajó hasta el pasto y se acostó a su lado. ¡Dulce despertar el del afortunado Endimión!

A ruegos de la cada vez más rendida amante, Zeus decidió conceder al venturosísimo joven lo que le pidiese. Y ¿qué cosa mejor podía pedir? Sencillamente, pidió el permanecer eternamente joven y eternamente dormido.

—Así –añadió el pastor–, mi amada Selene bajará cada noche a despertarme enlazándome con sus brazos de plata.

Según se decía, fruto de aquellos apasionados amores fueron cincuenta hijas. Como pastor, era natural que tuviese un rebaño de hijas.

El castigo de Prometeo

Ya es sabido que Hefaistos era el dios por excelencia del fuego. Pero al mismo tiempo que él y como él, unido especialmente al elemento ígneo, estaba Prometeo, perteneciente a la raza de los Titanes.

Dice Hesíodo que Prometeo era hijo de Iapetos y de la oceánida Klímene. Otros aseguran que de Iapetos, el titán, y Asia.

Aunque era de la raza de los dioses, los griegos consideraban a Prometeo más como un ser de la Tierra que del Cielo; más amigo de los hombres que de sus congéneres celestiales. Y del cual, en todo caso, había salido la rosa terrestre, puesto que era el padre de Deukalión, el antecesor del género humano. Deukalión, casado con Pirra, dio nacimiento a Hellen, padre de los griegos que, a causa de su progenitor, fueron llamados «helenos».

Hermanos de Prometeo eran Atlas, condenado por Zeus a sostener con sus espaldas la bóveda del Olimpo; Menoitios, hundido en el Tártaro por los rayos de Zeus, a causa de su orgullo y de su brutalidad, y Epimeteus, la primera mujer, creada por Vulcano y Atenea, ayudados por los demás dioses.

Cuando Hércules acabó con los Centauros, monstruos mitad hombres mitad caballos (cabeza, torso y brazos de hombre; cuerpo, patas y cola de caballo) que vivían en los bosques, se alimentaban de carne cruda y eran salvajes y bestiales en sus maneras y costumbres, el centauro Quirón, afamado médico, maestro de Esculapio, fue herido por el héroe involuntariamente. La herida era muy grave, pues las flechas de Hércules, envenenadas con la sangre de la Hidra de Lerne, enorme culebra de siete cabezas, producían lesiones que no tenían cura.

El centauro Quirón, víctima de agudísimos dolores, se retiró a su gruta. A todo trance quería morir al verse impotente para resistir tanto dolor. Pero no podía conseguirlo, a causa de ser inmortal, ya que era hijo de Cronos y Fílira.

Apiadado de él, Prometeo, que había nacido mortal, le ofreció su derecho a morir a cambio de la inmortalidad que tanto le pesaba. Y así pudo el sabio y benéfico centauro hallar, al fin, reposo, mientras Prometeo adquiría el don de habitar el Olimpo, con los dioses inmortales.

Prometeo era, sin duda, más amigo de los hombres que de los dioses. Y empezó a demostrarlo al atreverse a engañar nada menos que al gran Zeus, tan sólo por favorecer a sus protegidos.

La cosa sucedió cierto día, en Mekone, tras un sacrificio a los olímpicos, cuando Prometeo hizo dos partes con el buey que acababa de inmolar. A un lado puso la carne y las entrañas y lo cubrió todo con la piel del animal. En otro montón, colocó los huesos, que disimuló bajo unos pedazos de grasa perfectamente blanca y limpia.

—Escoged –invitó a Zeus–. Lo que no queráis será para los hombres.

Sin dudar lo más mínimo, el dios se apresuró a escoger la buena grasa blanca, sin suponer ni adivinar, a pesar de ser quien era, lo que había debajo. Pero al verse burlado, concibió un odio implacable, no solamente contra Prometeo, sino también contra los hombres, cuyas carcajadas debieron llegar hasta el padre de los dioses.

El castigo contra los hombres fue inmediato. Decidió no darles el fuego que tanto podía servirles. Pero al enterarse Prometeo de semejante decisión, les dijo a sus amigos:

—No os preocupéis, yo os daré el fuego.

Y entonces fue cuando, robando la semilla del fuego, ora de la fragua de Vulcano, bien de las ruedas del carro del Sol, lo trajo a la Tierra. Envidioso una vez más de la suerte de los hombres, Zeus cayó sobre Prometeo y lo encadenó primero a una columna, y después al monte Cáucaso, en donde un águila le devoraba constantemente el hígado durante el día, hígado que volvía a formarse por la noche para que el ave rapaz pudiese reanudar su banquete al llegar la aurora. Y para que su venganza fuese completa, dijo Zeus:

—¡Juro por el Estigia no desencadenarle jamás!

Y, por supuesto, el padre de los dioses y de los hombres no faltó a su juramento, pero lo que él no hizo lo realizó Hércules. Pasaba éste por la región del Cáucaso, cuando al divisar el águila la atravesó con una de sus flechas y liberó al prisionero.

Zeus no protestó. Orgulloso de su hijo y de la hazaña que acababa de realizar, se limitó tan sólo a sonreír complacido. Sin embargo, para que su juramento se cumpliese, obligó a Prometeo a llevar siempre consigo una sortija hecha con el hierro de la cadena que le había atenazado, en la que estaba, engarzado, un pedazo de roca de la que había sido prisionero tanto tiempo.

Prometeo gozaba del don de la adivinación. Y a Hércules, agradecido, le indicó el modo de procurarse las manzanas de oro, enseñándole que sólo su hermano Atlas podía cogerlas en el jardín de las Hespérides.

Por cierto que Hércules dio las gracias a Prometeo por su información y se dirigió rápidamente al país de Mauritania, donde se hallaba el gigante Atlas y al que pidió le ayudase a coger las manzanas de oro.

Y Atlas, que por estar relegado a los extremos confines del mundo estaba harto del castigo de Zeus, que le obligaba a sostener la pesada bóveda celeste, le respondió:

—Te ayudaré muy gustoso, Hércules. Incluso iré yo mismo al jardín a coger los frutos en el árbol si tú tomas mi puesto por un instante.

Hércules tomó de buen grado sobre sus hombros la bóveda del cielo mientras Atlas, libre al fin de aquel enorme peso, se alejaba sonriendo satisfecho.

Pero al regresar con los frutos preciosos, el gigante desleal declaró a Hércules que quería llevar por sí mismo las manzanas hasta Micenas.

—Tú, espérame aquí, sosteniendo la bóveda celeste –añadió.

Hércules, sin embargo, que había comprendido el juego, respondió con aire bondadoso e inocente:

—De acuerdo. Justo es que ya que tú has cogido las frutas de oro seas quien tenga el honor de llevarlas al rey. Pero concédeme, al menos, para aguantar hasta que tú regreses, que ponga un almohadón sobre mis hombros y repose un instante la cabeza, mientras tú sostienes por un momento la bóveda del cielo.

Atlas no desconfió de las sencillas palabras de Hércules y cargó de nuevo con el cielo sobre sus espaldas. Pero el héroe, rápido como un rayo, tomó las manzanas de oro y huyó volando hacia Grecia.

Y mientras Euristeo quedaba sumamente apenado al ver aparecer ante él al gigante Hércules con los fabulosos frutos de Occidente, Atlas, el hermano de Prometeo, tuvo que permanecer en Mauritania por no poder desprenderse de la carga impuesta por Júpiter.

La caja de Pandora

Cierto día, el poderoso Zeus decidió castigar a los hombres porque se habían vuelto malvados y soberbios. Y llamando a su hijo Vulcano, le ordenó:

—Necesito que me fabriques rápidamente una mujer.

El herrero divino, que había llegado cojeando y distraído hasta el trono de su padre, se sobresaltó al oír aquello.

—¡Fabricar una mujer! –exclamó–. Pero, señor, eso es mucho más difícil que forjar la armadura de Marte o cincelar el escudo de Minerva.

Pero ante la insistencia de Zeus, el feo Vulcano, obediente, regresó a la fragua y empezó a fabricar la mujer que su padre le pedía con tanto interés.

Con sus brazos vigorosos, la modeló hábilmente hasta hacerla en todo semejante a las bellísimas diosas. Finalmente, le dio por alma una chispa de fuego divino que ardía en los inmensos hornos del Olimpo.

Rápidamente acudió Minerva para admirarla y le regaló un cinturón de perlas y un riquísimo vestido de púrpura y piedras preciosas; también la bella y dulce Venus esparció sobre la cabeza de la recién creada doncella las más exquisitas virtudes femeninas, mientras las Gracias, las Charites y las Horas le adornaban el pecho y los brazos con joyas refulgentes y guirnaldas de flores perfumadas.

Incluso Zeus quiso ofrecer su regalo a la bellísima mortal, antes de enviarla entre los hombres.

—Te doy el nombre de Pandora, ¡oh, graciosa doncella! –dijo Júpiter–. Tu nombre significa la mujer «de todos los dones». A los que acabas de recibir añado este mío. Se trata de este cofrecillo que llevarás contigo cuando bajes a la Tierra. Contiene todos los males que puedan hacer llorar, sufrir, destrozar a los hombres. Guárdate, pues, de abrirlo por nada del mundo. Si lo hicieras, los males se esparcirían por la Tierra, mientras que aquí permanecerán encerrados, eternamente presos, sin que puedan perjudicar a nadie.

La mujer recién creada, acogió con gratitud el don de Zeus y sobre un magnífico carro descendió a la Tierra, donde el Destino le había señalado como esposa del rey Epimeteo, hermano de Prometeo.

Lo que ocurrió después ya es de todos sabido. La curiosidad de Pandora, poco a poco, empezó a inquietar su pensamiento. ¿Qué contenía el precioso cofrecillo regalado por Zeus? ¿Todos los males? ¿Y si abriese apenas un poquito la tapa y mirase con precaución por la rendija para ver cómo eran?

Pandora levantó la tapa, e inclinó el rostro hacia la breve abertura, pero tuvo que apartarse rápidamente, presa del mayor espanto. Un humo denso, negro, acre, salía en enormes espirales del cofre, mientras mil horribles fantasmas se dibujaban en aquellas tinieblas que invadían el Mundo y oscurecían el Sol.

Eran todas las enfermedades, todos los dolores, todas las fealdades y todos los vicios. Y todos ellos, rápidos, incontenibles y violentos, salían del cofre irrumpiendo en las tranquilas moradas de los hombres.

En vano, Pandora trataba afanosamente de cerrar el cofre, de cortar el paso a los males, de remediar el desastre. El Destino inexorable se cumplía y desde entonces la vida de los hombres fue desolada por todas las desventuras desencadenadas por Zeus.

Cuando todo el humo denso se esfumó en el aire y el cofre parecía vacío, Pandora miró al interior, y vio todavía un gracioso pajarillo de alas tornasoladas. Era la Esperanza, el único bien que queda a los mortales para consolarles de su desventura.

El hermoso Narciso

Las sirenas eran unos monstruos poco graciosos, demonios marinos, mitad mujer, mitad pájaro.

Dice la *Odisea* que atraían con su dulcísimo canto a los navegantes, y cuando los incautos se acercaban, el barco se estrellaba contra los escollos, mientras los infelices iban al Infierno o a los Campos Elíseos, y ellas bajaban y devoraban sus cadáveres.

Mas ocurrió un día que un oráculo predijo:

—Las sirenas morirán el día que cruce un navío sin hacerles caso.

Y tal sucedió al pasar por allí Ulises. Desesperadas, se arrojaron al mar y se ahogaron.

Se dice que en un principio no tenían alas, pero que, siendo compañeras de Perséfone, cuando ésta fue raptada por Haides, pidieron alas a los otros dioses para poder buscarla por tierra y mar.

Hay otras muchas versiones, pero la más aceptada es la de que Deméter las transformó, como castigo por haber dejado que su hija Perséfone fuese raptada.

Las ninfas eran las mujeres jóvenes que poblaban campos, bosques, fuentes, manantiales y lagos. A las ninfas de las aguas se les llamaba especialmente náyades. Por lo tanto, las náyades eran las ninfas del agua dulce, como las Oceánidas las del mar.

El origen, pues, de ninfas y ríos era el mismo, y tanto éstas como las náyades tenían poderes extraordinarios.

Cuéntase que en tiempos de sequía, el sacerdote de Zeus, Licio, iba junto a la fuente Hagno, a cuya ninfa trataba de hacerse propicio mediante sacrificios y ruegos. Luego, echaba una rama de encina sobre el agua según ésta brotaba del manantial.

Y, aunque parezca extraño, pronto se veía al agua agitarse, crecer el movimiento, empezar a cocer y a hervir, levantarse vapores que subiendo al cielo formaban una nube, esta nube atraer a otras, y deshacerse todas en lluvia que caía como una bendición sobre las sedientas tierras de la Arcadia.

Por sus amores con el bello y joven Narciso se hizo célebre la ninfa Eco, que era hija de la Tierra y del Aire y pertenecía al séquito de la diosa Hera.

Cuéntase que Zeus logró la complicidad de la ninfa Eco, la cual entretenía con relatos y cuentos a su señora, mientras el padre de todos los dioses se divertía siendo infiel a su mujer. Pero un día la diosa se enteró de cuanto sucedía a sus espaldas y al descubrir el ardid de que se valía su esposo, gracias a Eco, increpó a ésta:

—Por haberme traicionado, entreteniendo mi mente mientras mi esposo me traicionaba, te condeno a no hablar sin ser interrogada y a responder solamente a lo que te pregunten.

Y la pobre ninfa quedó prácticamente muda, con la tremenda tortura de no poder dirigir la palabra al apuesto Narciso, de quien estaba locamente enamorada.

El bello y joven Narciso era muy casto. Su padre era el río Cefiso, divinidad de las aguas, y su madre la ninfa Liriopea. Sin embargo, la causa de la castidad del hermoso Narciso estribaba precisamente en que al lindo joven no le atraían las mujeres, por bellas que fuesen, lo cual le colocaba en una situación muy violenta cuando se encontraba con la preciosa ninfa Eco.

Para Narciso, los gestos y ofrecimientos de la hermosa Eco carecían de todo atractivo, pero tanto y tanto se hizo la encontradiza, tan vehementes eran sus miradas y tan elocuentes eran sus gestos, que Narciso no pudo por menos que preguntarle:

—¿Qué quieres, Eco?

La ninfa suspiró con alivio, pues al fin podía hablar.

—Quiero demostrarte mi amor, Narciso –le respondió–. Deseo que nos unamos igual que lo hacen los dioses y los humanos...

—Vete de mi lado –le respondió Narciso con brusquedad–. Las mujeres sois odiosas, pesadas... ¡Déjame en paz!

Y sin molestarse en escuchar las súplicas ardientes que Eco le dirigía, Narciso volvió la espalda a la ninfa y se alejó.

El insulto recibido por Eco era mayor de lo que su orgullo podía soportar. Irritada al máximo, acudió a Zeus, del cual era acreedora, y pidió al dios que le ayudara a castigar a Narciso por haberla despreciado.

—Olvida a Narciso –le aconsejó Zeus–. El sátiro Pan te quiere... ¿Qué más deseas?

—Pan no me gusta. Es feo y deforme, de pies hendidos y cola de cabra. Tiene cuernos y sólo sabe tocar la siringa pastoril.

Total, que ante la insistencia de la ninfa Eco, el dios Zeus dictó la sentencia que debía decidir el futuro de Narciso:

—Ese casto joven se enamorará apasionada e inevitablemente de la primera imagen o persona humana en quien pose sus ojos.

Y así ocurrió. Cierto día, fatigado Narciso por la caza, mientras calmaba su sed en una laguna de agua clara, el joven descubrió su propia imagen reflejada en el agua y quedó fascinado. Inmediatamente se enamoró locamente de sí mismo y de su propia belleza hasta el punto de perder casi la razón.

Alucinado, tembloroso, permaneció largas horas inmóvil, con los ojos fijos en el tranquilo espejo del agua. Luego tendió sus brazos hacia la laguna, viendo entonces cómo la imagen que se reflejaba en la superficie tendía los brazos a su vez hacia él.

Y convencido Narciso de que el silencioso joven que veía a través de las aguas le esperaba amoroso, se arrojó al lago para abrazar a aquel en quien cifraba su amor.

La muerte de Narciso fue la consecuencia de aquel acto de adoración de sí mismo, que al mismo tiempo era un acto de amor homosexual.

Cuando las hermosas Náyades acudieron junto al bellísimo Narciso, encontraron en su lugar una delicada florecilla blanca y amarilla, en la que Zeus había transformado al bello cazador de Arcadia.

Las aventuras del sátiro Pan

Los sátiros eran ardientes y lascivos genios de los bosques y montañas, es decir, simples demonios de la naturaleza. Junto con el célebre Marsias, competidor de Apolo en lo tocante a la flauta, Pan fue el más importante de los sátiros.

Aunque el nacimiento de Pan ha sido muy discutido lo más probable es que fuera hijo del pícaro y simpático Hermes y de la hija de Driops, el de los bosques de encinas.

Pan nació sumamente extraño, monstruoso. Era enteramente velludo, y de medio cuerpo abajo tenía cuerpo de macho cabrío. Su frente estaba adornada de dos cuernos de carnero, mientras una barbita caprina y dos orejas puntiagudas alargaban su arrugado rostro.

Apenas salido del vientre de su asustada madre, el sátiro Pan escapó saltando como un corzo y corrió por los riscos llenando la montaña con la gracia de sus cabriolas y de su loca alegría. Pero su padre Hermes salió tras él, le dio caza y envolviéndole en una piel de liebre lo subió al Olimpo donde su aspecto, sus piruetas y sus chillidos regocijaron tanto a los inmortales «que éstos le dieron el nombre de Pan a causa de haber alegrado a todos».

El dios silvestre Pan gustaba mucho de las ninfas, a las que perseguía infatigablemente para aprovecharse de ellas. Dotado de una actividad sexual extraordinaria («ninfomanía», se ha llamado después a la pasión amorosa exagerada, pensando en Pan), se agazapaba en matorrales y rocas para sorprenderlas. Y si se le escapaban no desdeñaba tampoco a los pastorcillos.

Además de ninfas y efebos, entre los placeres diarios del sátiro estaban la música y la danza, pues se le hacía inventor de la flauta. Pan era, además, cazador, curandero y adivino.

Cierto día en que Pan estaba a punto de arrancar a su flauta pastoril las acostumbradas selváticas melodías, se detuvo, de pronto, fascinado.

La cosa no era para menos. Detrás de un matorral, a pocos pasos de él, la hermosa ninfa Eco entonaba con voz clara y armoniosa una canción más dulce que los trinos de los pájaros. Atraído por la belleza de la doncella y por aquel canto divino, Pan fue acercándose, poco a poco, y cuando estuvo junto a ella, le dijo:

—Escucha, maravillosa Eco, ¿quieres ser mi esposa?

La ninfa quedó aterrada al ver a su lado aquel sátiro feo y deforme de orejas peludas y cuernos de cabra. De un salto se lanzó entre los matorrales y los senderos del bosque y corrió alocada, con sus pies veloces como flechas, hasta perder de vista al horrible Pan.

Por último, rendida por el miedo y por la carrera, se refugió en una profunda caverna. Y desde allí invocó a grandes gritos a Narciso, el hermoso y joven cazador a quien amaba locamente, esperando que acudiera en su ayuda.

Pero la ninfa le invocó inútilmente noche y día; e inútilmente la pobre Eco le aguardó en la oscura caverna. El orgulloso y despreciativo Narciso jamás acudió.

Y el amor y el dolor consumieron a la pobre ninfa, no quedando en la cueva de la solitaria montaña más que su voz.

Desde aquel triste día, Eco responde siempre a los caminantes que pasan y repite la última sílaba de sus palabras, porque ya no tiene fuerzas para llamar a su adorado Narciso, el cruel y desdeñoso cazador que no quiso escucharla.

La enigmática esfinge de Tebas

Hace ya mucho tiempo, la Esfinge vivía al acecho sobre una enorme roca que dominaba el camino de Tebas.

El terrible monstruo tenía alas de águila, rostro y pecho femenino, y cuerpo semejante al de un feroz león. Noche y día permanecía alerta en el monte Citerón, en espera de los caminantes. Y, apenas los veía, los detenía y les proponía un enigma. Los que no acertaban a responder eran devorados inmediatamente por el monstruo.

Las víctimas de la Esfinge habían sido innumerables hasta entonces y la ciudad de Tebas, así como sus contornos, se hallaban desolados por tal desventura, infligida por la diosa Hera a los tebanos en castigo de haber descuidado los sacrificios en su honor.

Por desgracia, nadie había logrado jamás descifrar los enigmas propuestos por el alado monstruo, y por ello, pasar por el Citerón, significaba ir al encuentro de una muerte segura.

Un día, Creonte, rey de Tebas y hermano de Yocasta, deseando poner fin a tan trágico azote, hizo publicar este bando:

«El rey concederá la mano de su hermana Yocasta, viuda del rey Layo, a quien sea capaz de liberar al país de los horrores de la Esfinge de Tebas.»

Dio la casualidad que, por aquel entonces, el famoso Edipo, hijo de Layo y de Yocasta, se encontrara cerca de la ciudad tebana y, al leer el bando, sintió el deseo de intentar la difícil empresa, sin sospechar siquiera que la reina Yocasta era su madre.

Sin pérdida de tiempo, Edipo se armó de una lanza y fue a colocarse desafiante ante la Esfinge, bajo la roca fatal donde aquélla se encontraba.

—¡Osado extranjero! –dijo el monstruo con voz ronca–. ¡Detente y escucha! Quiero proponerte este enigma: ¿Puedes decirme cuál es el animal que por la mañana anda en cuatro pies, el mediodía en dos, y por la noche en tres?

El joven Edipo permaneció un momento reflexionando y, finalmente, con sonrisa de triunfo, respondió:

—¿Quieres saber mi respuesta? Pues, oye, Esfinge. Ese animal es el hombre. Efectivamente, de niño, en la mañana de su vida, se arrastra para andar con pies y manos; cuando es mayor, en el mediodía de su existencia, anda en dos pies; por último, de viejo, al llegar la noche de sus años se apoya en el bastón, que le sirve de tercer sostén.

¡Así era, Edipo había adivinado!

Entonces la Esfinge, al ver por primera vez resuelto su enigma, se precipitó, rabiosa, desde lo alto del rocoso monte Citerón, y se mató, quedando convertida en una estatua de piedra.

Viendo el pueblo de Tebas que un extranjero le había liberado del terrible azote celebró grandes fiestas en su honor y pidió que le fuesen otorgados inmediatamente el trono y la mano de la reina Yocasta.

Y así fue como Edipo entró como triunfador en la ciudad de las Siete Puertas. Y tal como el Destino lo había querido, fue el esposo de su propia madre.

Cupido y la hermosa Psique

Un rey de la antigua Hélade tenía tres hijas, siendo la menor la más hermosa de ellas. Tan exquisita y portentosa era, que las gentes acudían en masa para admirarla e incluso adorarla.

Celosa e indignada Venus de la belleza de la princesa Psyquis o Psique, ordenó a su hijo Cupido que la hiciera enamorarse, como castigo, del más despreciable y feo de los hombres.

Y sucedió lo que nunca pensó Venus: que en cuanto su hijo vio a Psique quedó tan locamente enamorado de ella que, guardándola para sí mismo, la hizo transportar por el Céfiro a un delicioso y oculto lugar. Y allí, sin ser visto, la visitaba todas las noches, desapareciendo misteriosamente en cuanto apuntaba el alba.

El oráculo de Apolo, consultado por el rey sobre la suerte de su hija Psique, dijo que tendría por esposo un monstruo feroz, amante de atormentar a los dioses y aun a los mismos hombres.

También las hermanas de Psique, por envidia, le hicieron creer que aquel amante que la visitaba todas las noches y la dejaba al llegar el alba, era un monstruo horroroso, y por esto tenía empeño en que no lo viera.

Entretanto, la princesa vivía en un magnífico palacio, levantado en el bosque, donde la servían misteriosamente sin que ella viese a los servidores, ni al esposo que se le unía durante la noche.

Un buen día, llegaron al palacio las envidiosas hermanas de Psique y tras recordarle la predicción del oráculo, le aconsejaron:

—¿Por qué no ves una noche a tu esposo? A lo mejor es una serpiente espantosa.

Quiso la hermosa joven, por desgracia suya, cerciorarse de lo que podía ser una horrible realidad, y provista de una lámpara, acercóse a Cupido mientras éste dormía despreocupadamente. Y entonces Psique descubrió con agradable asombro que aquel amante tan secreto era nada menos que el más hermoso de todos los dioses.

Sin embargo, la fatalidad hizo que de la lámpara cayese una gota de aceite caliente sobre la espalda desnuda del bello Eros y, al quemarle, lo despertara.

Enojado Cupido en extremo, porque en varias ocasiones le había prohibido a su amada que tratara de saber quién era, so pena de perderlo para siempre, levantóse del lecho y, tras reprender a la joven por su desobediencia y peligrosa curiosidad, desapareció para no volver.

Tal abandono sumió a Psique en la mayor desesperación hasta el punto de intentar suicidarse arrojándose a un río. Y si no lo logró fue porque el oculto poder del mismo Cupido frustró sus intentos. En efecto, las aguas no la admitieron, y el dios Pan le dijo:

—Psique, tu única ocupación debe ser aplacar a tu esposo Cupido.

Al fin, se decidió la joven a ir errante de templo en templo buscando a su querido esposo, pero antes se vengó de sus envidiosas hermanas haciéndolas morir, despeñadas.

Psique, ya desesperada, creía que no encontraría a Cupido, cuando un buen día halló, en cambio, a la misma Venus, que se apoderó de la hermosa joven, la hizo su esclava y la obligó cruelmente a realizar los más humillantes trabajos.

—¡Cupido, auxíliame! –gritaba la pobre Psique.

Por si fuera poco, Venus ordenaba también a la infeliz princesa las más fantásticas empresas en las que corría el riesgo de ser devorada por furiosos dragones y otros monstruosos animales, como hubiera ocurrido sin la siempre oculta ayuda y protección de Cupido, que seguía amándola en secreto.

Uno de los días, Venus le ordenó a Psique que descendiese a los infiernos y pidiera a Perséfone una caja que contuviera alguna de sus gracias, para renovar la diosa celeste de la belleza alguno de sus atractivos, marchitados por el sufrimiento.

Una voz misteriosa sacó de su tribulación a la princesa, explicándole lo que debía hacer. Psique, animada, dirigióse al infierno, llevando en las manos dos tortas y en la boca dos monedas, que dio al barquero Caronte y al guardián Cancerbero.

Llevada a presencia de Perséfone, rehusó el festín a que la convidaba, sentándose en el suelo y comiendo el pan moreno. Entonces recibió de la reina infernal la caja cerrada que pedía Venus.

Una vez fuera de los infiernos, Psique tuvo curiosidad, abrió la caja, y un vapor soporífero la hizo caer en tierra aletargada. Cupido la despertó y ella pudo entregar la caja a Venus.

Finalmente, el dios Cupido no quiso soportar más tanta maldad por parte de su propia madre, Venus, y presentándose a Júpiter, le pidió:

—Señor, os ruego que convoquéis a todos los dioses para juzgar el caso excepcional de Psique.

El fallo le fue favorable. Se concedió a la infeliz princesa el don de la divinidad, siendo convertida en una diosa más y Mercurio la llevó al Olimpo.

Después, Júpiter casó a Psique solemnemente con Cupido y en la boda, la misma Venus, reconciliada con la joven, tomó parte en las danzas con que se celebró la fiesta en la mansión de los dioses.

HÉROES Y SEMIDIOSES

Los trabajos de Hércules

Hércules o Herakles era hijo de Zeus y de Alcmena, esposa del rey Anfitrión de Tebas y nieta de Perseo.

Por entonces reinaba en Micenas el rey Estenelo, cuya mujer esperaba un hijo. Y habiendo sabido la celosa Hera que un oráculo había predicho que el hijo que había de nacer de Alcmena sería rey de Micenas, obtuvo de Zeus que aquel de los dos niños que naciese primero tendría absoluto dominio sobre el otro. Por ello hizo, con su soberano poder, que Euristeo, hijo de Estenelo, naciese antes que Hércules.

Todo esto no era debido más que a Hera, la esposa de Zeus, que no se habituaba nunca a las liviandades de su marido, y perseguía con saña a los hijos que no tuviera con ella.

No es extraño, pues, que la diosa extremara su odio contra el recién nacido Hércules. Tanto es así que cuando el niño estaba aún en la cuna le envió dos grandes serpientes para matarle. Pero el jovencito las cogió con sus manitas y las hizo pedazos.

En esta ocasión Hércules hizo la primera demostración de su extraordinaria fuerza y de que, por razón de su mismo nacimiento, estaba destinado a distinguirse por encima de todos los hombres y a equipararse a los dioses del Olimpo.

Satisfecho Zeus por aquella prueba de valor y fuerza inusitados, quiso otorgar también al prodigioso niño, el don de la inmortalidad.

—Anda, ve a buscar al pequeño Hércules –le ordenó a Mercurio.

Y mientras su esposa Hera dormía, acercó al niño al pecho de la diosa para que se alimentase con su leche divina. Pero Hércules chupaba del pezón con tanta fuerza, que Hera despertó dolorida y lo tiró al suelo con enojo, siendo recogido por Atenea, que lo llevó a su verdadera madre, Alcmena, convertido ya en inmortal.

Se cuenta que al dejar de mamar cayeron unas gotas de aquella leche divina lo que produjo en el firmamento una raya blanquecina, formada por una infinidad de estrellas, a la que por aquella causa llamaron entonces «Vía Láctea», nombre que se ha conservado.

Pero la inmensa fuerza y, sobre todo, la conciencia de su propio valor físico, que el pequeño Hércules había mamado de la reina de las diosas, debían amargarle los primeros años de la niñez haciéndole cometer acciones peores de las que su alma, en el fondo buena y dulce, hubiese podido concebir.

Hércules crecía vigoroso como un tronco joven y derecho. En los juegos era siempre el primero y todo ejercicio gimnástico tenía en él un discípulo perfecto e infatigable. Además, aparentaba doble edad de la que en realidad tenía.

Cuando el niño fue mayorcito, su padrastro Anfitrión quiso que recibiera también una instrucción digna de un príncipe. Y llamó a la corte a los mejores maestros para instruir al pequeño en todo lo necesario.

El mismo Anfitrión le adiestró en el arte de gobernar un carro; Harpálico le enseñó la lucha y el pugilato; Eurito, a tender un arco y disparar flechas; Cástor, vástago de Júpiter, le enseñó a pelear en campo abierto de manera ordenada y con pesada armadura; Comolco cuidaba del canto y el manejo armónico de la lira, y Lino, el viejo hijo de Apolo, le ilustró en la escritura y la lectura.

Hércules era un excelente alumno para todo lo que no fuesen ciencias y letras y no podía soportar la rudeza bajo ningún concepto. Por esta razón, cierto día en que el anciano Lino, que era un maestro gruñón, corrigió al muchacho injustamente, propinándole incluso unos golpes, el joven héroe se puso tan colérico, que cogiendo su cítara la arrojó violentamente sobre la cabeza de su profesor y le dio muerte.

La desesperación de Hércules al comprobar la muerte de su maestro, fue inmensa. Entonces, como castigo y por apartar de sí a un niño que demostraba tan malos instintos, su padrastro, Anfitrión, lo envió al monte Citerón donde el muchacho, lejos de suavizar sus maneras, se hizo aún más áspero, duro y feroz.

Pero la vida al aire libre, entre rudos ejercicios de caza y costumbres semisalvajes, desarrolló aún más los músculos de Hércules y le hizo cada vez más valeroso y fuerte. Hasta que llegó un momento en que ya nada arredraba al joven héroe.

Por aquel entonces murió Anfitrión y fue llamado a Tebas por Creón, hijo del rey muerto, que acababa de subir al trono de la ciudad. Este dio a Hércules como esposa a su misma hija Megara, con la que tuvo tres hijos. El héroe se portaba ahora tan bien que causaba admiración a todo el mundo.

Sin embargo, como la diosa Hera, enemiga declarada de Hércules, no podía soportar que la vida del forzudo hijo de Zeus se desarrollara en paz, ideó la forma de que el favor del rey Creón se trocara en odio, haciendo simultáneamente que Hércules fuera presa de una furiosa locura.

Cuentan que era digno de ver aquella naturaleza tan vigorosa entrar en arrebatos de ira y de locura, que atemorizaban a todo el mundo.

Lo malo fue que en uno de aquellos arrebatos dio muerte a sus tres hijos. Entonces fue expulsado de Tebas y destinado a entrar al servicio de Euristeo, rey de Micenas. Pero Hércules se negó a obedecer esa orden y fue a consultar al oráculo de Delfos.

—¿Qué debo hacer para «purificarme» del crimen que he cometido? –preguntó.

El oráculo le mandó que se pusiera durante doce años a las órdenes de Euristeo, y ejecutara cuanto él le ordenase, después de lo cual, si vencía todos los obstáculos, sería inmortal.

Así lo hizo, pero cada orden que le dio el monarca de Micenas, que lo que verdaderamente deseaba era la muerte del héroe, parecíale al mismo Euristeo de imposible realización. El conjunto de estas pruebas, instigadas por la rencorosa Hera, es lo que se conoce con el nombre de «los doce trabajos de Hércules».

Helos aquí narrados brevemente:

1.º— *El león de Nemea.* En las montañas de Apesa moraba un feroz y monstruoso león de sobrenatural origen que hacía intransitable el camino entre Nemea y Micenas.

—Tráeme la piel de ese monstruo –ordenó Euristeo a Hércules.

La lucha, que parecía dificilísima, resultó sencilla para el héroe. Al ver que ni las flechas ni la clava que llevaba hacían efecto contra aquella furia infernal invulnerable, apeló al recurso de estrangular a la fiera entre sus brazos. Luego, cogió al león, ya muerto, se lo echó sobre los hombros y se lo llevó al rey.

A partir de entonces, además de su enorme clava o garrote, Hércules llevó siempre sobre los hombros la piel del león.

2.º— *La hidra de Lerna.* Luego, el valeroso Hércules se dirigió al sur de Argos, donde se enfrentó con la Hidra de Lerna, un monstruo de innumerables cabezas que se reproducían inmediatamente si eran cortadas. El único medio para impedirlo era quemar la herida, pero una de esas cabezas era inmortal.

Hubiera sido una lucha sin fin, pero a su fiel servidor, Iolao, que le acompañaba, se le ocurrió prender fuego a los árboles en que se guarecía el monstruo. De esta forma las llamas quemaron las heridas sangrantes que iba causando Hércules al cortar las cabezas, y de esta manera no pudieron rebrotar aquéllas.

Unicamente así pudo el héroe ir dejando a la Hidra sin sus cabezas, una a una. Finalmente, aplastó la última con una enorme piedra, la cortó y la enterró bajo una gran roca.

No obstante, antes de abandonar aquel lugar, Hércules mojó sus flechas en la sangre venenosa del monstruo exterminado. De esa forma las heridas que éstas hicieran serían incurables.

3.º— *El ciervo de Arcadia*. Este ciervo se llamaba Cerinitis y tenía los cuernos de oro y las patas de bronce. Pastaba en una colina de Arcadia y ni los más hábiles cazadores habían logrado ponerse a tiro para herirlo con sus flechas. Era uno de los cinco corzos en los que la diosa Artemisa había efectuado su primera prueba de caza.

—Quiero que me traigas vivo ese animal –ordenó Euristeo.

Aquel ciervo era la velocidad personificada, y, sin embargo, Hércules le venció después de perseguirle durante un año y tras muchos esfuerzos infructuosos, obligándole a dirigirse hacia el río Ladón, que el animal no pudo atravesar. Entonces a su perseguidor le fue posible cogerlo vivo y llevárselo al rey.

Parece ser que cuando Hércules se dirigía con el ciervo hacia Micenas, se encontró con la diosa Artemisa, que iba acompañada de Apolo.

—¿Por qué has querido matar este animal que me está consagrado? –preguntó la diosa cazadora.

Y al mismo tiempo hizo ademán de querer arrebatarle la presa.

—Lo he hecho obligado por Euristeo –dijo Hércules para justificarse–. Así no tengo que enfrentarme con él.

Estas palabras bastaron para calmar la cólera de la diosa y el héroe pudo continuar tranquilamente su camino hacia Micenas.

4.º— *El jabalí de Erimanto*. Un formidable jabalí que devastaba los campos de la ciudad de Psofin tenía su guarida en las montañas de Erimanto. Por orden del rey, Hércules fue a buscar a la fiera y la persiguió a través del espeso manto de nieve que cubría la montaña, obligando al animal a enredarse en una tupida red que le tendió.

Trabado por las patas, Hércules llevó al jabalí hasta la corte de Euristeo, de quien dicen que, muerto de miedo al verlo sobre los hombros del cazador que se lo ofrecía, se escondió en una tina o lagar de bronce.

5.º— *La limpieza de los establos.* El rey Augias, de la Élida, poseía una manada de bueyes que se contaban por miles de cabezas y los establos en que se albergaban no se habían limpiado nunca.

Cumpliendo la orden del rey Euristeo, Hércules partió para realizar este dificilísimo trabajo y pactó con Augias que si le efectuaba esta limpieza recibiría, en recompensa, la décima parte del rebaño. Uno de los hijos del monarca fue testigo del pacto.

El héroe comprendió en seguida que jamás conseguiría acumular el agua necesaria para limpiar aquellos gigantescos establos, por más que se afanase en acarrearla con sus brazos. También vio que era inútil ir personalmente a quitar tanta suciedad. ¿Qué hacer? Y entonces se le ocurrió la solución más inesperada y a la vez gigantesca, como correspondía a su ingenio y a su fuerza.

En efecto, para llevar a cabo su labor, Hércules desvió los ríos Alfeo y Penco, haciéndolos pasar por los establos. De esta forma, en unas horas quedó todo tan limpio como el oro.

Pero conociendo, no se sabe cómo, el rey Augias la orden de Euristeo que Hércules le había ocultado, se negó a cumplir lo pactado. El héroe no pudo hacer entonces nada, pero luego se vengó invadiendo la Élida, y su primera víctima fue el rey Augias.

6.º— *Los pájaros de Marte.* A orillas del lago Estinfaleo, en la Arcadia, vivían unos grandes pájaros monstruosos. Decíase de ellos que eran discípulos de Marte, el feroz dios de la guerra, y que tenían el pico, las garras y las alas de bronce, que lanzaban sus plumas como flechas y que se alimentaban de carne humana.

Para hacer salir de sus inaccesibles escondrijos a tales pajarracos, Hércules tuvo una idea genial. Subiendo a una montaña que dominaba el lago, empezó a tocar fragorosamente unos timbales que la diosa Minerva le había dado, e hizo tanto ruido que las monstruosas aves salieron de sus refugios y empezaron a volar en bandadas, asustadas ante aquel espantoso fragor.

Con su puntería infalible, lanzó entonces Hércules hacia los pajarracos sus flechas envenenadas, y, uno tras otro, los mató a todos.

Otros dicen que sólo consiguió alejarlos, pues los Argonautas, en su célebre expedición, los hallaron en una isla.

7.º— *El toro de Creta*. Este soberbio animal era un presente que Neptuno, sacándolo del fondo de las aguas, hizo al rey Minos, de Creta, para que lo sacrificara en su honor, según había prometido el monarca. Pero Minos lo halló tan hermoso que lo guardó para sí, substituyéndolo por otro.

Indignado ante tanta deslealtad, Neptuno hizo, como castigo, que el magnífico toro se volviera furioso y causara grandes estragos en la isla de Creta.

Euristeo ordenó a Hércules que se apoderase de este toro, lo que logró tras enconada lucha con la fiera. Y con el animal a cuestas, metido en una red, como si fuera un manso cordero, se presentó al rey.

8.— *Las yeguas de Diomedes*. En los confines de Tracia, vivía el terrible rey Diomedes, que era hijo de Ares y de la ninfa Cirene. Este monarca era tristemente famoso porque poseía unos caballos excepcionales que lanzaban por la boca fuego y llamas y se alimentaban de carne humana.

Para nutrirlos, por consiguiente, el rey Diomedes mataba a todos los extranjeros a quienes la tempestad, o el adverso destino, hacía llegar a las costas de Tracia.

Euristeo ordenó a Hércules que le trajera las magníficas yeguas, sacándolas de las caballerizas de aquel bárbaro monarca. No fue empresa fácil, como ninguna lo era, porque cuando ya el héroe se había apoderado de ellas y las tenía a orillas del mar para transportarlas, ayudado por otro compañero, los súbditos de Diomedes sostuvieron contra Hércules una gran batalla, en la que murió el propio rey, que capitaneaba a los suyos.

Su cuerpo fue entregado por Hércules a las yeguas, que lo devoraron, lo cual tuvo la prodigiosa virtud de convertirlas para siempre en mansas e iguales a todas las demás de su raza. Y así las condujo hasta la presencia de Euristeo.

9.º— *El célebre ceñidor de la reina de las Amazonas.* Cierto día, a la hija del rey Euristeo se le antojó poseer, por todos los medios posibles, el famoso ceñidor de la reina de las amazonas, que Marte había regalado a ésta.

Las amazonas eran un extraño pueblo de la Capadocia, compuesto por mujeres guerreras que combatían a caballo, tendiendo el arco o manejando prodigiosamente el hacha. Estaban capitaneadas por la hermosa reina Hipólita, quien, entre otros mil objetos preciosos de su vestimenta, poseía un maravilloso cinturón, incrustado de piedras preciosas, que el dios de la guerra le había regalado.

Emprendió viaje Hércules, acompañado de algunos de los más famosos héroes de Grecia, y tras no pocas aventuras en Europa y Asia, llegó, por fin, al país de las amazonas.

Sabía la reina Hipólita lo que pretendía Hércules con su visita, por lo que no queriendo presentar pelea prefirió ofrecerle el ceñidor por las buenas. Pero la rencorosa Hera, que no quiso resignarse a que el odiado hijo de Zeus adquiriera, con tanta facilidad, aquella prenda tan preciada, se presentó en forma de amazona entre las demás y les incitó a combatir diciéndoles:

—El objeto de Hércules no es obtener el cinturón, sino raptar a la reina Hipólita.

Por esta razón, cuando Hércules llegó con sus compañeros a la playa, en donde quedara establecido que se encontraría con la reina de las amazonas, la encontró, en efecto, aunque no en son de paz, sino armada hasta los dientes y rodeada de todas sus súbditas que empuñaban lanzas, arcos, hachas y escudos.

En contra de su deseo, Hércules se vio precisado a pelear contra ellas, cayendo muerta Hipólita en la lucha. Sólo así pudo serle arrebatado aquel famoso ceñidor de origen divino.

Poco después, la hija de Euristeo, la caprichosa Admetea, podía vanagloriarse de poseer un adorno único en el mundo.

10.º— *Los bueyes de Gerión.* El monstruoso gigante Gerión tenía tres cuerpos inmensos, coronados por tres cabezas y vivía en una fabulosa isla del Extremo Occidente. Para unos, esta isla era la Eriteia, cercana a Gade; para otros, se trataba de una de las Baleares. Y no falta quien dice que Gerión era un rey de la Bética que residía en Cádiz, cosa que muchos refutan.

Sea como fuere, el hecho es que Gerión poseía un rebaño de bueyes rojos que guardaba su boyero Euritión y un perro monstruoso, llamado Ortros, hermano de Cancerbero, el dogo del Infierno.

Un buen día, el caprichoso Euristeo, rey de Micenas, ordenó a Hércules que le trajera aquel fantástico rebaño color de fuego. Y el héroe se lanzó de nuevo, resignado y valeroso, al largo y peligroso viaje.

A bordo de una nave, tomó rumbo hacia el extremo más lejano de Occidente, hacia las regiones donde muere el sol, «al otro lado del río Océano», como dice Hesíodo, navegando por el Mediterráneo a lo largo de la costa africana.

Obligado a viajar por aquellas tierras siempre abrasadas por un sol ardiente, Hércules logró la ayuda, gracias a sus amenazas, del Sol y de Océano. El primero le facilitó una ancha y rutilante nave de oro, la misma que el astro rey utiliza para cruzar de Occidente a Oriente durante la noche. El segundo encalmó sus agitadas aguas para que el héroe tuviera un buen viaje.

Al llegar al estrecho que separa Europa de África (Gibraltar), en España, Hércules levantó dos grandes columnas, Calpe y Abyla, una en cada continente y que, durante muchos siglos fueron los límites del mundo conocido.

Llegado al reino de Gerión, el atrevido viajero desembarcó en la playa, pero Ortros, el perro de tres cabezas, descubrió al extranjero y se lanzó sobre él. Entonces Hércules, sin inmutarse, descargó su formidable maza sobre las cabezas del perro y lo mató. La misma suerte corrió el pastor Euritión al acudir amenazador al encuentro del héroe.

Y Gerión, el monstruo de los tres cuerpos y una sola alma, tuvo apenas tiempo de ver al pastor y al perro agonizantes en su propia sangre, cuando cayó atravesado por las envenenadas flechas del héroe.

Una vez eliminados los guardianes y el amo del rebaño, Hércules no tuvo más que embarcar a los bueyes rojos en la dorada nave de Apolo y transportarlos hasta el palacio de Euristeo.

Sin embargo, en su regreso a Grecia, Hércules pasó por la Galia, Italia y Sicilia, afrontando mil peripecias en cada uno de estos países.

11.º — *Las manzanas de oro del jardín de las Hespérides*. Al casarse Zeus con Hera, la diosa Gea les regaló unas manzanas de oro y Hera las encontró tan hermosas que las hizo plantar en el jardín de las Hespérides, cerca del monte Atlas.

Mas como quiera que el manzano que nació daba frutos cada vez más bellos y mejores, puso el árbol bajo la custodia de un dragón inmortal, con cien cabezas, hijo de Tifón y de Echidna. Las dueñas absolutas del jardín refulgente eran tres bellísimas ninfas, las Hespérides, rubias hijas de Héspero, la estrella de la noche, que se llamaban Aiglé («la Brillante»), Eriteia o Aretusa («la Rojiza») y Hyperetousa («la Aretusa del Poniente»).

Las manzanas de oro del jardín de las Hespérides estaban dotadas de prodigiosas virtudes: prueba de ello es que una de tales manzanas fuera el premio que se disputaron las tres mayores diosas del Olimpo ante el joven Paris, y se llamó «la manzana de la discordia».

Pues bien: indignado el rey Euristeo al ver a Hércules volver incólume de las más extenuantes e imposibles empresas, le ordenó:

—Quiero que me traigas algunas de las preciosas manzanas de oro del jardín de las Hespérides.

Lo primero que hizo Hércules fue informarse dónde se hallaba el maravilloso jardín, lo que supo por mediación de unas ninfas y de Nereo, el gran anciano de los mares, al que el héroe hubo de encadenar para que le dijera lo que le interesaba saber.

—El jardín que buscas –respondió Nereo– se encuentra en Mauritania, cerca de los confines de Occidente. Allí cerca está Atlas, el gigante hermano de Héspero, que puede ayudarte.

Hércules emprendió su largo y aventurado viaje, pasando por Macedonia, Iliria, Libia, Egipto y Asia. Al pie del Cáucaso libertó a Prometeo, allí encadenado, tras matar de un flechazo al águila que le devoraba el hígado, según hemos relatado anteriormente. Agradecido, Prometeo le dijo:

—No cojas tú las manzanas, sino que sea Atlas quien lo haga.

Así lo hizo Hércules, empleando con Atlas el ardid referido al tratar de Prometeo. Sin embargo, también se dice que el héroe no tuvo necesidad de recurrir a Atlas, sino que dominó al dragón, o le adormeció, y se apoderó del deseado fruto, llevándoselo a Euristeo.

Cuéntase que por haberse dejado robar las manzanas (hay quien asegura que eran naranjas), las Hespérides fueron transformadas en árboles: un álamo, un olmo y un sauce, a la sombra de los cuales los Argonautas descansaron más tarde.

En cuanto al fiero dragón que custodiaba el jardín, fue transportado al cielo y transformado en la constelación de la Serpiente.

12.º— *El perro Cerberos o Cancerbero*. Al recibir las manzanas de oro, Euristeo gritó, enojado, a Hércules:

—Y ahora vete al Infierno! Y no vuelvas hasta haber capturado vivo al feroz Cerberos, el perro que guarda las puertas infernales.

Y Hércules fue al Infierno.

Sin embargo, hay que reconocer que éste fue el más difícil de todos los trabajos realizados hasta entonces por Hércules, aunque la verdad es que en esta ocasión tuvieron que ayudarle, por orden de Zeus, los dioses Mercurio y Minerva.

Cuando Hércules llegó al reino de los muertos, éstos huyeron atemorizados. Con autorización de Perséfone, el héroe libertó a Teseo, que en su soberbia había intentado robarle la mujer a Plutón. También consiguió libertar a Askafalos, aunque luego Deméter lo transformó en lechuza al verle salir de los Infiernos.

Por fin, una vez ante Haides, el valeroso Hércules le pidió permiso para llevarse al can Cerberos.

—Sí –respondió el dios de los muertos–, pero a condición de que lo captures tú solo y sin arma alguna.

Entonces, el héroe se dirigió a las puertas del infierno, donde eternamente aullaba el terrible can. El infernal Cerberos era un inmenso monstruo de tres cabezas, y por cada una de sus fauces lanzaba horribles llamas. Su cuerpo terminaba en una cola de dragón, y su ladrido terrible, como de sonoro bronce, hacía temblar de espanto a los que se acercaban.

Hércules se le acercó sin armas, revestido tan sólo con la piel del león Nemeo a guisa de coraza. Y sin hacer el menor caso del espantoso ladrido del monstruo, lo agarró por el cuello, exactamente donde se juntaban las tres cabezas, y no se detuvo hasta conseguir la sumisión del horrendo animal.

Entonces lo encadenó, lo arrastró fuera del fangoso dominio de los muertos y despues lo condujo al pie del trono de Euristeo.

Pero el rey, que por cierto no era demasiado valiente, al ver ante sí aquel monstruo de las tres cabezas, con las tres fauces abiertas y llameantes, dijo que no quería en su palacio a semejante monstruo.

Y así fue como Hércules, no sabiendo qué hacer con el espantoso can Cerberos lo llevó de nuevo al infierno. Con ello el héroe quedó libre de la sujeción del rey Euristeo.

Otras hazañas de Hércules. Después que el héroe hubo dado cima felizmente a todos estos trabajos, anduvo por el mundo haciendo otras muchas hazañas, pero no peleando contra monstruos, sino contra hombres.

Prolijo sería referir todas sus emocionantes aventuras detalladamente. Por ello nos limitaremos a reseñar tan sólo sus hechos más conocidos.

Así, por ejemplo, venció en combate singular a Anteo, hijo de la Tierra. Castigó con la muerte a Lico, que había usurpado su trono y matado a Greón, su suegro. Cuando fue en busca de Gerión, liberó a Italia de Caco, famoso ladrón, hijo de Vulcano, y dio paso al océano para que formase el mar Mediterráneo, que divide Europa de Africa, separando la montaña Calpe y la montaña Abyla abriendo así el estrecho de Gibraltar, y en ambas montañas escribió el famoso Non plus ultra sobre unas columnas que allí levantó.

Hércules tuvo muchas mujeres, entre ellas las cincuenta hijas de Testio, rey de Etolia, con las que se casó a la par. La última fue Deyanira, hija de Oeneo, rey de Calydonia. El centauro Neso se la quiso robar, pero Hércules lo mató con una de sus flechas envenenadas.

Neso, antes de morir, dio a Deyanira la túnica que llevaba, que estaba empapada en sangre, diciéndole:

—Si tu marido se la pone, será siempre bueno contigo.

Y en una ocasión en que ella dudó de él, le envió a su esposo la túnica como obsequio. Hércules se la puso, y al momento el veneno empezó a hacer efecto. Se la quiso quitar, pero la tela ardiente parecía pegarse cada vez más a sus carnes.

Enloquecido por el dolor y furioso, erigió a duras penas una pira en el monte Eta sobre la que se tendió, herido de muerte, ordenando a su amigo Filoctetes que le prendiese fuego.

Poco a poco, las llamas envolvieron todo el cuerpo del héroe, que, tendido sobre la piel del león de Nemea, esperaba tranquilo la muerte. Por un instante, el cuerpo vigoroso que había superado tantas luchas sobrehumanas, se contorsionó y retorció entre las llamas. Luego, Hércules quedó rígido y cerró los ojos para siempre.

Entonces, súbitamente, entre una lluvia de relámpagos y un fragor de truenos, se vio descender del Cielo una nube de oro. Se posó cerca de la hoguera y allí se abrió, mostrando un hermoso y resplandeciente carro dorado, del que descendió el propio Zeus.

El padre de los dioses y de los hombres tocó con sus dedos divinos el cuerpo del héroe, y Hércules abrió los ojos.

—El fuego te ha purificado, hijo mío –dijo Zeus–. Ahora ya eres digno de subir al Olimpo y gozar la perfecta dicha de los dioses.

Seguidamente, Zeus y Hércules subieron al carro dorado tirado por cuatro blancos corceles y la nube cubrió su ascensión hasta los rutilantes palacios celestiales.

Desde entonces, Hércules habitó eternamente en la morada luminosa y tranquila de los dioses. Sin embargo, el héroe tebano suplicó a su padre, modestamente, que lo hiciera solamente semidiós, porque no había ninguna plaza vacante entre los dioses.

Zeus, para recompensar a su hijo por su vida de grandes trabajos, le ofreció por esposa a Hebe, la hermosa copera del Olimpo, símbolo de la eterna juventud.

Y la graciosa Hebe, después, para complacer a su esposo, dio también la juventud eterna al viejo Iolao, el compañero siempre generoso y fiel del héroe en sus muchas aventuras.

El héroe Teseo

Hace muchos años, el rey Egeo, de Atenas, desesperado por no haber tenido hijos varones, fue un día al oráculo de Delfos para consultar al dios Apolo.

—El rey debe casarse con la hermosa Etra, princesa de Trezena —respondió el oráculo—. Ella le dará un hijo de excepcional valor.

El rey se apresuró a celebrar su boda con la princesa Etra, y la corte celebró grandes fiestas en espera del heredero que cubriría de gloria la ciudad y su estirpe.

Mas antes de que naciese el niño, el monarca tuvo que partir hacia Atenas, dejando sola a su esposa. Antes de marchar, y después de esconder sus sandalias y su espada bajo una enorme roca, el rey advirtió a su mujer:

—Si el hijo que va a nacer es varón, en cuanto sea bastante fuerte para ello, tendrá que levantar aquella roca con sus manos y, después de tomar mi espada y calzar mis sandalias, vendrá a reunirse conmigo en Atenas.

Poco después, nacía un varón, tal como anunciara el oráculo. Era un niño de gran belleza y de robustos miembros. Por nombre le pusieron Teseo.

Criado tiernamente por su madre la reina Etra, Teseo fue cada día más fuerte y hermoso; adiestrado desde la infancia en la caza y la lucha, demostraba en todo excepcional valor. Además, como era primo de Hércules, ansiaba imitar sus hazañas.

Apenas tuvo Teseo dieciséis años cuando se sintió con fuerza para levantar la roca, lo que hizo rápidamente, empuñó la espada, se calzó las sandalias y marchó a Atenas.

No obstante, antes de darse a conocer, quiso hacerse célebre por sus empresas. Primero libertó al Ática de los malvados gigantes de la montaña. Entre ellos estaba Peritetes, que, armado de una enorme clava, impedía a los viajeros que prosiguieran el camino. Teseo logró matarlo y después tomó la gigantesca clava, que ya desde entonces llevó siempre consigo en sus numerosas hazañas.

En el istmo de Corinto tropezó con el gigante Sinis, que sometía a los viajeros a un singular suplicio: acercaba las copas de dos inmensos árboles, sujetaba, a la rama más alta de uno, la cabeza del viajero y a la cima del otro, los pies del infeliz. Después dejaba libres las dos cimas curvadas y la víctima era inmediata y atrozmente descuartizada.

Teseo, que debía sufrir la misma suerte, sorprendió al gigante Sinis y, con su enorme fuerza, le hizo sufrir el infame suplicio que tantas veces había infligido a los infelices viajeros.

En Megara, al acecho sobre una roca escarpada, Teseo encontró al gigante Escirón. Éste, después de despojar a sus víctimas de todo cuanto poseían y de obligarles a lavarle los pies, los arrojaba desde lo alto contra los escollos, donde se encontraba una gigantesca tortuga que devoraba lenta y vorazmente al desgraciado.

También en esta ocasión logró Teseo vencer a Escirón y, tras una feroz lucha, logró lanzarlo al mar, donde la gran tortuga que aguardaba, lo devoró.

Teseo estaba satisfecho de sus hazañas. Pero antes de llegar a Atenas, otro encuentro debía revelarle una vez más su prodigiosa bravura.

En el territorio de Eleusis, cerca de la llanura de Atenas, vivía el temible y famoso gigante Procusto, que se pasaba la vida robando a cuantos pasaban por aquellos lugares y sometiéndolos después a un extraño y horrible suplicio.

A todos los hacía tenderse sobre un lecho que nunca se adaptaba a su estatura. O resultaba demasiado corto o era demasiado largo. ¿Y qué hacía entonces Procusto?

Si veía que el lecho era corto, se limitaba a cortar al desdichado un trozo de las piernas hasta que tuviera la medida justa; si el lecho era largo para las piernas del viajero, se las estiraba con cuerdas, hierros y tenazas.

Naturalmente, los gritos de las pobres víctimas eran desgarradores. Y toda la tierra de Eleusis sufría la tortura de aquellos lamentos atroces e inhumanos.

Teseo llegó allí y, en lucha encarnizada y cruel con el gigante, lo venció y le hizo sufrir el mismo suplicio de sus víctimas sobre el lecho siniestramente famoso.

Después de abatir a tan feroces gigantes, Teseo, el joven héroe, llegó, por fin, a Atenas. Y, de incógnito, tal como su madre le había recomendado, llegó a la corte del rey. Allí se hizo anunciar como un extranjero de paso en la ciudad que deseaba obsequiar al rey Egeo.

—Decid a ese extranjero —fue la respuesta del soberano— que con gusto le veré esta noche sentado a mi mesa.

Atenas estaba a la sazón en poder de Medea, una perversa bruja que mediante sus artes y encantamientos se había hecho dueña de la voluntad del rey. Apenas la maga vio al hermoso joven, adivinó quién era. Y entonces logró convencer al monarca, susurrando a sus oídos:

—Señor, ese joven fuerte y valeroso será tu ruina. Te aconsejo que te deshagas de él lo antes posible.

Y con sus propias manos preparó un poderoso veneno que echó en la copa de Teseo a la hora del banquete.

Mas cuando el joven héroe levantaba el brazo para beber el contenido de la copa envenenada, el rey Egeo descubrió su propia espada ceñida al costado de su huésped y lanzó un grito.

—¡Es mi hijo! ¡Es mi hijo! —exclamó.

Y tras arrancarle de la mano la copa, arrojó al suelo el líquido envenenado. Luego reconoció y proclamó a Teseo, a quien tanto había esperado, y seguidamente repudió y expulsó del reino a la malvada Medea.

El hilo de Ariadna

El rey Minos, de Creta, hacía tiempo que asediaba la ciudad de Atenas, donde su rey Egeo veía, consternado, cómo la peste y el hambre diezmaban sin tregua la población. Para levantar el asedio, Minos impuso estas condiciones:

«Cada año, durante nueve años consecutivos, siete jóvenes y siete doncellas deben ir de Atenas a Creta para ser entregadas como pasto al Minotauro.»

El Minotauro era un monstruo cruel, con robusto cuerpo de hombre rematado por cabeza de toro, en la que flameaban ojos feroces. El monstruo, hijo de Minos y Pasífae, se alimentaba de carne humana.

Minos encerró a este monstruo en un laberinto, que mandó construir por Dédalo, genial arquitecto, discípulo de Mercurio. De este laberinto no se podía salir una vez se había entrado en él. Se hallaba atravesado por oscuras y tortuosas cavernas, madejas de corredores sin fin, millares de galerías terribles que conducían al centro del palacio laberíntico.

Y allí, sobre un trono rodeado de encendidas antorchas, estaba el feroz Minotauro en espera de su ración de carne humana.

Al principio, Minos tenía la dolorosa obligación de enviar al monstruo, para que se alimentara, los condenados a muerte y los niños pequeños arrebatados a su madre, porque al monstruo le gustaban mucho. Pero al imponer el terrible tributo a los atenienses a cambio de la paz, cada año siete jóvenes y siete doncellas de Grecia se dirigían en lúgubre cortejo hacia Creta donde les aguardaban las voraces fauces del Minotauro.

El heroico Teseo se encontraba en la corte de su padre Egeo cuando llegaron los mensajeros de Minos, que, de acuerdo con el pacto, venían como todos los años a llevarse las catorce víctimas para darlas como pasto al Minotauro.

—¿Y por qué ese tributo ignominioso? –preguntó el joven príncipe, pues nada sabía del pacto estipulado entre Atenas y Creta, ya que cuando se inició estaba aún en Trezena al lado de su madre.

Al explicarle su padre lo ocurrido, Teseo decidió partir con las jóvenes víctimas, con el propósito de liberar a su patria de semejante azote. Y no hubo manera de convencerle de que desistiera. Entonces, el rey Egeo le dio dos velas para su navío.

—Si sales bien de tu empresa –de dijo a Teseo–, pondrás a tu regreso velas blancas en la nave; en caso contrario, las negras. Y ahora, ¡que los dioses te protejan, hijo mío!

Teseo llegó a Creta, pero antes de entrar en el terrible laberinto, tuvo la suerte de conocer a Ariadna, la hermosa hija de Minos, que apenas vio a Teseo se enamoró de él. La joven, decidida a salvar al héroe, le entregó, para que pudiera salir del laberinto, un ovillo de hilo para que Teseo lo fuese devanando según avanzaban y, recorriendo luego el camino en sentido inverso, pudiera hallar fácilmente la salida.

Conmovido ante tanta gentileza, afecto y bondad, Teseo dijo a la hermosa Ariadna:

—Princesa, trataré de ser digno de tu confianza y de tu amor y si los dioses me conceden la victoria en esta empresa, te pediré que seas mi esposa. ¿Querrás?

—Seré muy feliz de que me hagas tu esposa –respondió Ariadna–. Y estoy segura de que saldrás victorioso.

Y así fue. Teseo mató al Minotauro a puñetazos, salvó con ello a sus compatriotas y, tras su hazaña, se dispuso a volver a Atenas. Y guiado por el oportuno hilo de Ariadna, no tardó en salir del laberinto. Allí le aguardaba Ariadna, con el rostro pálido de mortal ansiedad.

—Vamos, mi querida esposa –le dijo Teseo abrazándola– A ti te debo mi victoria. ¡Huyamos antes de que se entere tu padre Minos!

Y tras haber barrenado todas las naves cretenses que había en el puerto, para que no pudiesen darles alcance, montaron en la nave de Teseo y escaparon en dirección a la isla de Naxos, donde desembarcaron con el pretexto de descansar.

Pero cuando Ariadna despertó, después de muchas horas de pesado sueño, vio que en la isla donde habían desembarcado no había nadie. El ingrato Teseo, que la había abandonado, navegaba entretanto hacia su ciudad.

Y como con las glorias se pierden las memorias, se le olvidó también a Teseo el poner la vela blanca. Por eso, el pobre rey Egeo, que vio entrar a la nave desde la torre más alta de su palacio, sintió una inmensa desesperación al ver la vela negra.

—¡Mi hijo ha muerto! –gritó–. ¡Ha sido devorado por el Minotauro!

Y, desesperado, se arrojó desde la torre al mar, que desde entonces llevó su nombre, Egeo.

Los dioses castigaron así la ingratitud de Teseo, que no encontró más que llantos a su regreso victorioso a la ciudad de Atenas.

El fin de Teseo

A partir de este momento, la historia de Teseo, como la de Hércules, está llena de expediciones lejanas, en las cuales su nombre va unido al de Peritoo, del mismo modo que el del héroe tebano al de Iolao.

Peritoo, rey de Tesalia, envidioso de los triunfos de Teseo, quiso combatirle, pero cuando le vio, quedó tan prendado de él, que se convirtió en su más íntimo amigo.

Unidos combatieron a las amazonas y a los feroces Centauros. También se dice que Teseo acompañó a Hércules cuando éste marchó contra las Amazonas, recibiendo en recompensa a una de ellas, llamada Antíope, de la que tuvo un hijo llamado Hipólito.

Cierto día, Peritoo y Teseo decidieron no casarse en lo sucesivo sino con hijas de Zeus, puesto que ambos amigos eran hijos a su vez de los dos grandes dioses (Peritoo de Zeus y Teseo de Poseidón). Y así, pusieron sus ojos en Perséfone y en Helena.

Después de echar a suertes, Helena correspondió a Teseo y Perséfone a Peritoo. Por aquel entonces, Helena no era todavía núbil ni, naturalmente, la esposa de Menelao. Después de raptarla en Esparta, Teseo se la confió a Etra, su madre. Y tras ello, partió junto con su amigo para hacer lo mismo con Perséfone, mujer de Plutón.

Para conseguir su propósito, Peritoo y Teseo bajaron al Infierno, donde tuvieron mala suerte, pues Peritoo fue despedazado por el can Cerberos, pero Teseo logró salir del reino de los muertos gracias a su primo Hércules.

Cuando murió Antíope, el héroe Teseo se casó en segundas nupcias con Fedra, hermana de Ariadna e hija menor del rey Minos. Fedra, que era mala como una bruja, odiaba a su hijastro Hipólito, al que calumniaba sin cesar.

Al principio, Teseo no escuchaba a su mujer, pero luego, furioso, acabó maldiciendo a su hijo. No queriendo, sin embargo, castigar al infeliz Hipólito con su propia mano, pidió a los dioses, empujado por su pérfida esposa:

—Os ruego que enviéis un gran castigo a mi perverso hijo.

Y un día en que el inocente joven cabalgaba por la orilla del mar, el dios Neptuno creó un monstruo horrendo que aterrorizó al caballo que montaba Hipólito. Entonces, el corcel se lanzó a una carrera, estrellando al joven jinete contra un olivo.

Cuando la malvada madrastra vio los restos ensangrentados de Hipólito, arrepentida y desesperada, tras confesar a Teseo su propia maldad, se dio, a sí misma, la muerte.

El fin de la vida de Teseo fue triste. No pudiendo encontrar la paz en su reino, presa de la discordia y las banderías, el héroe decidió retirarse a vivir los últimos años de su vida en la isla de Sciros, donde esperaba reposar tranquilamente.

Pero el destino no quiso serle propicio. Primero, Mnesteo, le usurpó sus estados, y luego Likomedes, rey de Sciros, temiendo que Teseo hubiese ido para quitarle el mando, le dio muerte precipitándole desde lo alto de una montaña.

El cuerpo de Teseo saltó de roca en roca por las laderas abruptas hasta llegar al fondo del barranco, donde quedó por largos años olvidado e insepulto.

Finalmente, por consejo del oráculo de Delfos, los preciosos restos del héroe fueron enterrados en Atenas.

Los Argonautas

Cuéntase que en Tesalia, en la ciudad de Yolcos, reinaba el tirano Pelias, que había usurpado el trono a su hermano mayor Esón, a quien odiaba y temía.

Este odio y temor se aumentaron cuando Pelias supo que su hermano había tenido un hijo, con lo cual se robustecían los derechos de la rama legítima de la monarquía. Por si esto fuera poco, un oráculo había predicho:

—Un hijo de Esón derribará del trono al usurpador Pelias.

Inmediatamente, el rey Pelias no pensó en otra cosa que en matar a su sobrino. Pero el padre, viendo el peligro que corría su hijo, hizo que se extendiera el rumor de que el niño había nacido muy enfermo y había muerto. Y se celebraron ostentosamente las ceremonias fúnebres y todo fueron llantos y lamentaciones.

Entretanto, la madre se llevó secretamente al niño al monte Pelión y se lo entregó al centauro Quirón, considerado como el más sabio, recto y hábil del país, con el fin de que dirigiera su crianza, y posteriormente su educación.

Entonces se le cambió al niño el nombre de Diomedes, que llevó primero, y se le puso el de Jasón.

Jasón a los veinte años era gallardo y valeroso, favorecido además por Hera, a la que había hecho un favor sin conocerla. Después de consultado el oráculo, se presentó en la corte de Pelias y audazmente se le enfrentó.

—Soy hijo de tu hermano mayor Esón –le dijo– y vengo a exigirte que me entregues el trono, que por derecho me pertenece.

Al ver el astuto Pelias que iba a realizarse el fatal destino que le había sido predicho y que el pueblo era favorable a Jasón, no se atrevió a negarle lo que pedía, pero apeló a un subterfugio y dijo a su sobrino:

—Prometo abandonar el trono después que hayas dado pruebas de valor y suficiencia realizando la conquista del Vellocino de Oro.

El vellocino era la piel dorada de un cordero con el que la diosa Nefele había querido salvar, llevándolos por los aires, a sus hijos Fryxo, y Heles, cuando la segunda mujer de su esposo, el rey Atamante, quiso matarlos. Heles cayó al mar, que por ello recibió el nombre de Helesponto. Fryxo tuvo más suerte y alcanzó la tierra de Ea, en la Cólquida, donde sacrificó a Zeus el cordero sagrado.

Luego, el vellón de oro quedó en una selva consagrada a Marte, el dios de la guerra, colgado de un árbol y custodiado por un horrible y furioso dragón que devoraba a cuantos se le acercaban.

La conquista del Vellocino de Oro, que Marte permitía a todos los valientes que la intentaran, aseguraba, al que lograra realizarla, toda clase de riquezas y prosperidades, aparte de la gloria.

Pero el usurpador Pelias creía que su sobrino no alcanzaría su propósito y perecería en la empresa.

No pensaba lo mismo el ambicioso y joven Jasón, por lo que, seducido ante tan gloriosa expedición, se embarcó con otros cincuenta príncipes griegos en la nave Argos, llegando felizmente a Cólquida.

Entre los Argonautas iban los mejores héroes y guerreros de la Hélade: Orfeo, Cástor y Pólux, Polideuces... La travesía fue pródiga en acontecimientos extraordinarios y peligros sin fin, pero todo fue vencido con audacia y valor, logrando llegar al fin sanos y salvos a la tierra anhelada.

Jasón y Medea

En la feliz Cólquida, situada al pie del Cáucaso, vivía el poderoso rey Etes, que era hijo del Sol y hermano de Circe, la maga.

Cuando los Argonautas desembarcaron en la playa de la Cólquida, Jasón comprendió le sería casi imposible abordar de manera directa al dragón que custodiaba el Vellocino de Oro. Y como sabía que éste dependía del rey Etes, se hizo anunciar inmediatamente en la corte. Jasón se inclinó ante el monarca y le dijo:

—Señor, he venido desde Tesalia con mis compañeros para conquistar el Vellocino de Oro custodiado en el Monte Sagrado. Permitidme intentar la gloriosa empresa.

El rey Etes, al oír esta petición, se sintió presa de una terrible cólera. No podía dejar que le arrebataran el Vellocino de Oro, ya que de él dependía la opulencia de su reino y la felicidad de su pueblo.

Sin embargo, en vista de que era el Hado quien lo ordenaba, decidió no oponerse abiertamente a la conquista, pero haría cuanto estuviese de su parte para que aquel héroe pretencioso fracasara en su intento.

—Podrás intentar la empresa; yo te lo permito –dijo el rey Etes–. Pero antes deberás superar esta prueba: habrás de domesticar dos bueyes gigantes que tienen las patas de plata y la boca rebosante de llamas. Después de haberlos domado, los uncirás a un carro y trabajarás con ellos cuatro jornales de terreno salvaje e inculto. A continuación, sembrarás en el campo, labrado, los dientes del dragón, que yo te daré. De ellos, nacerán millares de gigantes que, apenas salidos de la tierra, se lanzarán contra ti, y tú deberás matarlos a todos. ¡Ah!, pero domar a los bueyes, arar el terreno y vencer a los gigantes son empresas que deberás cumplir en un sólo día. Únicamente con esta condición, permitiré que vayas a la conquista del Vellocino de Oro.

El valeroso Jasón quedó preocupado al oír estas palabras. La empresa era prácticamente imposible y ningún hombre del mundo hubiera podido salir airoso de la prueba. No obstante, aceptó. Y estaba, al día siguiente, meditando a la orilla del mar, en el mejor modo de llevar a cabo su empresa, cuando vio que se le acercaba una hermosa joven.

Era Medea, una de las dos hijas del rey Etes, que se enamoró locamente de Jasón nada más verle.

—Valeroso extranjero –dijo Medea, sonriéndole–. Ayer oí lo que mi padre exige de ti. Vas a una muerte segura, pero eres joven y quiero ayudarte. Toma este ungüento maravilloso. Unge, con él, tu cuerpo. De ese modo lo harás invulnerable y le darás una fuerza sobrehumana. Pero recuerda que su poder no dura más que un día. En ese tiempo deberás salir victorioso de todas las pruebas.

Gracias a la ayuda de Medea, que era una hábil hechicera, Jasón logró hacerse al fin con el preciado Vellocino de Oro.

—¡Huyamos antes de que el rey Etes se entere de nuestra victoria! –dijo Jasón.

Y amparados por las sombras de la noche, la gloriosa Argos puso rumbo hacia Yolcos llevando a bordo dos tesoros: el Vellocino de los dorados rizos y Medea, la hermosa hija del rey de la Cólquida.

Tras largos meses de viaje, y después de haber realizado innumerables hazañas, la nave de los Argonautas llegó, por fin, a su patria, donde el rey Pelias reinaba aún en el trono usurpado a Jasón.

Nada más pisar de nuevo la tierra de Tesalia, Jasón se apresuró a agradecer a los dioses la ayuda recibida, ofreciéndoles la nave *Argos*; pero los dioses no quisieron abandonar, sobre la tierra, aquella maravillosa nave y, transportándola al Cielo, la convirtieron en una rutilante constelación.

Cuando Jasón fue a ver al rey Pelias y, mostrándole el Vellocino, le reclamó el trono usurpado, que éste había prometido devolverle, el monarca se negó a cumplir su palabra.

—Nadie me arrebatará el trono mientras viva –dijo el rey–. Jamás he prometido devolverlo a nadie.

Medea, valiéndose de sus mágicas artes, decidió vengar a su marido. Entonces dijo a las hijas de Pelias que, para rejuvenecer a su anciano padre, le cortasen en pedazos y le hiciesen hervir en un caldero, lo qe éstas hicieron sin desconfiar.

Este crimen, sin embargo, no sirvió de nada a Jasón, porque Acaste, hijo de Pelias, se hizo proclamar rey de Tesalia y desterró a Jasón y a Medea, que se retiraron a Corinto.

En esta ciudad, olvidando Jasón lo mucho que debía a Medea, la repudió para casarse con Glausea, hija del rey de Corinto. Medea fingió indiferencia; pero en su alma se abrió paso el deseo de venganza.

Una de las muchas versiones dice que Medea, fríamente, envenenó al rey y a la princesa de Corinto, degolló en presencia de Jasón a sus propios hijos y huyó por los aires en un carro tirado por fieros dragones alados.

Al parecer, en Asia se casó con un poderoso rey, y tuvo un hijo llamado Medas, que sucedió a su padre y del que sus súbditos tomaron el nombre de medos.

Por su parte, Jasón, después de la trágica muerte de su esposa y de la fuga de Medea, llevó una vida triste y errante. Hasta que un día, presa del más profundo abatimiento, se quitó la vida con su propia espada.

Advirtamos, sin embargo, que ni los poemas de Apolonio de Rodas y de Valerio Flaco, ni las tragedias que escribieron Eurípides, Séneca y Corneille acerca de Medea, tienen un final semejante.

OTROS PERSONAJES FAMOSOS

Cadmo, fundador de Tebas

Cadmo era hijo de Agenor, rey de Tiro. Cuando Zeus, metamorfoseado en toro, raptó a su hija y hermana Europa, Agenor le pidió a Cadmo:

—Ve por el mundo en busca de tu hermana y no regreses sin ella.

Cadmo abandonó la casa paterna y siguió mundo adelante esforzándose en vano por descubrir el engaño de Zeus y libertar a Europa. Cierto día, al no poder cumplir la misión encomendada y sin atreverse a volver a la presencia de su padre, se dirigió al oráculo de Delfos y le preguntó:

—Puesto que no quiero regresar a mi casa, ¿dónde debo establecerme?

A lo que el oráculo le respondió:

—En un prado solitario encontrarás una novilla que todavía no ha sido envilecida por el yugo, sigue sus pasos, déjate guiar por ella, y allí donde se eche a reposar sobre la hierba, eleva unos muros, edifica una ciudad y dale el nombre de Tebas.

Cadmo encontró en Fócida una vaca que pacía tranquilamente y cuya cerviz no presentaba huella alguna de servidumbre. Lentamente siguió Cadmo las pisadas del tranquilo animal y cuando hubieron cruzado el valle del Cefiso y una gran parte de la llanura, observó que la novilla se detenía de pronto y, elevando la cabeza al cielo, llenaba los aires con sus amplios y sonoros mugidos. Acto seguido dobló la cabeza miró a los hombres que la seguían y se echó por último sobre la hierba para descansar.

Lleno de agradecimiento, Cadmo se arrodilló inmediatamente ante aquella extranjera y la besó con unción. Luego ordenó a sus criados que le trajeran agua viva de una fuente llamada Ares.

—Quiero hacer mis abluciones y libaciones –dijo–, pues deseo rendir un sacrificio a Zeus.

Pero un fiero y enorme dragón que guardaba la fuente devoró, sin piedad, a casi todos los compañeros de Cadmo. Éste, lleno de coraje y de valor, pensó en vengar a los suyos. Se adelantó hasta donde estaba el temible dragón y, tras una dura lucha, dio muerte al monstruo.

Al volverse, Cadmo observó que junto a él estaba la diosa Palas Atenea, la cual le ordenó seguidamente:

—Planta sobre la tierra labrada los dientes del dragón que acabas de matar, para que sean la semilla de un futuro pueblo.

Lleno de esperanza, Cadmo obedeció prontamente a la diosa y, cogiendo un arado, trazó amplios surcos en la tierra, esparciendo luego cuidadosamente los dientes del monstruo.

Súbitamente, de la tierra que cubría los dientes, empezaron a brotar guerreros armados (los «Spartoi», es decir, los «Sembrados»), que empezaron a pelear entre sí con tal furia, que sólo quedaron vivos cinco de ellos: Echión (que se casó con Agaié, una de las hijas de Cadmo), Peloros, Hiperenor, Ondaneos y Chtonios que fueron los antepasados de los tebanos.

Estos cinco hombres ayudaron a Cadmo a fundar la ciudad de Tebas, que tenía siete puertas. En Egipto hubo otra ciudad del mismo nombre que tuvo ciento. Sus alrededores eran solitarios y áridos, y se denominaron «Tebaida».

Por haber matado al dragón, Cadmo tuvo que servir como esclavo a Marte, dueño y protector del monstruo, durante varios años. Acabada su penitencia, Cadmo fue rey del país y entonces Zeus le casó con la hermosa Harmonía, hija de Venus y Marte.

La boda fue muy suntuosa y a la misma asistieron todos los dioses, que hicieron a los novios unos maravillosos regalos.

Entre otros, una túnica sorprendente, tejida por las Charites, y un collar de oro, obra de Vulcano, el herrero celestial. Estas dos prendas representaron luego un papel importantísimo en la expedición de los Siete contra Tebas.

Cadmo tuvo muchos hijos. Habiéndole predicho el oráculo que su descendencia sería muy desgraciada, se retiró con su mujer a Iliria, para no ser testigo de estas desgracias.

Otros dicen que fue expulsado de Tebas por Anfión que puso un cerco de murallas a la ciudad. Era tan consumado músico, que, al son de su lira, atraía las piedras, que se colocaban por sí solas en el lugar que les correspondía.

Hija de Cadmo fue Sémele, la que fue seducida por Zeus y de cuya unión nació un hijo llamado Dioniso.

Además de fundar Tebas, Cadmo enseñó a los griegos el arte de escribir. Casi al final de su vida, Cadmo y Harmonía fueron transformados en serpientes. Otros afirman que fueron llevados en un carro tirado por dragones a los Campos Elíseos, donde gozaron de la paz y felicidad eternamente.

Las aventuras de Perseo

Acrisio, rey de Argos, tuvo una hija llamada Dánae. Y deseando tener descendencia masculina, fue a consultar el oráculo de Delfos, que le dijo:

—Tu hija Dánae traerá un hijo al mundo, que será tu sucesor y cuya gloria será sin igual. Pero este magnífico héroe matará a su abuelo.

Temeroso de que se cumplieran las predicciones del oráculo, Acrisio hizo encerrar a su única hija, Dánae, en una torre de bronce, ahuyentando de palacio a cuantos príncipes solicitaban la mano de la hermosísima princesa.

El pícaro Zeus, no obstante, logró penetrar en la torre en forma de lluvia de oro, y persuadió a Dánae a desposarse con él.

El fruto de esta unión fue un niño, al que se le impuso el nombre de Perseo.

Indignado Acrisio al saber lo ocurrido, y temiendo morir a manos de su nieto, según había predicho el oráculo, ordenó que tanto su hija Dánae, como su nieto Perseo, fueran encerrados en un cofre en forma de frágil barquilla y abandonados en medio del mar.

Cuando su muerte parecía inevitable, Zeus hizo que el viento arrastrara el cofre hasta las playas de una isla llamada Serifes, que estaba bajo el poder de Dictis y de su hermano Polidectes. Éste, prendado de Dánae, contrajo matrimonio con ella, adoptando a su hijo Perseo al que educó esmeradamente, cual correspondía a un hijo de Zeus. De esta educación cuidaron los sacerdotes del templo de Minerva.

Cuando Perseo llegó a la edad viril, su arrojo y valor, así como la admiración que suscitaba en el pueblo, despertaron los recelos de Polidectes, por lo que, halagando la ambición del joven con promesas de triunfos le propuso:

—Si tu valor es tanto como dicen, debes ir a combatir a las Gorgonas y traerme la cabeza de Medusa, que es una de ellas.

Las Gorgonas eran tres hermanas, hijas de Forcis, dios marino, y de Ecto, que se llamaban Estenea, Euríale y Medusa. Vivían en la extremidad del mundo, cerca de la morada de la Noche. Como ya se dijo, no tenían entre las tres más que un solo ojo, que les servía alternativamente; tenían alas de oro y manos de acero con garras; su cabellera, erizada, era de culebras, y con su mirada petrificaban o mataban a cuantos se les acercaban.

Perseo aceptó entusiasmado la pérfida propuesta de Polidectes. Pero antes de ponerse en camino, los dioses, que eran sus parientes y le querían mucho, quisieron ayudarle en su empresa. Y, a tal efecto, Minerva le cedió su escudo resplandeciente, Plutón, un casco que le haría invisible y Mercurio, una espada de diamantes y sus talares.

Luego, subido Perseo sobre el caballo Pegaso, que también le prestó Minerva, voló por los espacios hasta llegar a la remota región de Forcis, padre de los monstruos más horribles que se conocían: las Graiai o «viejas». Las tres hijas de Forcis mostraron al héroe el camino de la morada de las ninfas.

Estos seres maravillosos, que eran las Ninfas, llevaban unas sandalias con alas, un casco de piel de perro y un zurrón parecido a un bolso. Quien poseyera estas tres cosas podía pasar inadvertido. Las Ninfas indicaron a Perseo el camino para llegar hasta las Gorgonas.

Perseo encontró a las Gorgonas durmiendo, y guiado por la mano de Minerva no le fue difícil acercarse a la gorgona Medusa –la única mortal de las tres–, y cercenarle sin riesgo la cabeza.

Oculto por el casco de Plutón, que le hacía invisible, Perseo emprendió el vuelo empujado por los vientos. Al hallarse sobre los arenosos desiertos de Libia, empezaron a caer sobre ellos unas gotas de sangre de la cabeza de Medusa, que el héroe llevaba colgada a la espalda. Estas gotas se convirtieron en las serpientes venenosas que hoy existen sobre la Tierra.

Cerca del anochecer, Perseo descendió a las tierras de Mauritania, en el reino de Atlante, para tomarse un breve descanso. El héroe solicitó al famoso Atlas o Atlante hospitalidad por una noche, pero advertido el gigante por el oráculo de que se guardase de un hijo de Zeus, no quiso darle acogida.

Ofendido Perseo por el mal trato recibido, exclamó indignado:

—Ya que desprecias mis glorias y mi linaje como hijo de Zeus, mira al menos esto.

Y súbitamente le presentó la cercenada y espantosa cabeza de Medusa con lo que el gigante quedó transformado en el monte Atlas.

Perseo y Andrómeda

De Mauritania, Perseo pasó a Etiopía, donde reinaba el rey Cefeo. En este país el héroe pudo libertar a la hermosa Andrómeda, hija del monarca, que había sido castigada por haber tenido la osadía de disputar el premio de la belleza a la celosa Hera y a las Nereidas.

Entonces, Neptuno, para vengar a sus cuñadas, creó un monstruo, que asoló Etiopía. Consultados los oráculos sobre la manera que habría de apaciguar la ira de los dioses, respondieron:

—La única solución es entregar la culpable Andrómeda al monstruo.

La infeliz Andrómeda, pues, fue entregada a las Nereidas, que la ataron a una roca sobre el mar. Si la brisa no hubiera agitado sus cabellos, ni las lágrimas no hubieran afluido a sus ojos, hubiera parecido una estatua de mármol.

Pero en el momento que se acercaba el monstruo para devorar a la hermosa joven, se apareció Perseo montado en Pegaso. Ver el héroe a la pobre Andrómeda, enamorarse de ella y prometer a sus padres salvarla si se la daban en matrimonio fue todo uno.

En un santiamén, Perseo, invencible a causa de sus armas mágicas y al casco que le hacía invisible, mató sin dificultad al monstruo y obtuvo en recompensa a su amada Andrómeda.

Ocurrió, sin embargo, que cuando apenas se había acabado de celebrar el banquete nupcial, el palacio del rey Cefeo se llenó de un sordo y amenazador rumor. Fineo, el hermano del rey y tío de Andrómeda, llegaba para hacer valer sus derechos como antiguo prometido de la joven.

La lucha fue terrible y sangrienta, puesto que los agresores eran más numerosos. No obstante, Perseo, a cuyo lado se habían refugiado Andrómeda y sus padres, acabó venciendo a todos sus adversarios al enseñarles la cabeza de la gorgona Medusa que aún estaba en su poder. Fineo y sus seguidores quedaron convertidos en estatuas de piedra.

Acompañado de su esposa Andrómeda, el valeroso Perseo volvió a Serifes, donde Polidectes aún retenía cautiva a su madre Dánae, a la que llenaba de ultrajes. Colérico, el héroe luchó con el tirano y lo mató.

Seguidamente se trasladó a Argos, donde había nacido, y aquí también acabó con Proto, hermano de su abuelo Acrisio, a quien había usurpado el trono.

Después de restablecer a su abuelo como rey, unos días más tarde, en unos juegos atléticos, Perseo le mató involuntariamente tirando un disco. La fortuna o el destino quisieron que se cumpliera así la sentencia del oráculo.

Enormemente afligido por esta desgracia, Perseo sepultó a su abuelo fuera de los muros de la ciudad y renunció al reino que, por la muerte de Acrisio, le hubiera correspondido.

A partir de aquel instante, cumplida ya la prediccion del oráculo, Perseo ya no tuvo más infortunios.

Y decidido a vivir en paz, se retiró con Andrómeda a Tirinto, en donde labró la ciudad de Micenas. Su mujer diole muchos y valerosos hijos, de los cuales más tarde nacería Hércules.

Los hermanos Cástor y Pólux

Tíndaro, rey de Esparta, en Grecia, estaba casado con la hermosa Leda, de la que tuvo dos hijos, Cástor y Clitemnestra.

Un día, la dulce Leda vio un pobre cisne perseguido, acosado por una águila tremenda. Lo que no sabía era que el cisne era el dios Zeus, que con cada mujer de su gusto empleaba el ardid más conveniente para no perder tiempo. El águila no era otra que Afrodita, que tampoco era manca en cuestiones del corazón.

La tierna Leda se apiadó del cisne cuando bajaba aterrado y le abrió los brazos para ahuyentar al águila. Y, claro, lo demás se comprende. Leda, fecundada, puso un huevo del que salieron Pólux y la bella Helena.

Por consiguiente, Helena y Pólux eran hijos de Zeus, mientras que Clitemnestra y Cástor lo eran del rey Tíndaro.

Sin embargo, a pesar de su diferente origen, Cástor y Pólux son clasificados igualmente como Dióscuros, palabra que quiere decir «hijos, muchachos jóvenes, de Zeus». Sea lo que fuere, el hecho es que los dos hermanos mantuvieron siempre una estrecha amistad.

Con tanta ternura se quisieron, que jamás se separaron, ni aun después de muertos, porque así se lo pidió Pólux a su padre Zeus, que colocó a ambos en el cielo como constelaciones, y se hallan entre los signos del Zodíaco, denominándose los Gemelos.

Las principales hazañas de los Dióscuros fueron: ir a Atenas para recuperar a su hermana Helena, que les había sido arrebatada por Teseo; participar, con Jasón, en la expedición de los Argonautas. En esta ocasión, Zeus manifestó la gran benevolencia que sentía hacia ellos, salvándolos de una tempestad en el mar cuando iban en el navío Argos.

Por cierto que, cuando Orfeo se puso a implorar a los dioses, sobre las cabezas de los Dióscuros se colocaron dos llamas, origen del fuego de San Telmo, el cual anuncia a los marinos el fin de una tormenta.

En cierta ocasión, al parecer por cuestión de faldas, los Dióscuros lucharon contra sus primos Idas y Ligkeus. En el curso de la batalla, Pólux mató a Ligkeus, mientras Cástor caía mortalmente herido por Idas.

Y se cuenta que Pólux se lamentó cerca del cadáver de su hermano de esta forma:

—¡Ay, de mí! Siendo inmortal, no podré seguir a mi hermano Cástor al reino de los muertos.

En vista de este amor fraternal, Zeus autorizó a Pólux a que compartiera con su hermano el don de la inmortalidad. De esta forma, los Dióscuros vivían alternativamente un día cada uno.

Agamenón y la venganza de Orestes

Agamenón, rey de Argos, era hijo de Plisteno, que a su vez lo era de Atreo (otros dicen que era su hermano). Por esta razón, Agamenón y su hermano Menelao, rey de Esparta, fueron denominados los Atridas.

Agamenón, casado con la bella Clitemnestra, hija de Tíndaro (casada primero con Tántalo), figuró como general en jefe de los ejércitos griegos en el famoso sitio de Troya. Allí tuvo una célebre desavenencia con el héroe Aquiles por causa de una esclava llamada Briseida.

Al partir hacia Troya, la expedición griega estuvo detenida en Táurida, por culpa de los vientos contrarios. Para obtenerlos propicios, Agamenón intentó sacrificar a su propia hija Ifigenia a la diosa Minerva. Pero en el momento de consumarse el sacrificio, esta diosa arrebató a la joven, colocando en su lugar una cierva.

Mientras Agamenón estaba en la guerra de Troya, su mujer, Clitemnestra, entró en relaciones ilícitas con Egisto. No conforme éste con gozar de la esposa del rey, se erigió además en tirano de la ciudad y encerró en una oscura celda a Orestes y Electra, hijos del rey.

Al regresar a su reino, después del sitio de Troya, Agamenón fue muerto traidoramente a manos de su mujer y de su amante Egisto. Clitemnestra intentó disculpar su crimen diciendo que lo hacía para vengar el sacrificio de su hija Ifigenia.

El pedagogo del príncipe Orestes, para evitar que sobre el niño cayese el puñal del asesino, se apresuró a llevárselo lejos de Argos, donde ya reinaba Egisto, y buscó refugio en la corte de Estrofio, rey de Fócida, donde el muchacho creció a salvo de las asechanzas del usurpador y asesino de su padre.

Entretanto, el pedagogo educaba a Orestes para que, con el transcurso del tiempo, estuviese en condiciones de vengar la muerte de su padre.

En la corte de Argos, donde todos miraban con temor al tirano, sólo la joven princesa Electra se negaba a hablar con su madre Clitemnestra y con su amante Egisto, ignoraba sus órdenes y se mantenía en un aislamiento absoluto.

La hermosa muchacha cifraba toda su esperanza en que un día regresaría su hermano Orestes para vengar cumplidamente a su padre.

Mas un buen día, el asesino Egisto, con el consentimiento de Clitemnestra, casó a Electra con un pobre campesino para que no pudiese tener hijos nobles, capaces de intentar ninguna venganza contra ellos. Pero el labrador, modelo de delicadeza y prudencia, respetó la pureza de su joven esposa.

—No temáis, hermosa princesa –le dijo–. Yo haré que no carezcáis de nada sin que tengáis que trabajar.

Electra se mostró agradecida por estos desvelos y tuvo para con el buen campesino la afectuosa consideración debida a un amigo de su padre.

Hasta que un atardecer, el joven Orestes, convertido ya en un hombre fuerte y apuesto, se entrevistó secretamente con su hermana Electra y acordaron la forma de vengar a su padre.

Los ojos de Electra brillaban de entusiasmo al oír exclamar a su hermano:

—¡Ya está aquí el vengador del rey Agamenón!

En palacio, entretanto, los culpables se sentían a salvo, pues creían que Orestes había muerto en tierras lejanas. No podían imaginar, sin embargo, cuán cerca estaba su fin.

Guiado por su hermana Electra, el príncipe Orestes avanzó por los pasillos del palacio hasta llegar a las habitaciones de su madre, Clitemnestra.

—¡Asesina!... ¡Adúltera!

La reina no pudo evitar la muerte. Sus dos hijos, mientras la llenaban de improperios, la hirieron una y otra vez hasta estar seguros de que no vivía. Seguidamente, se trasladaron al lugar donde Egisto se hallaba durmiendo y sin pronunciar palabra lo cosieron a puñaladas.

—Al fin hemos podido dar cima a nuestros deseos vengando a nuestro padre –dijo Electra.

La joven princesa, adorando a su padre, no vaciló en dar muerte a su propia madre Clitemnestra. Era el llamado complejo de Electra.

Orestes, por su parte, aunque había obrado en justa venganza, atrajo contra sí a las Erinias o Furias, divinidades en forma de aves malignas que perseguían de manera implacable a quienes cometían crímenes de familia.

A partir de este momento, las Furias (o remordimientos), empezaron a perseguir a Orestes despiadadamente, atormentándole a gritos y revoloteando sin cesar día y noche sobre su cabeza.

Acosado por ellas, Orestes empezó una angustiosa peregrinación por Grecia, huyendo constantemente y sin hallar en ningún lugar reposo y paz en el alma, hasta que, llegado a Atenas, buscó refugio en el templo de la diosa Palas Atenea, que le protegió.

Finalmente, Orestes fue absuelto por todos los sabios y prudentes ancianos de Atenas, reunidos en el Areópago, y las Furias recibieron el encargo de no atormentar más al joven.

Orestes consultó entonces con el oráculo de Delfos sobre lo que debía hacer y éste le respondió:

—Ve al Quersoneso, en Táurida, y trae de allí la estatua de Minerva, que se adora en su templo.

Trasladóse allí con su amigo Pílades, hijo del rey de Fócida, pero fueron hechos prisioneros por aquellos habitantes, que determinaron que uno de los dos fuese sacrificado. Entonces acaeció la famosa porfía en la que cada uno de ellos quiso morir para salvar al amigo que amaba.

Afortunadamente, Ifigenia, a quien Minerva había llevado allí y establecido en su templo por sacerdotisa, reconoció a su hermano Orestes, y, valiéndose tanto de su influencia como de engaños, pudo salvar a ambos amigos, recoger la estatua de Minerva y huir con ellos, llevándosela a Atenas.

Orestes reinó después, pacíficamente, en Argos, y casó con Hermione, hija de Menelao y de Helena, con la que tuvo a Tesamenos. Casó también a su primo y amigo Pílades con su hermana Electra.

En un viaje que hizo a Arcadia, Orestes murió por haber recibido la mordedura de una serpiente, a los noventa años de edad.

Las desgracias de Edipo

Layo, de la raza de Cadmo y rey de Tebas, estaba casado con Yocasta, hija del noble tebano Menoceo. Este matrimonio no tenía hijos, por lo que Layo, deseoso de tener un heredero, consultó al oráculo de Delfos, quien le contestó:

—Los Hados quieren que tengas un hijo, pero de él sobrevendrán muchas desgracias, ya que matará a su padre y se casará con su madre.

El rey Layo se horrorizó ante aquel futuro anunciado por el oráculo, de tal manera que incluso vivió separado de su esposa. Pero como la amaba entrañablemente, no pudo resistir la tentación y, olvidándose de tan funesta predicción del oráculo, tuvieron un hijo.

Al nacer el niño, recordaron los padres el terrible destino que les esperaba, por lo que a los tres días ordenaron a uno de sus más fieles servidores que llevara al recién nacido al monte Citerón, para que lo devoraran las fieras o muriera de hambre.

Pero el hombre que debía cumplir semejante orden sintió compasión por el niño, y le colgó de los pies a un árbol. Así lo hallaron los criados del rey Pólibo, de Corinto; lo recogieron y se lo llevaron a la reina, que no tenía hijos, y que lo prohijó e hizo creer a todos que era hijo suyo.

Los reyes de Corinto pusieron al niño hallado por nombre Edipo, que significa «pies hinchados», porque siempre los conservó así de resultas de haber estado colgado por ellos.

Una vez ya fue adulto, Edipo era considerado como el primer personaje del reino. Pero no duró mucho tiempo su felicidad, ya que un corintio, que lo odiaba profundamente, en el transcurso de un banquete, cuando el vino había corrido en abundancia, le dijo:

—Tú no eres hijo del rey Pólibo.

Entonces Edipo, queriendo saber la verdad se dirigió al oráculo de Delfos y le preguntó lo que le atormentaba.

—Hallarás a tus padres en Fócida –respondió el oráculo–. Pero recuerda que matarás a tu padre, te casarás con tu madre y dejarás una abominable descendencia.

Edipo quedó aterrorizado al oír las palabras del oráculo. Y como estaba convencido de que sus padres legítimos eran Pólibo y Mérope, no se atrevió a volver a Corinto por miedo a que un día se pudieran cumplir las terribles predicciones de Delfos.

Y así, creyendo ir en contra del hado, marchó hacia Tebas, ignorando que de ese modo lo que hacía, precisamente, era seguir la marcha del destino.

En el camino, cerca ya de la ciudad, Edipo se encontró con su padre Layo, que no llevaba ningún distintivo real. Como el sendero era muy estrecho, al no querer ninguno retroceder para dejar paso al otro, no tardaron en llegar a las manos, y Edipo, que tenía una fuerza hercúlea, donada por los dioses, mató a su padre sin conocerlo.

Así se cumplía la primera parte de la predicción del oráculo.

Por estas fechas los habitantes de Tebas estaban atemorizados a causa de los estragos que causaba una terrible esfinge, de la que antes ya se habló. Yocasta, la reina viuda, había prometido casarse con el hombre que librase a su pueblo de aquel espantoso azote.

Como Edipo, según se dijo, venció al repugnante monstruo, la reina Yocasta, fiel a su palabra, se desposó solemnemente con el salvador de Tebas, su verdadero hijo.

Acababa de cumplirse la segunda parte de la predicción del oráculo, sin que ninguno de los personajes implicados en ella lo supieran todavía.

Edipo, después de casarse con su madre, ocupó un trono que en definitiva le pertenecía por derecho al haber muerto su padre Layo, aunque nadie supiera realmente que por nacimiento le correspondía esa sucesión.

En Tebas todo fue felicidad, al menos momentáneamente. Edipo gobernaba como rey bondadoso y justo y los ciudadanos gozaban de la libertad recientemente conquistada. Sin embargo, esta tranquilidad se acabó enseguida, pues una horrible peste se extendió por la ciudad causando gran mortandad.

Los tebanos buscaron protección en su soberano, al cual tenían por protegido de los dioses, y entonces Edipo consultó al oráculo de Delfos para saber qué debía hacerse.

—Tebas sufre la peste por haber quedado impune la muerte de su viejo rey Layo –respondió el oráculo.

Edipo decidió entonces investigar a fondo la muerte del rey y maldijo al autor del asesinato por ser el culpable de aquella miseria que infestaba la ciudad.

Incluso envió a buscar al famoso Tiresias, cuya inteligencia y poder de adivinación casi igualaban a los de Apolo. Pero el anciano adivino se negó a hablar de este asunto y rogó al rey que le dejara marchar.

—¡Es horrible –dijo Tiresias– saber aquello que sólo trae desgracias a quien lo sabe! Soporta tú, ¡oh, Rey!, con resignación los males como yo soporto los míos.

Pero tan colérico se puso Edipo y tanto amenazó a Tiresias, que éste al fin reaccionó diciendo:

—¡No hables, ya que tú eres el asesino del rey Layo!

Creyó Edipo al pronto que el adivino estaba completamente equivocado o que obraba en combinación con Creonte, el hermano de Layo, que no aceptaba que un desconocido (?) ocupara el trono de su familia. Además, Edipo estaba seguro de que él no había matado al rey de Tebas, ya que jamás lo había visto.

Poco después, sin embargo, Edipo llegó a saber que era el asesino de su padre y que Yocasta, con la que se había casado, era su propia madre.

Entonces la reina, presa de la mayor desesperación, miró horrorizada a aquel entre cuyos brazos se había sentido mujer y amada. Pero Edipo no aguardó a que Yocasta pronunciase una sola palabra de condena. ¡Él ya se había sentenciado!

En efecto, considerando que no podía ver más la luz quien había cometido los más horrendos crímenes que caben en el orbe, Edipo cogió un largo estilete y hundió la punta en sus ojos, mientras decía:

—Estos ojos que han visto a mi madre con deseo, no merecen seguir viendo la luz.

Y después de disponer que sus hijos reinasen alternativamente en Tebas, tomó del brazo a su hija Antígona y abandonó la ciudad y el reino que le vio nacer.

El desdichado Edipo, siempre conducido por su hija Antígona, anduvo errante muchos años hasta encontrar refugio en Colona, donde el rey Teseo le brindó protección y bajo cuyo amparo se desarrolló el resto de su vida.

Se dice que Edipo murió en Colona, cayendo a un precipicio, o abriéndose la tierra para tragarlo.

Sin embargo, durante su destierro, jamás logró aminorar el dolor ni los remordimientos que le causaba aquel crimen cometido involuntariamente contra su padre, ni los que le ocasionaba el haber amado como mujer a su propia madre.

Todos los hijos de Edipo murieron de forma violenta o de manera extraña, cumpliéndose así también la predicción del oráculo de Delfos de que su descendencia sería abominable.

El talón de Aquiles

Aquiles era oriundo de Tesalia, hijo de Peleo y de Tetis, la diosa del mar. Su madre, para que fuera invulnerable, lo sumergió en las aguas de la laguna Estigia, olvidándose, sin embargo, de sumergirle el talón, que era por donde ella le tenía cogido.

Cuidó de la educación de Aquiles el centauro Quirón, que lo alimentaba con sesos de leones y tigres y médula de oso y jabalí

Cuando el muchacho alcanzó la edad de nueve años, Calcas, el adivino griego, predijo:

—La ciudad de Troya no podrá ser conquistada sin la ayuda de Aquiles, pero el joven héroe perecerá en esta guerra.

Al saber la predicción, su madre Tetis le envió disfrazado de mujer y con el nombre de Pirra a la corte de Licomedes, rey de la isla de Sciros. Poco después se enamoró de la joven Deidamia, hija del monarca, le reveló quién era y se casó con ella.

Un buen día, como también a los príncipes griegos les había sido predicho que no podrían tomar la ciudad sin la ayuda de Aquiles, empezaron a buscarle para llevárselo con ellos. Pero

Ulises, que era muy astuto, se disfrazó de mercader y se presentó en la corte de Licomedes preguntando por Aquiles.

—No está aquí –respondió el rey–, pues en palacio solamente viven las damas de la corte.

En realidad no era así, puesto que Aquiles, disfrazado, estaba entre ellas. Entonces Ulises, sin fiarse de las palabras del rey, solicitó ver a las damas y presentó a Deidamia y a sus acompañantes una caja que contenía joyas y armas. Todas las mujeres eligieron ávidas las joyas, pero Aquiles cogió una espada.

Esto le delató ante Ulises, que lo convenció fácilmente para que se uniese a la expedición que iba a Troya. Al ver que no había otro remedio, su madre Tetis le entregó un escudo hecho por Vulcano, dándole además cuatro caballos inmortales.

Al partir para la guerra le acompañaba en la empresa Patroclo, su mejor amigo, mientras que el caballerizo Automedón guiaba su carro de combate.

Aquiles fue el primero de los héroes de Grecia y el terror de sus enemigos. Conquistó varias ciudades, Tebas entre ellas. Durante el sitio de Troya, se unió a los ejércitos sitiadores, realizando numerosas y portentosas hazañas guerreras y siendo la admiración de sus amigos y aliados y el terror de los sitiados y de cuantos les auxiliaban.

Tras el sitio y caída de Lyrnese, Aquiles pidió y obtuvo, como parte del botín, a la joven Briseida, hija de Briseo, el gran sacerdote de Júpiter, ya que la fascinante belleza de la hermosa cautiva había subyugado al héroe griego.

Ocurrió entonces, sin embargo, que el célebre Agamenón, jefe supremo del ejército sitiador, que era de talante altanero y caprichoso, ordenó en un acto de abuso de poder, a dos de sus oficiales:

—Apoderaos de Briseida y traedla a mi tienda.

Ante tal afrenta, Aquiles se sintió ultrajado en lo más íntimo de su ser y resolvió no seguir combatiendo a favor de los griegos. Y decidido a ello, se encerró en su tienda y permaneció un año entero alejado del campo de batalla, lo cual dio mucha ventaja a los troyanos.

Pero un buen día, Patroclo, amigo íntimo de Aquiles, fue muerto por Héctor, hijo del rey de Troya, el anciano Príamo. La noticia de la muerte de su mejor amigo sumió a Aquiles en el mayor dolor, y entonces decidió volver a empuñar las armas para vengar aquella muerte que tanto le había afectado.

Inmediatamente empezó a perseguir a Héctor, hasta que le dio muerte. Luego, ató el cadáver a su carro y empezó a arrastrarlo alrededor del sepulcro de Patroclo y de la ciudad.

Y sólo después de esto, y ablandado por las súplicas y lágrimas del viejo Príamo junto con el ruego de los dioses de que cediera en su venganza, accedió a devolver el cuerpo de Héctor, que fue solemnemente incinerado en Troya.

Para pedir el cadáver de su hijo, Príamo había llevado consigo a la tienda de Aquiles a su familia, y entonces, el héroe se enamoró de la bella Polinexa, hija del rey Príamo, al que la pidió en matrimonio, accediendo a ello el anciano monarca de Troya.

Y se cuenta que mientras se estaba celebrando una tremenda batalla, en la que murió el héroe Néstor, Paris, hermano de Héctor e hijo de Príamo, tiró una flecha a Aquiles, que le hirió en el talón y le causó la muerte.

Al conocer la muerte de su hijo, Tetis salió con un coro de Nereidas del seno del mar, y vino a llorarlo.

También las nueve Musas dejaron oír sus lamentos, porque Aquiles era un gran poeta y músico eminente.

A los diecisiete días fue enterrado en un suntuoso sepulcro, que se construyó en el promontorio Sigeo, a la orilla del Helesponto, siendo reverenciada su memoria como la de un semidiós.

La estratagema de Ulises en Troya

Ulises, hijo de Laertes y de Anticlea, era rey de la isla de Ítaca y de la de Lulicio. Cuando nació, sus padres rogaron a su abuelo Antolico, hijo de Mercurio, que le pusiese nombre, y éste contestó:

—Fui en otros tiempos el terror de la tierra. Que de ahí se deduzca el nombre del niño, y que se llame Ulises, que significa «ser temido».

Sin duda fue un príncipe sagaz, astuto y prudente, que en la guerra de Troya contribuyó más al triunfo de los griegos con su astucia que lo hicieron los otros con sus proezas.

Llegó un momento en que el ejército griego ya estaba realmente agotado de sostener el cerco de la ciudad troyana, así como de las múltiples e infructuosas batallas que se estaban librando para conquistarla.

Fue entonces cuando el adivino Calcas convocó una asamblea de los héroes y jefes del ejército, en la que les indicó:

—No sigáis tratando de apoderaros de Troya por la fuerza, debéis utilizar la astucia.

Todos los reunidos estuvieron mucho rato cavilando, pero a nadie se le ocurría un medio. Entonces, el astuto Ulises concibió una temeraria estratagema, que fue rápidamente aceptada por todos. Les dijo:

—Construiremos un enorme caballo de madera en cuyo interior colocaremos a los héroes griegos. El resto de las tropas se retirará, en los barcos, a la isla de Ténedos, una vez hayamos quemado todo lo que reste del campamento. Al ver que abandonamos el campo, los troyanos saldrán confiados de su ciudad y mirarán curiosos el caballo. Sólo un griego permanecerá junto a él, un héroe a quien nadie en Troya conozca, y dirá a los troyanos que tuvo que escapar de los griegos porque éstos le querían sacrificar a los dioses con el fin de tener un buen regreso. Para esto se esconderá debajo del caballo de madera, que estará consagrado a la protectora de los griegos, la diosa Atenea, no saliendo de su escondite hasta que vea partir a los argivos. Entonces, los troyanos confiarán en él y le conducirán, junto con el caballo, a su ciudad y cuando éstos se encuentren durmiendo, a una señal suya, abandonaremos nuestro escondrijo, haremos una señal a nuestros soldados escondidos en Ténedos, abriremos las puertas de la ciudad y procederemos inmediatamente a su incendio y destrucción.

Solamente los héroes Filoctetes y Neoptólemo, se opusieron a este proyecto, considerando que no era propio de los griegos utilizar la astucia, sino el arrojo y el valor, para rendir Troya. Pero el adivino Calcas comentó:

—Pensad que todo el valor y el arrojo de Aquiles no han conseguido rendir la ciudad.

Todos se retiraron a descansar, con el propósito de llevar a cabo la estratagema propuesta por Ulises. Y en el curso de aquella noche, la diosa Atenea se acercó al lugar donde dormía el griego Epeo, famoso por su habilidad, y le ordenó:

—A ti te encargo de construir el caballo que entrará en Troya.

Epeo tan sólo tardó tres días en hacerlo, al cabo de los cuales su obra causó la admiración de todos por su buen parecido y colosal altura.

Una vez terminado el caballo, todos los héroes quisieron entrar en él. Entre los muchos que penetraron en su interior figuraban el hijo de Aquiles, Neoptólemo, Menelao, Diomedes, Ayax, Filoctetes, etc.

Quedó encargado del caballo un tal Sinón, héroe perfectamente desconocido por todos.

El artista Epeo, constructor del caballo, fue el último en entrar en su interior, cerrando tras sí la disimulada puerta.

A continuación, los demás griegos se apresuraron en levantar y destruir el campo, dirigiéndose a toda prisa a la isla de Ténedos para ocultarse en ella.

Todo ocurrió tal como Ulises había previsto. Horas más tarde, la ciudad de Troya caía en poder de los griegos.

La tela de Penélope

Ulises había eludido por todos los medios partir hacia Troya, debido a haberse casado recientemente con la hermosa Penélope, hija de Ícaro, rey de Esparta; pero de nada le valieron sus excusas.

Al terminar la guerra de Troya, Ulises, como la mayoría de los héroes que se habían librado de la terrible contienda, emprendió su viaje de regreso al hogar, que fue tan desgraciado y lleno de contratiempos que dio origen al poema llamado la *Odisea*.

Primero, un temporal lo echó sobre las costas de Tracia, volvió a salir al mar y los vendavales lo llevaron a África, al país de los Lotófagos, así llamado por crecer allí el árbol lotos, cuya fruta es tan agradable que hace olvidar su patria al forastero que la come; razón por la que ese árbol es el símbolo del olvido.

Después de perder aquí a varios de sus compañeros, Ulises pasó a Sicilia, en donde el cíclope Polifemo, que no tenía más que un ojo, situado en medio de la frente, engulló varios de los viajeros.

Para deshacerse de Polifemo, Ulises lo emborrachó, le saltó su ojo y huyó, llegando a la mansión del fiero Eolo, dios de los vientos, que, por complacerlo, encerró en unos pellejos aquellos que le eran contrarios.

Pero los compañeros de Ulises, deseosos de ver lo que contenían aquellos pellejos, los abrieron, saliendo de ellos, furiosos, los vientos contrarios, que echaron las naves de Ulises sobre una costa en la que éste encontró a la famosa hechicera Circe, que después de convertir a sus compañeros en toda clase de animales, lo encantó a él.

Sin embargo, merced a una hierba que le dio Mercurio, llamada «moli», el héroe escapó al hechizo de Circe, así como a la atracción del abismo Caribdes. Pero Neptuno, resentido con él, por haberle saltado el ojo a su querido y precioso hijo Polifemo, embraveció los mares e hizo naufragar su esquife, salvándose sólo Ulises, que llegó a nado a la isla Ogigia.

Aquí el héroe halló a la ninfa Calipso, que lo retuvo siete años con la promesa de que lo haría inmortal. Pero como Ulises no hacía más que pensar en su patria, en su mujer Penélope y en su hijo Telémaco, los dioses decidieron liberarlo de la ninfa. Entonces Calipso le proporcionó un barco en el que el héroe pudiese regresar a sus lares.

Entretanto, creyendo viuda a la hermosa Penélope, habían acudido doce pretendientes, que la hostigaban para que eligiese marido entre ellos y se volviese a casar. Mas Penélope, que no perdía las esperanzas de volver a ver a su querido Ulises, les respondía:

—No contraeré segundas nupcias hasta que acabe de bordar la tela que he destinado para mortaja de mi suegro Laertes.

Pero la astuta y fiel Penélope bordaba de día, y de noche desbarataba lo que había hecho, para que no se concluyese su obra, la llamada «tela de Penélope».

El joven Telémaco, por su parte, había hecho, mientras tanto, un infructuoso viaje en busca de su padre, siendo acompañado en su largo recorrido por un anciano sabio y respetable llamado Mentor. Pero por consejo de Atenea volvió rápidamente a su casa para proteger a su madre, que se encontraba sola frente a los pretendientes, los cuales se habían aposentado allí apoderándose de los bienes de Ulises.

No obstante, el ardid de la tela y otros inventados luego, acabaron por no servirle a la fiel esposa Penélope. Los pretendientes comprendieron que los engañaba y la conminaron a tomar partido en un plazo fijo.

Al verse en tan difícil trance, Penélope respondió:

—De acuerdo. Pero sólo aceptaré por esposo a quien sea capaz de disparar el arco que ha sido de mi esposo.

Penélope tenía la secreta esperanza de que como se trataba de un arma grande, únicamente manejable por un héroe como Ulises, posiblemente ninguno de los que la asediaban podría tensarlo.

Así estaban las cosas cuando un mendigo, desharrapado y sucio, llegó a Ítaca. Era Ulises, que después de veinte años de ausencia llegaba a su patria. Pero en lugar de dirigirse a su palacio, se encaminó, hacia la choza de un porquerizo.

Al verle llegar, nadie le reconoció, sino un pobrecito perro viejo, que al ver a su antiguo dueño murió de alegría.

Luego, Ulises se dio a conocer a su hijo Telémaco y a algunos de sus antiguos criados, pero a todos recomendó que ocultaran su llegada, incluso a su esposa Penélope.

—Así me será más fácil exterminar a todos esos pretendientes –dijo el héroe.

A la mañana siguiente llegó Ulises a palacio y empezó a pedir limosna entre los pretendientes, quienes le trataron despreciativamente, burlándose del que tomaban por un viejo indefenso.

Penélope, que nada sabía, tras un largo coloquio con el extranjero, que sin saber por qué le atraía con fuerza irresistible, le dijo:

—Mañana pienso proponer a todos mis pretendientes una competición en la que colocaré doce hachas en serie, una tras otra, y a quien las traspase con el arco de Ulises, como él hacía, le concederé mi mano.

Al día siguiente los pretendientes fueron pasando a prueba uno tras otro, pero en vano intentaron tensar el arco, quedando finalmente Antínoo y Eurimaco, los que también, por último, fracasaron en su intento. Parecía que nadie fuera capaz de hacerlo.

Sin embargo, cuando la prueba se iba a dar por terminada, el viejo mendigo, que tantas burlas había cosechado, pidió a Penélope:

—Señora, permitidme participar también a mí.

Los pretendientes reaccionaron primero con estupor y luego tomaron la cosa a broma, prometiéndose un espectáculo jocoso. Pero la risa huyó pronto de los labios de aquellos hombres y el terror siguió a la sorpresa.

Aquel mendigo, antes encorvado y quejumbroso, se había despojado de sus harapos y aparecía ahora erguido, alto, musculoso y joven. Todos reconocieron a Ulises, cuya mirada presagiaba los mayores males.

En efecto, antes de que nadie pudiera reaccionar, el héroe tensó fácilmente el arco y logró derribar con una sola flecha las doce hachas. Luego, acribilló uno a uno a los huidizos y aterrados pretendientes, que fueron implacablemente alcanzados por las certeras flechas del héroe.

Penélope se resistía al principio a reconocer a su querido esposo, pero después, ante las irrefutables pruebas que Ulises le dio, su dicha no tuvo límites.

LEYENDAS POPULARES GRIEGAS

La historia del género humano

Deucalión fue hijo de la famosa Pandora, hecha por los dioses, y de Epimeteo. Casó con Pirra y fueron reyes de Tesalia.

Deucalión y Pirra eran tan buenos y virtuosos, que Júpiter, cuando castigó a los hombres con un diluvio, los libró haciendo que se refugiasen en el monte Parnaso. Cuando desaparecieron las aguas, vieron el mundo despoblado y consultaron al Cielo:

—Decidnos, ¿qué debemos hacer?

Y les contestaron:

—Recoged los huesos de vuestra abuela e idlos tirando a vuestras espaldas.

Deucalión no comprendió esta frase, de cariz tan impío. Pero su esposa Pirra le dijo:

—Mira, hombre, siendo la Tierra la primera madre de los hombres y las piedras los huesos de la Tierra, debemos recoger éstas y hacer con ellas lo que nos han dicho los dioses.

Y habiéndolo hecho así, las piedras que tiró Deucalión se convirtieron en hombres, y las que tiró Pirra se transformaron en mujeres.

El hermoso Hermafrodita

Hermafrodita, cuyo nombre, como se ve, está formado por el de su padre y el de su madre (Hermes y Afrodita), era hermosísimo. No podía ser menos con tales ascendientes.

Las Ninfas lo criaron en los bosques del Ida, en Frigia, y a los quince años se lanzó a recorrer el mundo.

Cierto día, estando en Karia, se acercó a un lago de límpidas y transparentes aguas. En el fondo del mismo vivía la ninfa Salmakis, joven y voluptuosa náyade que no tenía más trabajo que engalanarse con flores y velos primorosos para contemplarse después en el reluciente espejo del lago.

Hermafrodita se detuvo en la orilla y contempló las aguas; entonces vio a Salmakis, quedando sorprendido y admirado de su extraordinaria belleza. Pero cuando la ninfa vio al apuesto y hermoso Hermafrodita, se enamoró inmediatamente de él e incluso le declaró su pasión, porque a las Ninfas no les gustaba perder el tiempo.

—Feliz tú, Hermafrodita, y feliz la mujer que te ha dado el ser, pero mucho más feliz tu amada, si es que la tienes. Pero si tu corazón es virgen todavía a los deseos del amor, yo te llamo, te deseo y quiero compartir contigo mi lecho.

Pero Hermafrodita, que lo ignoraba todo del amor, se sonrojó al oír las apasionadas palabras de la ninfa y, tras rechazarla, huyó apresuradamente; era un joven formal.

Salmakis, entonces, fingió resignarse. Y aunque dolida de su marcha, no hizo nada por retener al joven, diciéndose a sí misma:

—Si insisto en mi ofrenda sólo conseguiré intimidarle. Esperaré a ver si regresa y entonces...

Y así lo hizo, volviendo a las profundidades del lago, desde donde espiaba a cuantos se acercaban a la orilla por si alguno de éstos era el hermoso Hermafrodita.

Ocurrió días más tarde que el joven tuvo deseos de bañarse en aquella agua cristalina y maravillosa. Entonces, después de cerciorarse de que no le veía nadie, desnudóse y se metió en el agua. Salmakis permanecía oculta y contemplaba a Hermafrodita consumiéndose en su deseo.

De pronto, no pudiendo contener por más tiempo su pasión, salió de su refugio y, antes de que Hermafrodita pudiera impedírselo, le abrazó cubriéndole de caricias.

A duras penas el joven trató de deshacerse de Salmakis. Y entonces la ninfa, no queriendo resignarse a perder al que tanto amaba, suplicó a los dioses:

—¡Escuchad mis votos! Yo, Salmakis, deseo que Hermafrodita nunca pueda separarse de mí, ni yo de él. Y se cuenta que los dioses escucharon su ruego y fundieron ambos cuerpos en uno solo, dotado de los dos sexos. Desde entonces reciben el nombre de «hermafroditas» los seres cuya naturaleza es doble, masculina y femenina a la vez.

La bajada de Orfeo a los Infiernos

Orfeo, el hermoso y gran héroe de Tracia, más que un gran guerrero era un extraordinario músico. Era hijo de Apolo y de Clío, la musa de la Historia, y se había hecho famoso en el mundo entero por su maestría en tocar la lira.

Su talento era tal, que cuando tocaba o cantaba, los animales salvajes acudían a él para oírle y los mismos árboles se mecían dulcemente; las rocas se desgajaban de las montañas, atraídas por la irresistible melodía y los ríos suspendían su rápido curso para no molestarle con el murmullo de sus aguas aquella música divina.

Orfeo hizo maravillas durante la expedición de los Argonautas. Mediante sus cantos, el navío Argos, inmovilizado en las aguas, descendió solo hacia el mar. Asimismo, con sus cantos fijó definitivamente a las Simplegadas, rocas terribles que, al moverse, amenazaban los navíos.

Y, también, mediante sus fascinantes cantos adormeció al dragón que guardaba el Vellocino o Toisón de Oro, venció a las Sirenas y permitió a los Argonautas escapar a sus irresistibles encantos.

Tan maravilloso era el poder de su voz y de su armoniosa lira, que adormecía incluso a las divinidades infernales.

Cuando Orfeo regresó de la expedición realizada con los Argonautas, se le concedió por esposa a la bellísima ninfa Eurídice, a la que amaba apasionadamente.

Pero un día en que la hermosa joven huía de la persecución de Aristeo, fue mortalmente picada por una víbora oculta en la hierba.

Desesperado por la muerte de su mujer, Orfeo intentó inútilmente calmar su inmenso dolor, errando por los bosques y por las montañas con la única compañía de su lira: nada podía hacerle olvidar el dulcísimo rostro de su esposa.

Entonces, Orfeo se decidió a bajar a los Infiernos, para recuperarla. Y, una noche, bajó al subterráneo reino de los Muertos y de las Sombras, haciendo sonar dulcemente su divina lira.

Al oírle, las Sombras se despertaron y, ligeras como fantasmas encantados, le rodearon. También las serpientes que se debatían sobre las cabezas de las Furias, las malvadas habitantes del Tártaro, se aplacaron y cesaron de silbar hórridamente. Hasta el Cancerbero dejó también de lanzar los espantosos aullidos de sus tres enormes gargantas.

Sin excepción, todas las cosas, todos los habitantes del reino de los Muertos, parecieron inmovilizarse ante el músico que pasaba entre ellos.

Incluso Hades y Perséfone, los soberanos de los Infiernos, lo escucharon, vivamente conmovidos. Y tan apasionadamente cantaba Orfeo a su esposa, que su acento halló eco en el corazón de los dioses.

—Te devolveremos a Eurídice –le dijo Plutón– si prometes llevarla hasta la luz del día sin volverte a mirarla antes de que las puertas del Infierno se hayan cerrado detrás de vosotros.

—Lo prometo –respondió Orfeo, dichoso ante tal concesión.

Y, seguido de su bella esposa, se dirigió a la salida del reino de los Muertos.

Pero cuando faltaba ya muy poco para llegar al final, Orfeo, cediendo a su amor y olvidando la condición impuesta, se volvió para mirar a Eurídice. Instantáneamente ésta fue tragada por las sombras y desapareció para siempre.

En vano la buscó Orfeo, afanosamente, entre las lívidas aguas de la Estigia y en el oscuro fango de las cavernas. Y como el barquero infernal, Caronte, no le permitió quedarse en el Hades, el infeliz músico tuvo que regresar, desconsolado, a la tierra.

El dolor inconsolable de Orfeo, que llenaba con sus lamentos toda la montaña de Tracia, enojó a las celosas Bacantes, que cierto día, después de burlarse del desgraciado cantor, lo despedazaron.

Después de su muerte, sin embargo, las Musas, que siempre le habían amado, recogieron sus restos y los enterraron al pie mismo del Olimpo.

El audaz vuelo de Ícaro

Dédalo, nacido en Atenas, era hijo de Metión y biznieto de Erecteo. Sin duda fue el hombre de mayor ingenio de su época y un artista incomparable. Arquitecto y escultor maravilloso, esculpió la piedra y cinceló los metales como el mejor artífice.

De él se dice que enseñó a los navegantes, que hasta entonces sólo conocían el remo, el uso de la vela, que se hincha al viento e impulsa la nave; inventó la regla, estableció las más importantes leyes físicas; y fabricó unas estatuas tan hermosas y bien modeladas, que parecían realmente llenas de vida, pues se movían, andaban y hacían toda clase de movimientos.

Tenía Dédalo un sobrino llamado Talos, que se parecía a él en cuanto a ingenio e inteligencia, ya que, cierto día, inventó la sierra, el torno de alfarero y otros utensilios.

Celoso su tío y maestro de la fama alcanzada por Talos y, temiendo llegar a ser eclipsado por él, lo mató a traición, empujándolo al vacío desde la Acrópolis. Luego fingió ante el Areópago que había ocurrido una desgracia; pero no le creyeron y, como castigo, fue desterrado a Creta, donde el rey Minos le ofreció asilo egoístamente.

Por aquel entonces devastaba el país el monstruo Minotauro, mitad hombre, mitad toro, del que ya se habló al referirnos a Teseo. Minos encargó a Dédalo que construyese un palacio donde encerrar al pavoroso animal, de tal modo que no pudiese ser visto desde el exterior.

El hábil arquitecto construyó su famoso Laberinto, edificio de tortuosas y engañosas galerías que extraviaba completamente a quien lo pisaba, de tal manera que sus innumerables corredores impedían al que entraba allí encontrar de nuevo la salida. En el centro de este laberinto, como ya se dijo, vivía el Minotauro.

Cuando Teseo logró matar al monstruo y huir con Ariadna, el rey Minos montó en cólera y culpó a Dédalo de aquella fuga. Para castigarlo por su desleal complacencia, el monarca encerró al arquitecto y a Ícaro, su hijo, en el propio Laberinto.

Sin embargo, un ingenio fértil como el de Dédalo no podía soportar largo tiempo la odiosa prisión y quiso intentar a toda costa salir de allí.

Pero, ¿cómo lograrlo? La única vía libre era la del aire.

Dédalo construyó entonces, para él y para su hijo, dos pares de alas tejidas con plumas ligeras de distintos tamaños, empezando por las más pequeñas y siguiendo ordenadamente hasta las más largas, atándolas con un hilo de lino y uniéndolas mediante cera. Y una vez unidas, las curvó, con lo que parecían realmente las alas de un ave.

Inmediatamente, se las acopló a los hombros y a los brazos de su hijo Ícaro y se las fijó él también al dorso. Luego se elevó por los aires para probarlas, observando que su resultado era maravilloso.

Cuando todos los esclavos estuvieron dormidos, se dirigió a su hijo y le habló así:

—Sígueme sin temor, Ícaro. Ten cuidado, tan sólo de estar siempre cerca de mí. No te eleves mucho, porque el Sol puede quemar tus alas; ni desciendas mucho, porque las aguas del mar te pueden abatir irremediablemente.

—No te preocupes, padre –respondió Ícaro–. Puedes estar tranquilo. Ya verás cómo atravesamos sin peligro la inmensidad de los mares en un vuelo magnífico.

Una vez realizados todos los preparativos, Dédalo se lanzó confiado al espacio, mientras Ícaro le seguía de cerca. Bajo ellos se extendían, azules y tranquilas, las aguas del mar Egeo.

Atravesaron felizmente la isla de Samos y, después las de Delos y Pharos. Siguieron pasando costas y más costas hasta que Ícaro, envalentonado y maravillado de su vuelo, se elevó a regiones más altas, tan cerca del Sol, que se derritió la cera que unía las plumas de las alas, y, antes de que pudiera pedir socorro a su padre, en rápido descenso cayó al mar y desapareció entre las olas.

—Ícaro, ¿dónde estás? –gritaba desesperado Dédalo al mirar hacia atrás y no ver a su hijo.

Pero al empezar a buscarle vio sus plumas sobre las olas y comprendió lo sucedido. Entonces descendió a tierra, plegó sus alas y el mar le devolvió el cadáver de su hijo, al que dio sepultura en aquella isla que, como recuerdo de este trágico suceso, se llamaría Icaria.

Dédalo construyó allí un magnífico templo, dedicado a Apolo y le consagró sus prodigiosas alas.

El suplicio de Tántalo

El famoso Tántalo pereció víctima de la vanidad. Hijo de Zeus y de Plouto, era rey de Sipilo, en la Lidia, y su riqueza y celebridad eran extraordinarias.

Hasta tal punto era considerado por todos los dioses del Olimpo, que le permitían incluso sentarse a la mesa de Zeus y escuchar todo cuanto los inmortales decían entre sí, que no era poco.

Sin embargo, el vanidoso Tántalo, en lugar de agradecer aquella deferencia sobrehumana, utilizó indebidamente la ilimitada confianza que le habían otorgado los dioses, revelando a los mortales las conversaciones del Olimpo y robando el néctar y la ambrosía que luego repartió entre sus amigos terrenales.

Cierto día, escondió un precioso perro de oro que otro había sustraído del templo de Zeus, de Creta, y al reclamarlo el dios, dijo:

—Juro por todos los dioses no haber visto ese perro en mi vida.

Su insolencia y osadía llegaron al máximo en una ocasión al invitar a los dioses a un banquete, en el cual presentó como manjar a su hijo Pélope convenientemente aderezado.

Solamente la diosa Deméter o Ceres, sumida entonces en dolorosas cavilaciones por el rapto de su hija Perséfone, comió distraídamente una paletilla del horrible manjar. Pero los demás dioses, al darse cuenta de la atrocidad cometida por Tántalo, echaron en un caldero los descuartizados y cocidos trozos del muchacho.

Entonces la parca Cloro, valiéndose de su poder, les dio nueva vida, con renovada belleza. Y el omoplato que la diosa Deméter se había comido fue reemplazado por uno de marfil.

Como los dioses ya estaban hartos de la maldad de Tántalo, lo arrojaron, sin más explicaciones, al Hades, para que sufriera allí las más horribles torturas y los mayores tormentos.

En el reino de las Sombras había auténticos especialistas en atormentar a los castigados. Tántalo fue sumergido en un estanque con agua hasta la barbilla; pero a pesar de la sed abrasadora que tenía, jamás pudo beber ni una sola gota, de tal manera que cuando se agachaba para intentar beber, el estanque se secaba completamente.

Padecía asimismo de una hambre espantosa. Pero a pesar de que sobre su cabeza pendían ramas rebosantes de sabrosos y ricos frutos, cada vez que trataba de cogerlos con la mano, se originaba un repentino y tempestuoso viento que elevaba las ramas hacia las nubes, y los hacía inalcanzables.

A estos dos terribles suplicios se unía un constante miedo a la muerte, ya que también sobre su cabeza pendía una enorme roca, que amenazaba con desplomarse a cada instante.

Por haber ofendido a los dioses, el malvado y vanidoso Tántalo se vio condenado a sufrir en los infiernos este triple y eterno suplicio que le daría triste fama.

El toro y el rapto de Europa

Europa era una bellísima y virginal doncella, hija del rey de Fenicia, Agenor (descendiente de Zeus) y de Telefassa, y hermana de Cadmo.

El rasgo más característico de su hermosura era poseer una tez tan blanca y brillante que se decía que le había robado a la diosa Hera el maravilloso cosmético que ésta solía emplear.

Cierto día, cuando Europa se hallaba jugando con varias amigas a la orilla del mar en Sidón o Tiro, ciudades de las que su padre era el rey, Zeus la vio casualmente y quedó en el acto locamente enamorado de la hermosa joven.

Y como al padre de los dioses no le gustaba perder el tiempo, se transformó inmediatamente en un toro de inmaculada blancura, cuyos cuernos eran como la luna en creciente, se acercó a la princesa muy mansamente, dobló ante ella las rodillas y le lamió los pies.

La bella Europa encontró al toro tan bello, tan inofensivo y de tan suave aspecto, que no sólo lo acarició y coronó su testuz con guirnaldas, sino que invitó a sus amigas a que, siguiendo su ejemplo, se sentaran sobre sus lomos.

¡No quería otra cosa el dios cornudo! Apenas Europa montó sobre él, se levantó y corrió hacia el mar con su preciada carga. Y cruzando a nado rápidamente las aguas no se detuvo hasta llegar a la isla de Creta, donde, cerca de un manantial, en Gortina, a la sombra de unos plátanos, las Horas prepararon a Zeus, que ya había recobrado su divina forma, el lecho nupcial.

Desde aquel entonces, los plátanos gozan del privilegio de no perder nunca sus hojas.

Cuando la asustada Europa vio ante ella, en lugar del blanco toro, a un hombre de porte majestuoso, se tranquilizó un tanto al oírle decir:

—Hermosa joven, soy el rey de Creta y os protegeré contra todo mal, si accedéis a hacerme feliz.

Y como la pobre Europa no tenía otra solución y, además, aquel rey le pareció hermosísimo, le tendió las manos y accedió a su petición. De esta forma, llegó a ser de Zeus.

Tres hijos nacieron de esta unión: Minos, Sarpedón y Radamantos. Algunos añaden también otros dos: Karnos y Dodón.

Una vez logrados sus propósitos, el padre de los dioses y de los hombres desapareció de igual forma que había venido. Entonces, saliendo Europa de su sopor, prorrumpió en amargo llanto al verse sola y darse cuenta de lo ocurrido.

Y cuando ya estaba cansada de gemir y de condolerse, sin encontrar en sí suficientes fuerzas para darse muerte, apareció ante ella la diosa Venus acompañada de su hijo Cupido, la cual le dijo sonriendo dulce, mente:

—No llores más, hermosa joven. Y consuélate, porque tu raptor y el padre de tus hijos ha sido el propio Zeus. Ahora ya eres la esposa inmortal del dueño del Olimpo.

Y tras acariciar a la asombrada muchacha, prosiguió:

—Desde ahora tu nombre será inmortal y la tierra que te ha acogido en tu desventura, se llamará a partir de ahora como tú, Europa.

Por esta razón se llama desde entonces Europa al continente que está situado frente Asia.

Las orejas de burro del rey Midas

En cierta ocasión, el dios Dionisos andaba vagando de sus cumbres de Tmolo, en Asia Menor, acompañado de sus sátiros y bacantes. De pronto, echó en falta a Silene, el famoso y anciano bebedor.

—¿Dónde se habrá metido? –preguntó el dios del vino.

Después de mucho buscar, resultó que Silene se había dormido al pie de un árbol, donde lo encontraron los criados del rey Midas, el rico y avaro soberano de Frigia, quien, al enterarse de la categoría de su huésped, le trató con gran respeto y lo agasajó espléndidamente durante diez días, confiando en obtener luego mucho más de Baco.

En efecto, enterado Dionisos de lo ocurrido, preguntó a Midas:

—Por haber tratado tan bien a Silene, ¿qué don quieres que te conceda?

—¡Que todo cuanto toque se convierta en oro! –respondió Midas.

Dionisos le complació en todo, aunque deploró que el rey hubiera hecho semejante petición, propia de un ser muy avaricioso.

Efectivamente: cuando, de regreso a su palacio, marchaba Midas tan satisfecho con el don recibido del dios del vino, quiso de repente comprobar si era cierto. Y ni corto ni perezoso desgajó la rama de un árbol y observó, admirado, que inmediatamente quedaba convertida en oro. Luego cogió una piedra del camino y sucedió la mismo; quebró unas espigas maduras y el trigo se tornó también oro.

—¡Soy feliz!... ¡Soy el hombre más rico del mundo! –empezó a gritar Midas, riendo histéricamente.

Sin poder dominar su alegría corrió a su palacio y ordenó a sus criados:

—Preparadme la comida rápidamente. Tengo hambre y sed.

Pero cuando las manos del rey tocaron el crujiente y sabroso pan, éste se convirtió en un frío y brillante trozo de oro. Y lo mismo ocurrió con la carne, la fruta, el agua y todo cuanto tocó.

Sólo entonces, desesperado y hambriento, comprendió el castigo que él mismo se había impuesto al formular a Baco tan imprudente y ambiciosa petición. Sí, podía ser el hombre más rico del mundo, pero, en cambio, ya no podría comer ni beber, puesto que todo cuanto tocara se convertiría en oro.

Angustiado y sin saber qué partido tomar, se llevó entonces las manos a la cabeza y también ésta se le convirtió en oro. Presa del mayor terror, alzó los brazos al cielo, y exclamó suplicante:

—¡Oh, Dionisos, ten piedad de mí! Perdóname y libérame de este don que para mí es una maldición.

Dionisos se compadeció del rey Midas y le dijo:

—Si quieres curarte de tu mal, ve hasta donde brota la fuente del río Paktolo y sumerge allí tu cabeza. Así se borrará tu culpa y volverás a ser como antes.

Midas hizo cuanto le ordenó el dios del vino e inmediatamente fue curado del mágico hechizo. A causa de ello, desde entonces, el río Paktolo arrastra arenas de oro.

Escarmentado por lo que le había ocurrido, a partir de aquel momento, el rey Midas odió toda clase de riquezas y, abandonando las magnificencias de su palacio y su cuantiosa fortuna, se dedicó a caminar errante por los bosques, honrando al dios Pan adorado por los pastores.

Sin embargo, la verdad es que, pese a todo, el monarca no estaba totalmente curado de su necedad y así, por esta causa, no tardó en ocurrirle otro percance muy gracioso.

Por aquel entonces la diosa Atenea o Minerva acababa de inventar la flauta, con la que se entretenía en modular tonadas melodiosas. Pero al ver en su arroyo, en el que se miró al pasar, que su cara se deformaba desagradablemente al tocar la flauta, la tiró al suelo enojada a la vez que profería los más terribles castigos para quien la recogiese.

Y el que pasó por allí y la recogió fue el pobre Marsias, un sátiro de pies de cabra que, muy contento, empezó a tocar el instrumento que había encontrado.

Pero los castigos anunciados por Minerva no tardaron en llegarle al pequeño sátiro frigio de manos de Apolo.

Tan habilidoso se hizo Marsias en tocar la flauta que, inflado de orgullo, se atrevió nada menos que a desafiar a Apolo, diciendo que él tocaría mejor su instrumento que el dios, la lira.

—Acepto el reto –dijo Apolo–, pero con la condición de que el que pierda quedará a merced del vencedor.

—De acuerdo –respondió Marsias.

Y empezó la competición entre el sátiro y Apolo en una hermosa pradera del Tmolo. Entre los privilegiados oyentes se hallaba Midas, que por casualidad pasaba por aquel monte. Primero tocó Apolo su lira divina y después Marsias imitó con su flauta todas las canciones melodiosas de los pájaros.

Las Ninfas y las Musas, encantadas, entonaron un himno de alabanza y dieron la victoria al dios del Sol. Pero el rey Midas, sin poder contenerse, censuró a grandes voces la sentencia.

—¡Yo no estoy conforme con ese resultado! –exclamó–. Marsias ha tocado mejor que Apolo. ¡Sea para el sátiro la palma triunfal!

Al oír aquello, el dios Apolo contempló con mirada amenazadora a Marsias y luego a Midas y dijo:

—Has de saber, sátiro insolente, que no se desafía impunemente a un dios. Y tú, rey temerario, que tienes unas orejas tan malas, que no comprenden las melodías divinas, te arrepentirás de lo que has dicho.

Dicho y hecho; primero tomó a Marsias, lo colgó de un árbol y lo despellejó vivo. Bien es verdad que luego se arrepintió de su injusta crueldad y transformó al sátiro en río. Después se acercó a Midas y le tocó las orejas con su lira de oro.

—Te hacen falta unas orejas mayores para que oigas mejor –le dijo.

Y ante la sorpresa y la hilaridad de todos los presentes, las orejas del rey se alargaron, se cubrieron de largos pelos hirsutos y se tornaron movibles y puntiagudas, exactamente iguales a las de un burro.

Cuando Midas contempló aquellas horribles orejas reflejadas en el agua límpida de una fuente cercana, se sintió afrentado y tuvo un gesto de horror y desesperación. Pero con el fin de que nadie pudiese ver aquella fealdad, tomó un ancho turbante y se envolvió la cabeza con él. Sólo entonces regresó a su palacio.

Sin embargo, no pudo evitar que las orejas de asno fueran vistas un día por el esclavo que le arreglaba el pelo. Pero antes de que éste volviera de su asombro, oyó que el rey le decía:

—Sólo tú conoces este secreto. Pero si quieres vivir, no hables de ello a nadie. ¿Lo oyes?

El infeliz barbero asintió atemorizado, pero en su fuero interno deseaba pregonar lo que había visto a todo el mundo. Mas no se atrevía porque temía morir... ¿Qué hacer?

Una mañana, incapaz de resistir más aquel tormento, el barbero se dirigió al bosque que había cerca de la ciudad. Entonces, a la orilla del río, cavó la tierra hasta hacer un profundo agujero, se inclinó sobre él hasta hundir la boca en la tierra, y susurró el secreto:

—¡El rey Midas tiene orejas de burro!

A continuación tapó el agujero y se alejó más tranquilo y aliviado, como si se hubiera quitado un gran peso de encima.

Poco tiempo después ocurrió una cosa extraña. De aquel agujero nació, por mágico poder, un cañaveral joven, cuyas cañas, cuando una suave brisa las mecía, cantaban alegremente:

—¡El rey Midas tiene orejas de burro!

Así fue como poco a poco todo el mundo supo el gran secreto del rey Midas, que tenía orejas de burro.

El juicio de Paris

Afrodita o Venus, la diosa de la luz, de la belleza y del amor, nació en un amanecer de primavera, sobre una concha que flotaba en las plateadas aguas del mar de Chipre.

Zeus le envió desde el Cielo un carro tirado por blancas palomas y montada en él, se apareció Venus a los dioses del Olimpo, reunidos para recibirla. Un saludo triunfal acogió a la nueva diosa y, unánimemente, todos la eligieron reina de la hermosura.

Sin embargo, no todo el mundo se alegró. Hera o Huno y Atenea o Minerva, las dos diosas que hasta entonces habían ostentado el cetro de la belleza en el Olimpo, sintieron una punzada de envidia ante el triunfo de Venus Afrodita.

Entonces la lívida Discordia se aprovechó de ello para excitar los ánimos al rencor. Y, sin que la observaran, arrojó al suelo una manzana de oro macizo en la que se leía:

«A la más hermosa.»

Al verla, Hera la cogió inmediatamente; Minerva se la arrebató de las manos y Venus reclamó para sí el brillante fruto.

Con el fin de poner fin a la discordia, Zeus dijo a las diosas:

—Id las tres al monte Ida y consultad el caso con el príncipe Paris, que está allí apacentando sus rebaños. El decidirá cuál de las tres es la más hermosa. Id con Hermes, él os conducirá.

Paris era el hijo segundo (el primero era Héctor) de Príamo, rey de Troya, y de Hécuba, su mujer. Cuando ésta iba a traerle al mundo, tuvo un sueño en el que se vio dando a luz una antorcha que incendiaba la ciudad. Temiendo que aquel sueño se convirtiera en realidad algún día, Príamo, que participaba también de las aprensiones y temores de su mujer, decidió matar al niño en cuanto naciese.

Pero Hécuba, madre al fin, consintió que se entregara el recién nacido a un esclavo, quien lo llevaría al monte Ida y lo abandonaría. Y allí fue encontrado, recogido y criado por un pastor, que le puso por nombre Paris o Alexandros.

Pasaron los años y Paris se convirtió en un joven lleno de apostura y fortaleza, dedicado por entero a su oficio de pastor. Y un día que estaba con su rebaño en el bosque, se le apareció Hermes, mensajero de los dioses, que llegaba precediendo a las tres divinidades olímpicas Hera, Atenea y Afrodita.

Mientras el joven, asustado, miraba lleno de arrobo a las recién llegadas, Hermes le dijo:

—Oye, Paris, estas tres diosas te han elegido como árbitro para que decidas cuál es la más hermosa. A la que te parezca más bella le darás la manzana de oro.

Paris permaneció largo rato pensativo ante las tres fulgurantes bellezas y verdaderamente, no sabía a cuál elegir. Entonces habló Hera y le dijo:

—Si me das la manzana a mí, te ofrezco el imperio de Asia entera.

En segundo lugar habló Atenea, la diosa de la sabiduría, que le prometió:

—Si me eliges a mí, te daré la sabiduría y la victoria en todos los combates.

Finalmente tomó la palabra Afrodita, la diosa del amor, la que sonriendo dulcemente, dijo al joven pastor:

—Y si me eliges a mí, te daré la mujer más hermosa para que seas dichoso.

Sin vacilar, Paris se acercó a Venus Afrodita y le entregó la manzana de oro, mientras las demás diosas se retiraban profundamente ofendidas y jurando que vengarían aquella ofensa en Príamo y los troyanos.

El rapto de Helena

Ocurrió un día que Hércules, después de haber dado muerte a Laomedonte, padre de Príamo y de Hesione, se llevó a la joven como botín de guerra y la entregó en presente a su amigo Telamón, que la hizo esposa suya.

El rey Príamo nunca se consoló del rapto de su hermana. Y en cierta ocasión, al hablarse en la corte de Troya de aquel acto de violencia, el joven Paris declaró:

—Padre mío, si queréis enviarme con una flota a Grecia, con la ayuda de los dioses arrebataré vuestra hermana a los enemigos y volveré a Troya victorioso y cubierto de gloria.

—¿Con el apoyo de los dioses esperáis vencer? –le preguntaron sus hermanos.

—Con el favor de Afrodita –respondió Paris.

Y entonces contó el joven lo que le había ocurrido entre sus rebaños cuando se le aparecieron las tres diosas. El rey Príamo no dudó ya de que su hijo Paris obtendría la especial protección de los inmortales.

—Creo –dijo Deífobo– que los griegos entregarán a Hesione si nuestro hermano se presenta con un buen ejército.

Pero Heleno, dotado del don de profecía, aseguró:

—Si mi hermano Paris vuelve de Grecia trayendo de allí a una mujer, los griegos vendrán a Troya, arrasarán la ciudad y nos pasarán a todos a cuchillo.

Por fin, al ver que una gran mayoría eran partidarios del viaje de Paris a Grecia, el rey Príamo autorizó la expedición, y la imponente hueste se hizo a la mar, rumbo a la isla griega de Citera, la primera donde pensaban desembarcar.

Dio la coincidencia de que cuando la flota se hallaba ya por alta mar, se encontró con el barco del rey de Esparta, Menelao, que realizaba un viaje a Pilos, con objeto de visitar al sabio príncipe Néstor. Sin embargo, ninguna de las partes reconoció a la otra, ni se preguntó cada uno el posible destino del otro.

¡No pudo sospechar entonces el rey Menelao la triste suerte que le aguardaba!...

La flota troyana desembarcó poco más tarde en Citera, de donde pasó a Esparta con el fin de reclamar a Hesione, la hermana del rey Príamo de Troya.

En ausencia del rey Menelao, desempeñaba en Esparta las funciones reales su esposa, la bella Helena. Ésta, luego de ser rescatada por sus hermanos Cástor y Pólux del poder de Teseo, se había convertido, al lado de su padrastro Tíndaro, rey de Esparta, en una hermosísima doncella.

Su belleza era tanta, que atrajo a todo un ejército de pretendientes. Tíndaro temió entonces que si elegía a uno de ellos por yerno se enemistaría con todos los demás. Para salir del trance consultó con Ulises, el más inteligente y astuto de los héroes griegos, que le aconsejó:

—Obliga a todos los pretendientes a comprometerse bajo juramento a apoyar con las armas al novio elegido contra aquel que se oponga al matrimonio que tú dispongas.

Tíndaro siguió el consejo e hizo que todos los pretendientes prestasen el juramento. A continuación escogió al príncipe argivo, Menelao, hijo de Atreo y hermano de Agamenón, dándole su hija Helena por esposa y cediéndole el reino de Esparta.

La hermosa Helena dio a su esposo Menelao una hija, que estaba todavía en la cuna cuando Paris llegó a Grecia. Durante la ausencia de su marido, la bella reina veía transcurrir en palacio los días aburridos y monótonos. Pero al enterarse de la llegada a Esparta del hijo de un rey extranjero, sintió despertar en ella femenina curiosidad. Y comentó con una de sus doncellas:

—Me gustaría conocer a ese forastero y a su marcial séquito.

No tuvo que aguardar mucho, porque poco después Paris se presentó en el palacio real, a pesar de saber que Menelao estaba ausente. Y Helena le recibió con la hospitalaria amabilidad debida a un extranjero y la pompa propia de un príncipe real.

Cuando Paris vio a la hermosa Helena, quedó asombrado y creyó que volvía a contemplar a la propia diosa Afrodita, tal y como se le había aparecido en el monte Ida el día de la manzana.

Cierto es que la fama de la hermosura de Helena hacía tiempos que había llegado a sus oídos, por lo que Paris deseaba admirar sus encantos. Sin embargo, el príncipe troyano había creído que la mujer que le ofreciera Afrodita debía ser mucho más bella de lo que prometía la descripción que le habían hecho de Helena.

Además, pensaba que la beldad ofrecida por la diosa sería una doncella y no la esposa de otro hombre.

Ahora, no obstante, al tener ante sus ojos a la princesa espartana y darse cuenta de que su belleza competía con la de la propia Venus, se dijo convencido:

—¡Sólo esta mujer puede ser la recompensa que me ofreció Afrodita, la diosa del amor, por entregarle la manzana de oro!

Y en aquel momento se le fue a Paris de la memoria el encargo de su padre y todo el objeto de aquel viaje. Y ya no pensó en otra cosa que en apoderarse de Helena.

Pero mientras el joven permanecía arrobado contemplando la belleza de la princesa, ésta, por su parte, veía con manifiesta complacencia al apuesto príncipe de larga cabellera rubia, magníficamente ataviado con oro y púrpura, al estilo oriental, y en aquel momento, la imagen de su esposo Menelao palideció en su espíritu, reemplazada por la soberbia figura del joven extranjero.

—¡Oh, dioses! –se dijo mentalmente–. Haced que regrese pronto mi marido.

Y es que el talento musical, la insinuante conversación y el impetuoso ardor del joven Paris trastornaba el incauto corazón de la hermosa reina.

Cuando Paris vio vacilar la fidelidad de Helena, olvidándose por completo de la misión que le confiara su padre, entregóse por completo al pensamiento de la engañosa promesa de la diosa Afrodita.

—Dejadme, salid de Esparta y procurad olvidarme –se defendía Helena al verse acosada e impotente para resistir el asedio de Paris.

Mas el príncipe, sin hacerle caso, reunió a sus más adictos y les indujo, con la perspectiva de un rico botín, a colaborar en el crimen que, con su ayuda, proyectaba perpetrar.

En efecto, poco después asaltó el palacio. Y, tras de apoderarse de los tesoros del rey Menelao, llevóse a su esposa, la bella Helena, que le siguió a la fuerza, aunque no con desgana, hacia donde estaba anclada la flota.

—Me temo que este rapto nos cueste muy caro –comentó agorero el príncipe Deífobo.

Cuando Paris se encontraba ya en alta mar con su precioso botín, sobrecogió a las naves, en pleno Egeo, una repentina calma. Y frente a la nave almirante que conducía al raptor y a Helena, partióse una ola y el viejo dios marino Nereo alzó la cabeza, coronada de juncos, por encima de las aguas, y lanzó a los troyanos su fatídica predicción:

—¡Aves de mal agüero preceden tu viaje, execrable raptor! Los griegos vendrán con fuerte ejército, conjurados para destruir tu criminal enlace y el viejo reino de Príamo...

El dios Nereo hizo una pausa durante la cual rugió el viento entre las velas desplegadas. Luego siguió diciendo:

—¡Ay, Paris, cuántos cadáveres causarás al pueblo troyano! La sangrienta lucha durará años y, al final, las teas griegas devorarán las casas de Troya y sobrevendrá la ruina de la ciudad.

Después de lanzar esta profecía, el anciano Nereo se sumergió en las olas.

El joven Paris le había escuchado con terror. Pero cuando la brisa comenzó a soplar de nuevo y las naves surcaron veloces las aguas, olvidó la predicción en los brazos de la raptada Helena.

Algo más tarde, la flota ancló en la isla de Crane, donde la infiel y aturdida esposa de Menelao ofreció a Paris voluntariamente su mano y se unió con él en una boda solemne.

Y ambos amantes, olvidando patria y hogar, gozaron durante algún tiempo de su amor hasta que decidieron reemprender el regreso a Troya.

Poco después los griegos, capitaneados por Agamenón, hermano de Menelao, declaraban la guerra a Príamo, rey de los troyanos.

La estatua de Pigmalión

Chipre era antaño una isla célebre por sus muchos habitantes, por el poderío de sus naves y la envidiable fecundidad de sus campos, por sus flores de ricos matices y delicados perfumes, por sus gemas preciosas y sus deliciosos vinos de Comendaria.

De esta isla encantadora era rey el célebre Pigmalión, que solía entretener sus ocios esculpiendo. Pero el escultor quiso permanecer célibe porque estaba hastiado de los vicios que corrompían el corazón de las mujeres.

Y ocurrió que un buen día, el amargado y solitario artista deseó plasmar con sus manos la figura ideal de la mujer por él soñada: la figura de la doncella símbolo de dulzura y reposo, de ternura y respeto, de castidad y belleza, de candor y majestad. Quiso hermanar, en una palabra, la perfección de formas y el reflejo de sentimientos puros rectos y femeninos.

Pero Pigmalión no copió su estatua de ninguna mujer determinada, sino que procuró crear un tipo superior de belleza que él había concebido y soñado, y que su mano reprodujo en marfil de un modo magistral.

Esculpió una figura extraordinaria, de maravillosa flexibilidad, exquisita expresión, rostro ovalado, ojos entornados, cejas de irreprochable dibujo, cabellos modelados libremente y pliegues de suaves matices de sombra y luz. Una figura donde se reunía la serenidad y la firmeza, la intensidad espiritual y el lánguido ensueño, la pasión, la sencillez y la nobleza. Todo reunido en un cuerpo femenino perfecto del que emanaba sin igual deleite.

Pigmalión había esculpido una escultura en la que anidaban todos los aspectos de la feminidad por él soñada. De la estatura fluía tal delicadeza y respeto, tal finura y elegancia, tal hermosura y atractivo, que todos, al contemplarla, ansiaban gozar de una mujer que atesorara las dotes imaginadas por el artista.

Así fue como Pigmalión, una vez terminada su escultura, comenzó a abrigar loca quimera. Enamorado locamente de su obra y cada vez más obsesionado por las ideas y sentimientos que simbolizaba la estatua, deseaba verla convertida en un ser vivo, real. Y en su pasión insensata rendía apasionado culto a aquella estatua tan hermosa como inerte. La dedicaba mil epítetos y le obsequiaba piedras preciosas y rosas de Bengala.

Y un día, durante la fiesta en honor de Venus Afrodita, la diosa del amor, Pigmalión, después de hacer como todo el pueblo, su ofrenda pidió a la bellísima divinidad:

—Afrodita depárame por esposa una mujer parecida a la escultura que he cincelado.

La diosa, magnánima, deseando complacer a Pigmalión, que estaba asqueado de la conducta de las mujeres de Chipre, hizo que el pebetero del que se valía Venus para conceder sus mercedes se encendiera tres veces.

Y cuando el artista se acercó de nuevo a su obra y sus labios se posaron sobre el marfil, una sensación desconocida recorrió su cuerpo. La escultura se estremeció ligeramente, abrió sus entornados párpados y unos ojos humanos, virginales, imponderables, llenos de dulzura, miraron amorosamente al fiel y apasionado adorador.

De este modo nació Galatea, la mujer buena, bella, recatada. Pigmalión se creía víctima de una pesadilla. Dudaba. ¿Era posible que la estatua palpitara? Colocó una mano sobre el corazón y, sorprendido, pasmado, se convenció de que la escultura había perdido su dureza y frialdad y de que se encontraba ante una mujer.

La esperanza, el sueño de Pigmalión, el rey artista, se habían convertido en realidad. Sus ilusiones habían adquirido forma humana.

Lo que la leyenda no dice es si después de nacer Galatea, las esperanzas y las ilusiones del escultor se vieron defraudadas.

La fundación de Síbaris

El joven Alkioneus era famoso por su hermosura en toda la Grecia antigua. Había nacido en Delfos, donde, por aquel tiempo, un feroz monstruo llamado Síbaris —otros le denominaron Lamia— se refugiaba en una gruta de la montaña Kirfis, cercana a la ciudad.

El monstruo Síbaris, como todos los de su clase, salía de su guarida para devorar hombres y rebaños, razón por la que tenía aterrada a toda la comarca.

Consultando el oráculo de Delfos sobre la manera de acabar con semejante azote, dijo:

—Sólo hay un medio de acabar con esa terrible calamidad: ofrecer al monstruo un hermoso joven de la ciudad.

Y quiso la suerte que el bello Alkioneus fuera designado para tal sacrificio. Mas cuando, coronado, era conducido en procesión hacia la guarida de la fiera para ser devorado por ésta, he aquí que apareció otro bello joven, llamado Euríbatos, que ver a Alkioneus y enamorarse de él locamente, fue cosa de un segundo.

Después, al saber hacia dónde se dirigía la procesión, y con qué fin era conducido su amado, hizo detener a todos y dijo a los sacerdotes:

—Yo me ofrezco a morir por Alkioneus.

Tras un ligero cambio de impresiones, los sacerdotes aceptaron, colocaron sobre la cabeza de Euríbatos la corona que hasta entonces había adornado al otro joven, y siguieron camino de la gruta donde ya esperaba impaciente el monstruo.

Una vez allí, Alkioneus, con los ojos llenos de lágrimas, intentó, sin conseguirlo, dar las gracias al que se había prestado a morir por él.

—¿Por qué haces esto? –le decía–. Nunca podré pagarte este sacrificio que haces por mí.

Pero Euríbatos, que leyó en aquellos ojos arrasados de lágrimas un intenso amor, cobrando de pronto el arrojo y la fuerza de un héroe, entró en la gruta, se lanzó sobre el monstruo, le arrastró fuera y, tras mirar a su adorado Alkioneus, le lanzó contra una roca como si fuera una pelota destrozándole la cabeza.

En aquel preciso instante, la fiera desapareció y de donde había sido estrellada surgió una fuente que fue llamada Síbaris.

Y en recuerdo de esta famosa fuente, cuando los locrios, a los que pertenecía el apasionado y valeroso Euríbatos, fundaron una ciudad en Italia, poco tiempo después, le dieron el nombre de Síbaris, que luego se hizo célebre cual ninguna a causa de su riqueza, sus placeres y la molicie de su vida.

A los afortunados moradores de Síbaris se les dio el nombre de sibaritas.

Los amantes Píramo y Tisbe

En la antigua y pecadora Babilonia vivía una joven llamada Tisbe, que era la más hermosa y amable de las doncellas de la ciudad y que estaba enamorada del apuesto joven Píramo, que habitaba en la casa inmediata a la suya y que le correspondía con toda el alma.

Sin embargo, sus padres se oponían a este amor, lo que aumentó la pasión de los jóvenes amantes. Desesperados al no poder contraer matrimonio y tras muchas tentativas para convencer a sus progenitores, decidieron acabar con aquella situación.

Y una noche, a pesar de que se veían en secreto gracias a una grieta del muro medianero de sus casas vecinas, concibieron el propósito de fugarse de Babilonia al amparo de la oscuridad nocturna, dándose cita al pie de una morera que había junto al mausoleo de Nino, la maravillosa tumba que Semíramis ordenó construir para el marido que asesinó.

Al lado del espléndido moral había también una deliciosa fuente, en cuyas tranquilas aguas, la Luna se miraba como si fuera un espejo.

Tisbe fue la primera en llegar al lugar de la cita. Cubierta con un velo, llegó al sepulcro de Nino y, sentándose a los pies de la morera, esperó, impaciente, la llegada de su amado.

De pronto, la joven vio espantada a la luz de la luna acercarse a la fuente, con el propósito de apagar su sed, una leona con las fauces ensangrentadas tras la opípara cena que se acababa de dar con un buey. Como es natural, Tisbe escapó volando a refugiarse donde más pronto pudiera, sin darse cuenta de que en su rápida huida se le había caído el velo.

Una vez apagada su sed, la leona volvió grupas hacia la selva, pero al reparar en el velo que Tisbe había perdido, se entretuvo en desgarrarlo con sus dientes aún ensangrentados.

Apenas partió la fiera, llegó Píramo. Y al ver sus claras pisadas en la arena y el velo desgarrado y tinto en sangre, no dudó de la desgracia que le había ocurrido a su amada, persuadiéndose de su muerte.

Entonces, loco de dolor, sacó su espada y se dejó caer sobre ella, falleciendo en el acto.

Poco después regresó Tisbe, desaparecido ya su terror, y, al acercarse a la morera, encontró a su pie el cadáver de su enamorado Píramo, junto al velo fatal causa de su error. Al ver tan horrible desgracia rompió a llorar desconsolada y exclamó:

«—¡Has muerto, amado mío, porque no podías sobrevivirme; pero yo te acompañaré en la muerte y jamás te abandonaré. Nuestros padres no podrán negarse ahora a unir nuestros cuerpos en una misma tumba.»

Y, dichas estas palabras, arrancó la espada del pecho de su amado Píramo, y dejándose caer sobre ella se mató a su vez.

El moral, bajo cuyas ramas acababan de morir tan trágicamente Píramo y Tisbe se tiñó con la sangre de ambos amantes, y desde entonces los frutos, hasta aquel momento blancos, se tornaron morados.

ROMA

Dido y Eneas

Cuenta la leyenda que Mutto, rey de Tiro, tenía dos hijos: Pigmalión y Elissa (nombre tirio de la reina Dido). Un buen día murió Mutto y entonces el pueblo reconoció como sucesor al trono a Pigmalión, niño aún, mientras que Dido se casaba con su tío Sicharbas, sacerdote de Hércules y el hombre más importante de Fenicia, después del rey.

Pasó el tiempo y cuando el ambicioso Pigmalión fue mayor hizo asesinar a su tío y cuñado Sicharbas para apoderarse de sus tesoros. Entonces su hermana Dido decidió huir, temerosa de correr la misma suerte que su esposo. Y habiendo hecho cargar las inmensas riquezas de su marido en varios barcos, escapó de Tiro seguida de cuantos descontentos quisieron acompañarla.

Al llegar la pequeña flota a Chipre se unió a ellos un sacerdote de Júpiter, impulsado por un aviso divino; además, los compañeros de Dido se habían llevado casi un centenar de jóvenes consagradas a Venus, para hacer de ellas sus mujeres.

Después de un feliz viaje desembarcaron en las costas del norte de Africa, donde fueron bien recibidos por los indígenas, súbditos del rey Yarbas.

—Os ruego me concedáis tierra para establecerme –dijo la reina Dido al monarca africano.

—Podéis tomar cuanta tierra pueda contener una piel de buey –respondió Yarbas sonriendo burlonamente.

Entonces Dido, actuando de acuerdo con uno de sus astutos consejeros, hizo matar el mayor de los bueyes que tenía, y cortando después su piel en tiras finísimas, rodeó con éstas, empalmadas una con otra, gran cantidad de tierra que Yarbas, atado por su promesa, no tuvo más remedio que respetar.

Mas como quiera que al empezar a cavar, con el fin de echar los cimientos de la futura ciudad, encontrasen una calavera de buey, cambiaron de sitio, considerando el hallazgo de mal augurio.

En el nuevo lugar elegido hallaron, por el contrario, un cráneo de caballo y, muy satisfechos, fundaron allí Cartago, la ciudad que durante mucho tiempo sería el terror de Roma.

En varias ocasiones, el rey Yarbas, de Getulia, pretendió casarse con la hermosa reina Dido, amenazándola con la guerra si se negaba. Pero Dido, a quien repugnaba unirse al monarca indígena, le iba dando largas al asunto, con mil excusas y pretextos.

Y un día, cuando ya Cartago era una gran urbe, gracias a nuevos colonos llegados de la metrópoli fenicia, aparecieron frente a la recién fundada ciudad unas naves en las que iban Eneas, el héroe troyano, y muchos de sus amigos que pudieron escapar de la destrucción de Troya.

No todos los troyanos fueron muertos o quedaron cautivos de los griegos. El héroe Eneas logró huir llevando consigo los penates de la ciudad. Y salió de ella, mientras el enemigo consumaba el incendio y feroz saqueo, llevando a cuestas a su anciano padre Anquises y de la mano a su hijo Ascanio.

A Eneas se unieron varios grupos de troyanos que también pudieron huir. Y todos juntos aunaron sus esfuerzos para construir unas naves y se hicieron a la mar.

—El Lacio será el fin de vuestro viaje –les predijo Heleno, hermano de Paris.

El viaje estuvo lleno de dificultades y penas; pero bajo la protección de Venus Afrodita, madre de Eneas, lograron llegar a Cartago, donde fueron muy bien recibidos.

La reina Dido hizo de Eneas un huésped digno y le trató cariñosamente desde el primer momento. Tanto que lo que comenzó por ser una deferencia natural, se convirtió bien pronto en un apasionado amor. También Eneas quedó cautivado por la belleza de la reina Dido, hasta que acabó correspondiendo a la ternura de ella y selló los arrebatos de su deseo con un imprudente juramento.

—Te juro –dijo a su amada– que me casaré contigo para que se fundan nuestros pueblos –el troyano y el fenicio– en uno solo.

Sin embargo, Júpiter había resuelto otra cosa. Tenía dicho a los troyanos que su fin era Italia. Y es que el dios de los dioses deseaba convertirle en el tronco de la más gloriosa raza del orbe: la de los romanos.

Eneas recibió en sueños el mensaje de la voluntad divina. Inmediatamente debía abandonar las costas africanas y reemprender viaje con sus naves rumbo a Italia. El héroe troyano comprendió que de nada le valdrían con Dido ninguna clase de explicaciones para justificar su marcha. Por consiguiente decidió salir de Cartago sin que ella se apercibiera.

Cuando la reina Dido tuvo noticia de la partida de su amado, la desesperación llenó todas las medidas de lo concebible. Estaba como enloquecida, sin que nada ni nadie pudiera consolarla. Hubo un momento en que quiso ir en persecución del que creía engañoso amante, pero cuando se dio cuenta de que no podría nada contra la voluntad de los dioses, deseó la muerte desesperadamente.

Entonces ordenó preparar una enorme pira hecha de leña resinosa y roble, depositó en la cima una espada, el ropaje y una imagen de Eneas e hizo que le prendieran fuego. Y cuentan que sin cesar en sus lamentaciones y lágrimas, subió las gradas de la inmensa hoguera y se arrojó a las voraces llamas.

Y mientras la reina Dido moría abrasada en la hoguera, Eneas bogaba con viento favorable hacia la tierra prometida.

Rómulo y Remo

La sucesión de los reyes de Alba, descendientes de Eneas, vino a recaer en dos hermanos, Numitos y Amulio. El ambicioso Amulio hizo dos partes de todo, poniendo el reino de Alba Longa, en el Lacio, junto al Tíber, de un lado, y en otro, en contraposición, las riquezas y todo el oro traído de Troya.

Numitor eligió el reino. Mas sucedió que su hermano Amulio le usurpó el trono valiéndose de una conjura. Y, para evitar que alguno de sus descendientes le vengara, dio muerte a su hijo Egisto y ordenó que su hija Rea Silvia fuera dedicada toda la vida como virgen, al culto como sacerdotisa del templo de la diosa Vesta, para que así no pudiera tener sucesión.

La raza de Numitor, sin embargo, no había de terminar como se propuso el usurpador Amulio.

En efecto, poco después, la hermosa Rea Silvia fue denunciada debido a que, contra la ley prescrita a las vestales, estaba encinta. Y hubiera sufrido la terrible pena de morir enterrada viva, de no haber sido por Anto, la hija del rey, que intercedió por ella a su padre.

Y todo fue porque, al parecer, una tarde en que la bella Rea Silvia bajó a una fuente cercana al templo para recoger agua necesaria para los sacrificios de Vesta, atraída por el frescor de la hierba se reclinó en el suelo y quedó dormida. Inmediatamente, el dios Marte, que la deseaba, supo aprovechar aquella ocasión propicia y la hizo suya.

Rea Silvia tuvo dos hijos del dios: Rómulo y Remo. Conocedor de ello Amulio, dio la siguiente orden a uno de sus ministros:

—Que ahoguen a la madre en el Tíber y que los dos niños sean abandonados sobre las aguas.

Y ocurrió que el dios del río atrajo hacia sí a la hermosa Rea Silvia y la hizo su esposa, en vez de darle muerte en su corriente. En cuanto a los niños, el ministro los colocó sobre una cuna de mimbre en un lugar donde las aguas formaban como una laguna de escaso fondo, que no tardaron en desecarse. Gracias a ello, la cuna con Rómulo y Remo quedó a salvo, sobre tierra.

No obstante, lo más seguro es que los dos niños hubieran muerto de hambre, a no ser porque una loba atraída por su llanto se acercó a ellos y, durante días los amamantó y les dio calor como una madre solícita.

Otra versión dice que fue una tal Aca Larencia la que crió a estos dos infantes; ello se debe a que los latinos llamaban «lobas» a las mujeres que se dedicaban a la prostitución, como se cree hacía la citada Aca Larencia.

Sea lo que fuere, el hecho es que en estas circunstancias los descubrió un pastor que los condujo a su cabaña, donde crecieron robustos y sanos. A medida que crecían, su ardor y valentía en la caza y en las peleas entre grupos rivales, les hacía cada vez más famosos. Tanto que su nombre llegó a oídos del depuesto Numitor, que acabó por reconocer en ellos a sus nietos.

—Ellos son los hijos de mi querida Rea Silvia —dijo.

Tan pronto como Rómulo y Remo conocieron su linaje, no se detuvieron hasta derrocar al usurpador Amulio, lo que consiguieron al frente de un improvisado ejército de pastores.

Acto seguido repusieron en el trono de Alba Longa a su abuelo Numitor, el cual, como premio, les dio una tierra junto al Tíber para que levantaran en ella una ciudad propia.

Aquella era una tierra entre siete colinas. Rómulo se estableció en una de ellas, el Palatino; Remo en la del Aventino.

A los primeros intentos de la fundación de Roma, hubo ya disensión entre los dos hermanos acerca del sitio. Rómulo quería hacer la ciudad cuadrada, esto es, de cuatro ángulos, y establecerla donde está. Remo, por el contrario, prefería un paraje fuerte del Aventino, llamado Remonio.

Entonces convinieron en que un agüero fausto terminase la disputa; y colocados para ello en distintos sitios, dicen que a Remo se le aparecieron seis buitres, y el doble de ellos a Rómulo. Y como sea que los buitres eran tenidos por buena señal, la discusión terminó con la victoria de Rómulo sobre su hermano.

Rómulo fundó entonces la ciudad. Primero cavó en derredor la zanja por donde había de levantarse el muro. En la fosa abierta cada futuro ciudadano fue depositando simbólicamente tierra de sus respectivas patrias de origen. Finalmente, después de cubrirla, Rómulo colocó encima el ara.

Roma acababa de ser fundada. A partir de entonces nadie podría ya traspasar la línea de la muralla.

Pero precisamente en el momento en que terminaban de establecer los límites sagrados de la recién fundada ciudad, se presentó Remo lleno de ira, y comenzó a insultar a su hermano y a estorbar la obra. Mas habiéndose propasado finalmente a saltar al interior del recinto amurallado, Rómulo, abalanzándose sobre él, le dio muerte allí mismo. Según otros, le mató Celer, uno de los amigos, de Rómulo.

Así fue como Rómulo llegó a ser el primer rey de Roma.

El rapto de las sabinas

Los sabinos eran uno de los más antiguos pueblos de Italia y se creían de origen divino.

Tan tranquilos estaban, cuando un día del cuarto mes después de la fundación de Roma se produjo el audaz rapto de las mujeres sabinas.

Fue el mismo Rómulo quien, siendo belicoso por naturaleza, y excitado además por ciertos rumores de que el Destino quería hacer a Roma grande, criada y mantenida con la guerra, se propuso usar la violencia contra los sabinos para robarles sus mujeres, ya que en Roma escaseaba el elemento femenino.

Rómulo veía que la ciudad se había llenado, en brevísimo tiempo, de habitantes, pocos de los cuales eran casados, y que los más, siendo advenedizos, gente pobre y oscura que no ofrecía seguridad de permanecer, abandonarían Roma si no encontraban en ella lo más necesario.

Y contando con que para los mismos sabinos este rapto se había de convertir en un principio de reunión y afinidad por medio de las mujeres, cuyos ánimos se ganarían, lo puso en práctica de este modo:

Primero hizo correr la voz de que había encontrado el ara de un dios, que estaba escondida bajo tierra...

Después que la encontró dispuso con esta causa un solemne sacrificio, combates y espectáculos, a los que concurrió gran gentío del pueblo sabino.

Rómulo estaba sentado con los más importantes hombres sabinos, adornado con un manto. Con los suyos había convenido que la señal para el momento de llevar a cabo el rapto sería levantarse, abrir el manto, y volver a cubrirse.

Muchos romanos eran los que aguardaban impacientes la señal. Dada ésta, desnudaron las espadas, y acometieron con vigor, robando seguidamente las doncellas de los sabinos. A éstos, sin embargo, como huyesen asustados, los dejaron ir sin perseguirlos. No querían más que sus mujeres.

En cuanto al número de las robadas, unos dicen que no fueron más que treinta, otros que quinientas veintisiete, y Juba asegura que raptaron seiscientas ochenta y tres doncellas. Lo más notable es que no fue raptada ninguna casada, sino únicamente Ersila por equivocación, y ésta se la quedó para sí Rómulo, porque daba la casualidad de que era una mujer hermosísima.

Los romanos no cometieron el rapto por afrenta o injuria a los sabinos, sino con intención de mezclar y confundir los pueblos, proveyendo así a la mayor de todas las faltas...

Pero los sabinos, a pesar de ser numerosos y muy guerreros, al ver que los romanos se atrevían a grandes empresas, y temiendo por sus hijos, enviaron embajadores a Rómulo con proposiciones equitativas y moderadas.

—Si nos devolvéis las doncellas raptadas –dijeron– y nos dais satisfacción por el acto de violencia cometido, después entablaremos pacíficamente para ambos pueblos amistad y comunicación.

Rómulo no se avino a esto, aunque también invitó a la alianza a los sabinos, en vista de lo cual el rey Acrón le declaró inmediatamente la guerra, «y con grandes fuerzas marchó contra Rómulo y éste contra él».

Pero cuando más dura era la lucha entre sabinos y romanos, los contuvo un espectáculo muy tierno y un encuentro que no puede describirse con palabras. De repente, «las hijas de los sabinos que habían sido raptadas se dirigieron, unas por una parte y otras por otra, con algazara y gritos por entre las armas y los muertos, como movidas de divino impulso, hacia sus maridos y sus padres, unas llevando en su regazo a sus hijos pequeños, otras esparciendo al viento su cabello desgreñado, y todas llamando con los nombres más tiernos, ora a los sabinos, ora a los romanos».

Al final quedaron asombrados unos y otros, y dejándolas llegar a ponerse en medio del campo de batalla por todas partes discurría el llanto, y todo era aflicción: ya por el espectáculo o ya por las razones, que empezando por la reconvención, terminaron en súplicas y ruegos. Porque decían:

—¿En qué os hemos ofendido, o qué disgustos os hemos dado para los duros males que ya hemos padecido y nos resta padecer? Fuimos robadas violenta e injustamente por los que nos tienen en su poder, y después de esta desgracia ningún caso se hizo de nosotras.

Otras añadieron:

—Porque no venís por unas doncellas a tomar satisfacción de los que las ofendieron, sino que priváis a unas casadas de sus maridos y a unas madres de sus hijos, haciendo más cruel para nosotras, desdichadas, este auxilio, que vuestro abandono y alevosía. Muévenos de una parte amor hacia éstos, y de otra, compasión hacia vosotros.

Entonces, tomó la palabra Ersila para decir a sus compatriotas:

—Aun cuando peleaseis por cualquier otra causa, deberíais conteneros por nosotras. Hechos ya suegros, abuelos y parientes debéis cesar en la lucha. Mas si por nosotras es la guerra, llevadnos con vuestros yernos y nuestros hijos, restituidnos nuestros padres y parientes. Y no nos privéis, os pedimos, nuestros hijos y maridos, para no vernos otra vez reducidas a vuestro lado a la suerte de cautivas.

Dichas estas palabras y razones, e interponiendo otras mujeres sus ruegos, se concertó una tregua, y se juntaron a conferenciar los generales.

Entretanto, las mujeres presentaban a sus padres, sus maridos, sus hijos; llevaban bebida y comida a los que lo pedían. También cuidaban de los heridos, llevándoselos a sus casas y procuraban hacer ver que tenían el gobierno de ellas, y que eran atendidas y tratadas con la mayor estimación por sus maridos romanos. Al final se hizo un tratado por el que las mujeres que quisiesen se quedarían con los que las tenían consigo, no sujetas a otro cuidado y ocupación que la del obraje de lana.

También se acordó que los romanos y sabinos habitarían en unión la ciudad de Roma fundada por Rómulo, pero que los romanos se llamarían quirites en memoria de la patria del rey Tacio. Y asimismo que ambos pueblos reinarían igualmente en unión y tendrían el mando de las tropas.

De esta forma fue como los sabinos, gracias a sus mujeres, pasaron a ser ciudadanos de Roma, con entera igualdad de derechos que los romanos.

Acca Larentia, «La Loba»

Allá por los tiempos de la fundación de Roma, el guardia del templo de Hércules, de la capital del Lacio, invitó, cierto día de fiesta, honrada sin duda con media docena de buenos tragos, a echar una partida de dados al propio dios de la maza y de los famosos «trabajos».

Como la cosa le agradaba, Hércules aceptó encantado, sobre todo cuando su osado contrincante, atrevido e inocente, por supuesto, ya que osaba enfrentarse con semejante barbián, le dijo sonriendo:

—El precio de la victoria será una buena comilona y como postre, una hermosa muchacha.

No hay por qué decir que Hércules ganó no una, sino todas las partidas, y que su contrincante, encima de arruinarse por satisfacer el apetito del forzudo dios (pues era fama que se comía un buey de una sentada, sin esfuerzo), con el fin de cumplir lo prometido, se las tuvo que ingeniar para procurarle, de postre, la joven que pasaba por ser la más hermosa en Roma por entonces: Acca Larencia.

Esta mujer, según parece, de extraña belleza, practicaba una especie de prostitución civil. Conocida de pastores, a los que vendía su hermosura, Acca Larencia fue apodada por ellos «la Loba». Vivía en una pequeña cabaña, a la que se conocía con el nombre de «Lupanar».

Y hay quien asegura que esta «loba», Acca Larencia, mujer de deshonestos tratos, fue la que en realidad amamantó a Rómulo y Remo, los fundadores de Roma. «La Loba» poseía, gracias a su impúdico comercio, las siete colinas sobre las cuales se iba a efectuar la fundación de la inmortal ciudad.

Cuando el dios Hércules se dio por satisfecho de los encantos de la hermosa Acca Larencia, le dio como pago este consejo:

—Procura entrar al servicio del primer hombre que encuentres al salir de mi templo.

El primer hombre que halló Acca fue un etrusco llamado Tarutios, hombre enorme que tenía más dinero que pesaba. A Tarutios le pareció estupendo tomar una servidora tan guapa. Y de tal modo se aficionó a sus servicios que terminó, para asegurárselos, por casarse con ella, nombrándola de antemano su heredera universal.

El pobre Tarutios no tardó en morir. Y de esta manera Acca Larencia se vio libre del marido y atada, por el contrario, a una fortuna considerable, cosa que nunca viene mal a nadie.

Y como esa fortuna consistía en vastos dominios (entre ellos estaban incluidas las siete colinas), a su muerte se los legó a Rómulo y Remo para que pudieran fundar Roma.

ESCANDINAVIA

El dios Odín o Wotan

Cuenta el *Edda* que antaño hubo un rey (*Gylfi*, en nórdico), que para premiar los maravillosos trabajos que en su obsequio realizó una especie de danzarina ambulante que pasó por su reino, le dijo:

—Te daré, dentro del país donde gobierno, tanta tierra de cultivo como puedan arar cuatro bueyes en un día y una noche.

Aquella mujer era de la raza de los *ases* o *asen*, nombre que significaba lo mismo, habitantes de cierto apartado país de dioses, y, haciendo uso de su mágico poder, cogió los cuatro bueyes, que también tenían algo de sobrenatural, los unció a un arado, y tanto profundizó éste en la labor, que arrancó toda la tierra por donde pasaban y se la llevó hacia el mar, con dirección al Oeste, hasta llegar a un estrecho, donde se detuvieron para arrojarla, mientras que todo el sitio donde antes había estado la tierra se llenó de agua.

La mujer milagrosa dio a dicha tierra, arrancada de Suecia, el nombre de «Saelund» (Zelandia), y de «lago», sin precisar más, al agua que quedó detrás de ella, convirtiéndola así en isla.

Cuando el rey o *gylfi* vio el prodigio realizado por la mujer de los ases, quiso saber, temeroso ya de mayores males, si el poder que tenían tales gentes era propio de las razas o de las divinidades que éstas adoraban. Y disfrazándose de viejo trotamundos, emprendió, en el mayor secreto, un viaje hacia la lejana tierra de aquellos hombres misteriosos, llamada en lenguaje nórdico *Asgard*.

Pero como los *ases*, por su naturaleza sobrehumana, poseían la cualidad de adivinos, mucho antes de que llegara el real viajero ya sabían que había emprendido la marcha, y se prepararon para recibirle produciendo en él deslumbrantes visiones de hechicería.

Así, cuando llegó el rey, lo primero que se ofreció a su vista fue una altísima plaza pública cercada y cubierta, cuyo techo estaba formado por bélicos escudos de oro, en vez de vulgares bardas de corral.

En el portal de aquélla hallábase un hombre entretenido en hacer juegos malabares con cuchillos, de los cuales mantenía siempre en el aire no menos que siete a la vez.

—¿Cómo os llamáis y qué queréis? –preguntó éste al recién llegado.

—Me llamo Peón y deseo que me den albergue para pasar aquí esta noche, y saber, además, a quién pertenece aquella admirable plaza –respondió el viajero.

—Al rey –contestó el hombre que hacía las veces de portero–, y, si quieres, yo mismo te llevaré a su presencia.

Dicho lo cual, entraron ambos en la plaza e inmediatamente se cerró tras ellos, por sí sola, la puerta.

A la vista del forastero se ofrecieron multitud de hombres, de los cuales unos jugaban, otros bebían, y otros se ejercitaban en combatir con las armas primitivas de que iban provistos. Más allá había tres estrados en los que estaban sentados tres graves personajes. El más alto de los asientos lo ocupaba el rey, cuyo nombre, «Hâr», significaba «Sublime». Los otros, más bajos, eran para los que parecían ser sus ayudantes o ministros.

A esta especie de tribunal, que algo tenía de trinidad, dirigió el viejo forastero una interminable serie de preguntas, que le fueron contestadas, acerca de la naturaleza de los dioses, del origen del mundo y del final que tendría. De todo obtuvo su correspondiente respuesta.

Le dijeron que mucho antes de que existiera el mundo, el Padre Universal y Eterno habitaba en su palacio de la Luz, mientras que Sutur el Negro vivía en las regiones de las Tinieblas o reino de los Muertos, rodeado de doce ríos hirvientes y venenosos.

Entre estos dos palacios, representación del más intenso resplandor y la más total oscuridad, existía la Nada, el Caos, el insondable abismo, sin conocerse ni mar, ni tierra, ni vientos, ni siquiera el cielo que se cierne sobre nuestras cabezas.

Los vapores que erraban por el espacio, salidos de los ríos venenosos, se condensaron, y el veneno que contenían se transformó en escarcha, que cayó al abismo. Las chispas que saltaban de la región del fuego fundieron el hielo, y sus gotas, al caer, formaron a Imer, progenitor de los gigantes del hielo, raza odiosa y malvada, que eran anteriores al mundo.

Nada más nacer Imer, a su alrededor no había otra cosa que nieve, hielo y agua, con lo que no sabía de qué alimentarse. Pero he aquí que un rayo de sol derritió la nieve y surgió una vaca maravillosa, llamada Andumia, cuyas ubres manaban leche a raudales.

Con ella se alimentó Imer, y tal vigor adquirió, que rápidamente formó otros gigantes de gran valor y extraordinaria violencia. En realidad, del sudor producido en la mano izquierda de Imer durante su sueño nacieron un hombre y una mujer, y de uno de sus pies un hijo con seis cabezas. De él procedía la raza maldita de los gigantes malhechores.

La vaca Andumia alimentaba a los gigantes, pero como no había pastos no tenía con que alimentarse, por lo que lamía las piedras cubiertas de sal y hielo. Y poco a poco fueron saliendo de estas piedras la cabeza, el tronco, los brazos y las piernas de un hombre joven llamado Bora, progenitor de los dioses.

¿Qué ocurrió con Imer? Al fin murió asesinado y su cuerpo fue a parar al abismo. Con él se formó el mundo, de su carne la tierra, de su sangre el mar que la rodea como un anillo, las montañas proceden de sus huesos, los bosques de sus cabellos, de su cráneo el cielo, de sus sesos los pesados nubarrones y de sus dientes las piedras. En cuanto a las chispas que brotaban de la región del fuego, sirvieron para formar con ellas, en el cielo, las estrellas.

Por lo que respecta a los *ases*, éstos eran de origen divino. Fueron formados por su dios Odín (el Wotan germano), de dos deformes troncos de árbol, el uno de fresno, y el otro de olmo. Al del fresno lo convirtió en hombre, y al del olmo en mujer; de ellos proviene la actual humanidad, que tuvo en primer lugar el alma y la vida; en segundo, la inteligencia y el movimiento; en tercero, la palabra, el oído y la vista.

Y después que Odín creó al hombre y a la mujer, les dio como morada un sitio excepcional: un paraíso.

La mansión de los dioses

Odín o Wotan, creador del Universo, padre de los dioses y de los hombres, cuyo brillante ojo era el sol, cuando no cabalgaba sobre las nubes a través del espacio residía en el Walhalla (cielo empíreo). Y allí, aposentado en elevado trono, veía todo lo que hacían los dioses y los hombres.

De Odín, el Padre Universal, nació Thor, dios del rayo y del trueno, que no se producían más que cuando daba, con fuerza superior a la de los otros dioses, terribles golpes con el enorme martillo que siempre empuñaba.

Todo lo que Odín tenía de amable, inteligente y bueno, tan espiritual que no necesitaba comer y sólo se alimentaba de vino, tenía Thor de brutal, hosco, torpe y gran comedor y bebedor, del que a cada momento se estaba burlando Loki, otro dios, que siempre estaba de broma.

El Walhalla era un recinto cercado como una fortaleza inexpugnable. Walgrind, la cerca de los muertos, cuya artística cerradura ningún mortal podía abrir, conducía a la mansión del dios Odín. Y a través de la selva Glasir, cuyos árboles brillaban con el resplandor del oro, se llegaba a la sala del Padre Universal.

El lobo y el águila —los animales del campo de batalla escandinavo— adornaban su frontispicio. El decorado interior tenía también un aspecto bélico: lanzas por vigas y el tejado formado de rodelas y adargas.

Siempre vigilado, para que no se apagara, en medio de la sala ardía el fuego sagrado. Durante el día, la sala estaba desierta y abandonada; pero muy de mañana venían los *einherios* (guerreros) y luchaban entre sí hasta vencer o morir, como si peleasen en la tierra.

Al llegar la hora de la comida, retirábanse los vencidos y todos iban al Walhalla; allí tomaba asiento Odín en el trono que tenía dispuesto, y a su lado los lobos Geri y Fenris o Freki. Los *einherios* se sentaban también y comían la carne del jabalí Saehrimnir, que se mataba y consumía diariamente.

Para beber tomaban el embriagador *met* que manaba de las inagotables ubres de la cabra Heidrun. Sólo Odín bebía vino, y éste le bastaba para saciar su hambre y su sed; con la carne del jabalí que se le ponía delante cebaba a sus lobos.

Durante la comida, las hermosas *walkirias* servían a los héroes, escanciaban el *met* a los *einherios* y alargaban a Odín el cuerno repleto de vino.

De ver en cuando, el ejército de los espíritus, acaudillado por el dios Odín, recorría los aires y su ruido parecía ser el de una caza salvaje. Por eso en el Norte, cuando sopla de noche el huracán, dice la gente del campo que en el cielo están los dioses de caza.

Además de los dioses y diosas había unos seres intermedios entre aquéllos y los hombres, o sea los *gigantes*, que eran los arquitectos de las construcciones colosales de los palacios en donde habitaban los dioses; los *enanos*, hábiles forjadores de armas divinas, cuyo jefe era Wieland; las *walkirias*, mensajeras celestes que, en los campos de batalla, cuidaban de recoger a los muertos y de llevarlos al Walhalla.

En categoría inferior a estos seres, existían también una multitud de espíritus o genios —*elfos* y *trolls*— que jugueteaban con los míseros mortales, unas veces ayudándolos, otras burlándose y aun perjudicándolos.

El divino Odín siempre iba armado con un casco de oro y una brillante coraza y empuñaba en la diestra la lanza llamada Guguir, forjada por los enanos y a la que nadie ni nada podía detener.

Sleipnir era el más ágil y el mejor de todos los caballos, pues tenía ocho patas y no existía obstáculo que no pudiera franquear. Montado en él, le gustaba a Odín salir a sus cacerías salvajes.

El Walhalla era inmenso. Tenía quinientas cuarenta puertas, cada una de las cuales podía permitir la entrada de ochocientos combatientes en línea de frente. Y aquí, en este grandioso y magnífico palacio, los héroes pasaban el tiempo en medio de juegos guerreros y de festines, presidiendo siempre Odín.

Para saber todo cuanto ocurría en sus dominios, Odín tenía sobre sus hombros dos cuervos llamados Munín y Hujín, o sea, «la memoria» y «el pensamiento», quienes le contaban al oído todo lo que habían visto y escuchado, pues cada mañana el dios los enviaba a lo lejos, para que recorrieran todos los países e interrogaran a los vivos y a los muertos.

En cierta ocasión, hiriéndose a si mismo con su lanza y colgándose del árbol del mundo, Odín llevó a cabo un rito mágico que le debía rejuvenecer.

En efecto, durante los nueve días y nueve noches que duró el voluntario sacrificio de permanecer suspendido de un árbol, agitado por el viento, el dios esperó que alguien le llevara un poco de comida o un poco de bebida, pero nadie llegó. Entonces, observando la existencia de tierras cerca de sus pies pudo atraerlas hacia sí y, encaramándose sobre ellas, se vio librado rápidamente por una fuerza mágica.

Inmediatamente Mimir le hizo beber un poco de hidromiel, y Odín, después de realizarse su resurrección, empezó a mostrarse sabio en palabras y fecundo en obras útiles.

Después de crear a Aské, el primer hombre, y a Embla, la primera mujer, Odín compartió el reino celestial junto a su esposa Friga, la Tierra, y con su hijo Thor, que desataba el trueno. Alrededor de ellos actuaban los ases, gobernadores del mundo, que estaban alojados en suntuosas moradas.

Para comunicar el Cielo con la Tierra, Odín ordenó construir un puente multicolor, que fue el Arco Iris. Sin embargo, para que no pudieran entrar en él los gigantes malvados, colocó un centinela, Heimdal, el dios del diente de oro, símbolo del día, el cual «tenía un oído tan sumamente fino que oía crecer la hierba en el suelo y la lana en el lomo de las ovejas, aparte de que su vista era tan extraordinaria que veía todo lo que sucedía a mil leguas a la redonda».

La muerte de Balder

Cierto día, los guerreros de Odín consiguieron aprisionar al feroz lobo Fenris, pero no podían retenerlo porque todas las cadenas no bastaban para dominar su fuerza, por lo que tuvieron que recurrir a la industria de los genios enanos y malhechores, aunque obreros muy hábiles.

«Con el paso de un gato, la barba de una mujer, la raíz de una peña, el suspiro de un oso y el alma de un pez», formaron una cuerda que ni el mismo Fenris pudo romperla. Se necesitaba, sin embargo, mucha astucia para poderla enganchar al lobo, ya que éste desconfiaba, por lo que Odín decidió:

—Mi hijo Thor arriesgará un brazo como prenda en las fauces de la fiera.

Tras semejante convenio, lograron los *ases* amarrar al lobo pasando la cuerda a través de una roca horadada, haciéndola llegar hasta las entrañas de la Tierra.. Al darse cuenta Fenris de que había sido apresado, destrozó el brazo de Thor, y de los sanguinolentos espumarajos de rabia que salieron de su boca se formó el río Wam, o de los Vicios.

Al ver morir a su amado lobo, el dios Loki, desesperado, decidió vengarse. Para ello no pensó sino en matar a Balder, el segundo hijo de Odín y de Friga. Balder, dios de la luz, era un joven inteligente y apuesto, muy estimado por los dioses. Su hermosura era tal, que su presencia llenaba todo de claridad. Bastaba verlo y oírlo para amarlo.

La vida del alegre dios transcurría feliz, sintiéndose amado y amando a la vez, hasta que, de pronto, empezó a ser víctima del presentimiento de que podría morir de un golpe. Para calmarle, su madre, Friga, hizo prometer a todos los seres de la tierra que ninguno atentaría jamás contra él.

Vuelto a causa de ello invulnerable, los dioses, para acabar de calmar al joven dios, un día que estaban todos reunidos y de fiesta empezaron a lanzar contra él cuanto hallaron a mano: piedras, dardos, hasta sus armas, sin conseguir herirlo ni hacerle daño siquiera.

Pero el envidioso y perverso Loki, fingiéndose muy contento, preguntó a la diosa Friga si verdaderamente había convencido a todos los seres del universo de que no perjudicasen a su hijo.

—A todos, excepto al débil muérdago –respondió incautamente la madre–. Me pareció incapaz de hacer ningún daño.

Loki no perdió el tiempo. Cortó esta planta y con su tallo construyó una varita. Al regresar al Walhalla, donde todos se hallaban jugando, le dio la varita al ciego Hoder y le dijo:

—Anda, lánzala en la dirección que yo te indicaré.

Hoder lo hizo sin desconfianza, y la leve flecha, al menos en apariencia, fue a alcanzar a Balder en el corazón, atravesándoselo y dejándolo sin vida. Entre las divinidades cundió gran pesar. La esposa de Balder, la hermosa Nanna, murió de pena y fue enterrada junto a su marido.

Entretanto, los *ases* no se consolaban por la muerte de Balder, por lo que la atribulada madre Friga les preguntó:

—¿Hay entre vosotros alguno que consienta en descender al reino de Hel (el reino de los muertos), para rescatar a mi hijo Balder?

Inmediatamente, el valiente Hermodo, uno de los hijos de Odín, saltó sobre Sleipnir, el caballo de su padre, y se puso en camino. Hel accedió a libertar a Balder, pero puso esta condición:

—Lo dejaré salir de mi reino si todos los seres del mundo, sin exceptuar ninguno, están conformes con ello y vierten alguna lágrima.

Satisfecho y alegre Hermodo, al ver que esto era muy fácil, regresó a la Tierra, pero se encontró con que en la caverna de una montaña una giganta llamada Thonk se negó a verter ni una lágrima, pese a las súplicas de todos los dioses.

—Ni durante su vida ni después de su muerte —respondió la giganta—, he recibido de él servicio alguno; que Hel conserve lo que tiene.

Como es fácil suponer, la vieja y malvada giganta era el dios Loki disfrazado. Y así Balder, al no poder ser rescatado, tuvo que permanecer para siempre en el reino de los muertos.

El martirio de Thor

Thor tenía un martillo mágico llamado «Mjolnir» y utilizaba esta arma predilecta tanto de maza como de arma arrojadiza. Era un proyectil que, además de no errar jamás el golpe, cual maravilloso *bomerang*, volvía, después de matar, a sus manos. Además, si era necesario, se hacía tan pequeño que podía disimularlo en cualquier parte.

Pero aparte de este magnífico martillo-maza, el dios Thor, tipo ideal del guerrero germánico, poseía dos talismanes de gran valor: un cinturón que multiplicaba la fuerza de sus miembros, y unos guantes de hierro que le permitían empuñar como era debido el tremendo y célebre martillo.

Asimismo tenía, como los demás dioses, su palacio propio en Asgard (la mansión de los *ases*). Esta soberbia morada, llamada Bilskirnir, era la más amplia que se conocía: no tenía menos de 540 salas.

Cuando Thor salía de su palacio, se complacía en recorrer el mundo montado en su carro del que tiraban machos cabríos. Y si durante el viaje tenía hambre, mataba a sus cabalgaduras y las asaba. Después le bastaba poner su martillo sobre las pieles para que los cornudos animales adquiriesen nueva vida.

Con su bella esposa Sif, personificación de la fidelidad conyugal, de hermosos cabellos de oro, Thor había tenido varios hijos, que se distinguían, como él, por su fuerza maravillosa. Dos de ellos, Magni (la fuerza) y Modi (la cólera), heredarían un día su martillo, aquel martillo mágico que servía no solamente como arma, sino para toda clase de contratos y tratados, muy especialmente los que se hacían con motivo de los matrimonios.

Pero un día, al despertar, Thor reparó en que su martillo había desaparecido. ¿Dónde estaba? Consternado, fue a decírselo a Loki, cuya astuta malicia siempre hallaba solución para todo.

—Lo ha debido de robar algún gigante –dijo.

Y para convencerle, pidió a la diosa Friga su traje mágico de plumas, se lo puso, y voló al país lejano de los gigantes, donde no tardó en saber por el propio gigante Thrym que, en efecto, él lo había robado.

—Pero no estoy dispuesto a devolverlo –agregó– si no me dan como mujer a la propia Friga.

El astuto Loki volvió y explicó lo que ocurría a los *ases*. Naturalmente, entonces éstos se lo hicieron saber a la diosa, que, al conocer la pretensión del gigante, se indignó de tal modo que el collar de oro que llevaba al cuello estalló por efecto de la hinchazón de las venas, cuyo volumen duplicó la cólera.

—¡Qué se ha creído ese sinvergüenza...! –exclamó Friga.

Pero Loki, como siempre, ideó una estratagema para salir del apuro. Nada menos que vestir a Thor con el traje y el collar de Friga, ponerle un velo de desposada y llevarle junto a Thrym.

—Yo te acompañaré vestido de sirviente –dijo Loki a Thor, al verlo un tanto receloso.

Todo se hizo tal como lo pensaron, siendo muy bien recibidos por los gigantes. Pero cuando ya estaba todo preparado para la boda, en el banquete que le precedió ocurrieron cosas extraordinarias. En efecto, la novia, o sea, el disfrazado Thor, demostró tener un apetito voraz que dejó a todos asombrados. Pues se engulló en un santiamén todo lo que había preparado para el festín.

—Es que la pobre novia –explicó Loki– no ha consentido en probar bocado durante ocho días, de tantas ganas como tenía de conocer a su novio.

Y el gigante Thrym, que era un sentimental a pesar de su aspecto rudo, todo emocionado al oír aquello, se apresuró a abrazar a su prometida. Pero al levantarle el velo, se echó espantado hacia atrás al ver sorprendido el extraña fulgor de aquellos ojos que creía tan dulces y amorosos.

—Es que la pobrecilla –volvió a explicar Loki– ha estado durante ocho noches sin pegar los ojos, llorando sin cesar de tantas ganas como tenía de ver a su amado.

Entonces Thrym, impaciente y sin poder aguantar más el deseo de que la bella fuese suya, ordenó traer el martillo de Thor para consagrar debidamente la boda poniéndolo, como era costumbre, sobre las rodillas de la desposada.

El final puede adivinarse. Tan pronto como Thor tuvo el martillo en sus manos, mató al enamorado Thrym y a todos los demás gigantes invitados. Y ya tranquilo y satisfecho regresó a su palacio.

Sin embargo, tantas eran las picardías y maldades del dios Loki, que al final acabó por predisponer contra él a los demás dioses.

En cierta ocasión, por ejemplo, hizo víctima de su perversidad a Sif, la bella esposa de Thor, a la que, mientras estaba durmiendo, le cortó taimadamente su hermosa y rubia cabellera.

Cuando Sif se despertó, su desesperación no tuvo límites, ya que los cabellos eran una de las cosas que más orgullo le producía. También a su marido le agradaba mucho su cabellera de oro. Y por eso ahora temía que el dios no la encontrara tan bella como de costumbre.

Al saber Thor lo ocurrido, agarró a Loki entre sus robustas manos dispuesto a destrozarlo. Y no lo hizo porque el audaz ladrón le prometió:

—Te juro, Thor, que obligaré a los enanos a que hagan brotar en la cabeza de tu esposa Sif otra cabellera de oro puro.

Entonces Loki se dirigió al país de los enanos sin perder un instante. Y no solamente obtuvo lo que se proponía, sino que otros hijos de Ivaldir le construyeron una poderosa espada llamada Gungnor o Gungnir y un navío famoso, el *Skidbladnir*, que una vez tendidas las velas iba derecho allí donde era preciso que fuese.

Con estos tesoros regresó Loki al Asgard, hablando, orgulloso, de las cosas tan maravillosas que sabían hacer los hijos de Ivaldir.

—Trabajando el metal –agregó– no hay quien les iguale. Comparados con ellos, todos los demás enanos herreros son unas nulidades.

Estas palabras fueron oídas por Brok, cuyo hermano Sindre era considerado por muchos como el más diestro trabajador de metales. Pero como a Loki no le parecía así, apostó con Brok a que ni él ni su hermano eran capaces de hacer tres cosas de tanto valor como el cabello de oro, la espada y el barco que le habían hecho los otros enanos.

—Me juego la cabeza a que no las hacéis –agregó Loki.

Decididos a ganar la apuesta, Brok y Sindre se pusieron a trabajar sin pérdida de tiempo. Lo malo era que casi no adelantaban en su tarea porque el taimado Loki, temiendo que resultasen victoriosos, se transformó en tábano y empezó a importunarlos para que, desesperados y rabiosos, no pudiesen triunfar.

A pesar de ello, ambos hermanos hicieron un resplandeciente anillo, un jabalí dorado y un poderoso y terrible martillo.

Inmediatamente partió Brok con sus objetos al Asgard, donde los dioses aguardaban, ansiosos por ver cómo terminaba la apuesta. Tomaron asiento en sus respectivos tronos, y Odín, Freya y Thor fueron los encargados de juzgar cuáles eran los más valiosos regalos.

El astuto Loki se acercó a los jueces y, con zalamera sonrisa, entregó a Odín la espada Gungnor, que jamás erraba el blanco. A Freya le dio el barco. Podía navegar por todos los mares y con todos los vientos, obedeciendo el simple deseo de su dueño. También tenía la virtud de plegarse en muchas dobleces para poderlo llevar en el bolsillo.

A Thor le entregó el dorado cabello, que éste colocó en seguida sobre la cabeza calva de su esposa Sif. La cabellera era larga, hermosa y resplandeciente, haciendo a la diosa tanto más bella que antaño, por lo que Thor la miraba embelesado.

Loki rió desdeñosamente, y le dijo a Brok:

—Ahora, muestra tú lo que traes, y veamos si pueden competir tus regalos con los que yo he traído.

El enano se acercó con sus tesoros.

—Este anillo –dijo, entregándoselo a Odín– tiene la virtud de disipar las tinieblas.

Luego puso el martillo en las manos de Thor, diciendo:

—Jamás te hará fracasar. Podrás pegar con él cuantos golpes quieras. Y, aunque lo arrojes muy lejos, siempre volverá a tus manos. También puedes reducirlo de tamaño y esconderlo en tu pecho.

Thor lo alzó, y lo hizo girar alrededor de su cabeza en remolino. Estallaron relámpagos llameantes por todo el Asgard y retumbaron profundos truenos, mientras poderosas masas de nubes comenzaban a concentrarse a su alrededor.

Los dioses se acercaron todos a su lado y el martillo empezó a pasar de mano en mano. Coincidieron unánimemente en que era el arma más poderosa que tenían para defenderse contra sus enemigos los gigantes. Con ello, los enanos Brok y Sindre ganaron la apuesta.

La cabeza de Loki les pertenecía. Pero éste, enfurecido por la derrota, no tenía la menor intención de permitir que el vencedor cobrara la deuda.

—Te daré lo que quieras –dijo a Brok–, a cambio de mi cabeza.

—No, quiero tu cabeza, que es lo que he ganado –repuso el enano–. No aceptaré ninguna otra cosa en su lugar.

—Entonces, ven por ella –le respondió Loki.

Y antes de que pudieran echarle la mano encima desapareció. Y es que poseía ciertos zapatos que podían transportarle en un instante al otro lado de tierras y mares.

Entonces el enano Brok le pidió a Thor que le ayudase a encontrarle, y solicitó que se le obligara al escurridizo Loki a cumplir lo prometido. Thor, comprendiendo que el enano tenía razón, salió inmediatamente en persecución del desaparecido, no tardando en regresar con él.

En cuanto lo vio Brok, quiso cortarle la cabeza en seguida, temiendo que, si aguardaba un poco, el otro le gastaría una nueva treta. Pero Loki lo contuvo diciendo:

—¡Alto! Mi cabeza puedes cercenarla cuando quieras. Pero... ¡ay de ti si llegas a tocarme el cuello!

Nada se había hablado de cuellos, en efecto. Y, como la cabeza no se podía cortar sin tocar el cuello, Brok y, su hermano tuvieron que darse por vencidos.

Y al marcharse los burlados enanos, se oyó retumbar en los espacios, durante mucho tiempo, la carcajada burlona del desvergonzado Loki.

El ocaso de los dioses

La juventud, la ternura y la poesía habían desaparecido del Asgard. Los dioses que quedaban veían perdida su gloria y el filo del invierno parecía cubrir sus corazones.

También la tierra yacía desolada por los fríos vientos. Los hombres tenían helado el corazón y las mujeres olvidaban hasta el amor que debían profesar a sus hijos. Los hermanos reñían entre sí, y se daban muerte como si se tratara de los más encarnizados enemigos.

Al ver, todo esto, el corazón de los gigantes se henchía de gozo, y no tardaron mucho tiempo en ser los dueños del Asgard.

Desaparecido el Sol del Universo, las estrellas empezaron a caer una por una. La oscuridad se hizo más densa y un extraño sonido rompió el silencio que pesaba sobre los mundos.

Mientras tanto, el malvado Loki había hecho saltar los hierros que le encadenaban desde que diera muerte a Balder y tenía el pecho rebosante de odio y de deseos de venganza. Inmediatamente corrió a reunirse con demonios y gigantes, enemigos irreconciliables de los ases, y la lucha no tardó en comenzar.

También el terrible lobo Fenris quebró, por fin, el cordón encantado que lo tenía sujeto a la roca. Y la serpiente Yormungardur asió con más fuerza a la Tierra entre sus anillos, intentando sepultarla entre las aguas.

Entonces se oyó sobre el puente del Arco Iris el grito de guerra de Heimdal, llamando a los dioses al combate. Tan pronto como lo escuchó Odín, fue a ver a las Nomas para preguntarles cómo debía conducir la batalla.

Las tres Nomas estaban cubiertas con un velo, silenciosas, sin hacer nada. Porque su trabajo ya había terminado. También el gran fresno Ygdrasil temblaba como si tuviera las raíces carcomidas.

Tan pronto como Odín terminó de hablarles, se oyó la segunda llamada de Heimdal. Entonces Odín regresó al Asgard, convocó a los dioses y salieron dispuestos para la lucha con brillante armadura y dorados yelmos.

Al frente de los combatientes celestes iba Odín, blandiendo en su poderosa mano la espada Gungnor. Detrás de él iban sus guerreros, que salían como un torrente incontenible del Walhalla. Sobre sus caballos resplandecientes, las walkirias, como un enjambre espantable, les rodeaban.

Los habitantes infernales iban capitaneados por Loki, seguido de cerca por el feroz y siniestro Fenris, cuyas fauces chorreaban sangre. Tras ellos avanzaba un ejército innumerable de gigantes de fuego.

Chocaron las armas con ferocidad inusitada. Los gigantes parecían derretirse al tocar las brillantes armaduras de sus enemigos. El lobo Fenris aullaba sin cesar. Pero al ver al dios Odín, se abalanzó sobre él y, tras dura lucha, logró vencerle y acabó devorándolo.

Vidar, el hijo de Odín, corrió a vengarlo, lo que consiguió al hundir su espada en el corazón de la fiera.

Thor quiso combatir a su vez contra la serpiente Midgard, y logró aplastarla con su martillo. Pero el venenoso monstruo, antes de morir, haciendo un esfuerzo supremo, envolvió con sus anillos al dios, y le escupió cuanto veneno llevaba. Thor cayó muerto en el acto.

Entretanto, dioses, monstruos y gigantes luchaban a muerte. Loki y Heimdal se mataron uno a otro en feroz lucha. Tyr, el último de los grandes ases que quedaba vivo, murió también tras haber dado muerte al perro de los Infiernos, Garm.

Cuando ya hubieron desaparecido los más grandes de uno y otro bando, se generalizó la catástrofe. Hasta que, de pronto, se hizo un silencio absoluto, al que siguió una rápida precipitación de aire. Entonces se extendió por todas partes un calor de muerte, y todo el universo estalló en una potentísima llamarada.

El fuego devoró todos los mundos. La tierra fue tragada por el mar. Ya no había sol, ni luna, ni estrellas. Cielos e Infiernos habían desaparecido también. Todos los dioses, los gigantes, los monstruos y los hombres habían muerto.

Nada quedaba. Sólo el abismo infinito lleno de rugientes aguas. Había llegado el temido fin de todas las cosas. Y, con ello, el ocaso de los dioses.

El rey que vino del mar

Hacía mucho tiempo que Dinamarca se hallaba sin rey, puesto que por un lado la saqueaban continuamente las flotas de los vikingos, que habían convertido en fortalezas y refugios las islas del Báltico, y por otro la anarquía devoraba al país, entre los abusos de los señores y el pillaje a que se habían acostumbrado los hombres del pueblo.

Hasta que, de pronto, cierto día, vieron todos avanzar hacia una de las playas una magnífica nave procedente de los mares del Norte. Hinchada por el viento la impelía una gran vela roja y cuadrada. El barco llevaba tallada en la proa una enorme cabeza de dragón y sus costados estaban adornados con guirnaldas de flores y espejos.

Al fin quedó varado en la playa, y cuando todos esperaban ver saltar en tierra a la tripulación, ni un solo hombre apareció a bordo, con gran asombro de los marineros y campesinos de todas partes que, temerosos, lo contemplaban de lejos, abandonando sus habituales trabajos, alarmados al creer que llegaban los vikingos.

Enterados del hecho los señores, enviaron allí un grupo de ejército para que hiciera frente a los supuestos invasores. Pero fue en vano el pretender luchar. Nadie respondía desde el barco a los desafíos, denuestos y flechas, por lo que furiosos los soldados, empuñando sus hachas, se lanzaron al abordaje.

¿Y qué vieron entonces, estupefactos? Ni un solo hombre. Únicamente, junto al mástil, un niñito casi desnudo estaba recostado sobre una gavilla de trigo,

Y, en torno suyo, grandes montones de joyas, riquísimas armas de oro, escudos de bronce, corazas, trompas y cuernos de marfil, etc. Parecía aquello el botín de un combate o un saqueo.

Los guerreros cogieron cuidadosamente al niño, que creyeron les enviaba el cielo, y lo pasearon en triunfo por entre la multitud que les esperaba, no sabiendo si había que huir o luchar. Entonces los señores se reunieron en consejo y acordaron proclamar como su rey a aquella criaturita enviada del cielo para traerles la paz.

Como símbolo llamaron a aquel niño «Skiold», que significa «escudo».

Skiold fue en su larga vida un rey modelo, que llevó la felicidad al país. Cuando murió, y en cumplimiento de su propio deseo, su cuerpo fue colocado en el mismo barco en que había llegado y que aún se conservaba.

Luego, impulsado mar adentro, fue confiado a los vientos para que le hicieran regresar al reino de donde había llegado, una vez cumplida su misión en Dinamarca.

ALEMANIA

El oro del Rhin

Hace muchos años había en Germania, en las boscosas orillas del río Rhin, un pueblo de enanos llamados los Nibelungos. Y era sabido que el Rhin guardaba en su lecho mucho oro, aunque la verdad era que hasta entonces nadie había ido a comprobarlo.

Los Nibelungos vivían en cavernas subterráneas trabajando con maravillosa habilidad los metales y las piedras preciosas. Alberico, su rey, era el hombre más rico de la tierra, pues poseía arcas llenas de oro y cofres, rebosantes de joyas y gemas rarísimas.

Sin embargo, a pesar de su riqueza, Alberico codiciaba también el oro del Rhin. Y tanta era su obsesión por aquel metal, que no cejó hasta bajar al fondo de las aguas. Allí estaba, en efecto, el oro soñado. Tres ninfas lo custodiaban. Pero sin oponer ninguna resistencia, le advirtieron:

—Quien se apodere de este oro obtendrá el poder, pero jamás será favorecido por el amor.

—Prefiero el poder –replicó Alberico.

Y, cargando con el oro, regresó a su cueva, donde obligó a su hermano Mime, que era un gran artífice, a que le fabricara un yelmo con el que pudiera hacerse invisible y transformarse como se le antojara. En cuanto al oro del Rhin, lo utilizó para hacerse un anillo, que debía darle el poder y obtener con él todo cuanto quería.

Por aquellos días precisamente, los gigantes Fasolt y Fafner habían terminado en la morada de los dioses el maravilloso palacio del Walhalla, por lo cual Wotan, dios de los dioses, les había prometido entregarles a Freya, la diosa de la inmortalidad, encargada de servir las manzanas de oro, con las cuales las divinidades se mantienen en una permanente juventud.

Cuando Wotan vio el palacio terminado, se resistió a cumplir la promesa dada a los gigantes y encomendó a Loge, dios del fuego:

—Anda, busca alguna cosa para lograr que los dos gigantes renuncien a Freya.

Pero a poco regresó Loge diciendo:

—He buscado mucho, pero nada se puede hallar que iguale a tan maravillosa mujer.

Fue por entonces cuando, casualmente, Wotan se enteró del robo del oro del Rhin y, ni corto ni perezoso, llamó a Loge y le dijo:

—He de obtener ese oro para dárselo a los gigantes a cambio de la diosa Freya.

Acto seguido los dos se encaminaron a la cueva del nibelungo, donde encontraron al enano Alberico acariciando sus joyas, entre las que destacaban el reluciente yelmo y el magnífico anillo. Al ver a Wotan en persona en su caverna, se sintió tan ufano y satisfecho que empezó a hablarle, excitado y vanidoso, de las virtudes que poseían tanto el yelmo como el anillo.

Wotan y Loge cruzaron una mirada de inteligencia y fingieron mostrarse incrédulos.

—¿Y tú puedes, por ejemplo –le dijeron–, convertirte ahora mismo en sapo?

—¡Ya lo creo! –respondió Alberico.

Y repentinamente realizó lo que le habían pedido. Pero su vanidad le perdió. Al verle convertido en el pequeño y repugnante animal, Loge le puso el pie encima para aprisionarlo. Inútilmente pidió el enano que lo soltaran. Al final no tuvo más remedio que ceder todos sus tesoros, junto con el yelmo y el anillo encantados.

Pero en el momento de entregarles todas sus riquezas, Alberico se dejó arrebatar por la cólera y lanzó una terrible maldición:

—¡Que ese oro traiga al mundo muerte y destrucción! ¡Y que este anillo sea maldito y traiga la desgracia a todos los que lo posean!

Sin escuchar las furiosas imprecaciones del enano, Wotan y Loge cargaron con todo y salieron corriendo hacia el Walhalla, donde seguidamente el padre de los dioses llamó a los gigantes Fasolt y Fafner y les ofreció todas las riquezas que el nibelungo había amontonado gracias al anillo.

—Os las doy todas con tal que renunciéis a Freya.

—Aceptamos –respondieron los gigantes–, pero con la condición de que estas riquezas cubran a Freya totalmente de cabeza a los pies.

Empezaron a amontonar los tesoros, pero al final hubo que añadir también el yelmo y el célebre anillo para que la diosa de la inmortalidad quedase absolutamente cubierta.

Wotan vio, desolado, cómo todo el tesoro pasaba a manos de los gigantes, pero en mala hora para su bien, pues, una vez el anillo en su poder, comenzaron las muestras de que se cumplía exactamente la maldición del nibelungo.

Efectivamente, a la hora de repartirse el tesoro ganado a Wotan, Fasolt y Fafner, que hasta entonces habían ido siempre de acuerdo, empezaron a pelear tan furiosamente que el primer gigante quedó sin vida.

Aprovechándose de la lucha entre los dos gigantes, Wotan se apoderó de nuevo del mágico anillo. Pero al reflexionar, comprendiendo que iba ligado a un maleficio, dispuso que quedara en la gruta de un bosque, guardado por Fafner, el gigante homicida al que transformó en un horrible dragón.

Después, olvidando Wotan todo lo ocurrido, tomó a su esposa Friga de la mano y se trasladaron al Walhalla.

Sin embargo, alguien había que deseaba apoderarse de todo aquel tesoro. Era alguien que había asistido a la escena, desde el momento de convertirse Alberico en sapo hasta la transformación del gigante Fafner en terrible dragón: el enano

Mime, el nibelungo tan cobarde y feo como buen forjador de metales.

Cuando Mime vio ocultar en la gruta del bosque el inmenso tesoro, astutos sus ojillos brillaron de codicia y ya no pensó más que en llegar a ser dueño de todas aquellas riquezas que custodiaba el dragón.

La Walkiria

En el principio de los tiempos, los dioses del pueblo germánico vivían en un refugio de paz y dicha llamado Walhalla. Allí vivían también las walkirias, las inmortales vírgenes hijas de Wotan, doncellas bellísimas e indomables que, cabalgando en sus corceles blancos, tomaban parte en la guerra, y recogían del campo de batalla a los héroes que caían combatiendo para trasladarlos al Walhalla, donde recibían el premio a su valor de manos del padre de los dioses.

También Wotan había dado el ser a dos mortales: Sigmundo y Siglinda, a quienes separaron de pequeños.

Sigmundo fue desterrado, pero su hermana Siglinda fue dada en matrimonio a Hunding, un guerrero de costumbres bárbaras y maneras brutales, el cual la llevó a vivir a una cabaña rústica en medio del bosque. Dicha cabaña estaba construida alrededor de un colosal fresno, cuyas inmensas raíces se perdían en la tierra.

Durante la fiesta de bodas de Hunding y Siglinda, ocurrió un hecho extraño. De repente, los invitados vieron entrar en la sala del banquete, a un viejo mendigo, envuelto en un oscuro manto y con el rostro escondido bajo un sombrero de anchas alas. Sólo sus ojos claros y refulgentes como piedras preciosas revelaban a la divinidad.

Mientras todos le miraban estupefactos, se acercó a Siglinda y la alentó y le dio consuelo. Luego, sacó del manto una enorme espada y la hundió con fuerza, hasta el puño, en el tronco del fresno.

—Quien logre sacarla de ahí tendrá la espada más fuerte del mundo –dijo.

Y una vez pronunciadas estas palabras desapareció: era el dios Wotan.

Inmediatamente, uno tras otro, todos los presentes intentaron sacar la espada del tronco, pero ninguno pudo lograrlo, por lo que allí quedó clavada.

Cierto día, Sigmundo, nombre que significa «boca de la victoria», tras largos años de luchas y dolores, llegó casualmente a la choza de su hermana Siglinda. Al pronto no se reconocieron, pero algo veía ella en el joven que le atraía como un imán.

Cuando al fin Siglinda reconoció a su hermano, ya no pudo resistir por más tiempo la compañía de su esposo Hunding. Entonces, después de haber estado ya en los brazos de Sigmundo, le incitó a arrancar la espada del árbol.

—Así quedaré libre de mi esposo para seguirte –le dijo.

Sin responder, Sigmundo se acercó lentamente al árbol. Luego se situó encima de una de las raíces del fresno y puso su mano sobre la empuñadura de la espada. Entonces notó que una gran fuerza venía en ayuda de su brazo. Tiró bruscamente y arrancó la espada del árbol.

—Ésta es la espada de los Welsa, Siglinda, la espada de nuestro padre –dijo.

Alzó el arma y su filo brilló radiante.

—Gongner es su nombre –agregó–. También le llaman Dolor.

Dejó la espada junto al fresno y se aproximó a Siglinda. Y mientras la acariciaba amorosamente, ella exclamó:

—Sigmundo, yo soy tu hermana y también tu esposa. Surja, pues, de nosotros la sangre de los Welsa.

Y, dando un grito, se arrojó en sus brazos.

Aquella misma noche salieron cautelosamente los dos amantes de la cabaña y huyeron juntos a compartir sus trabajos y peligros. Pero al despertar, Hunding salió en persecución de la esposa infiel y del hombre que se la había robado.

Un año después, Sigmundo y Siglinda tuvieron la alegría del nacimiento de un precioso niño al que dieron el nombre de Sigfrido.

La felicidad del matrimonio parecía que debía ser eterna y sin la menor nube. Sin embargo, ocurrió que un mal día, Sigmundo tuvo que luchar con el bárbaro Hunding, a quien el dios Wotan había concedido su protección. Por ello, el infeliz Sigmundo, tan joven y valeroso, debía ser derrotado y morir a manos de su celoso adversario.

Y todo ello se debió a que a esta pelea no era en absoluto indiferente el Walhalla, pues se relacionaba con la suerte del anillo. Al principio, Wotan deseaba la victoria de Sigmundo. Pero su mujer Friga estaba contra la separación ilícita de la bella Siglinda, y a toda costa quería el castigo del hermano y esposo de ésta. Y tanto y tanto insistió que al final el dios de los dioses accedió a castigar a Sigmundo.

—Cuenta con mi juramento –dijo a su mujer.

Pero iniciado el feroz combate, una de las walkirias, la bella Brunilda, se compadeció de Sigmundo, y sin hacer caso de las órdenes de su padre Wotan, socorrió piadosamente al joven durante el desafío librándolo por dos veces de la muerte.

En aquel momento un resplandor rojizo iluminó las nubes y sobre la montaña apareció el padre de los dioses, a cuya mirada nada se ocultaba. Y, al advertir la ayuda que su hija Brunilda prestaba al que debía ser vencido, intervino rápidamente para restablecer el designio de su voluntad divina.

Alejó a Brunilda y, al asalto siguiente, la espada de Sigmundo se rompió en dos pedazos contra la lanza de Hunding. Entonces, éste se lanzó sobre el joven y le atravesó el pecho.

Antes de morir, Sigmundo llamó a su lado a Siglinda que, temblorosa, había asistido al duelo y con un hilo de voz, le dijo:

—No llores mi muerte, amada esposa: es el destino de todos los hombres. Conserva mi espada aunque esté rota y cuando nuestro hijo Sigfrido sea un hombre, dásela: con ella vengará mi muerte y realizará prodigiosas gestas.

Entretanto, la desobediente Brunilda se vio perdida, ya que al no acatar las órdenes de su padre debía ser castigada. Y así fue, pues en medio de un resplandor como de fuego se apareció el dios Wotan, que decretó inflexible:

—Ya no eres mi mensajera. Has perdido tu inmortalidad de walkiria al tener piedad de un hombre. Aquí te destierro, en esta montaña; te sujeto a un sueño del que sólo te despertará el primero que pase y te haga suya.

Los gritos desesperados de las demás walkirias nada pudieron ante la inquebrantable decisión del padre de los dioses.

—Wotan —exclamó entonces Brunilda—, si has de someterme a un hombre que me domine, haz al menos que sea un ser digno el que me posea.

—El que logre despertarte será tu esposo —replicó el dios.

—Sí, pero que sea, al menos, un héroe digno de mi estirpe —insistió Brunilda.

—Conforme —accedió finalmente Wotan—, pero quedarás dormida dentro de un círculo de llamas, en un hechizo de fuego. Y sólo el héroe que logre vencer la barrera incendiada podrá despertarte y hacerte suya. No puedo decirte más.

Y, tras decir esto Wotan, con lágrimas en los ojos —pues amaba a esta hija más que a ninguna—, la condujo con sus propios brazos a la cima de un monte altísimo y la depositó cuidadosamente sobre un blando lecho de plumas. Luego le ciñó el casco y cubrió su cuerpo con el escudo.

Inmediatamente invocó la ayuda de Loge, dios del fuego, que súbitamente hizo surgir alrededor de Brunilda una muralla de rojas llamas, mientras la joven y hermosa walkiria se adormecía plácidamente en espera de que llegara su heroico salvador.

Mientras esto ocurría, en lo alto de la montaña, la bella Siglinda, quebrantada por el dolor y los padecimientos y corroída por un mal oculto, yacía en tierra apretando a su hijo Sigfrido contra su pecho.

En aquel mismo instante, en el límite del bosque donde había tenido lugar el duelo mortal entre Sigmundo y Hunding, apareció Mime, el herrero que habitaba en una cabaña cercana.

El enano hizo todo lo posible para reanimar a la pobre mujer moribunda, pero su destino estaba ya trazado y ninguna ayuda humana podía evitárselo.

Apenas tuvo tiempo la infeliz de confiar al cuidado del enano Mime a su hijito y los dos trozos de espada, diciéndole:

—Prométeme que entregarás esta espada a mi hijo Sigfrido cuando tenga fuerzas para manejarla.

El enano Mime prometió cuanto Siglinda quiso, tanto más cuanto que esta promesa era útil a sus planes.

Efectivamente, el ambicioso nibelungo educó a Sigfrido para hacer de él un héroe y utilizar sus brazos para matar al dragón y apoderarse del tesoro que tan celosamente custodiaba en la gruta del bosque.

Sigfrido

El dios Wotan había dejado el anillo encantado en la gruta del bosque que un horrible dragón custodiaba celosamente.

Pasaron así años y años y, sin embargo, ninguno de los que conocían la existencia del anillo podían olvidarla. Les había envenenado el corazón.

Mientras, bajo la vigilante y amorosa guía del contrahecho y maligno enano Mime, el joven Sigfrido crecía cada día más hermoso y fuerte. El enano le había enseñado una porción de cosas útiles, entre ellas trabajar el hierro y el oro... Pero el más ardiente deseo del muchacho era poseer una espada fuerte e irrompible.

Y es que Mime trabajaba día y noche forjando espadas, pero con un golpe leve de sus poderosos brazos, Sigfrido las destrozaba todas en un momento: ninguna espada era bastante buena para él, ninguna podía resistir su extraordinaria fuerza.

Cierto día, el enano pensó unir los dos trozos de la espada que Siglinda le había confiado antes de morir. Quizá fuera aquélla precisamente la espada que Sigfrido necesitaba. Pero por mucho que lo intentó no consiguió soldar los dos pedazos. No querían unirse, y al primer golpe, volvían a romperse.

Una tarde, cuando Mime, cansado del trabajo, se hallaba a la puerta de su cabaña, esperando a Sigfrido, vio de pronto a su lado a un extraño individuo con aspecto de mendigo que le miraba con ojos centelleantes.

—¿Qué quieres de mí? –le preguntó el enano, malhumorado–. Anda, vete al diablo.

A lo que respondió el mendigo, con voz dulcísima:

—Tú me despides y, sin embargo, yo podría decirte muchas cosas... Por ejemplo, sé que te afanas inútilmente en unir los dos trozos de la espada de Sigmundo; también sé que quieres armar con ella a Sigfrido para que mate con ella al dragón que custodia la entrada de la cueva, y de este modo poder apoderarte del tesoro de los Nibelungos que hay allí...

El enano se tornó pálido como la cera al oír estas palabras; pero el desconocido prosiguió sin hacer caso:

–Y sé igualmente quién podría soldar de nuevo la espada encantada.

—¿Quién? ¿Quién? –preguntó Mime.

—Únicamente podrá conseguirlo aquel que no sepa lo que es el miedo –respondió el mendigo.

Y tras decir esto, aquel hombre extraño desapareció, mientras un trueno terrible y lejano retumbaba en todo el valle del Rhin.

—Entonces yo no podré unir la espada –se dijo el enano–, porque siempre tiemblo de miedo.

En aquel momento apareció Sigfrido en la cabaña y dijo al enano Mime con alegre voz:

—Oye, Mime, ¿tienes ya la espada? Dámela, la quiero... ¿Cómo? ¿Que no la has conseguido unir todavía? ¡Tráela verás cómo la arreglo yo ...!

Y tomando de manos del enano los dos trozos de la espada, los arrojó en el crisol, reanimó el fuego e hizo fundir el metal. Entonces, lo que Mime no pudo lograr en años para Sigfrido fue cuestión de momentos. La espada quedó rehecha. Su mismo brillo llenaba de gozo el corazón del joven. Era además grande, afilada, poderosa.

Sigfrido quiso probarla inmediatamente. La cogió y, blandiéndola en el aire, descargó un golpe en el yunque y éste se partió en dos, como si hubiera sido de mantequilla.

—¡Mira, Mime, mira! –gritó entonces el muchacho, loco de alegría–. Por fin tengo una espada irrompible. ¡Pronto, pronto, llévame a donde está ese famoso y terrible dragón!

—Sí, mañana iremos –respondió el enano, sin poder contener la alegría que le dominaba al pensar que por fin iba a ser dueño del tesoro.

Al amanecer del día siguiente, Sigfrido y Mime abandonaron la cabaña y se dirigieron a buen paso hacia la cueva donde se hallaba oculto el tesoro de los Nibelungos. Un jilguero siguió a los dos hombres, saltando y volando de rama en rama, y parecía que con su canto quisiera hablar y revelarle a Sigfrido muchas cosas. ¿Qué querría decirle el pajarillo?

De pronto, el enano Mime, que había conducido a Sigfrido hasta aquel momento, no quiso seguir adelante.

—Anda, ve tú solo –le dijo.

Sigfrido avanzó, obedeciendo. Apartó unas ramas y entonces vio la cueva donde se hallaba el tesoro de los Nibelungos. El enorme dragón se hallaba allí, a la entrada de la gruta, vigilante y terrible, alargando sus enormes fauces, rojizas y espumeantes.

Sin vacilar lo más mínimo, Sigfrido se lanzó resueltamente contra el monstruo, que se irguió amenazante sobre sus patas traseras para arrojarse sobre el joven. Era lo que Sigfrido esperaba. Tomó aliento, dio una pequeña carrera y blandiendo la espada con fuerza hirió al monstruo en el corazón. Luego, de un salto, se hizo rápidamente a un lado.

El terrible dragón, después de lanzar un tremendo rugido, se retorció convulsivamente y cayó muerto, mientras de su enorme cuerpo salía un gran chorro de sangre.

Sigfrido se aproximó al monstruo para recuperar su espada, pero al arrancarla de la herida, una gota de sangre mojó sus labios. Debido a esto, el joven pudo entender el lenguaje de los pájaros. El jilguero desde una rama le decía:

—Sigfrido, entra en la cueva de los Nibelungos y, entre las muchas joyas que hay, toma el yelmo que transforma a las personas y el anillo que proporciona, al que lo lleva, todo lo que desea. Pero, al salir, desconfía de Mime, que es un traidor y quiere matarte para apoderarse de todas estas riquezas.

Una vez dentro de la cueva, Sigfrido se apresuró a coger el yelmo y el anillo. Luego, fue al encuentro del enano Mime. Éste se hallaba acechándole y, apenas lo vio, se lanzó sobre él con un enorme cuchillo para matarle; pero con un golpe de su espada, Sigfrido partió en dos la cabeza del desdichado y ambicioso enano.

Desde la rama en que estaba, el pajarillo dijo ahora al héroe:

—Báñate en la sangre del dragón y serás invulnerable. Ninguna espada ni arma podrá penetrar en tu carne.

Mientras Sigfrido obedecía sumergiéndose desnudo en la sangre que formaba un enorme charco en el suelo, una hoja de tilo se desprendió del árbol y fue a caer justamente en medio de la espalda del héroe: por esta razón, aquel punto del cuerpo que no pudo ser bañado por la sangre del dragón quedó vulnerable y luego había de ser causa de la muerte del joven.

El jilguero habló luego de Brunilda, la bella walkiria, que dormía encerrada en un círculo de fuego.

—Sígueme y te conduciré hasta ella –prosiguió–. Una vez allí, atraviesa sin miedo las llamas y encontrarás a la que ha de ser tu esposa.

Sigfrido obedeció una vez más, siguiendo al pajarillo que le precedía, sirviéndole de guía. Pronto llegaron a la cima de una montaña, en la que brillaba un gran incendio. Las llamas, altísimas, llegaban casi al cielo. Pero el héroe, sin miedo ninguno, avanzó hacia ellas, y las cruzó impertérrito.

En el interior del círculo había un prado muy verde y una paz paradisíaca. Y allí estaba tendida la hermosísima Brunilda, a quien el dios Wotan había dejado dormida, muchos años antes, como castigo a su desobediencia.

Sigfrido besó los labios de la bella durmiente y ésta abrió entonces los ojos, miró fijamente al joven y dijo sonriendo:

—Has despreciado el peligro, mi héroe prometido, y eres, por eso, digno de que sea tu esposa.

Sigfrido callaba, deslumbrado ante tanta belleza. Todavía no alcanzaba a comprender por qué se había ganado una esposa tan bella. Cuando fue capaz de articular palabra, dijo su nombre y narró, en breves palabras, su historia. Finalmente, quitó de su dedo el mágico anillo y lo puso en el de Brunilda, en prenda de amor eterno.

A partir de este instante, Sigfrido iba a saber lo que era la pasión amorosa, mientras que ella habría de conocer la enfermedad, la vejez y la muerte.

La muerte de Sigfrido o el crepúsculo de los dioses

El enano Alberico había muerto con el dolor de no poder recuperar el anillo de oro. Pero esta obsesión del anillo de los Nibelungos se conservaba intacta en su hijo Hagen que era, si cabe, más cruel que su padre.

El ambicioso Hagen tenía dispuesto un plan diabólico para hacerse con la ansiada joya. Para ello se servía de dos hermanos que vivían con él: Gunther y Crimilda.

Hacía tiempo que en un castillo del Rhin habitaba el joven y apuesto Gunther, rey de los Burgundios, con su hermosa hermana Crimilda, la de las largas trenzas doradas, a los que servía como consejero el pérfido Hagen.

Los súbditos de Gunther le instaban en vano a que tomara esposa para que les diera un heredero. El monarca no se decidía por ninguna. Había oído hablar de la walkiria Brunilda, encerrada en un cinturón de llamas y, aun sin verla, se había enamorado locamente de ella, hasta el punto de desear hacerla su esposa.

—O Brunilda o ninguna —solía decir—. Pero, ¿cómo puede conquistarse una esposa encerrada en un círculo de fuego?

—Yo sé quién podría traerte a Brunilda —le dijo un día su consejero Hagen—. Es Sigfrido, el hombre que ha matado el dragón y que es ahora dueño absoluto del tesoro de los Nibelungos.

Seguidamente, el malvado Hagen expuso a Gunther el plan que había elaborado para conseguir que Sigfrido le entregase a la mujer que tanto amaba.

Mientras tanto, Sigfrido y la walkiria Brunilda gozaban juntos de las delicias de un amor verdadero y correspondido. Pero llegó un momento en que la hermosa walkiria comprendió que no debía retener a su amado en la ociosidad de una vida vulgar.

—Anda, ve a emprender las hazañas a que estás destinado –dijo a Sigfrido.

Entonces, el héroe le entregó el anillo mágico en prueba de amor y partió llevándose el caballo, el escudo y el yelmo que le hacía invisible.

No tardó en hallar a Gunther y Hagen, que le salieron al paso y se le mostraron como amigos. Tanto congeniaron Sigfrido y Gunther, que llegaron incluso a celebrar el Pacto de la Sangre, consistente en jurarse fidelidad y amistad sellada con mezcla de la sangre de ambos.

Y así sucedió. Apenas el héroe bebió el filtro de amor que la misma Crimilda le ofreció, olvidó a Brunilda, la fidelidad que le había jurado y todo lo demás, y ya no tuvo ojos más que para Crimilda; se sintió fascinado por ella y deseó hacerla su esposa inmediatamente.

—¡Oh Gunther! –le dijo–. Te ruego me concedas a tu hermosa y dulce hermana Crimilda por esposa.

El rey de los Burgundios calló; pero el pérfido Hagen habló por él en estos términos:

—Para obtener la mano de Crimilda, es preciso que traigas al rey Gunther la walkiria Brunilda.

A Sigfrido el nombre de Brunilda le pareció desconocido. El nuevo amor le había quitado la memoria y no se acordaba de nada. ¡Así era el filtro de poderoso!

Luego Hagen hizo que Gunther le dijera a Sigfrido que estaba enamorado de Brunilda. Y el héroe no sólo no se ofendió, sino que se ofreció para ir en persona a obtenerla para traérsela a su amigo. Se valdría de un truco consistente en adoptar la figura de Gunther mediante el yelmo mágico.

Tomado, pues, el aspecto de Gunther, Sigfrido se presentó ante su antigua amada, la tomó por la fuerza y la condujo al castillo del rey. Brunilda llevaba el anillo que la fortalecía con el recuerdo de Sigfrido, pero la llegada de aquel extranjero con el yelmo de su amado, la desconcertó en extremo.

Cuando Brunilda descubrió la atroz superchería de que el propio Sigfrido fingía ser Gunther, su primera reacción fue clamar a los dioses pidiendo justicia. Pero cuando vio que Sigfrido obraba sin entender nada, jurando con la mayor tranquilidad que jamás traicionó a nadie, la walkiria comprendió que algo misterioso y profundo se encerraba en todo aquello.

Entretanto, la conspiración del malvado Hagen avanzaba hacia un desenlace fatal.

Las bodas de Gunther y Brunilda se celebraron al mismo tiempo que las de Sigfrido y Crimilda. Todos eran felices, menos Brunilda: la infeliz walkiria no sólo no deseaba casarse con el rey, sino que tenía que ver cómo su amado Sigfrido se casaba con Crimilda.

¡Pobre Brunilda! No había paz para ella; se hallaba en palacio, ofendida y humillada, y apenas terminó la fiesta nupcial se retiró a sus habitaciones y lloró desesperada, meditando su venganza. Desde aquel momento no dejó un segundo tranquilo a su esposo. Todos los días le incitaba contra Sigfrido. Y tanto dijo e hizo, que al fin el rey, para complacerla y por seguir también los pérfidos consejos de Hagen, prometió desembarazarla de la odiosa presencia del héroe.

Para ello escogió un día de caza. Sigfrido había matado ya dos jabalíes y un oso, pero, sintiéndose cansado, se retiró a descansar a la orilla de un riachuelo. El traidor Hagen, que no le abandonaba ni un segundo, le siguió hasta allí. Se había enterado de que el héroe era invulnerable en todo el cuerpo excepto por la espalda, y sólo buscaba la ocasión propicia para apuñalarle a traición.

De pronto, mientras Sigfrido, sediento, se inclinaba para beber en la corriente, Hagen le hundió, rápidamente la punta de su lanza en la espalda, en el único punto de su cuerpo en que era vulnerable.

Sorprendido así a traición, Sigfrido no pudo defenderse: fulminado, cayó al suelo y murió. Gunther se precipitó sobre el cadáver, lo que le permitió oír la última palabra de su amigo: «¡Brunilda!»

El traidor Hagen se abalanzó entonces sobre el muerto para apoderarse del anillo mágico que llevaba en uno de sus dedos, pero Gunther le cortó el paso para impedírselo. Pelearon un instante, hasta que vieron llegar a caballo a Brunilda. Ésta fue solamente hacia Sigfrido y, llorando desconsolada y presa de vivo remordimiento, contempló largamente a su amado.

—Que hagan una pira –ordenó.

Cuando la pira estuvo preparada, colocó sobre ella el cadáver de su amado y le prendió fuego. Después, tan pronto como las llamas se remontaban hasta el cielo, la propia Brunilda, valientemente, se arrojó entre ellas reuniéndose así con el héroe que debió ser su esposo en vida.

Poco a poco, el fuego creció de manera desmesurada y una negrísima nube de humo se elevó hacia lo alto. Arriba, en el mundo de los dioses, Loge rodeaba con sus brazos de fuego el Walhalla.

Y mientras abajo, en la tierra, Sigfrido y Brunilda se quemaban en la misma pira, arriba también los dioses ardían en el mismo fuego que los dos amantes. Instantes después, hasta las cúpulas doradas, enormes, del Walhalla, se agrietaron y se disgregaron como polvo.

Era el crepúsculo de los dioses.

Del anillo mágico no quedaba nada. Sólo un momento se vio un vivo fulgor, que desapareció rápidamente como una estrella fugaz. Luego, el agua del Rhin, venida de no se sabe dónde, fue cubriendo lentamente todas las cenizas y se llevó consigo el oro que nunca se le debió quitar.

Cuando Crimilda supo la muerte de Sigfrido se mostró inconsolable, y ya no pensó en otra cosa que en vengar a su esposo.

Años más tarde, se casó con Atila, rey de los Hunos. Y desde el día de su boda, Crimilda no hizo ya sino azuzar a su marido contra su hermano Gunther y su malvado consejero Hagen, a los que culpaba de la muerte de Sigfrido.

Cierto día, cuando todo parecía olvidado, Crimilda organizó una fiesta a la que invitó a Gunther, a Hagen y a los principales jefes y guerreros de los Burgundios. Nadie sospechaba nada y todos, por tanto, aceptaron gozosos el convite. Pero apenas los invitados se sentaron a la mesa en la gran sala del banquete, los guerreros hunos, apostados por Crimilda, surgieron por todas partes y con sus espadas desenvainadas mataron a todos los desprevenidos invitados.

Un guerrero burgundio, antes de morir, mató de una puñalada a la desgraciada Crimilda. Y se cuenta que de aquella terrible matanza sólo escapó con vida el joven Teodorico, que más tarde fue rey de los Amalos y de Italia.

Así quedó cumplida la maldición del enano Alberico: el tesoro de los Nibelungos no dio al mundo más que destrucción y muerte, hasta quedar otra vez sepultado en el fondo del Rhin.

El doctor Fausto

Cuéntase que el doctor Fausto fue rico por una herencia de familia; pero que habiendo dilapidado toda su fortuna en el abuso de los placeres, y no queriendo renunciar a ellos, pactó con el diablo que éste le proporcionaría cuanto deseara por espacio de veinticuatro años, a cambio de su alma, que le vendía.

Ese pacto lo firmó el doctor Fausto con sangre de sus venas. Y desde aquel momento su inseparable compañero, guía y amo, más bien criado, fue un espíritu infernal que tomó forma humana con el nombre de Mefistófeles.

En su compañía, el doctor se dedicó a recorrer el mundo y a asombrar a las gentes con su ostentación de riquezas y mágicos embelesos, sin contar también sus delictuosos amoríos.

Al acercarse la fecha fijada en el nefasto contrato, el doctor Fausto dio una gran cena a sus compañeros de libertinaje y en ella murió, y su alma pasó a manos del diablo.

Pero tanto intercedió la dulce y bella Margarita en los cielos por el alma de su amado Fausto, que al fin logró arrebatársela a Mefistófeles, o Satán, que al final hubo de confesarse vencido y retirarse, mientras el alma que creyó suya se elevaba a los cielos hasta el trono de María, la Virgen Madre, la soberana del Universo, la Inmaculada, ante la cual se postran santos y penitentes.

Tannhauser

El caballero Tannhauser, *minnesinger* del siglo XIII, brilló en las cortes de Alemania y viajó por Italia durante el pontificado del papa Urbano IV, de 1264 a 1268.

En su vida errante, en la que por abuso de placeres consumió toda su fortuna, dícese que llegó a la montaña del Venusberg, o montaña de Venus, mágico asilo de voluptuosidades que conducían a sus moradores a la eterna condenación del alma.

Tannhauser estuvo allí todo un año, pero despertándose un día su dormida conciencia, despidióse de Venus, con gran enojo de ésta, y emprendió una peregrinación a Roma para postrarse a los pies del papa e implorar el perdón de sus pecados.

Urbano IV los consideró tan graves que, mostrándole el blanco báculo que empuñaba, le dijo severamente:

—El día que este seco bastón se revista de hojas verdes, entonces podré concederos la absolución que solicitáis.

Perdida, pues, toda esperanza de salvación, el pecador Tannhauser regresó nuevamente a la montaña de Venus, donde fue recibido con gran regocijo, como un amante fiel que retornaba.

Pero entonces ocurrió un milagro: tres días después de salir de Roma el caballero Tannhauser, compadecida la Virgen María de aquel pobre pecador que volvía a hundirse en el infierno del cual había deseado salir, arrepentido, hizo que la dura y despiadada frase del papa se convirtiera en realidad.

En efecto. De pronto, el blanco y seco báculo pontifical empezó a revestirse de hojas verdes. Inmediatamente, Urbano IV envió a todas las partes del globo por donde podía estar Tannhauser mensajeros con esta orden:

—Decid a ese caballero que regrese a Roma, donde le espera mi perdón.

Pero los emisarios llegaron tarde y tuvieron que regresar sin convencer al que buscaban, porque Tannhauser se había sumido de nuevo en el misterioso y maldito Venusberg, donde había de permanecer hasta el día del Juicio Final, en que Dios le juzgaría.

Por esta causa, el papa ordenó a los sacerdotes que a partir de entonces no negaran nunca al pecador arrepentido el perdón de sus pecados, privándole de toda esperanza de regeneración.

Parsifal

El castillo poderoso de Montsalvat se alzaba sobre una roca altísima e inaccesible de los Pirineos. Tan escarpada y lisa era la roca que ningún ejército del mundo hubiera podido asaltarlo.

En el tiempo de este relato, el rey de Montsalvat era Titurel, al que rendían tributo unos cuantos caballeros, a cual más distinguido por su sangre y su valor.

Bajo una gran cúpula abierta en el techo central de la fortaleza se custodiaba, en una urna ornada de piedras preciosas, el santo Grial, es decir, la copa en que bebió Jesús con sus discípulos en la Última Cena, la misma copa en que después recogió José de Arimatea la sangre digna brotada de las heridas del redentor.

De las manos de José de Arimatea, la copa pasó a otras manos hasta llegar finalmente a Montsalvat, donde también se custodiaba devotamente la lanza con que el centurión abrió la herida mortal en el costado de Cristo.

Los caballeros del Grial, orden mitad monástica y mitad guerrera, daban guardia a estas sagradas reliquias. Estos caballeros no conocían el miedo, tenían una mística fe y juraban permanecer puros, renunciar al mundo, estar siempre dispuestos a defender la inocencia perseguida y a los débiles y oprimidos.

Su fe en Dios era, por otra parte, confirmada por un milagro que se realizaba cada año en el día de Viernes Santo. Se cuenta que en ese memorable día, consagrado a la muerte de Cristo, los caballeros se reunían en la cena y colocaban en medio de ésta la santa copa milagrosa, o sea, el santo Grial.

Entonces, el anciano rey Titurel rogaba ardientemente al Altísimo que bendijera a sus caballeros. Y he aquí que, por la abertura de lo alto de la cúpula, descendía una paloma blanca como la nieve, que se posaba por un instante en el borde de la copa. Luego, volaba de nuevo velozmente desapareciendo en la altura, mientras todos los caballeros se prosternaban en tierra adorando.

Este milagro de la paloma era la prueba de que Dios bendecía desde el cielo a sus fieles caballeros del santo Grial.

Ocurrió, sin embargo, que un buen día, el viejo rey Titurel se sintió achacoso, sin fuerzas. Y comprendiendo que se acercaba su última hora, abdicó en favor de su hijo Amfortas, joven impetuoso y de buenas intenciones, pero ingenuo e inexperto.

Los caballeros del santo Grial acogieron con entusiasmo al nuevo soberano, que poseía todas las virtudes, pero tenía el grave defecto de estar siempre demasiado seguro de sí mismo y de su propio valor.

Frente a Montsalvat y a corta distancia se alzaba un castillo de piedra negra. Su dueño era un mago, un hechicero de gran poder, llamado Klingsor, que era perverso como el mismo diablo. En otro tiempo había sido caballero del Grial, pero por su maldad fue arrojado de aquella santa profesión. Desde aquel día, únicamente vivió para planear su venganza, cuyo principal objetivo consistía en apoderarse del santo Grial.

El rey Amfortas, por su parte, apenas subió al trono, decidió presentar bàtalla al mago Klingsor y destruir su diabólico palacio lleno de maleficios. Y jactanciosamente seguro de su victoria, un buen día partió solo, armado de la santa Lanza.

Sucedió, no obstante, que en lugar de combatir con las armas, el inexperto monarca se halló impensadamente frente a seducciones que no conocía. Al llegar a los maravillosos jardines que rodeaban el castillo de su enemigo, encontró una serie de hermosas mujeres, amables y risueñas, que le ofrecieron deliciosos manjares y licores exquisitos.

La más bella de aquellas mujeres, llamada Kundry, tomó al joven Amfortas bajo su especial protección. Y, mientras con voz acariciadora e insinuante le prometía el amor, la gloria y la felicidad, mezcló en su bebida un filtro de poder misterioso que le embriagó haciéndole olvidar el santo Grial, Montsalvat y todo cuanto había sido hasta entonces de su interés.

A partir de este momento, el infeliz Amfortas estuvo en manos del perverso Klingsor, que, arrancándole de la mano la santa Lanza, le hizo con ella una profunda herida en el costado.

La herida era incurable, ya que todas las heridas hechas con la santa Lanza no había poder humano que pudiera sanarlas. Sólo existía un medio: podría curarse si un joven casto e inocente se apoderara de la Lanza y le tocara con ella.

Entretanto, el desdichado rey Amfortas volvió a Montsalvat vencido, humillado y con aquella herida incurable en el costado. Dios había castigado así su pecado de orgullo.

Lo malo fue que desde aquel día infausto, como el rey había pecado, no volvió a renovarse el milagro del Viernes Santo. En vano el monarca, arrepentido, rezaba con fervor; la paloma ya no bajaba del cielo; Dios ya no protegía a los caballeros del santo Grial.

Pero, como la misericordia del Señor es infinita, cierta noche el desgraciado Amfortas soñó oír una voz consoladora, que le prometió la curación milagrosa de su herida siempre supurante y el regreso de la paloma celestial.

—Para que esto pueda suceder –le dijo la misteriosa voz– debe llegar a Montsalvat un joven puro y sin miedo, que con su ingenuidad logre desarmar a Klingsor y vencerle.

Desde aquella noche, Amfortas aguardó, confiado, el cumplimiento de tan consoladora promesa.

Cierto día corrió la voz de que uno de los cisnes sagrados que nadaban majestuosamente en uno de los lagos de Montsalvat había sido asaltado y muerto por un joven desconocido. Inmediatamente, aparecieron entre los árboles del bosque varios caballeros del santo

Grial, que vestían con una blanca túnica, en la que llevaban bordada una paloma de plata sobre el pecho.

El joven que dio muerte al cisne era un caballero, bien se veía en su porte, que quedó desorientado y sorprendido al ver aparecer ante él a tantos guerreros armados en son amenazador.

Los caballeros le interrogaron sobre su condición, de dónde venía y cómo se llamaba. El inocente cazador confesó que no sabía que se trataba de un cisne sagrado e ignoraba también que estaba en Montsalvat.

Dijo llamarse Parsifal, nacido en el país de Gales y ser hijo del ya muerto y valiente caballero Gamuret y de la hermosa reina Herzeloida, llamada también «Dolor del Corazón». Y al ser preguntado dónde había sido armado caballero, el joven respondió con orgullo:

—En la corte del rey Arturo.

Como todos los caballeros del santo Grial juzgaron a Parsifal inocente, le dejaron marchar de Montsalvat, no sin que el caballero Gurnemanz quedara vivamente impresionado al observar la extraña conducta de aquel joven cazador.

Parsifal se alejó del santo recinto hasta llegar, siempre sin darse cuenta, al jardín encantado del mago Klingsor. Como de costumbre, se adelantaron a su encuentro las hermosas doncellas, que esperaban corromperle presentándole los más ricos manjares y los más deliciosos licores. Pero todo fue inútil. El muchacho no quiso aceptar nada y respondió groseramente a aquellas atenciones.

Entonces se acercó al joven caballero la hechicera Kundry y, tras ofrecerle la gloria y la felicidad, pretendió acariciarle. Parsifal no sólo rehusó cuanto le ofrecía, sino que sintiéndose ofendido, rechazó a la hermosa mujer con violencia, tirándola al suelo.

Kundry, asustada y en un arrebato de ira, llamó a gritos al mago Klingsor, que acudió con rapidez empuñando la sagrada

Lanza. Y, empleando sus pérfidas artes, la arrojó contra Parsifal para herirle como había hecho con Amfortas.

Sin embargo, el joven, muy rápido, e inclinándose a tierra, cogió la Lanza al vuelo, hizo con ella la señal de la cruz y luego huyó de aquel lugar.

Con ello, el encanto quedó roto. Al instante, se oyó un trueno terrible, la montaña se tambaleó y el palacio de Klingsor se hundió en el abismo con todos sus moradores. Poco después, del soberbio castillo de piedra negra no quedaba ni rastro.

Como anochecía y Parsifal no sabía adónde dirigirse entonces, pensó regresar al castillo de Montsalvat y pedir hospitalidad a los caballeros del santo Grial. Pero su asombro no tuvo límites al ver que le recibían como a un héroe por haber derrotado al mago Klingsor.

El rey Amfortas recordó entonces el extraño sueño que le prometiera la llegada de un joven ingenuo y puro que le devolvería la salud.

—Ese joven no puede ser otro que Parsifal —se dijo el monarca, lleno de esperanza.

También el caballero Gurnemanz reconoció en el joven la misma ingenuidad, la misma franqueza y sinceridad; idéntica rectitud de intenciones que cuando llegó por primera vez a Montsalvat. Por eso no dudó ahora de que efectivamente Parsifal era el enviado para sanar al rey Amfortas de su purulenta herida.

Al día siguiente era Viernes Santo. El rey Amfortas se trasladó, como todos los años, a la inmensa sala donde se celebraba —aunque ahora ya inútilmente— el rito anual.

Los caballeros se dirigieron en solemne procesión a la capilla. Parsifal iba con ellos, llevando la santa Lanza en alto. Al llegar junto al abatido y doliente monarca, como obedeciendo a una inspiración, le aplicó la Lanza a la herida, diciendo:

—¡Señor, sólo esta Lanza que te hirió podrá curarte!

Al verse curado tan milagrosamente, el rey se arrodilló para dar gracias al Altísimo. Mientras tanto, el caballero Gurnemanz tomó de la mano al joven héroe y lo llevó hasta el presbiterio, hasta dejarlo en el sitial que correspondía al jefe.

Con aire decidido, Parsifal se adelantó hasta el sagrario, y después de coger el Cáliz lo elevó. Y he aquí que el esperado milagro se repitió. De la abertura que había en lo alto de la cúpula bajó una luz del cielo y, envuelta en ella, una paloma que vino a posarse sobre el santo Grial.

Después, antes de emprender el vuelo, fue a posarse sobre la cabeza de Parsifal, dando a entender con ello que el joven debía ser coronado rey de Montsalvat.

Lo que se llevó a efecto, allí mismo, entre el entusiasmo delirante de los caballeros del santo Grial.

Lohengrin

Los hermanos Elsa y Godofredo vivían felices en la ciudad de Anvers, situada a orillas del Escalda, en el dulce país de Brabante. El padre de los dos jóvenes, al morir, los confió a un pariente lejano, el conde Federico de Telramundo, que hacía de regente del reino.

Un día salieron los dos hermanos a pasear por el bosque, pero la hermosa Elsa no tardó en regresar al castillo sola, conturbada y llorosa.

—Godofredo —dijo— se ha alejado de mí un momento y ya no he vuelto a verlo. Temo que le haya ocurrido alguna desgracia.

Toda la ciudad se puso en movimiento para buscar al joven heredero del ducado, pero fue en vano: Godofredo no apareció por ninguna parte. ¿Qué había sido de él?

Lo que había ocurrido era sabido únicamente por la bella Ortruda, dama de honor de Elsa, mujer que conocía las artes ocultas y ambicionaba el ducado de Brabante. Para ella fue muy fácil convertir al heredero, Godofredo, en ave y luego hacer creer que la infeliz y hermosa Elsa, la que debía sucederle como duquesa de Anvers, le había dado muerte alevosamente.

—Yo he visto cómo arrojaba a su hermano a las aguas del río —dijo Ortruda al regente Telramundo.

Y aunque al pronto éste dudó en creer esta acción de la doncella, al final acabó por convencerse ante las repetidas afirmaciones y solemnes juramentos de la perversa Ortruda.

Al día siguiente, el rey del país llegó a la ciudad y Federico acusó públicamente ante el monarca y el pueblo reunido a Elsa de Brabante como culpable de fratricidio. Pero Telramundo no contó con la voluntad del soberano, que antes de condenar a la desdichada Elsa por tan gran delito, quiso cerciorarse de que las acusaciones del regente y de su cómplice Ortruda eran verdaderas, mediante un Juicio de Dios.

—Federico de Telramundo, ¿quieres combatir con aquel que se presente como campeón de Elsa? –le preguntó el rey.

—Sí –respondió el regente sin vacilar.

La joven Elsa acariciaba secretas esperanzas de probar su inocencia, ya que en sueños se le había aparecido un caballero dispuesto a defenderla en el momento del juicio.

El día señalado para celebrar el Juicio de Dios, la corte en pleno se trasladó al lugar indicado, junto a un caudaloso río. El rey indicó a los heraldos que hicieran sonar sus trompetas invitando al que quisiera ser campeón de Elsa a dar un paso hacia delante.

No se adelantó ninguno. Después de breve intervalo, las trompetas resonaron de nuevo y la invitación se repitió. Y ya todos suponían el juicio fallado contra Elsa, cuando, de pronto, alguien indicó señalando con la mano:

—¡Mirad! Un extraño esquife avanza por el río.

Efectivamente, llegaba tirado por un gran cisne blanco. En él iba un joven y apuesto caballero desconocido, cubierto por una armadura absolutamente blanca. Después de poner pie en tierra, se abrió paso entre la multitud y, una vez ante el rey, declaró:

—Señor, vengo para defender a Elsa de Brabante y sostener su inocencia con las armas, frente a cualquiera que pretenda lo contrario. Si así es, ¿aceptará Elsa ser mi esposa? Y si acepta, ¿promete solemnemente no preguntarme nunca cuál es mi nombre ni de dónde vengo?

La hermosa Elsa aceptó con entusiasmo y prometió cuanto el desconocido y apuesto caballero deseaba. Acto seguido comenzó el Juicio de Dios.

El regente Telramundo no tuvo más remedio que salir al campo. De antemano parecía vencido, tan arrogante, tan seguro de sus razones se presentaba el caballero del Cisne. La lucha fue, en efecto, breve, y rotunda la victoria del recién llegado, que se prometió a Elsa en matrimonio.

Las armas declararon, pues, la absoluta inocencia de Elsa y el pueblo se aprestó a festejar con alegría las bodas de la doncella con el valeroso guerrero.

Pero la pérfida Ortruda no dormía tranquila al ver destruido su plan y no perdía ocasión de destilar el veneno de la duda y la desconfianza en el corazón de Elsa, contra quien albergaba una inconfesable envidia y un odio profundo.

Ortruda sabía que al caballero del Cisne no le era posible revelar su origen y su nombre sin perder el poder mágico de su brazo invencible. Y su sagacidad le indicó que si un medio había para sonsacarle esto al caballero, era indudablemente que se lo preguntara la misma Elsa. A ella, sin duda, le confesaría nombre y patria. Todo estribaba, pues, en excitar la natural curiosidad de la mujer, que no dejaría de atormentar a Elsa al poco tiempo de vivir en la incógnita de saber quién era su marido.

A poco de celebrarse las bodas de Elsa con el caballero del Cisne, Ortruda preguntó a la recién casada:

—¿Cómo puedes fiarte ciegamente de un desconocido? ¿Por qué tu esposo no ha querido decirte su nombre ni el lugar de dónde viene? ¿No serías más feliz pudiendo llamarle por su nombre, sabiendo realmente quién es?

Elsa se inquietó al oír las palabras de su maligna e insinuante dama de honor. Y como ya la duda le roía el alma como un gusano, la pobre criatura no pudo contenerse. Entonces, rogó a su esposo le revelara quién era y de dónde venia.

—¡Sólo sabiendo esto podré vivir en paz y feliz! –exclamó.

Tanto insistió y suplicó Elsa que el caballero del Cisne comprendió que ya nunca más podría vivir tranquilo con ella si no contestaba a sus preguntas. De hecho, Elsa había faltado ya al juramento que le hiciera de no preguntar nunca su nombre y su patria de origen.

Después de mirar a su esposa largamente, con mirada a un tiempo amorosa y dolorida, le dijo:

—Ven, pronto vas a saber quién soy y de dónde vengo. Lo voy a decir ante el rey.

Y tomando a Elsa de la mano, la condujo ante el monarca y los dignatarios de la corte y el pueblo reunido en una gran plaza. La sorpresa de todos fue grande al ver aparecer al caballero con la armadura puesta y con aire solemne.

—Voy a revelar mi origen y mi nombre –dijo en voz alta–. Como mi esposa ha faltado a su juramento destruyendo nuestra felicidad, ahora ninguna fuerza humana podría sujetarme y debo revelar mi secreto. Provengo del remoto castillo de Montsalvat, en el que se conserva desde tiempo inmemorial el Santo Grial, que hasta ahora ha estado bajo la custodia de Parsifal, señor de aquellos majestuosos dominios.

Hizo una breve pausa para ver el efecto que sus palabras producían en los oyentes y prosiguió:

—Mi nombre es Lohengrin y soy hijo de Parsifal, rey de Montsalvat. Como caballero del Santo Grial tengo una fuerza invencible en los combates. Por ello, vine a defender a Elsa. Y aquí hubiera permanecido toda la vida al lado de la mujer a quien amo. Pero los Caballeros de Grial sólo podemos permanecer en el mundo a condición de que nadie sepa nunca nuestro nombre ni de dónde venimos. Así pues, ¡adiós!

Al decir esto, vieron todos que se aproximaba por el río el esquife que había traído a Lohengrin, quien, desasiéndose de Elsa que, llorando, se cogía a su brazo, montó en él, dispuesto a abandonar Brabante.

De pronto se adelantó la malvada Ortruda dando grandes gritos y diciendo arrepentida:

—Yo fui la que encantó a Godofredo convirtiéndolo en cisne. Y no es otro que el que tira del esquife de Lohengrin.

Al oír estas palabras Lohengrin le quitó la cadena que el cisne llevaba en el cuello y el animal se sumergió en las aguas del río para volver a salir bajo la figura de Godofredo.

Mientras la llorosa y sorprendida Elsa se abrazaba a su reaparecido hermano, una paloma descendió del cielo. Y arrastrando consigo la barquilla y a Lohengrin, ambos desaparecieron en el horizonte.

El buque fantasma

Cuenta Wagner en su ópera *El buque fantasma* que Daland era un marino noruego, que tenía una hermosa hija llamada Senta y una potente nave propia, con la que traficaba entre varios puertos del mar del Norte y del Báltico.

Cierto día, un violento huracán le lanzó el barco a siete millas del puerto al cual se dirigía, en el lugar llamado Sandwich, cuya playa estaba erizada de rocas, y allí tuvo que anclar.

Los marineros cargaron velas y lanzaron cables. Y aun cuando la tripulación descansaba en la cala, el piloto quedó de guardia en el puente. Pero se durmió agotado por el cansancio, sin reparar en que la tempestad volvía con más fuerza.

De repente, se vio aparecer en lontananza el *Buque fantasma* con sus negros mástiles y las velas color de sangre. Era un barco extraño, sin pabellón. No veíase además a nadie en cubierta. Ni vigía en la gavia.

El *Buque fantasma* se acercó rápido a la playa, junto al navío noruego. Al echar el ancla, produjo un terrible ruido que despertó sobresaltado al piloto de Daland. Éste, después de dirigir una recelosa mirada en derredor y cerciorado de que todo iba bien, murmuró algunas frases de la canción que cantaba antes de dormirse, y volvió a quedarse dormido.

Sin producir entonces el menor ruido, la tripulación fantástica del fantástico buque cargó velas y el Holandés Errante saltó a tierra. Era un hombrachón altísimo, delgado, de rostro taciturno, de espesa barba rubia, de ojos de un azul extraordinario; unos ojos inexpresivos y magnéticos. Al verse en la playa exclamó:

—¡Sonó la hora! ¡Siete años van transcurridos! ¡Las alas fatigadas me rechazan al momento! ¡Ah! Océano orgulloso, en breve volverás a sostenerme en tus flancos. Tu rabia decrece y mi pena no tiene fin...

Dice otra versión que al Holandés le anunció un ángel que «la senda de su salvación» consistía en hallar una mujer que le amara y le fuera fiel. A este fin, cada siete años le era permitido saltar en tierra para buscarla; pero tan desengañado estaba ya de esa «fidelidad», que su impuesta búsqueda parecíale de antemano trabajo perdido. No creía que hubiera en el mundo corazones fieles.

Mientras el Holandés Errante se tendía sobre una roca, salió de su camarote Daland, el marino noruego, y obligó a su dormido piloto a que, con la bocina, llamase a gritos a la tripulación del Buque fantasma que acababa de ver. Pero nadie contestó.

A quien vio Daland fue al Holandés Errante, recostado sobre la roca, al que le dirigió la palabra como si se tratara de un viejo camarada.

—¿Quién eres? ¿De dónde vienes? –le preguntó.

—Soy de nacionalidad holandesa –respondió–. La tempestad ha arrojado aquí mi buque sin averías. He andado errante largo tiempo por los mares de innumerables países, y si bien he podido visitarlos todos, el único que me ha sido vedado ha sido el mío.

El Holandés añadió además que si Daland se dignaba acogerlo como amigo y conducirlo a su casa, no podría nunca quejarse de haberle dado hospitalidad, porque en su buque guardaba riquísimos tesoros con los que podría recompensarle dignamente.

—¡Muéstramelos! Me gustaría mucho verlos –dijo Daland.

El Holandés hizo desembarcar entonces un cofre por dos marineros y, abriéndolo, aparecieron montones de riquísimas perlas y toda clase de piedras preciosas. Todo se lo ofreció a Daland por una noche de hospitalidad, y añadió:

—Esto no es nada comparado con lo que todavía me queda en el buque. Pero ¿de qué me sirven tantas riquezas, sin mujer, sin hijos, y ausente siempre de mi propio país?

Y antes de que Daland pudiera volver de su asombro, hizo una pausa y agregó:

—Mira: te entrego todos mis tesoros si me das una familia entre los tuyos... ¿Tienes alguna hija?

—Sí, una tengo –contestó Daland– y preciosa.

—Pues dámela –dijo el Holandés.

Daland casi se volvió loco de alegría ante la inesperada riqueza que vio llegar a su familia como caída del cielo. Quedó así concertada la boda, si la hija de Daland gustaba al Holandés Errante. Y como, mientras tanto, ya había calmado la tempestad y mudado el viento, Daland dio orden de zarpar, llevando en pos de su barco el del Holandés.

Entretanto, en casa de Daland estaba su hija Senta triste y melancólica, contemplando un cuadro que había colgado en la pared del fondo de la sala en que hilaban, charlaban y cantaban la que fue nodriza de Senta y las doncellas que le ayudaban en la labor.

En aquel cuadro aparecía un hombre de rostro pálido, barba negra y oscuro traje: era el Holandés Errante de la leyenda, de las baladas.

La nodriza había acostumbrado a Senta, desde niña, a oír esta leyenda, a cantarle esta balada. Y la muchacha, con el tiempo, acabó por enamorarse de aquella romántica figura que le inspiraba compasión. Pero ahora, la misma nodriza estaba asustada de este amor ideal, fantástico, ya que se había percatado de que había un pretendiente real y positivo, Erik, el cazador, que cortejaba a Senta, y que ésta se mostraba muy amable con él.

Erik ya pasaba por ser el novio de la muchacha, en las charlas de las mujeres de la casa y hasta entre las gentes del puerto. Pero, no obstante, el joven distaba mucho de verlo todo tan seguro, preocupado por la especie de fascinación que ejercía aquel maldito retrato del Holandés Errante y su historia sobre Senta.

Quizá para conocer mejor a la muchacha, un día le refirió Erik un sueño que tuvo respecto a esto, y al oírlo, involuntariamente se le escapó a Senta esta exclamación:

—¡Oh, el Holandés Errante me busca y yo he de morir con él!

Desesperado, Erik se alejó de la joven sin proferir una sola amenaza, convencido de haber perdido para siempre a la mujer amada.

Cuando Daland llegó a su casa acompañado del Holandés Errante, la hermosa Senta quedó en el acto prendida en la mirada de aquel desconocido. Y cuando éste le preguntó si quería ser su esposa, ella respondió sin dudar:

—¡Ésta es mi mano! ¡Tuyo mi corazón hasta la muerte!

Al enterarse Erik de que Senta se había prometido con aquel desconocido, corrió a verla y le dijo con acento de súplica:

—Amada Senta, tú no serás feliz con ese hombre. Es un capricho, una obsesión absurda. Tú eres mujer de hogar, dulce, buena, para tener muchos hijos. No puedes casarte con un hombre sin patria, con un aventurero, soñador por añadidura.

Y al decirle esto, la tenía cogida por los hombros, como si de esta manera pudiera persuadirla mejor.

De pronto se abrió la puerta y Senta vio clavados en ella aquellos ojos fascinadores que tan bien conocía; aquellos ojos azules del marino desconocido, con un destello que a ella le heló el corazón.

En aquel preciso instante fue el mismo Erik quien hizo que Senta se matase, pues le echó en cara una conversación que había tenido con ella, en la cual, falsamente, dijo:

—A mí también me juraste fidelidad eterna.

Oído esto por el Holandés, fue causa de que ya no creyera en el juramento de fidelidad que a él le había hecho la joven, y se arrojara como un loco a su Buque fantasma, dando la orden de partir inmediatamente, sin haber logrado su redención.

Al verle partir, la enamorada Senta, impotente para detenerle, a su lado, se arrojó al mar desde una roca, diciendo:

—¡Mira ahora si te soy fiel hasta la muerte!

Y se dice que, en el mismo instante, el navío del Holandés Errante se hundió desapareciendo bajo las aguas. Entonces en lontananza se vio surgir de las ondas al Holandés y a Senta transfigurados y unidos en un abrazo.

Aquel nuevo Judío Errante del mar había sido redimido, al fin, por una mujer angelical que le había dado su vida, demostrando que aún hay heroica fidelidad en el mundo.

INGLATERRA

El rey Arturo

Tres fueron los hijos que tuvo Constancio, rey de Bretaña: Moines, Ambrosio, llamado también Uther, y Pendragón.

A la muerte del monarca le sucedió Moines en el trono; pero en lucha contra los sajones, fue derrotado y muerto por la traición de su senescal Vortingern. Entonces subió al trono Pendragón, el cual también murió poco después derrotado por un fiero enemigo.

Empezó a reinar Uther, que añadió el nombre de su hermano al suyo para honrar su memoria. El mago Merlín, consejero aúlico, influía poderosamente con su consejo en las decisiones del monarca.

Merlín era un mago bueno y muy poderoso, cuyos consejos fueron siempre preciosos al Gobierno del país. Pero no era fácil dar con él. Aparecía cuando menos se esperaba y se escondía, en cambio, cuando sabía que se le necesitaba, transformándose en lagartija, en enano, en niño o en mujer tomando, en fin, los aspectos más diversos. Con sus dotes mágicas ordenó trasladarse por el aire enormes piedras para el sepulcro del rey Pendragón, levantado en las llanuras de Salisbury.

En Carlysle estableció Merlín la famosa Tabla Redonda, en la que se sentaba junto a los grandes nobles de su país. Todos aquellos a los que cabía el honor de ser invitados a tan alta institución juraban seguir fielmente ciertos deberes: asistirse unos a otros en todo peligro, emprender individualmente aventuras, las más peligrosas, no poder abandonar la lucha ni retroceder jamás y antes morir que dejarse vencer. Estaban obligados también a observar la retirada vida contemplativa y de penitencia, al igual que los monjes.

Fundada la Tabla Redonda, el rey Uther de Pendragón quiso celebrarla con grandes festejos, durante los cuales conoció a la bellísima Ingerme, esposa de Garlois, duque de Tentadiel. A la muerte de éste, el apasionado monarca, gracias a las dotes mágicas de Merlín, se casó con Ingerme, con la que tuvo un hijo, llamado Arturo, héroe de la leyenda.

Quince años tenía Arturo cuando murió su padre y fue elegido rey. Algunos nobles de la Asamblea, sin embargo, no estaban de acuerdo, porque consideraban al nuevo monarca demasiado joven e inexperto para ocupar el trono.

—Arturo no sabrá dirigir el ejército ni manejar la pesada espada –dijeron.

Entonces, del castillo real de Logres, fueron enviados seis caballeros en busca del mago Merlín para pedirle consejo sobre tan importante decisión.

—Esta noche, víspera de Navidad –dijo el mago–, pensaré la forma de elegir el nuevo rey.

A la mañana siguiente apareció en medio de la plaza frente a la iglesia una enorme piedra. Tenía una espada clavada con una inscripción en la empuñadura que decía:

«Soy Scaliborn, la alta;
soy el mejor tesoro de un rey.»

—Deberá ser elegido rey aquel que sea capaz de arrancarla –dijo Merlín.

Inmediatamente, en presencia de todo el pueblo congregado en la plaza y bajo la presidencia del arzobispo Bruce, se presentaron, uno tras otro, todos los nobles del reino para intentar la prueba. Pero fue inútil; ninguno de ellos fue capaz ni tan siquiera de mover un centímetro la espada.

Ya estaban todos desanimados y se disponían a regresar a sus casas, cuando se adelantó el joven Arturo y tomando la empuñadura de la recia espada la desprendió con la mayor facilidad.

Todos los nobles quedaron convencidos entonces por esta prueba, y entre las aclamaciones del pueblo, Arturo fue proclamado rey, juntándose las fiestas de la coronación con las de Pentecostés.

Una vez en el trono, el joven rey Arturo supo hacerse amar por sus súbditos debido a su gran bondad y su enorme valor. No había empresa temeraria que no intentase, cuando se trataba de defender la inocencia calumniada. Y cuando él iniciaba una empresa, la llevaba siempre a buen fin, por difícil y peligrosa que fuera.

Arturo tuvo que vencer gran oposición por parte de los nobles. Aconsejado por Merlín, luchó con estos caballeros, once reyes tributarios y un duque, en el bosque de Rockingham, y después de encarnizado combate logró vencerlos de forma total.

También combatió con éxito a los hasta entonces invencibles sajones. Pero Arturo empuñando su célebre espada Scaliborn y sin dejar de invocar a la Virgen, derrotó completamente a sus enemigos en Mount Badon.

En cierta ocasión, el rey Arturo infligió un serio castigo al monarca Claudio de la Tierra Desierta, que había invadido el territorio del débil rey Leogadán, molestándole y persiguiéndole durante siete años.

Después de derrotar y matar él solo, no únicamente al invasor Claudio, sino a casi todo su ejército, el valeroso Arturo recibió como premio a la hermosa princesa Ginebra, hija del rey Leogadán, a la que hizo su esposa.

Poco más tarde, siempre por consejo del mago Merlín, el rey Arturo inauguró la gran «Tabla Redonda», que un día instituyera su padre, en torno a la cual se reunieron ciento cincuenta caballeros, la flor y nata del país.

Un solo asiento quedó vacío, siendo éste destinado al Caballero Elegido, que algún día comparecería para ocuparlo.

El mago Merlín, por su parte, envidioso de la felicidad de su soberano, acabó casándose con la hermosa joven Viviana a la que convirtió, a su vez, en maga, más conocida como la Dama del Lago.

El caballero Lanzarote

El caballero Lanzarote del Lago era el brazo derecho del rey Artús o Arturo para todas sus empresas y ambos se querían entrañablemente; pero un sino fatal hizo que el amor se sobrepusiera a la lealtad del caballero a su soberano y a la sincera amistad.

En efecto, un buen día, por las habladurías que había en la corte de la Gran Bretaña, llegó el rey Arturo a enterarse de que se acusaba a Lanzarote de ser el amante de la reina Ginebra. Y entonces, muy a su pesar, el monarca declaró la guerra al que hasta aquel día nefasto había tenido por el más leal amigo.

Lanzarote se defendió desesperadamente en la torre llamada de la Dolorosa Guardia, y como el rey no pudiera vengarse del desleal caballero, pensó hacerlo, al menos, quitándole la vida a su esposa, la reina Ginebra.

Pero en un golpe de audacia, el enamorado Lanzarote se la robó al rey Arturo, que la tenía presa entre su ejército, y la llevó al castillo de la Dolorosa Guardia, librándola así de una muerte segura y vergonzosa.

La guerra, con la ayuda que unos nobles prestaron a Arturo y otros a Lanzarote, llegó a adquirir tales proporciones que sin duda iba a provocar la ruina del país.

Y de tan mala gana luchaba Lanzarote contra su mejor amigo el rey, que le envió la más curiosa embajada que podía imaginarse, y esto no por medio de sus guerreros, sino de una hermosa doncella que dejaba atrás en aplomo, diplomacia y oportuna energía a los mejores hombres.

Así lo demostró cuando el entrometido, traidor y envidioso sobrino del rey, Galván, aconsejó rencorosamente a su tío, frente a ella:

—Señor, no atendáis las excusas y pruebas de respeto y afecto que os envía el desleal Lanzarote.

Sin embargo, la agresiva, contundente réplica de la doncella al envidioso sobrino no bastó para modificar la rotunda negativa de paz con que Arturo respondió a la embajada.

Ante esta respuesta, la lucha se enconó más que nunca, hasta el punto que, alarmado el arzobispo de Canterbury, anunció:

—Serán excomulgados todos los habitantes de Londres porque no piden u obligan al rey Arturo a que acepte la paz con que se le brinda, y vuelva a admitir, sin castigo, como a su esposa, a la reina Ginebra, que sólo desea el perdón de su marido, al que obedecerá humildemente.

Ante esta intervención de la Iglesia, el rey se inclinó con tanto respeto como íntimo y disimulado júbilo, porque sólo combatía por la negra honrilla.

Poco después, Lanzarote le devolvió la reina Ginebra, que tenía en su poder «únicamente para salvarle la vida», según afirmó, mintiendo. Y el rey, que seguía amándola, la admitió a su lado y la perdonó generosamente.

Artús proclamó entonces, una vez más, ante todos:

—¡Lanzarote es el mejor de los hombres, como es también el mejor y más valeroso de los caballeros!

En realidad, había que hacer la excepción de Galaz, hijo natural del propio Lanzarote. Efectivamente, sólo Galaz, el bello, el intrépido, el virtuoso, incorruptible y forzudo mancebo era capaz de partir en dos, de una sola cuchillada maestra, el escudo, el arzón delantero y el caballo que montaba el jactancioso caballero andante que, confiando en su experiencia, se enfrentara a su joven contrincante.

Esto le ocurrió un día a cierto caballero que, en mala hora, desafió a Galaz, obligándolo a batirse contra su voluntad. Una mitad del caballo de su contrincante cayó a la derecha y la otra a la izquierda, como si se tratara de un juguete de cartón, y el asombrado y viejo caballero hallóse a pie, espada en mano y con la mitad del escudo colgando del cuello, en la más ridícula posición.

Para la hermosa e infeliz reina Ginebra, no era lo mismo volver a estar en el palacio de su marido que dedicarle exclusivamente a Arturo el amor que había depositado, para toda la vida, en Lanzarote.

Lo malo era que la forzosa ausencia de éste, empeñado en lejanas aventuras con la malvada Morgana o el desleal Meliagante, entre otras, avivaba aún más la llama de su pasión.

Desgraciadamente, dicha ausencia de Lanzarote provocó también a los codiciosos reyes vecinos, que veían a Arturo privado de la compañía y apoyo de su mejor y más temible guerrero, y se lanzaron a la doble empresa de invadir sus tierras y de arrebatarle a su bella y ya famosa mujer, como intentó, sin lograrlo, por la despreciativa resistencia de ella, su traidor sobrino Morderec.

Por cierto que el audaz Morderec hizo creer a muchos que su tío Arturo había muerto en una batalla y se proclamó él mismo rey en su lugar.

La verdad era, sin embargo, que el rey Arturo sostuvo la dura y compleja guerra valientemente y con varia fortuna. Pero, al fin, una terrible derrota, en la que quedó malherido, le hizo ver claro que había llegado el término de su poderío y que ya nada podía esperar más que la muerte.

Poco antes el mago Merlín había predicho:

—En la llanura de Camaló tendrá lugar la gran batalla que dejará al reino huérfano de su legítimo rey.

Y así sucedió. Combatiendo contra su traidor sobrino Morderec, cayó herido de muerte, no sin antes acabar con su contrario. Rex, el único caballero de la Mesa Redonda que quedaba aún con vida, acudió presuroso junto al rey. Arturo, moribundo, apenas pudo decirle:

—Amigo Rex, condúceme, te lo ruego, a la orilla del mar.

Una vez en la playa, ordenó a su caballero que le desciñera la espada que llevaba en su cintura y que la arrojase al fondo de las aguas.

—Ahora muero contento –dijo–. Anda, Rex, déjame solo. Llévale mi afectuoso saludo a la reina Ginebra y dile que me perdone.

No hizo más que partir el caballero Rex, cuando llegó a la orilla una nave blanca y resplandeciente como si fuera de plata. Una dama bajó de ella y se dirigió hacia el moribundo monarca.

—Arturo, soy tu hermana Morgana –le dijo–. Levántate y ven conmigo.

Cuando el rey hubo embarcado, la nave desplegó entonces todas sus velas al viento y se alejó rápida, desapareciendo pronto entre las brumas de la lejanía.

Casi al mismo tiempo, el mago Merlín moría igualmente, pero no en el campo de batalla, sino bajo el poder mágico de su amada y traidora Viviana, a la que él mismo había convertido en fatal hechicera.

En cuanto a la reina Ginebra, también desfallecía lentamente de melancolía, por no ver a su lado al adorado Lanzarote, a quien fue siempre más fiel que a su marido Arturo. Hasta que un día acabó por recluirse en un convento donde expiró, siendo abadesa y rogando a su doncella de mayor confianza:

—Extraerás el corazón de mi cadáver y buscarás por todas partes a mi idolatrado Lanzarote, para entregárselo metido en este yelmo que él mismo ha utilizado. Será el último recuerdo digno de mi amor, y el simbólico testimonio de que le he sido fiel hasta la muerte.

Si el terrible encargo no llegó a cumplirse, no fue por culpa de la solícita doncella, sino porque ésta no pudo encontrar a Lanzarote. Parecía como si se lo hubiera tragado la tierra.

Tristán e Isolda

Hace mucho tiempo hubo en Cornualles un rey llamado Marco, que tenía una hermosa hermana llamada Blancaflor, a la que casó con el rey de Leonis como recompensa por los grandes auxilios que de él había recibido en una guerra.

Quiso la mala suerte, sin embargo, que mientras él se hallaba en plena luna de miel en la apartada corte de Marco, un eterno enemigo suyo se aprovechara de su ausencia para entrar a sangre y fuego en sus propias tierras. Tuvo, pues, que embarcarse precipitadamente para su país y llevarse consigo a Blancaflor, que dejó al cuidado de un hombre de toda su confianza en un castillo que consideró seguro, mientras iba a combatir al frente de sus leales súbditos.

Pasó el tiempo y Blancaflor, que estaba a punto de darle sucesión al rey de Leonis, recibió la fatal noticia de que su esposo había sido asesinado a traición por su mortal enemigo.

Fue tan honda la pena de la joven viuda que no sintió más que el deseo de dejarse morir ella también. Y cuando a los pocos días dio a luz un hermoso niño, dijo:

—Como ha venido al mundo entre tristezas se llamará Tristán.

Dicho esto, besó a su hijo y cayó muerta.

Poco después, el castillo, que parecía tan seguro, fue asaltado, y el hombre de confianza del difunto rey tuvo que rendir vasallaje al usurpador triunfante, y para salvar la vida del recién nacido Tristán lo hizo pasar por hijo suyo.

Así se crió el niño hasta los siete años, y entonces fue confiado al escudero Gorvelán para que hiciera de él un perfecto caballero, apto para superar a los demás en lo físico y lo espiritual. Por desgracia, tanto llamaba la atención con sólo verlo tan hermoso, apuesto y arrogante, que fue robado por unos mercaderes noruegos, que pensaron poder venderlo a buen precio, y que se lo llevaron en su barco.

Pero no contaban aquellos ladrones con que una horrible tempestad se desencadenaría amenazando acabar con su nave. Y, como buenos supersticiosos, creyeron que el robo de aquel muchacho había atraído la desgracia sobre ellos.

—En cuanto podamos lo abandonaremos en una playa desierta –dijeron.

Pero nada más verse en tierra, Tristán huyó, internándose en un espeso bosque donde se encontró con unos cazadores que perseguían un ciervo. Y en recompensa de un servicio que les prestó, enseñándoles, a pesar de su corta edad, algo cinegético que ellos ignoraban, lo llevaron a la corte del rey Marco como una maravilla de habilidad y saber.

Y allí lo adoptó, casi paternalmente, el rey de Cornualles, que no tardó en averiguar que aquel gallardo y valiente mozo, convertido en uno de sus mejores guerreros, era su sobrino. A él quedó después ligada toda su vida.

A Tristán le distinguía la donosura, su maestría en tañer, cantar, danzar y todo arte exquisito del espíritu, la habilidad en juegos y pruebas de ingenio. Y, finalmente, de manera especial, su destreza en el manejo de la espada, lanza, jabalina, maza y hacha o ballesta, así fuera de la guerra, como en cacería o torneos.

Poco tiempo después acaeció que el rey de Irlanda reclamó el pago, que hacía muchos años se le debía, de un tributo de trescientos mancebos y trescientas doncellas elegidos por sorteo entre las familias de Cornualles.

El encargado de cobrar esta odiosa comisión era el gigante Morholt, cuya sola figura ponía horror en los corazones. Acompañado de varios caballeros irlandeses se presentó ante la corte del rey Marco reclamando el inmediato pago de la deuda.

—Pero en el caso de que alguno de los presentes –dijo Morholt– no lo crea justo, saldrá a pelearse conmigo en singular combate, y si queda vivo, lo que pongo en duda, podrá enorgullecerse de haber librado a su patria, a partir de ese momento, de tal acto de vasallaje.

Ni uno solo de los nobles de la corte se atrevió a moverse, pero el joven y pundonoroso Tristán, que estaba presente, ante el asombro de todos, arrodillóse a los pies del monarca y le suplicó:

—Señor, concededme el don de aceptar ese desafío.

Aunque el rey lo sintiese, acabó por concedérselo, y Tristán, después de una terrible y desproporcionada lucha, salió victorioso. Tan valerosamente se portó que su espada le abrió el cráneo al gigante y tan fuerte fue el golpe, que la hoja quedó mellada y la mella profundamente adherida a la caja ósea.

Cuando el cadáver del gigante Morholt fue llevado a Irlanda para enterrarlo en Weisefort, la rubia Iseo o Isolda, sobrina del difunto, logró arrancar el acerado fragmento del arma y lo guardó como una reliquia en un cofrecillo de marfil. Y desde entonces, aun sin conocerlo, aprendió a odiar el nombre de Tristán de Leonis.

Sin embargo, llegó un día en que la joven que tanto lo odiaba le salvó la vida sin saber quién era.

En efecto, Tristán había quedado malherido en su lucha con el gigante. Las heridas habían sido hechas con arma emponzoñada produciéndole pústulas que no se cerraban jamás. Los médicos le aplicaban cuantos remedios sabían, pero el pobre Tristán no se recuperaba. Y como sus heridas despedían tal olor que nadie era capaz de soportarlo, al fin sólo el rey y dos íntimos amigos, Gorvelán y Dimas de Lidán, tenían la caridad de llegarse a él para limpiarle las llagas. Pero hasta éstos se cansaron un día.

—Lo mejor será –le aconsejaron– que vayas a vivir a una choza junto al mar, lejos de tierra habitada.

Tras unos meses de estar allí, esperando su muerte, Tristán decidió probar fortuna a la desesperada. Y embarcándose en una pequeña nave completamente solo, navegó al garete días y días. Al fin, le recogieron unos pescadores irlandeses que le llevaron a la población marinera de Weisefort, donde estaba enterrado el cadáver del gigante Morholt. El señor de aquellas tierras era el monarca que había venido cobrando los tributos de Cornualles.

Tristán se hizo pasar por un mercader que, navegando con rumbo a España, había sido asaltado y herido por unos piratas. Su mentira fue creída y los pescadores le hablaron de que la hermosa rubia Isolda podría seguramente curarle, pues era sabia en materia de ungüentos y elixires de raras virtudes.

La rubia Isolda, hija del rey de Irlanda, se apiadó de Tristán y en cuarenta días le curó con sus casi divinas manos, únicas que podrían ya curarle en sus más desgraciados accidentes, porque así lo quería el destino.

Una vez curado, y de nuevo en la corte de Cornualles, Tristán fue acogido por su tío Marco con grandes muestras de afecto, lo que provocó la envidia de los barones Ganelón, Andret, Denoallen y Godoino, al temer que el héroe fuese nombrado heredero del trono.

Como el rey Marco era soltero, anunció, ante tanta insidia, que elegiría esposa, aunque no la deseaba, por intentar tener un hijo que heredara el trono. Pero, ante las muchas novias que le proponían, puso como condición:

—Sólo me casaré –dijo– con la mujer de quien sean unos rizos de oro que ha llevado hasta mi habitación una golondrina en el pico.

Tristán se ofreció para traerla a Cornualles, pues pensó que dicha mujer no podía ser otra que Isolda, la rubia hija del rey de Irlanda, su mayor enemigo desde la muerte del gigante Morholt.

Audaz como siempre, se dirigió a Irlanda, desafiando todos los peligros. Pero al llegar a aquella corte, se halló con una población aterrorizada, porque una monstruosa fiera iba todos los días a una de las puertas de la ciudad y no dejaba entrar ni salir a nadie, si no se le entregaba una doncella, que devoraba en pocos instantes a la vista del horrorizado pueblo.

Tenía aquel monstruo, de horrible voz y espeluznante aspecto, la cabeza de oso, los ojos como dos encendidas brasas, dos cuernos en la frente, largas y peludas las orejas, garras de león, cola de serpiente y el cuerpo cubierto de escamas. El monarca había hecho pregonar:

«Al que mate esa fiera le daré en premio como esposa a mi hija Isolda, la de los cabellos color de oro.»

Veinte caballeros habían intentado ya realizar la peligrosa empresa; pero a todos los había devorado el monstruo.

Tristán no se arredró por eso. Cuando vio avanzar a la fiera, fue contra ella y empezó una lucha descomunal. De nada servían los furiosos golpes que le asestaba con sus armas; ni siquiera hacían mella en sus escamas.

De pronto, el monstruo lanzó por sus narices dos chorros de venenosas llamas que, alcanzando al caballo del héroe, lo mataron. Pero Tristán, a pie y a pesar de tener destrozado el escudo, hundió su espada en las fauces de la fiera con tal fuerza y acierto que le partió el corazón, dejándola muerta.

Le cortó entonces la lengua y la guardó como prueba innegable de que la horrible fiera había sido muerta por él. Pero su proeza le dejó tan rendido y maltrecho que, sin poder dar un paso, cayó tendido en tierra, entre unos cañaverales.

A todo esto, el senescal del rey, que deseaba a Isolda como esposa, pero era incapaz de enfrentarse con el monstruo para obtenerla, cuando vio terminada la lucha y caer a Tristán se acercó y cortó la cabeza de la fiera. Al presentarla en palacio dijo:

—Yo le he dado muerte.

La rubia Isolda, al oírlo, prorrumpió primero en una gran carcajada y luego en llanto, al ver que sería dada al más vil y cobarde de los nobles del país. Sin embargo, sospechando la falacia del senescal, se encaminó al lugar de la lucha con su paje Perinis y su doncella Brangania.

En efecto, allí estaba el monstruo con la cabeza cortada, pero había también cerca de allí un caballero desconocido, de bruces sobre un charco de sangre. Los fieles servidores de Isolda lo llevaron en un caballo secretamente hacia las habitaciones destinadas a las mujeres en el palacio.

Isolda curó las heridas de Tristán durante varios días, pero no le reconoció, tan desfigurado había llegado a ella la primera vez. Sin embargo, sentíase vivamente interesada por él.

Un día, curioseando en sus armas, Isolda descubrió que el filo de la espada del herido estaba mellada. Entonces se le ocurrió que acaso fuera aquélla la misma que mató al gigante Morholt. Corrió a comprobarlo con el fragmento que guardaba, y ya cerciorada, se lanzó sobre Tristán empuñando la espada.

—¡Tú eres Tristán de Leonis, el que mató a Morholt!

Pero aquel hombre tan apuesto e indefenso la convenció con serenidad de que todo había ocurrido en noble lid. Y tan convencida quedó la hermosa princesa que, enamorada sin saberlo, tiró la espada y como signo de paz dio un beso en los labios al vencedor del monstruo.

En realidad pudo más en Isolda la atracción del héroe que la fuerza de la sangre. Además, era mil veces preferible Tristán que el odioso senescal.

Por cierto que cuando éste se presentó al rey pidiendo la mano de Isolda, Tristán dejó que mostrara la cabeza como prueba y que se envaneciera en su pretendida proeza, para luego salir él enseñando la lengua del monstruo, dejándole así completamente en ridículo.

Tristán conquistó por derecho a la rubia Isolda, pero no sin dificultad logró que el rey de Irlanda se la concediera al saber quién era. Lo que allanó el camino fue que Tristán dijo al monarca:

—Juro solemnemente que no me llevo a Isolda para mí, sino para el rey de Cornualles, que hará de ella su legítima esposa, con lo cual la paz reinará siempre entre Irlanda y el reino de Marco, del cual soy embajador.

Isolda fue presa de la mayor desesperación al oír aquello. A pesar de todo, no le quedó más remedio que partir con los extranjeros.

Pero la previsora madre de Isolda, hábil en preparar sortilegios y filtros mágicos, confeccionó uno por el cual los dos futuros esposos se habrían de amar eternamente si lo bebían. Esperaba así la reina vencer la aprensión previa de su hija hacia su futuro marido. Con gran secreto lo confió a la doncella Brangania, que era la predilecta de Isolda, ordenándole que se lo diera a beber a los esposos en la noche de bodas.

La sirvienta juró que cumpliría con el mayor celo el encargo, del que nadie se enteraría. Pero un solo descuido que tuvo fue fatal. Durante la travesía, Isolda se mostraba melancólica e irritada por creerse desdeñada por el que ella creyó que la había conquistado para sí y no para otro que no conocía.

Y ocurrió que en un día de extremo calor, y con la mar en una calma expectante, en ausencia de la doncella, primero Isolda, luego Tristán, sintiendo que les ahogaba la sed, bebieron del filtro amoroso creyendo que era un líquido refrescante.

Inmediatamente ambos sintieron los efectos de aquella bebida, y cuando Brangania entró donde Isolda y Tristán estaban, los encontró mirándose tan extraña y apasionadamente junto al frasco vacío, que exclamó consternada:

—¡Acabáis de beber con esto el amor y la muerte!

Y cogiendo el frasco vacío lo arrojó furiosamente al mar.

A partir de entonces el odio de Isolda hacia su acompañante se trocó en un amor desenfrenado, al que Tristán correspondía con no menos pasión, aunque se despreciaba a sí mismo en su conciencia porque tenía que confesarse reo de la mayor deslealtad cometida contra su rey. Aquel amor no podía confesarse, pero ¿cómo ahogarlo, si parecía incontrastable?

Fue Isolda la que, al fin, roto el freno del pudor, pronunció el franco y brutal ¡te amo!, que unió a los dos amantes en un beso y un abrazo y los tendió en un mismo lecho, mientras la nave volvía a emprender su ruta hacia Cornualles para llevarle al rey su futura esposa.

La boda se verificó con gran pompa, y con ella empezó para Tristán e Isolda una nueva vida, mezcla continua de lealtad y doblez lindado con el crimen, de suspicacias y arrepentimientos por parte del viejo Marco, que unas veces quería matar a los dos amantes y otras los perdonaba.

Al principio, la doncella Brangania ideó el ardid, de acuerdo con su señora, de suplantarla en el tálamo nupcial, mientras Isolda corría a buscar a Tristán, que dormía a pocos pasos del lecho real.

Naturalmente, el rey no tardó en enterarse de lo que ocurría, y aunque no descubrió juntos a los dos amantes, gracias a la fiel Brangania, decidió expulsar a Tristán de la corte. Antes de partir, Isolda, triste y llorosa, le dio un anillo de esmeraldas diciéndole:

—Siempre que me hagas saber un deseo tuyo, con esta joya lo cumpliré sin pensarlo.

Deseando vencer al destino, Tristán fue al destierro, yendo a parar a Bretaña. Allí encontró otra Isolda, llamada la de las Blancas Manos, y se casó con ella procurando olvidar a la otra, aunque sin conseguirlo.

Este casamiento sería causa de la muerte de Tristán. Poco después su cuñado Kaherdín combatió con un fuerte enemigo y él le ayudó en la contienda. Lo malo fue que en ella recibió una herida de lanza emponzoñada.

—Necesito a Isolda, la rubia –dijo el héroe–. Ella me curará como otras veces.

Kaherdín se ofreció a ir a Cornualles para traerla. Llevó consigo el anillo de esmeraldas que Isolda diera a Tristán. Los dos cuñados habían quedado en que, al regresar Kaherdín, si traía consigo a Isolda, la rubia, izaría una vela blanca en la nave; si no, una negra.

Pero la otra Isolda, la de las Blancas Manos, oyó la conversación sostenida entre su esposo y su hermano, y llevada por los celos, se trocó en odio hacia Tristán lo que poco antes fuera amor.

Entretanto, el héroe yacía en el lecho, incapaz de moverse. Sólo vivía para la espera.

Un día, su esposa Isolda se acercó a él y le dijo:

—Regresa Kaherdín. Su embarcación se ve a lo lejos.

—¿De qué color es la vela? –preguntó ansioso Tristán.

—Es completamente negra –mintió la de las Blancas Manos.

Entonces Tristán volvióse bruscamente contra la pared mientras su corazón latía locamente. Dejó oír tres grandes suspiros, y tras pronunciar el nombre de Isolda, expiró.

Un momento después una nave de vela muy blanca arribó al puerto. De ella descendió Kaherdín con la hermosa y rubia Isolda.

—Ha muerto Tristán, la prez de los caballeros –les dijeron.

Cuando la tan esperada amante llegó a la habitación donde yacía el cadáver de su amado, apartó a la otra Isolda autoritariamente, diciéndole:

—¡Apartaos de ahí! ¡Yo he amado a Tristán más que nadie!

Y tendiéndose junto al muerto, abrazó el cuerpo exánime del héroe, le besó con afán en los labios y, como si en ellos sorbiera la muerte, entregó su alma a la misericordia de Dios.

Y cuéntase que cuando el rey Marco se enteró de la muerte de los dos amantes que tantos malos ratos y disgustos le dieron, cruzó el mar, se presentó en Bretaña, donde se había desarrollado la tragedia, e hizo construir dos ricos sepulcros, uno de azul calcedonia para Isolda y otro de verde berilo para Tristán. Y puestos en ellos los dos cuerpos, siempre amados, se los llevó a su tierra de Cornualles y los hizo colocar a derecha e izquierda del ábside de una capilla.

Al día siguiente, los fieles vieron con estupor que, aquella misma noche, había brotado en la tumba de Tristán un rosal silvestre cubierto ya de abundantes hojas, fuertes ramas y olorosas y carmíneas rosas, que fue a hundir su tallo en la tumba de Isolda.

Por tres veces cortaron el rosal los campesinos y siempre renacía tan frondoso y perfumado como antes y con la misma inclinación. Maravillados, fueron a contárselo al rey, y éste ordenó:

—Que nadie lo corte, puesto que desean estar unidos hasta después de muertos.

FRANCIA

El cantar de Roldán

Toda España era tierra de sarracenos cuando Carlomagno, con la barba ya encanecida, puso cerco a Córdoba.

El emperador era entonces el más grande señor de Occidente y contaba con una nutrida hueste y con la flor de la caballería. En torno de su persona estaban los doce Pares de Francia.

Un día llegó al campamento de Carlomagno un embajador de Marsilio, el rey moro de Zaragoza, con esta propuesta: convertirse al cristianismo a cambio de que se le diera España en feudo. Carlomagno la abandonaría y Marsilio iría luego a Aquisgrán a ponerse a sus pies. Unos rehenes asegurarían el cumplimiento de esta promesa.

El gran monarca de Occidente convocó a sus caballeros. Estaban presentes el arzobispo Turpin, Ogier el danés, Ansies de Cartago, el poderoso duque Gaiferos, Gerardo de Rosellón, el fiero, Oliveros, Roldán, Ganelón, Astor, Berenguer...

Mientras unos opinaban en favor, otros dudaban. Los más, sin embargo, recomendaron a Carlomagno el envío de alguien que entrara en tratos con Marsilio en persona.

Ganelón fue el encargado de ser el portador del mensaje con el guantelete cuya entrega cerraría el trato. Pero éste protestó indignado por miedo a cumplir tan peligrosa misión. Dos mensajeros enviados poco antes habían sido muertos.

—¿Por qué no va Roldán? –preguntó.

Ello se debía a que odiaba su valor y grandes virtudes.

Pero como Carlomagno dijo que debía ir Ganelón, el elegido para la embajada tomó el camino de Zaragoza rumiando venganzas contra Roldán. Tan pronto como se vio con el rey moro Marsilio, en lugar de concertar con éste lo convenido, le propuso una monstruosa conjura, según la cual Ganelón haría saber al monarca sarraceno el lugar por donde Carlomagno había de cruzar con su ejército los Pirineos.

Sabiéndolo, aunque los moros no podrían vencer a tan potente hueste, al menos lograrían diezmar su retaguardia en la que iban los más escogidos. Y entre ellos, bien lo tenía en cuenta el traidor Ganelón, iban Roldán con los doce Pares de Francia.

Cuando Carlomagno tuvo que regresar a Francia para recibir, en Aquisgrán, el vasallaje de Marsilio de acuerdo con los tratos que Ganelón había llevado a cabo, la mitad de su ejército se lo ofreció a Roldán, porque la hueste de los moros era numerosísima, ya que pasaba de cuatrocientos mil hombres.

Pero el sobrino del emperador rechazó altivamente el ofrecimiento diciendo:

—Para nada necesito tanta gente. Me basta con tener a mi disposición «veinte mil francos bien valientes».

Y agregó que su tío cruzara los puertos tranquilo, que por lo que a él se refería, Dios le confundiera si con su proceder desmentía su alta estirpe. Y que mientras «él estuviera vivo no temiera el emperador a hombre alguno».

Carlomagno dejó a Roldán. Pero tan apesadumbrado iba, camino de Francia, que no podía contener el llanto, en la seguridad de que, si moría su sobrino, jamás podría hallar otro apoyo semejante para él y para su imperio.

Y llevado por estos pensamientos, pasó por Tudela y Pamplona, para entrar poco después de nuevo en su dulce patria por Roncesvalles, una angostura difícilmente practicable.

Delante iba el emperador con el grueso de sus hombres y el tren del ejército; y, en retaguardia, un grupo escogido de jinetes, capitaneados por Roldán, entre los que figuraban los doce

Pares de Francia y el famoso arzobispo Turpin, heroico guerrero y terror de la morisma.

Cuando ya la vanguardia del ejército hacía rato que había traspuesto el desfiladero de Roncesvalles y Roldán con los suyos se disponía a hacerlo, Oliveros le avisó que barruntaba un ataque de los moros. Y como, en efecto, no tardaron en verlos asomando armados tras las rocas, agregó:

—Roldán, haz sonar el olifante para advertir a Carlomagno.

—No es necesario –contestó el caballero–. Se reirían de mí si diera aviso por tan poca cosa. Si los moros atacan, nos defenderemos.

La morisma no tardó en hacerlo con piedras, flechas, caballería y miles de infantes con lanzas y picos. Inmediatamente se entabló un fiero combate en el que los infieles eran muchos más que los francos. Poco después algunos de los mejores caballeros estaban muertos o agonizando.

Nuevamente insistió Oliveros:

—¡Roldán, haz sonar el olifante!

Y como, al negarse nuevamente, Oliveros le dirigiera agrias palabras, intervino el arzobispo Turpin para decir:

—No creo que nos sirva de mucho el que el emperador sepa lo que aquí está ocurriendo, pues aunque regrese nos encontrará sin vida, pero al menos si viene podrá vengarnos. No está, pues, de más hacer sonar el olifante.

Estas palabras convencieron a Roldán que, acto seguido, hizo sonar su marfileño cuerno, el famoso «olifán» y «olifante», pidiendo auxilio a las lejanas tropas de Carlomagno.

Un sonido hondo y largo remontó el fragor del combate, penetrando en el silencio impasible de picos y valles. Y tal fuerza empleó Roldán en el tañido desde la primera vez, que estallaron las venas en sus sienes.

A pesar de la distancia, el emperador lo oyó, y ordenó inmediatamente que sesenta mil trompetas, que su ejército llevaba, le respondieran con su escalofriante resonar entre los montes.

—¡Es Roldán quien llama! –dijo el emperador–. Algo grave les está ocurriendo a mis buenos caballeros.

Y cuando el olifante volvió a sonar insistentemente, Carlomagno, ardiendo en ira, se dirigió con todo su ejército a Roncesvalles, para acudir en ayuda de Roldán, a quien todos lloraban ya, dándole por muerto antes de llegar.

Todos menos el traidor Ganelón, cuya traición fue prontamente descubierta, por lo que quedó prisionero hasta que le llegara el día en que iba a ser ajusticiado.

Mientras tanto, en Roncesvalles, la pelea tomaba para los francos un cariz desesperado, y sólo el valor permitía robarle minutos, tal vez segundos, a la muerte.

Caídos ya los otros Pares de Francia (entre ellos Oliveros, el que más sintió Roldán), en el campo de batalla quedaron sólo dos: este último y el arzobispo Turpin, gravísimamente heridos. Ambos se prestaban mutuamente auxilio, cayendo y levantándose con férrea voluntad.

Al fin, murió el arzobispo. Sus últimas palabras fueron:

—Siento morir únicamente porque ya no podré ver al gran Carlomagno, cuando llegue.

Luego, juntó las manos y mirando al cielo, confesó sus culpas y pidió a Dios que otorgara el paraíso a su alma. Por él rogó también piadosamente Roldán, que le cruzó después sobre el pecho «aquellas blancas y pulidas manos», mientras fuera del cuerpo veíanse las entrañas del muerto, destrozadas por las lanzas de los infieles.

Pero Roldán también sentía que su muerte se aproximaba, puesto que, debido a los esfuerzos que hiciera para tañer el gran olifante, por las rotas sienes iban derramándosele los sesos hasta los oídos.

El héroe cogió entonces el cuerno de marfil y empuñó su querida espada Durandal o Durandarte. Era un arma grande y pesada, de empuñadura de oro, en la que se guardaban reliquias: un diente de San Pedro, sangre de San Basilio, cabellos de San Denis, trozos de telas que vistió la Virgen... Una espada gloriosa que había conquistado Anjou y Bretaña, Poiteus y Normandía, Provenza, Aquitania, Lombardía y Borgoña.

Sintiéndose desfallecer y al ver que su muerte estaba próxima y presa de furor ante la idea de que su espada pudiera llegar a manos de un infiel, decidió romperla. Y, remontando un cercano cerro, intentó estrellarla contra una roca.

Pero la espada era más dura que la piedra, y Roldán no pudo lograr su objetivo de que nadie pudiera alabarse de usar aquella arma que tanta gloria había hecho ganar a su legítimo dueño.

Cuando llegó, Carlomagno adivinó, por las señales que habían quedado en la roca, quien fue el único que podía haberlas estampado allí, y que cerca había de estar su sobrino.

Con su último esfuerzo, Roldán cayó desvanecido al pie de un pino, sobre la hierba fresca y verde. Un astuto y forzudo moro que, cubierto de sangre, yacía en el campo de batalla, fingiéndose muerto, aunque ileso en realidad, había estado espiando los pasos del famoso paladín y, creyéndolo ya un cadáver más, el último y de mayor importancia, arrastró su cuerpo para llevárselo triunfalmente y le quitó la espada, con la esperanza de obtener de ella, en su tierra, un altísimo precio.

Pero, desgraciadamente para él, con los tirones que dio al cuerpo, Roldán recobró los sentidos, y, al ver su querida espada en manos del moro y no podérsela quitar, empuñó la única arma de que en aquel fatal momento disponía, su «olifante», y de un furioso golpe dirigido a la cabeza del infiel, le rompió el yelmo y el cráneo y le vio caer sin vida al suelo.

Lo único que sintió es que también el gran cuerno de marfil se resquebrajó con el golpe. Luego Roldán se colocó de cara a los enemigos y se dispuso a morir. Con la diestra apretaba el puño, de la espada; a su izquierda estaba el «olifante». Reprimió un amago de llanto y dijo:

—¡Dios mío! Padre verdadero que resucitaste a Lázaro...

Y, a la vez, levantó el brazo derecho en ademán de dar la mano a alguien que estuviera frente a él. En efecto, el arcángel San Gabriel estaba allí para recoger en la suya aquella mano abatida y débil. Y él fue el encargado de llevar el alma de Roldán a los cielos.

Cuando al fin, Carlomagno pisó, en su retroceso, el suelo de Roncesvalles, un espectáculo horroroso se mostró a sus ojos: miles y miles de cadáveres, hombres y caballos, se amontonaban en una mezcla sangrienta y hediente.

Verdad es que por cada cien infieles había uno de los francos, pero cierto también que allí había quedado la flor de los caballeros de Francia: los doce Pares del rey; Oliveros, Anseis, Turpin y, sobre todo, Roldán...

Carlomagno buscó afanosamente entre los cadáveres el de su sobrino, y al hallarlo tendido sobre la hierba «vuelto el rostro hacia el enemigo» (como ya había anunciado, si llegaba el caso de su muerte, para que constara que él no había, como un cobarde, vuelto la espalda para huir), cogió entre sus manos la cabeza, oprimiéndola amorosamente. Y fue tal su dolor que sufrió un desvanecimiento, y cayó, él también, tendido en el suelo.

Luego, levantado y sostenido su vacilante cuerpo por cuatro de sus barones, dio orden, por indicación de uno de ellos, de que se enterraran en una misma fosa, en la que debía quemarse mirra y tomillo, los cadáveres de sus principales amigos.

Pero hizo una excepción en favor de Roldán, Oliveros y del arzobispo Turpin. A éstos se les abrió el pecho, se les sacó el corazón, que fue envuelto en telas de seda y encerrado en un féretro de mármol, y después de embalsamado el cuerpo, éste fue envuelto en pieles de ciervo.

Cada cadáver fue colocado en un carro cubierto de seda, siendo conducido y custodiado por el ejército hasta Francia, depositándolo luego en un marmóreo y blanco sepulcro, en la ciudad de Blaye, donde, en San Román, los francos podrían encomendarlos a Dios y a los santos.

En cuanto al «olifante» de Roldán, el emperador lo dejó, al regresar a Francia, en Burdeos, depositándolo, como una reliquia, en el altar del barón San Severino para que los peregrinos pudieran contemplarlo.

Una vez recuperado, Carlomagno dispuso vengar la muerte de Roldán y de todos los suyos. Inmediatamente, con un gran ejército cruzó el Ebro y Zaragoza, fortín del moro Marsilio, no tardó en ser tomada.

El castigo del traidor Ganelón se cumplió ya en Aquisgrán, residencia imperial de Carlomagno. Allí se formó un tribunal con toda la nobleza, pues el rey quiso que todos juzgaran al que así había traicionado a sus compañeros.

Fue condenado a morir descuartizado. Con manos y pies atados a cuatro alazanes que fueron espoleados en distintas direcciones.

Después de hacer justicia, el emperador, siendo ya noche cerrada, fue a acostarse deseoso de descansar de las pasadas fatigas. Se sentía viejo y achacoso. Pero no había hecho más que tenderse en el lecho cuando de pronto se le apareció San Gabriel y le dijo:

—Convoca en seguida a los que componen tu ejército, para acudir en socorro del rey Vivien a quien los infieles tienen sitiado, y sólo de ti espera la salvación del gran peligro que corre.

Carlomagno saltó del lecho y exclamó resignado:

—¡Oh, Dios mío, qué penosa es mi vida, no hay paz para mí...!

Y mesándose su larga barba se dispuso a obedecer la orden del arcángel.

Las aventuras del joven Huon

En los remotos tiempos de Carlomagno, el joven duque Huon, señor de Burdeos, fue a París a rendir homenaje al emperador, pero, después de una discusión retó a duelo a un caballero de la corte y lo mató. El monarca, airado, ordenó al temerario como castigo:

—Irás a Bagdad y me traerás cuatro dientes y la barba del emir de esa ciudad. Hasta que no consigas esto no te perdonaré.

Aquel mismo día partió Huon con una pequeña tropa de fieles soldados. Ni que decir tiene que el viaje fue larguísimo y fatigoso, y que los viajeros tuvieron que soportar penalidades y privaciones sin cuento.

Un día, tan cansados, hambrientos y sedientos estaban, que en un claro del bosque se echaron agotados sobre la hierba, convencidos de que allí iban a perecer. Pero de pronto se oyó el potente toque de un cuerno de caza entre la espesura y casi por milagro todos dejaron de sentir cansancio, hambre y sed.

Segundos después, de entre los árboles salió un hermoso enano haciendo sonar un cuerno de marfil. Acercándose a Huon le dijo:

—Soy Oberón, el rey de los genios del aire, y vengo en vuestra ayuda. Sé muy bien adónde te diriges y la peligrosa empresa que te aguarda. Pero no temas. Yo te protegeré porque eres valeroso y bueno.

Acto seguido, el enano hizo un ademán y, súbitamente, surgió de la tierra un maravilloso palacio en el cual Huon y sus hombres pudieron saborear los más ricos manjares. Cuando ya todos estuvieron hartos y hubieron reposado, se dispusieron a reanudar su interrumpido viaje. Entonces, Oberón le entregó su cuerno de marfil al joven Huon y le dijo sonriendo:

—En el momento que te veas en un apuro, haz sonar este cuerno; yo te oiré inmediatamente y acudiré en tu auxilio al frente de un ejército.

Y, seguidamente, partió al frente de los suyos, mientras el mágico palacio desaparecía tan misteriosamente como había aparecido.

Pocos días después, los viajeros llegaron a un país donde reinaba un soberano cruel que mataba a todos los cristianos que caían en sus manos. Por eso, tan pronto supo la llegada del duque de Burdeos al frente de su reducida tropa, armó una numerosa hueste y se dirigió a su encuentro.

La lucha fue encarnizada por ambas partes, y los franceses, aunque muy valerosos, eran tan pocos que estaban a punto de ceder a las numerosas fuerzas de su adversario, cuando Huon hizo sonar con toda su fuerza el cuerno de marfil.

Y, en efecto, fiel a su promesa, de repente se vio entrar al enano Oberón en la batalla a la cabeza de un numeroso ejército, con el que derrotó totalmente al enemigo. Miles de adversarios murieron en el combate, entre ellos el mismo rey; los demás huyeron despavoridos.

Tras un merecido descanso en la ciudad conquistada, Huon y sus hombres prosiguieron el viaje hasta llegar a orillas del mar Rojo, donde no tuvieron más remedio que detenerse, pues no había puente, ni vado, ni siquiera nave para atravesarlo.

Desesperado estaba ya el valeroso Huon y se disponía a tirarse al agua para intentar cruzar el mar a nado o perecer, cuando un delfín se apareció en la orilla y dijo al joven:

—El enano Oberón me ordena que venga en tu ayuda. Ven, sube encima de mí y te conduciré sano y salvo a la otra orilla.

De esta forma, Huon no tardó en desembarcar cerca de Bagdad. Pero no hizo más que entrar en la ciudad, cuando el emir, sabiendo que venía en su busca, le hizo prender por sus esbirros y encerrar en un calabozo después de quitarle el cuerno mágico.

Menos mal que cuando más desesperaba de salir de su encierro, un día vio abrirse la puerta de su celda y entrar por ella uno de sus hombres que, con los demás, había quedado al otro lado del mar. El hombre le contó que junto con sus compañeros habían encontrado una nave, en la que embarcaron rumbo a Bagdad, donde habían logrado introducirse secretamente en el palacio del emir.

—Necesito a toda costa que me traigas el cuerno de marfil –le dijo Huon.

A duras penas logró el hombre arrebatárselo al emir y lo trajo al prisionero, quien sopló en él con toda la fuerza de sus pulmones. Oberón acudió prontamente a la cabeza de sus guerreros, y el emir, desprevenido, fue fácilmente vencido y muerto.

Sin pérdida de tiempo, el joven Huon le arrancó los dientes, le cortó la barba y con este botín retornó a Francia en unión de sus compañeros.

Y como es natural, Carlomagno, perdonó al valeroso duque de Huon y celebró grandes fiestas en su honor.

ITALIA

La madre del vino

Cuentan viejas historias que hace miles de años, en tiempos muy remotos, la vid no producía ningún fruto; era una planta estéril. En vista de ello, el campesino dijo un buen día:

—Voy a cortar esta planta, porque no sirve para nada.

Y, efectivamente, al llegar la primavera, cortó todas las ramas dejando sólo un abultado muñón. Al verse desnuda, la vid empezó a llorar amargamente, destilando lágrimas de las ramas cortadas y lamentándose con pena.

—¡Ay, pobre de mí, qué desgraciada soy! –decía.

Sin embargo, la verdad es que nadie escuchaba ni sus lamentos ni su llanto. Todos los árboles y las plantas estaban atentos sólo a los trinos del ruiseñor que, al oscurecer, empezaba a cantar de modo maravilloso en la enramada junto al río.

—¡Qué pena! –se dijo la vid al escucharle–. Si este pajarillo me ayudase a llorar, bien pronto renacerían mis cepas y mis pámpanos.

Preocupada con esta idea, cierta noche, al fin, llamó al ruiseñor y le dijo con voz quejumbrosa y dolida:

—Oye, hermoso pajarito, ten compasión de mí; no soy más que un muñón de leño y no tengo ni una sola hoja. Te suplico que me ayudes a llorar.

Y como el ruiseñor tiene el corazón tierno e ingenuo como todos los poetas, no supo decir que no. Inmediatamente echó a volar desde donde estaba, se posó sobre el leño de la vid, de la que destilaba una abundante humedad, afianzó en la corteza sus finas uñas y empezó a cantar dulcemente.

En el acto se hizo en todo el valle un solemne silencio. Todos se pusieron a escucharle e incluso las estrellas del cielo se echaron a llorar. Y aunque parezca extraño, poco a poco, a medida que el ruiseñor cantaba, la vid se revigorizaba y la cortada cepa reverdecía, hasta aparecer las diminutas hojas que habían de ser luego espléndidos pámpanos verdes.

El ruiseñor cantó durante largas noches y de la vid surgieron ramas y hojas. Y entonces, sintiéndose feliz, alargaba sus sarmentosos brazos sobre la tierra, tratando de agarrarse y de trepar por los troncos cercanos.

Pero sabido es que la vid es traidora y engañosa; por algo es la madre del vino, que tantas jugarretas gasta a los hombres.

Cierta noche, con ingratitud sin igual, urdió contra el pobrecillo ruiseñor un pérfido engaño. Con uno de sus zarcillos envolvió las patitas del pajarillo y lo sujetó con fuerza a su tronco reverdecido y lleno de pámpanos.

Al día siguiente, el ruiseñor, que jamás había sospechado mal alguno de la vid, intentó volar, pero no consiguió separarse de la planta. Estaba allí prisionero y jamás podría escapar de su prisión.

—¡Déjame volar! –suplicó llorando a la vid el pobre pajarillo–. ¿Qué mal te he hecho yo? ¿Así me pagas lo que he hecho por ti?

Pero todo fue inútil. La insensible y traidora vid, brillante de rocío, se mecía sobre su tronco sin hacer caso de los ruegos y lágrimas del ruiseñor.

Y así fue como el confiado e infeliz pajarillo, no pudiendo ya volar ni comer, murió allí preso, quedando su gracioso cuerpecito colgando de la cepa traidora como si fuera un racimo marchito.

Pero sabedoras las estrellas de lo ocurrido, quisieron transformar a su amiguito cantor en algo que embriagase a los hombres como hacía con su canto cuando estaba vivo. Y del ruiseñor muerto hicieron el dulce fruto de la vid: la uva.

Entonces las patitas hundidas en la corteza viva de la planta transmitieron la fresca humedad de la tierra. Y aquel jugo vital se esparció rápidamente por todo el mísero cuerpecillo, que se hinchó hasta transformarse en el turgente y dulce fruto de la vid.

Algo después, pasado el diluvio universal, nuestro antepasado Noé sería el primero que descubriría los maravillosos efectos del vino.

Romeo y Julieta

En la italiana ciudad de Verona no se hablaba de otra cosa que de los odios existentes entre las familias de los Capuleto y los Montesco. Su viva enemistad era una larga historia que tenía origen probablemente en alguna afrenta remota, tal vez en una muerte.

Desde entonces, todo había sido una serie inacabable de riñas, peleas, duelos espada en mano, muertes...

Una noche primaveral en que el aire parecía cargado de un especial embrujo, los Capuleto dieron una gran fiesta en su palacio. Bien pronto, la enorme sala se llenó totalmente de hombres y mujeres ataviados con vistosos trajes y cubiertos con máscaras. Mientras la danza se animaba, bajo los antifaces todo eran risas, miradas intencionadas, frases insinuantes.

Cuando la fiesta estaba en su punto culminante, el joven Teobaldo se acercó a micer Capuleto, su tío, y le dijo al oído:

—Un Montesco se ha colado en la fiesta... Es Romeo, el heredero de la familia.

Como Romeo era un joven estimable, a quien se conocía por bueno y digno en la ciudad, micer Capuleto procuró calmar la irritación de su sobrino. Además, ya que estaba en su casa, el anciano Capuleto se consideraba ligado por el respeto que se debe al huésped. De afrentarle allí hubiera deshonrado su casa...

—Esto es una provocación –decía Teobaldo–. ¿Por qué ha venido precisamente aquí?

Pero el buen Romeo no había ido a provocar a nadie. Su naturaleza sencilla y bondadosa le alejaba de las luchas con los Capuleto. Y si se coló de rondón en casa de sus enemigos, fue siguiendo los pasos de la hermosa Rosalina, de la que esperaba obtener siquiera una sonrisa o una mirada amable...

Y ocurrió que en el ir y venir de la fiesta se encontró, sin darse cuenta, con que seguía los pasos de una joven rubia, esbelta y bellísima. Inmediatamente, Rosalina quedó olvidada.

—¿Quién es esta mujer? –preguntó a un criado.

—No lo sé, señor.

Al quedar ella junto a una columna, Romeo se acercó a la joven hasta casi tocarla. Y como si rezara le dijo:

—Si con mi mano, por demás indigna, profano este santo relicario...

Y mientras decía esto, su mano cogió la de aquella muchacha que tenía los dedos largos y finos, de piel suavísima. Todo fue rápido y maravilloso. Unos segundos bastaron para comunicarse fuego en las miradas y pasión en las palabras. Y al despedirse se dieron un beso que parecía sellar un amor de varios años.

Cuando Romeo abandonó el palacio de los Capuleto, iba absorto, con el corazón en vilo. Sus compañeros Mercurio y Benvolio, que le habían acompañado, todavía le gastaban bromas sobre Rosalina, pero él llevaba a Julieta Capuleto en la sangre. Sí, a la bella hija del dueño del palacio donde se había introducido furtivamente poco antes.

A partir de aquel día, el jardín de los Capuleto amparó las secretas entrevistas de Romeo y Julieta. Se amaban tan intensamente que no podían pasar sin verse a diario. Y mientras la joven se preguntaba por qué Romeo sería un Montesco, la voz del amado surgía a menudo de entre los alhelíes, los claveles y las rosas, como un arrullo mágico de la noche, y decía:

—¡Julieta, llámame «amor mío» y seré nuevamente bautizado! ¡Desde ahora mismo dejaré de ser Romeo! Mi nombre me es odioso por ser un enemigo para ti.

Cada vez eran más apasionadas las frases. Pasada la medianoche, Julieta se retiraba a su aposento. Pero no tardaba en salir otra vez, porque no acertaba a dejar la galería donde estaba su amado. Un día le dijo temblando de emoción:

—Esto no puede seguir así, querido Romeo. Por tanto, si me deseas por esposa dime dónde y a qué hora quieres que nos unamos en matrimonio. Pongo en tus manos mi suerte. Te seguiré siempre como a dueño y señor.

A los pocos días, la campana del convento replicó con alegría. Fray Lorenzo les casó en el mayor secreto. Sólo un amigo de Romeo y la dueña de Julieta tuvieron conocimiento de la boda.

Aquella misma mañana Teobaldo y algunos Capuleto tropezaron con Mercurio y Benvolio. Se cruzaron algunas palabras e inmediatamente salieron a relucir los aceros. Romeo llegó cuando estaban en los primeros tanteos de la pelea. Se interpuso pidiendo paz y fin a la discordia.

—Teobaldo –le dijo humildemente–, tengo razones para apreciarte...

Pero ante aquella actitud de Romeo se crecía el Capuleto. Entonces, el impaciente Mercurio, sorprendido y humillado, saltó con la espada desenvainada. Volvió Romeo a interponerse y Teobaldo aprovechó la ocasión para herir mortalmente al infeliz Mercurio.

Sin poder contener su dolor, Romeo tuvo que ver morir por su culpa a su compañero más fiel. Pero pronto a su pena se unió la ira y una sed de castigar al traidor y vengar a Mercurio. Alcanzó a Teobaldo que se alejaba y de nuevo relucieron las espadas cuando el sol iba ya alto.

Momentos después la noticia corrió por toda la ciudad. Los chiquillos la voceaban por las calles:

—¡Han matado a Teobaldo! ¡Ha sido Romeo!

Cuando el cadáver llegó a casa de los Capuleto, hubo allí escenas desgarradoras, gritos y llanto de las mujeres, promesas de venganza de los hombres. Julieta, recogida en su habitación, sólo se enteró de lo ocurrido cuando su nodriza le dijo:

—Romeo ha matado a Teobaldo y el príncipe le ha desterrado.

La infeliz Julieta quedó en un terrible desasosiego, debatiéndose en una difícil disyuntiva. Por una parte, ¿cómo podía querer al enemigo de su familia, al asesino de su primo? Y por otra, ¿cómo podía odiar a su esposo? No, eso no. A Romeo le amaba profundamente, con toda su alma...

Romeo tenía que abandonar Verona por orden del príncipe. Antes estuvo con fray Lorenzo, su confesor, que le conocía desde que era niño y el que le había casado en secreto con Julieta. Y esta vez, ¡una más!, fue también consuelo de su tribulación, paño de lágrimas.

—No te preocupes, Romeo –le dijo el fraile–, yo encontraré una solución.

Aquella noche, como todas las anteriores, Romeo escaló la tapia del jardín de Julieta, salvó también la baranda de la galería y fue a despedirse de su amada...

Entretanto, fray Lorenzo intentaba encontrar la manera de solucionar aquel enrevesado asunto. Estaba decidido a hacer saber a Capuleto y Montesco la boda de Romeo y Julieta. Creía el buen fraile que así haría regresar al desterrado marido a Verona y posiblemente desaparecería la eterna desavenencia entre ambas familias...

Pero las cosas se complicaron. Micer Capuleto, padre de Julieta, había decidido casar a su hija con el conde Paris, que aspiraba a su mano desde hacía tiempo. Julieta se negó rotundamente a casarse. Y como sus padres ignoraban el vínculo que la unía a otro hombre, querían disuadirla, el padre, por la violencia y la madre por medio de la persuasión.

Julieta acudió desesperada a fray Lorenzo, que también esta vez halló un recurso, algo más complicado, es verdad, pero que sirvió a la joven de consuelo y esperanza.

Poco después llegó el día previsto para la boda de Julieta y Paris. Pero cuando todo estaba ya a punto, la nodriza dio la alarma al salir de la habitación de Julieta dando gritos desgarradores.

—¡Está muerta! –decía llorando– ¡Está muerta!

Acudieron todos y vieron desconsolados a Julieta tendida en la cama vestida con las galas de novia. Se acercó la madre y vio que su hija no alentaba. Su rostro enmarcado por el tul blanco estaba pálido, inanimado, con una hermosura glacial, como si fuera de mármol o nácar.

El entierro se efectuó el día siguiente. La ciudad de Verona estaba consternada al ver cómo se acumulaban los males en casa de Capuleto... Sólo fray Lorenzo sabía que en realidad Julieta no había muerto. El mismo había preparado una pócima, que la joven bebió, trémula y esperanzada, la noche de la vigilia de su boda.

Fray Lorenzo esperaba tener a Julieta como muerta durante cuarenta y ocho horas en el panteón de los Capuleto. El tiempo justo para poder avisar a Romeo, que vendría para llevársela a Mantua.

El destino, sin embargo, vino nuevamente a desbordar sus proyectos. Rápidamente envió un fraile a Mantua, donde se encontraba Romeo, con una carta en la que le explicaba su plan y la urgencia de que regresara. Pero la carta no llegó a su destino porque el mensajero fue detenido durante varias horas por sospechas de que pudiera llevar el gérmen de la peste. Al quedar libre, el fraile regresó al convento con la carta, sin haberla entregado a su destinatario.

Pero Romeo ya se había enterado de lo ocurrido gracias a la diligencia de uno de sus criados. Y el amante, sin pensar más que en la muerte de su amada esposa, se puso en camino hacia Verona. Era casi medianoche cuando llegó a la ciudad.

Sin pérdida de tiempo se dirigió al cementerio y entre las sombras, lápidas y cruces fue en busca del mausoleo de los Capuleto. Pero cuando se disponía a levantar la losa que tapaba la entrada del subterráneo, un hombre salió de detrás de un ciprés, gritando:

—¡Detente, sacrílego Montesco! ¿Acaso quieres vengarte más allá de la muerte?

Romeo, al pronto, no le reconoció. Era el conde Paris, el novio frustrado de Julieta, que desde la muerte de ésta estaba rondando como un perro el cadáver de la que debía ser su esposa.

—¿Qué vienes a hacer aquí? –preguntó.

Y como viera que Romeo quería evitar la lucha, le cortó el paso desenvainando la espada. Todo fue cosa de unos segundos. Romeo reconoció en su ocasional enemigo al conde Paris cuando ya éste se hallaba tendido en el suelo, muerto, entre un charco de sangre.

Inmediatamente, febril, presa de una obsesión invencible, Romeo levantó la losa del panteón y descendió sin vacilar. Una vaharada mefítica salía del fondo.

Con la lámpara que llevaba en la mano, el joven fue reconociendo las paredes desnudas, húmedas, el cuerpo en descomposición de Teobaldo... y a Julieta. Estaba intacta, como una figura de cera. Sollozando se abrazó a ella.

No tardó en llegar fray Lorenzo, presumiendo ya desgracias irreparables. Y no se equivocó. Tropezó primero con el cuerpo ensangrentado de Paris. Y al bajar a la cripta vio a Romeo junto a Julieta, también él sin vida. Acababa de morir envenenado.

Precisamente en aquel momento, Julieta comenzaba a despertar, una vez terminados los efectos de la pócima del fraile.

—¿Dónde está mi Romeo? –preguntó anhelante.

El fraile intentó llevársela de allí, tratando de impedir que llegara a ver a su amado que yacía junto a ella, sin vida. Le daba prisas y hasta urdió una burda excusa, pero todo fue inútil.

Al ver el cadáver de Romeo, la infeliz Julieta se abalanzó sobre él. Pero fray Lorenzo se alarmó al ver que la joven, en lugar de reaccionar con llantos y gritos de desconsuelo, se mostraba con una serenidad desconcertante.

—¡Vamos, Julieta, vayámonos de aquí! –le urgía el fraile.

Pero la joven no le hizo caso y continuó abrazada al cadáver de su amado Romeo.

—¡Besaré tus labios, Romeo...! –dijo–. Quizá quede en ellos un resto de ponzoña para hacerme morir.

Y sin que el fraile se apercibiera, mientras posaba sus labios en los de Romeo, calientes aún, Julieta sacó la daga del cinto de su amado, e inclinada como estaba sobre él, apretó con fuerza su punta contra el corazón...

El príncipe de Verona dispuso que se diera sepultura a los dos amantes, uno junto al otro, Y cuando al día siguiente el pueblo asistió conmovido a la ceremonia fúnebre, por primera vez Capuleto y Montesco iban juntos en paz. Ya ninguna de las dos familias pensaba en venganzas ni en odios.

La huida a Egipto

Cuando Herodes ordenó la degollación de los Inocentes, un ángel advirtió a la Virgen María y a San José que junto con el niño Jesús salieran de Nazareth y huyeran a Egipto. Así lo hicieron acompañados de un asno cargado con lo más imprescindible.

Ya se creían a salvo, cuando vieron que eran perseguidos por los soldados del rey. Entonces la Virgen sugirió a su esposo San José que se separaran: ella, con el Niño, huiría por los campos, tratando de esconderse entre los árboles y el follaje, mientras él con el burro continuarían su camino. Después, cuando se alejara el peligro, volverían a encontrarse.

No habían hecho más que separarse, cuando llegaron los soldados de Herodes al lugar donde se hallaba San José con el asno.

—¿Has visto a una mujer con un niño en brazos? –le preguntaron.

—No he visto pasar a nadie por aquí –respondió el santo temblando.

Y calculando que la mujer andaría por entre el follaje, los soldados echaron a correr a campo traviesa, con las espadas desenvainadas.

La Virgen, que corría afanosamente estrechando al Niño contra su pecho, oyó sus gritos salvajes y sus pasos precipitados acercársele por momentos. Pero, cuando ya se creía perdida, descubrió un campo de lino, florido. La Virgen se metió entre las flores, implorando:

—Escondedme y yo os bendeciré eternamente.

Las plantas de lino se abrieron con leve rumor y a medida que la Virgen pasaba, los sutiles tallos volvían a unirse, flexibles como el agua, sin dejar ninguna huella de su paso, mientras las flores ondeaban al viento con rumor de seda.

Al llegar los soldados al borde del campo y ver las flores del lino ondeando tranquilamente, dieron media vuelta y se marcharon.

La Virgen pudo entonces salir del campo y dijo al lino:

—¡Bendito seas! De ti se vestirán los hombres y los altares.

Con el Niño en brazos, la Virgen reanudó su camino y poco después entró en un bosque de olivos. Pero apenas había andado unos pasos, cuando el fragor de unas voces descompuestas la hizo estremecer. Eran los soldados, que volvían chillando e imprecando.

La pobre madre estaba aterrada y ya se disponía a invocar la ayuda de los ángeles, cuando uno de aquellos olivos, el más viejo de todos, cuyo tronco centenario estaba hueco cual una gruta, le gritó:

—Ven aquí, Virgencita, ven a esconderte en mi tronco. Nadie te descubrirá. No tengas miedo.

Y mientras la Virgen, cuyo corazón desfallecía, se acomodaba en la oquedad del olivo, los soldados pasaron por delante el árbol como furias, pero no repararon en el escondite. Una vez pasado el peligro, la Virgen salió del tronco y dijo al olivo:

—¡Bendito seas, olivo! Tus ramas serán símbolo de paz; tu fruto servirá a los hombres de alimento y de luz. Y cada año en la noche del quince de agosto, bajaré a la tierra para dar el aceite a tus frutos.

De esta forma quedó bendito el olivo. Y todos los años, quien contempla el cielo en la noche del quince de agosto, lo ve surcado hasta el alba por innumerables estrellas que caen, mientras miríadas de luciérnagas van errando entre las ramas de los olivos.

Las luciérnagas no son sino ángeles con lucecillas de oro, que acompañan a la Virgen, mientras ella infunde en los frutos del olivo los vasos de aceite que otros ángeles en forma de estrellas le bajan del cielo.

Después de burlar nuevamente a los soldados, la Virgen prosiguió su camino con el Niño Jesús en busca de San José. Pero no había hecho más que andar unos pasos, cuando detrás de unas zarzas oyó las voces furiosas de sus perseguidores.

—Debe de estar por aquí –decía uno de ellos–. Su manto celeste se confunde con el color de la hierba. ¡Mirad bien por todas partes!

Aterrorizada, la Virgen buscó nuevamente dónde ocultarse, pero no halló ni un árbol, ni una zanja, ni unas matas donde poder hacerlo. No vio más que un campo de altramuces, que sacudía al viento sus vainas secas como pequeñas castañuelas. Pero, cuando ciega de espanto, la infeliz madre echó a correr entre las matas, éstas empezaron a moverse con estrépito.

—¡Oh, plantas malvadas! –dijo la Virgen sin dejar de correr–. Con vuestro ruido haréis que me descubran. ¡Desde hoy tendréis la amargura que yo tengo!

Por eso, desde aquel día, los altramuces tienen una amargura insoportable al paladar.

La Virgen, entretanto, llegó corriendo junto a una enorme higuera. Y tras subir al árbol con la energía que da la desesperación, le dijo:

—Higuera, escóndeme entre tus grandes hojas y serás bendita.

Y el árbol acogió a la Virgen, abriendo sus brazos y alargó sus verdes hojas anchas, gruesas y ásperas en torno a Ella y al Niño, hasta cubrirlos por completo.

Cuando los soldados llegaron, poco después, no vieron huella de alma viviente por aquellos contornos y, desanimados, regresaron a Jerusalén para informar al cruel Herodes de su fracasada persecución.

La Virgen bajó del árbol que tan bien la había acogido. Y antes de ir en busca de San José, que la esperaba a poca distancia, bendijo a la higuera con estas palabras:

—¡Bendita seas, higuera! Tú darás fruto dos veces al año.

Es por esto que la higuera produce en junio y agosto frutos dulces como la miel.

Luego, una vez reunida la Virgen con su esposo San José, la Sagrada Familia pudo continuar su viaje sin novedad hasta llegar felizmente a Egipto.

ESPAÑA

La venganza de Don Julián

Don Ramón Menéndez Pidal cuenta esta versión de la célebre leyenda de don Rodrigo y su inseparable «La Cava»:

Cierto día, en el palacio real de Sevilla hablábase de hermosas mujeres y uno terció en la conversación afirmando:

—En toda la tierra no hay mujer más bella que la hija de Julián, el conde de Tangitania.

Estas palabras impresionaron al rey Getico o Vitiza, quien, apartándose del concurso, trató a solas con un duque el modo de enviar con cautela un mensajero a aquella doncella para poder verla cuanto antes. Y le dijo:

—Llama a Julián; que venga, y entrégate con él, durante algún tiempo, a los festines y a la embriaguez, en alegres orgías.

Y mientras Julián andaba en estas fiestas, Vitiza escribió cartas en nombre del conde, selladas con el sello de éste, y las envió a la condesa para que trajese cuanto antes a su hija Oliva (los moros le llaman «La Cava») a Sevilla. Y disipado el conde Julián en aquellos deleites del banquetear y del beber, Vitiza tuvo muchos días en su poder a la hermosa doncella y la estupró.

Y aún seguía Julián en sus espléndidos banquetes, cuando una vez, alzando los ojos, vio a un escudero suyo que había dejado en Tánger, y llamándole hacia sí, le dijo:

—¿Cómo has venido por acá?

A lo que él respondió:

—Como hiciste venir a tu mujer y a tu hija, yo vine acompañándolas.

—Vete –dijo Julián al escudero– y di a mi mujer que venga en seguida.

Al llegar, la mujer reveló a su marido cómo Vitiza las había hecho venir, a ella y a su hija, con engaño. Entonces Julián dijo a la condesa:

—Anda, recoge todas tus cosas y corre a la ribera del río, que allí cogeremos el navío y nos repatriaremos, abandonando a nuestra hija.

Y subieron al barco y navegaron directa y rápidamente a Ceuta.

Una vez llegados, y reunidas todas sus riquezas en oro, plata y ropas, Julián se dirigió a Alcalá, donde residía el rey moro Tárec, y le dijo:

—¿Quieres entrar en España? Yo te llevaré, porque tengo las llaves del mar y de la tierra y puedo encaminarte bien.

—¿Y qué confianza –reparó Tárec– podré tener en ti, siendo tú cristiano y yo moro.?

—En cuanto a eso –replicó Julián–, bien puedes confiarte en mí, porque te entregaré mi mujer, mis hijos y riquezas innumerables.

Entonces, aceptadas estas seguridades, Tárec reunió gran muchedumbre de caballeros árabes, y desembarcando con Julián en la isla de Tárif (sic, no Tárec), subió al monte que está entre Ceuta y Málaga, el cual hasta hoy se llama monte de Tárec, y desde allí se dirigió a Sevilla, la combatió y la tomó.

Mientras esto sucedía, murió Getico o Vitiza, dejando dos hijos: Sebastino y Evo. Pero, como fuesen muchachos, los de la tierra no los quisieron para reinar y eligieron a Rodrigo, el cual, reuniendo un gran ejército, salió a enfrentarse con Tárec.

Pero los hijos de Vitiza enviaron aviso a este último, ofreciéndole huir en la batalla, como lo hicieron, acarreando la derrota de los cristianos. Muchos de éstos perecieron, y entre ellos murió don Rodrigo.

Tárec dio un privilegio de ingenuidad a los traidores Sebastino y Evo, y éstos poseyeron pacíficamente tres mil sesenta villas, que era el patrimonio real que Vitiza había poseído.

También se dice que el rey don Rodrigo huyó, al verlo todo perdido, hasta la villa de Viseo, en el reino de Portugal, donde acabó su vida convertido en mozo de un hortelano.

Y cuéntase que hizo tan gran penitencia y murió como tan buen católico, que, en el momento de expirar, todas las campanas de Viseo tañeron por él sin que persona alguna las tocara.

Asimismo hay quien afirma que crió en la huerta «una muy grande culebra et, quando la vio poderosa, metióse con ella en una cueva et dexóse todo comer fasta que murió».

Los siete infantes de Lara

Ruy Velázquez, señor de Villarén, casó con doña Lambra, orgullosa e intrigante dama que se unió a él tanto por inclinación como por razón de Estado.

Cuando toda «una multitud de huéspedes llenaban el palacio y los jardines del señor de Villarén, tomando parte en los regocijos que se celebraban en obsequio de la recién casada, ésta se mostraba ajena al general contento».

Sentada junto a una ventana, en actitud meditabunda, su rostro distaba mucho de reflejar la alegría que parecía natural en aquella ocasión. Sus ojos no cesaban de fijarse en un grupo de siete caballeros, los hijos de don Gonzalo Bustos, señor de Salas de Lara y pariente de Ruy Velázquez.

Todo ello se debía a que doña Lambra se consideraba gravemente ofendida porque al dirigirse a la iglesia la comitiva, se había suscitado una riña, pronto apaciguada por los amigos, entre un primo de la novia y el menor de los hijos de Gonzalo Bustos, llamado González.

Ésta era la razón del desprecio, del odio, con que la orgullosa doña Lambra miraba al joven González. Y, como si de él hubiera recibido un gran insulto, la altiva dama estaba ya pensando cómo podría vengarse devolviéndolo.

Pronto halló el medio, que creyó el mejor, el más duro. Incapaz de moderar por más tiempo su rencor, llamó a un criado y le ordenó que fuese a insultar a los siete infantes, indicándole para ello un medio, el más eficaz que a la sazón se conocía. Consistía en arrojar un cohombro lleno de sangre sobre aquel a quien se quería ajar, afrenta que se consideraba como la más audaz que pudiera dirigirse a un hombre de honor.

Confiando el insolente criado en la protección de su ama, acercóse al lugar donde estaban los siete hijos de Gonzalo Bustos y, tomando bien sus medidas para no errar el tiro, arrojó el cohombro sobre González, corriendo inmediatamente a refugiarse a los pies de la dama, para sustraerse de este modo a la justa ira de los sorprendidos e indignados hermanos.

—¡Mal pecado, doña Lambra! –exclamó González–. No me cabe duda que vos habéis dispuesto esta negra traición, puesto que de lo contrario jamás se habría atrevido este esclavo insolente; pero no le valdrá el seguro de vuestro regazo para librarse de lo merecido.

Y dice el novelista Trueba que acto seguido se precipitaron los siete jóvenes, con las espadas desnudas, sobre doña Lambra, quien exclamó con tono orgulloso y altanero:

—Deteneos, caballeros, u os arrepentiréis de vuestra precipitación. Este mozo es mi protegido y consideraré un insulto personal el menor daño que a él se le haga.

—En vano amenazáis, señora –respondieron a una los siete hermanos–. Este infame ha de morir.

Al oír esto, el mozo quiso cubrirse con los paños del manto de su ama, pero los de Lara no respetaron ese lugar y, a despecho de los gritos del culpable y de las amenazas de la dama, González le sacó de su refugio tirándole por los cabellos y a estocadas le dejaron yerto, tiñendo con su sangre el manto nupcial de doña Lambra.

Presagio funesto sin duda, pero en el cual ningún reparo hicieron entonces los siete infantes de Lara.

Entre las diversas personas que acudieron al lugar donde acababa de pasar esta sangrienta escena, se hallaba también el recién casado, Ruy Velázquez, a cuya vista su esposa exclamó furiosa:

—¡Venganza, señor, venganza! Si tenéis corazón de hombre, vengadme del ultraje que acaban de causarme esos insolentes hermanos.

Pero los infantes de Lara sonrieron desdeñosamente y, enjugando sus espadas humeantes aún con la sangre de su víctima, se retiraron pausadamente, sin que Ruy Velázquez intentara siquiera detenerlos.

—¿Acaso les tienes miedo? –le preguntó con furia doña Lambra.

Al hallarse solos los dos nuevos y ya poco felices esposos desahogaron su furor, no pensando más que en vengar la ofensa. Lo primero que se le ocurrió a Ruy Velázquez fue desafiar a los infantes, acompañado de otros seis amigos de confianza, para que resultaran siete contra siete.

Esta idea no le pareció bien a doña Lambra, por el riesgo que corría de quedarse viuda, ya que su marido podría ser quien muriese en la lucha.

—Lo mejor –dijo– será acudir a la astucia y no a la fuerza, porque unos hombres tan viles, que acaban de cometer un asesinato, no merecen ser tratados como caballeros.

Inmediatamente trazó, pues, su plan y, tanto insistió en que había que ponerlo en práctica, incluso por razones políticas, que su marido, aunque al principio lo mirara con repugnancia, como indigna villanía, acabó por aceptarlo realizándolo.

Para ello, Ruy Velázquez fingió que olvidaba todo lo ocurrido, de gran respetabilidad y rectitud, de todos conocida.

Y añadió, para conquistarle:

—Tanto más deseo que aceptéis el encargo de esta embajada cuanto que el importe lo destino a dote de mi hija, a quien deseo con toda mi alma casar con vuestro primogénito.

Ni que decir tiene que la demanda del falso amigo fue aceptada en el acto y Gonzalo Bustos partió para Córdoba, siendo portador de una carta dirigida al rey escrita en árabe. Pero lo que la carta pedía al soberano moro era que, al recibirla, matara al portador, con lo cual quedaría cancelada la deuda.

Algo más humano que el malvado y pérfido señor de Villarén fue el valido del rey moro, Almanzor, que actuaba por éste en todo. Y lo que hizo, después de romper en pedazos la carta, fue limitarse a encerrar en una mazmorra al portador de la infame carta, con la intención de que allí quedara de por vida. Esto le permitió al moro responder al malvado de Villarén, mintiendo a medias.

«... Ya no volverá a molestaros nunca más la vista de vuestro enemigo –le decía–, pues vuestros deseos se han cumplido.»

Así quedó realizada la primera parte del diabólico plan ideado por doña Lambra, pero faltaba la segunda. Ésta consistió en decirles a los siete infantes:

—Vuestro padre ha sido asesinado por el rey moro de Córdoba. Y tanta es la indignación de mi esposo, Ruy Velázquez, que él mismo se ofrece a ir con vosotros en la guerra que es necesario declararle, para vengar la muerte del buen Gonzalo Bustos.

Todo se hizo como se había planeado, pero el fingido amigo dio parte secretamente al rey moro de las escasas fuerzas con que se contaba y de que él retiraría las suyas a poco de comenzar la batalla, dejando solos a los siete infantes con los pocos amigos fieles, cuya resistencia poco podía durar.

Ruy Velázquez, señor de Villarén, se había convertido, por tanto, en el más vil traidor, deshonra de caballeros y de militantes en un ejército cristiano.

Los siete infantes de Lara lucharon heroicamente a pesar de aquella infame celada de que habían sido víctimas; pero por más que vendieran bien caras sus vidas no quedó ni uno solo de ellos. Las siete cabezas fueran cortadas por los moros y enviadas como trofeo de guerra al rey de Córdoba, Almanzor.

Y se cuenta que, puestas en unas fuentes, como otros tantos platos más, fueron servidas al desdichado Gonzalo Bustos en un banquete dado en su honor por el rey, quien, compadecido al fin, al ver que su inmenso dolor degeneraba en locura, siempre mirada con religioso respeto por los musulmanes, le dijo:

—Quedáis en libertad «gracias a las súplicas de mi hermana».

De esta mujer se dice que Gonzalo Bustos tuvo un hijo llamado Mudarra González, principio y fundador del linaje nobilísimo en España de los Manriques.

Otra versión refiere que al tener Almanzor las siete cabezas de los infantes de Lara y la de su viejo ayo Munno Salido, que luchó a su lado valerosamente, ordenó que las ocho cabezas fueran lavadas con vino para limpiarlas de la sangre y las hizo colocar en fila sobre una sábana blanca.

Entonces, el propio rey fue a sacar de la cárcel a don Gonzalo y se las mostró como si no supiera de quiénes eran. Tal fue la terrible impresión del desgraciado padre, que cayó en tierra sin conocimiento. Pero al recobrarlo, deshecho en llanto, las fue cogiendo amorosamente y, como si aún hablara con sus hijos, iba recordando en alta voz los nobles hechos de cada uno.

Luego, de pronto, apoderándose de una espada que halló a mano, se lanzó contra un grupo de alguaciles que estaban presentes y, antes que nadie pudiera impedirlo, mató a siete de ellos, pidiendo después a Almanzor:

—Matadme ahora a mí.

Pero aunque eso se aprestaban a hacer los moros presentes, sin embargo, compadecido el rey árabe, ordenó que nadie se atreviera a tocarlo. Y tan grandes eran el llanto y la desesperación del infeliz padre, que hasta a los mismos moros presentes se les saltaban las lágrimas ante semejante espectáculo.

Y la mora de noble estirpe que de él cuidaba en la prisión se le acercó para decirle:

—Esforzaos, señor don Gonzalo, en recobrar un poco la serenidad, cesad en vuestro inútil llanto, que yo misma perdí doce hijos que eran muy buenos caballeros y me los mataron juntos en una batalla en un solo día; pero no por eso dejé de luchar con el dolor, dándome ánimos yo misma, ni pensé en matarme, ni en dejarme morir de pena. Y pues yo, que soy mujer, me mantuve fuerte, ¿cuánta más razón hay para que lo hagas tú, que eres hombre? Por mucho que llores y te desesperes, nunca podrás recobrar a tus hijos. ¿Y de qué sirve, qué bien ha de acarrear el que ahora te dejes morir tú?

Entonces el rey Almanzor intervino para decir:

—Gonzalo Bustos, siento vivo pesar por el que a ti te aflige hoy, y decido dejarte libre de tu prisión, dándote cuanto hubieres menester para que, llevándote contigo las cabezas de tus hijos, puedas regresar a tu tierra y a la compañía y consuelo de tu mujer doña Sancha.

Gonzalo, muy agradecido, y con ofrecimientos de corresponder a su bondad, si la ocasión se presentaba algún día, iba a retirarse, cuando la hermana del rey le llamó aparte para decirle en secreto:

—Señor, de nuestros amores ha quedado fruto. Decidme qué es lo que debo hacer cuando llegue la ocasión del alumbramiento.

Don Gonzalo se quitó entonces un anillo que llevaba y partiéndolo en dos mitades le dio una, diciéndole:

—El que presente en mi tierra esta mitad, será reconocido como hijo mío.

Y éste fue, como ya se dijo, el después famoso Mudarra, que vengó la muerte de los siete infantes de Lara, matando a Ruy Velázquez.

L'era d'Escorca

Cuenta el poeta Costa y Llobera que en las montañas mallorquinas de Lluch, pervive, no sin horror, el recuerdo de una escena que parece revivir ante la contemplación del fondo de un hondísimo barranco maldito que en lejanos tiempos fue un alegre y alto ejido, no un abismo como ahora.

Allí había una era donde se trillaban las rubias gavillas de trigo entre canciones y alegres francachelas, en las que el vino hacía perder el seso a gañanes y mozas de aquellas montañas.

Cierto domingo, sin respetar la fiesta, el bullicio y el trabajo andaban allí en su apogeo, cuando, de pronto, oyóse sonar varias veces a lo lejos, una campanilla.

Era el santo Viático que se iba acercando, hasta pasar junto a la era.

Pero ni una rodilla de aquellos montañeses mallorquines se dobló reverente, ni unos labios, abiertos a la estúpida risa, o a la brutal blasfemia, murmuraron una oración.

Y el Viático detuvo su bendito curso ante aquellos desalmados, enloquecidos trilladores, que redoblaron su algazara.

Sin embargo, no duró mucho ésta, sino que se trocó en espanto, en horror, al ver que la tierra se abría bajo sus pies y se tragaba hombres, mujeres, animales, montones de trigo y gavillas.

Nunca más se supo de ellos y la alegre era quedó convertida en insondable abismo que evita, como embrujado lugar, el caminante perdido entre los montes, porque dícese que allá, en las entrañas de la tierra, se oyen rarísimos rumores de canciones infernales, el acompasado trotar de animales de tiro y el sonido de sus cencerros.

Y es que Dios quiso que la trilla maldita continuase. Y así seguirá por los siglos de los siglos como castigo.

La campana de Huesca

Cuando llamaron a Ramiro para que acompañara el cadáver de su hermano, Alfonso I, a su última morada, en el monasterio de Montearagón, llevaba ya algunos años de prior en San Pedro el Viejo de Huesca. Antes había sido abad de San Juan de la Peña y de Sahagún, obispo de Burgos y Pamplona.

Ramiro no hubiera querido abandonar el claustro, donde gozaba de una paz envidiable, pero todos los nobles lo habían aclamado como rey y señor a la muerte de su hermano Alfonso.

El caso era que ahora muchos de aquellos que lo habían ensalzado y elevado al trono, tramaban contra él. Y todos ellos eran fuertes, con sólidos castillos y viejos títulos de nobleza. Había entre los conspiradores hasta un abad y un obispo.

Y a muchos de ellos los tenía cerca, incluso en su propio palacio. Sentía su presión, directamente en sí mismo, como si lo estuvieran atenazando. Pero, una vez en el trono, la voluntad del Señor se había mostrado y ya no le quedaba sino luchar por la unidad, la integridad y el bien de su pueblo.

¿Cómo podía dejarlo en manos de la díscola nobleza o permitir que el reino quedara a merced de un poder anónimo y caótico como el de las órdenes militares, a las que, por un exceso de celo, se lo había dejado en herencia su hermano Alfonso? ¿Y cómo podía consentir que cayera en manos del rey de León, que aspiraba a toda costa a poseer Zaragoza?

Ramiro no era ducho en intrigas y por eso dudaba en aplicar ciertos métodos... Sin embargo, reconocía que no basta ser virtuoso, de recta intención, querer sólo el bien y la justicia.

—Hay que tener a punto la decisión salvadora –le dijo un día uno de sus consejeros–, saberla improvisar en un segundo para ejecutarla en el siguiente.

Y mientras el rey Ramiro II se paseaba, completamente solo, por el jardín, por los pasillos, o por su habitación, se repetía a menudo:

—¿Qué hacer, Señor, qué hacer?

Hasta que un día pensó en consultar al que años atrás había sido su maestro y director espiritual, el que ahora estaba de abad en San Juan de la Peña. Le amaba y le respetaba. Y sabía de su criterio recto y seguro, de su conocimiento del corazón humano, de la clara inteligencia que le hacía ver rápidamente la solución de los problemas.

—Nadie como él –se dijo Ramiro II– podrá darme el consejo apropiado para resolver la grave situación en que me encuentro.

Y una noche, con gran sigilo, envió el monarca un mensajero al abad de San Juan de la Peña.

—Explícale –le dijo el rey– que traman algo contra mí varios señores principales. Dile que necesito urgentemente su consejo. El abad no te responderá, porque la regla le prohibe hablar. Sin embargo, él se valdrá de algún medio para indicarte qué es lo que debo hacer.

Unas horas después, el mensajero real se hallaba ante el abad, que era un hombre alto, imponente en su hábito negro. Llevaba puesta la capucha, y en su recatado rostro destacaban su espesa barba y unos ojos negros e inquisitivos.

Cuando el emisario le explicó el objeto de su visita, el abad le indicó con un gesto que le siguiera. Salieron a un huerto. En aquel momento precisamente amanecía. En un cercano gallinero, un gallo lanzó al aire «un canto insolente como una diana cuartelera». El aire de la mañana hacía ondear suavemente las maduras espigas de un sembrado próximo.

El abad tomó una afilada hoz en su mano y, tras mostrársela un momento al mensajero, fue cortando todas las espigas que sobresalían. Sus tajos, eran seguros, contundentes, pero suaves, sin ruido.

Una vez terminada su tarea, se volvió al emisario real y se quedó mirándole fijamente con sus ojos negros y brillantes.

—¡He comprendido! –dijo el emisario mirando las espigas decapitadas que había esparcidas por el suelo. Y tras despedirse del abad, emprendió rápidamente el regreso a la corte para informar de su embajada al rey Ramiro II el Monje.

A los pocos días se anunció que el monarca aragonés deseaba construir una campana enorme. Tanto, que su sonido alcanzaría del Pirineo al Ebro y del Sobrarbe a Navarra.

Mientras las gentes hacían cábalas sobre cómo sería posible hacer una campana semejante, cierto día, Ramiro II hizo saber que ya estaba fundida, en un lugar de su palacio.

—Espero a todos los nobles para mostrársela –agregó sonriendo enigmáticamente.

Toda la nobleza, devorada por una curiosidad irrefrenable, acudió para ver aquella campana tan renombrada. Y el rey, después de agasajarlos con una comida abundante y exquisita, les rogó que le siguieran a una espaciosa habitación del palacio.

Cuando los nobles vieron lo que allí había quedaron en silencio, consternados. Alguno hubo que no pudo reprimir un grito de espanto. Y no era para menos, ya que en el centro de la estancia había quince cabezas de hombre separadas de sus troncos, puestas en círculo, en el suelo.

—¿Qué os parece esta campana? –preguntó el rey–. Y esto es el badajo.

Y señaló una cuerda que pendía del techo, al final de la cual, otra cabeza, la del obispo conspirador, se balanceaba levemente, como un péndulo siniestro.

Allí estaban todos los que hasta entonces habían conspirado contra Ramiro II. No hubo necesidad de nombrarlos, pues los nobles reconocieron perfectamente aquellos rostros grotescos y trágicos. Y al pensar en que podían correr una suerte igual, no faltó quien se estremeció involuntariamente y sintió erizarse sus cabellos.

A todo esto, se había hecho un silencio impresionante. El rey habló entonces así:

—¿No es cierto, señores, que esta campana de Huesca es la más famosa de todos los tiempos? Yo os digo que sonará magnífica y terrible hasta para vuestros hijos e incluso para los nietos de ellos. Y recordad vosotros, nunca se os olvide, que oiréis su terrible sonido cuantas veces os tiente la idea de insubordinaros o de conspirar contra mí.

Y, dando media vuelta, Ramiro II el Monje salió de la estancia, dejando en ella aterrados y silenciosos a todos los nobles aragoneses.

El Cristo de la Vega

Cuenta el poeta Zorrilla que en la imperial Toledo ocurrió, hace de esto algunos siglos, lo que vamos a narrar.

Una noche, a hora avanzada, cuando en la ciudad dormida no se oía más que el ruido de las aguas del Tajo en su discurrir por lo hondo de su cauce, y en las oscuras calles reinaba la más completa calma, un embozado, espada en mano, paseaba nervioso al pie de una ventana, la única iluminada en toda la calle.

De pronto se oyó acercarse un jinete al galope en dirección a la casa de donde salía la luz.

—¿Quién va? –gritó el embozado saliéndole al paso.

—Un hidalgo. ¡Calle libre!

—¡Téngase el hidalgo!

—¡Calle libre, digo, que hasta hoy nadie detuvo a Iván Vargas y Acuña!

—Pase el Acuña y perdone –respondió el embozado haciéndose a un lado.

En aquel momento, una hermosa mujer se asomó a la ventana y murmuró medrosa: «¡Es mi padre!».

El chirriar de la cerradura rompió el silencio de la noche. Se abrió el amplio portalón, entró el jinete y su cabalgadura, y, al cerrarse de nuevo, la puerta la calle volvió a quedar silenciosa.

Casi al mismo tiempo un hombre joven descendió por las rejas de las ventanas de la casa, mientras el embozado se apresuraba a facilitarle la bajada. Luego, a toda prisa, los dos hombres se perdieron en las sombras de la noche.

Pocos días después, una tarde soleada, junto a la puerta toledana de Cambrón, que da acceso a la ciudad, el joven y apuesto Diego Martínez esperaba a su amada Inés, la hija de Iván Vargas y Acuña.

Llegó ella apresurada y buscaron un lugar solitario para hablar a sus anchas. Él estaba en vena de amoríos, como siempre; pero ella le atajó secamente sus deseos amorosos:

—Diego, hemos de hablar –le dijo–. Mi padre sabe que un hombre ha entrado en casa por la noche y en su ausencia. No podemos seguir así. Prométeme que te casarás conmigo o déjame para siempre.

—Inés querida —respondió él—, sabes que dentro de un mes parto para Flandes. Al año estaré de vuelta y entonces me casaré contigo.

—Diego, ¿me juras eso?

—Te he dado mi palabra.

—No basta. Necesito tu juramento ante un testigo.

—¡Qué empeño! Pero, ¿qué pretendes?

—¿Lo jurarías ante la imagen del Cristo de la Vega? —insistió ella.

Diego vacilaba. Ponía dificultades. Pero Inés insistía, asiéndose a aquella idea que se le había ocurrido de repente, como a la única garantía posible y que le merecía absoluta confianza.

Al poco rato llegaron a la ermita del Cristo, situada extramuros de la ciudad, en la vega. A tales horas, la pequeña capilla estaba solitaria y silenciosa. Unos escasos cirios de llama mortecina rasgaban la oscuridad y destacaban algunos rasgos de un Cristo agonizante de tamaño natural, que había clavado en la cruz.

Inés y Diego quedaron ante la imagen conteniendo la respiración. De vez en cuando se oía el roer de alguna carcoma y el chisporroteo de los cirios. Ella tomó la mano de él.

—Diego, ¿juras desposarme a tu regreso?

—Sí, lo juro.

Salieron de la ermita del Cristo y algo después le despidieron como tantas otras veces lo habían hecho.

Pasó un día y otro día, un mes y otro mes pasó, pero Diego no regresaba de Flandes y a la pobre Inés se le veía desmejorar día a día. Las horas eran siglos para ella y sólo hallaba consuelo postrada a los pies del Cristo de la Vega. Muchos soldados y capitanes regresaban de Flandes cargados de laureles y de medallas; todos menos Diego.

Hasta que un día le dijeron a Inés que su amado Diego había llegado. La pobre casi no quería creerlo. Volvía, en efecto, al frente de sus hombres, galán y altanero, ascendido a capitán de tercios.

Sin siquiera perder tiempo en arreglarse, Inés bajó corriendo a la calle y, llorando de alegría, se abalanzó sobre el caballo de su novio, cogiéndolo de las bridas para detenerlo.

—¡Diego, Diego mío! –exclamó.

Pero él apenas la miró y, espoleando al corcel con sus hermosas espuelas de oro, se limitó a decir con desprecio:

—¡Por Belcebú, que no sé quién pueda ser esta joven!

Al oír esto, Inés se desmayó y hubo que llevarla inconsciente a su casa, costando mucho luego hacerla volver en sí. La infeliz muchacha supo después que Diego había regresado ascendido a capitán de tercios, con grandes honores y mucha gente a su mando. Pero también supo, aunque quisieron ocultárselo, que seguía negando que hubiera prometido casarse con ella.

—¡Eso es una locura incomprensible! –decía el flamante capitán.

Tan pronto como la desdichada Inés tuvo fuerzas para sostenerse en pie, fue a entrevistarse con Diego. La infeliz creyó que su presencia movería al apuesto galán a amarla nuevamente y que no podría resistir la evidencia en sus propios labios. Pero se equivocaba.

Muy dolorosa fue la entrevista. Inés le rogó con lágrimas en los ojos, se abrazó de rodillas a sus pies, le suplicó con palabras cariñosas, con amenazas, con ruegos. Todo fue inútil. Diego permaneció inalterable en su postura. Él no se acordaba de nada ni quería saber tampoco nada de ella.

¡Tanto mudan a los hombres, fortuna, poder y tiempo!

Como al final todo parecía perdido y Diego se mostraba incluso insolente, Inés, recuperada un tanto, dijo al tiempo de marchar:

—Bien, Diego, me voy; pero esto no queda así. Contigo se fue mi honra. Pero yo tengo tu promesa. Pesaremos en buen fiel estas dos prendas. ¡Adiós!

El anciano y justiciero don Pedro Ruiz de Alarcón era por entonces gobernador de Toledo. Y una vez por semana presidía el tribunal en una sala de la Audiencia. Uno de esos días, los jueces, corchetes, escribanos y público prestaron más atención que de costumbre. Y hasta el mismo presidente pareció interesarse también mucho más.

Y todo era porque había llegado ante el tribunal una joven hermosa y fina, pero descompuesta y llorosa. Era Inés de Vargas, la hija del rico e ilustre hidalgo Iván Vargas y Acuña.

—¿Qué quieres, mujer? –le preguntó el gobernador.
—Justicia, señor.
—¿De qué?
—De una prenda hurtada.
—¿Qué prenda?
—Mi corazón.
—¿Tú lo diste?
—Lo presté.
—¿Y no te lo han devuelto?
—No.
—¿Tienes testigos?
—Ninguno.
—¿Y promesa?
—¡Sí, por Dios!
—¿Quién es él?
—Diego Martínez.
—¿Noble?
—Y capitán, señor.

Los jueces estimaron que no había lugar para aquella reclamación extemporánea y no realizada por conducto reglamentario. Pero el presidente, don Pedro Ruiz de Alarcón, interesado en el asunto, dispuso que se fuera a buscar a Diego Martínez y se le llevara ante el tribunal.

Pero una vez ante los jueces, el capitán declaró:
—Es verdad que conozco a esta mujer, pero es falso que yo le he jurado que me casaría con ella.

En vano le acusó Inés de falsario, pues al ser preguntada sobre si tenía testigos dijo que no. Y ya se iba Diego, dispensado de toda culpa por el tribunal y con sus excusas, cuando la joven gritó:

—¡Señor, llamadle otra vez, tengo un testigo!
—¿Quién es?

—¡El Cristo de la Vega! –respondió Inés.

En la sala se hizo un denso silencio. Los jueces se habían puesto en pie al oír el nombre del Señor. Todas las miradas coincidieron en Diego, que no podía disimular su vergüenza y turbación.

Después de consultar con los jueces, el presidente del tribunal anunció con voz solemne:

—La ley es la ley para todos. Tu testigo, Inés, es el mejor. Hoy, al caer el sol, el notario tomará declaración al Cristo de la Vega.

A la hora fijada, un nutrido grupo de gentes llenaba la ermita. Iván Vargas, su hija Inés, Diego Martínez, don Pedro Alarcón, jueces, corchetes, guardias, clérigos, hidalgos, mozas, chicos y canalla de toda especie, que acudía atraída por el sensacional suceso.

Ante el Cristo habían encendido varios cirios. La imagen del Crucificado parecía ahora coloreada por el rojizo resplandor de las llamas mucho más exangüe, más patética, más terriblemente muerta que nunca.

En medio de un silencio expectante se adelantó el notario hacia el Cristo e hizo que Inés y Diego se pusieran a su lado. Luego, en tono solemne dio lectura a la acusación y dijo:

—Jesús, hijo de María, ante nos esta mañana citado como testigo por boca de Inés de Vargas; ¿juráis ser cierto que un día a vuestras divinas plantas juró a Inés, Diego Martínez desposarla por mujer?

Entonces todos los presentes vieron cómo la mano derecha del Cristo se desclavaba de la cruz e iba a posarse sobre los autos, con un golpe seco. Y al mismo tiempo se oyó que desde lo alto decía una voz profunda:

—¡Sí, juro!

Y cuentan que Inés renunció allí mismo a la satisfacción de la promesa de su novio, y profesó pocos días después en un convento de monjas.

También Diego, por su parte, se entregó a una vida de oración y penitencia, sin que olvidara nunca aquel milagro tan grande.

PAÍSES ESLAVOS

El origen del hombre

Refiere una leyenda croata que, al principio, no existía más que Dios, pero Dios dormía y soñaba.

Este sueño duró siglos enteros. El momento fijado para que despertara llegó. Lo hizo bruscamente, miró en torno suyo, y de cada una de esas miradas nació una estrella.

Dios mismo se sorprendió de ello y comenzó a viajar para ver lo que sus ojos habían creado. Viajó, viajó interminablemente. Al fin llegó a nuestra tierra, pero estaba ya fatigado. Las gotas de sudor caían de su frente. Una de estas gotas adquirió alma, y ella fue el primer hombre.

Así el hombre nació de Dios. Pero no fue creado para los placeres: nació del divino sudor, y desde su origen quedó destinado a sufrir y a trabajar.

El Kalevala finlandés

En este gran poema finlandés que es *Kalevala* («La patria de los héroes»), se cuenta que el héroe principal es el imperturbable Vainamoinén, hijo de la Virgen del Aire.

La predestinación de Vainamoinén fue señalada ya antes de su nacimiento por circunstancias extraordinarias. Se dice que «pasó en el seno de su madre treinta veranos y otros tantos inviernos, durante los cuales reflexionó y meditó cómo vivir, cómo existir en su sombría morada».

Una vez en el mundo, el héroe trabajó la tierra, hasta entonces inculta, la sembró y la hizo producir. Después triunfó sobre el hijo de Laponia, Jukahainén, de cuya hermana, Eno, se enamoró y con la que pretendió casarse.

Sin embargo, para huir de su pretendiente, la hermosa Eno se arrojó al mar, convirtiéndose en una divinidad de las aguas.

No conforme con su fracaso amoroso, Vainamoinén, después de conseguir escapar a las asechanzas del lapón Jukahainén, fue en busca de esposa a Pohja, país en el que mandaba Luhi.

—Sí –le dijo éste–, yo te prometo la mano de mi hija mayor, pero con la condición de que me forjes el sampo.

Nadie sabía a punto fijo en qué consistía este talismán misterioso, pero Vainamoinén se lo encargó a Ilmarinén, el habilísimo herrero, y éste lo hizo inmediatamente.

Lo malo fue que, como la prometida de Vainamoinén, es decir, la hermosa hija de Luhi, prefería al herrero Ilmarinén, la boda de ambos jóvenes se celebró con toda esplendidez y el héroe se quedó otra vez compuesto y sin novia.

Por esas fechas apareció también en el país Lemminkainén, joven alegre, gran seductor de muchachas, batallador travieso y turbulento, que iba también a Pohja en busca de esposa. Al parecer, incluso había muerto en el viaje, pero su madre, maga consumada como Circe y Medea, le volvió a la vida, reuniendo todos sus pedazos dispersos, igual que hizo Isis con los de Osiris en Egipto.

El sabio Lemminkainén, irritado por no haber sido invitado a la boda de la hija de Luhi, emprendió una expedición contra Pohja, logrando incluso matar al gran jefe de la familia. Pero no salió bien librado, ya que todo el pueblo se levantó contra él, incendió su casa, aniquiló sus campos y tuvo que huir.

También le fue funesta una segunda expedición, porque los poderes mágicos de Luhi, maga muy experta, eran superiores a toda su fuerza y a todo su valor.

Mientras tanto, la mujer del herrero Ilmarinén pereció devorada por los osos de Kullervo, el genio del mal. Entonces el habilísimo forjador fue a Pohja y le dijo a Luhi:

—Vengo a que me des tu segunda hija para hacerla mi esposa.

—De ninguna forma –respondíale Luhi.

Pero el herrero no se conformó con la negativa y raptó a la muchacha. Como nunca segundas partes fueron buenas, este rapto no le resultó bien a Ilmarinén. En efecto, su nueva esposa, que era muy casquivana, aprovechó el sueño de su marido para entregarse a otro hombre.

—Por tu falta quedarás convertida en gaviota –le dijo Ilmarinén al saberlo.

Y, seguidamente, el burlado marido regresó a Kalevala, donde hizo saber a Vainamoinén la prosperidad que el sampo, el talismán maravilloso construido para Luhi, había procurado a Pohja, el país vecino.

—Hemos de apoderarnos de ese talismán –dijo Vainamoinén– con objeto de que los beneficios que produce sean para nuestra patria.

Y sin pérdida de tiempo partieron los dos héroes dispuestos a hacerse con el famoso *sampo*. También Lemminkainén, dispuesto siempre a correr aventuras, se unió a ellos.

Ya camino de Pohja, al atravesar un ancho río, la barca que los conducía chocó contra un enorme lucio, pez muy voraz de cuyos huevos se hace el caviar. Lo pescaron a duras penas, y con sus espinas construyó Vainamoinén un *kantelete* (especie de cítara) maravilloso.

Gracias a este instrumento musical, el héroe consiguió adormecer a sus adversarios una vez llegados a Pohja, logrando así apoderarse del codiciado talismán.

Pero cuando ya se disponían a partir, un canto intempestivo de Lemminkainén despertó a los de Pohja, y Luhi suscitó una terrible tempestad, durante la cual el *kantelete* fue arrebatado por las olas y el *sampo* destrozado.

En medio de aquel desastre, Vainamoinén aún pudo recoger los restos, con los que logró hacer la prosperidad del país de Kalevala. Entonces Luhi, furiosa, desencadenó contra Kalevala una serie horrorosa de calamidades. Incluso llegó a encerrar en una caverna al Sol y la Luna.

A pesar de todo, Vainamoinén acabó por triunfar. Y tras ello, dando por terminada su misión, construyó un navío, se embarcó en él, solo, y llevado por las aguas se alejó mar adentro, desapareciendo para siempre entre las olas.

La guzla de Sadko

En Novgorod la Grande, ciudad de la Santa Rusia, había un hombre llamado Sadko que era muy hábil en el manejo de la guzla. Todo el mundo apreciaba a Sadko porque decían que les alegraba el corazón con su música o conseguía, por lo menos, que sus lágrimas fueran como un bálsamo.

Esto le permitía al músico ganar buenas monedas de oro y plata, que le proporcionaban los mercaderes deseosos de procurarse el placer de escuchar sus canciones.

Pero como ya se sabe que los hombres somos tornadizos e ingratos, un buen día llegaron otros juglares, y aunque eran menos valiosos que Sadko, éste se quedó sin nadie que quisiera oírle tañer su guzla, por lo que regresaba a su hogar un día y otro con la bolsa vacía.

Cada vez más triste y melancólico, Sadko acabó por no ir al lugar donde se reunían los mercaderes y con su instrumento bajo el brazo se iba basta el lago Illmen. Y allí, sin más testigo que las tranquilas aguas, el corazón se le desbordaba en sones que jamás había alcanzado no sólo ningún juglar, sino ni él mismo.

—Tengo la impresión –se decía Sadko– de que mi música alcanza cimas nunca logradas.

Un día, cuando ya había ido cuatro o cinco veces al lago y el juglar estaba más entusiasmado tocando su instrumento, las aguas comenzaron a agitarse de manera furiosa. En unos segundos, aquel lago tranquilo se convirtió en un mar embravecido con olas que remontaban los más altos árboles de la ribera.

—¿Qué ocurre aquí? –dijo Sadko, huyendo despavorido.

Y aunque estuvo varios días sin aparecer por el lago, al fin lo hizo nuevamente llevado por una extraña atracción. Miró receloso las aguas y vio que éstas se hallaban en calma. Todo parecía normal. Entonces Sadko, ya tranquilo, sentóse en la roca de siempre y comenzó a tocar la guzla lo mejor que sabía.

Pero no bien sonaron los primeros acordes, cuando las aguas se agitaron nuevamente y unas olas gigantes se alzaron en la superficie del lago. Sadko salió corriendo para internarse en el bosque cercano, pero una voz potente que procedía del lago le gritó:

—¡Detente, Sadko, no temas! Mira, las aguas ya se han calmado.

El aterrado músico volvió la cabeza y vio estupefacto asomar sobre las aguas medio cuerpo de un enorme gigante. Era como un hombre extraordinariamente alto, tanto como la torre de una catedral.

—Ven, Sadko –le dijo–, acércate sin miedo. ¿No me conoces, verdad? Soy el dios de estas aguas y habito en el fondo de este lago. Desde allí he oído uno y otro día la música divina de tu guzla. Y como tañes tan bien, te has ganado mi afecto y, por tanto, quiero favorecerte.

—¿Cómo me ayudarás? –se atrevió a preguntar Sadko.

—Mira, ya sé que ahora eres muy pobre –dijo el gigante–, pero yo te daré la solución para que remedies tu pobreza.

Y a continuación ordenó al asombrado músico que regresara a Novgorod y esperara pacientemente a que le llamaran de nuevo los mercaderes.

Entonces, una vez entre ellos, debía asegurar formalmente que en el lago Illmen había peces con aletas de oro. Y apostar con los que se negaran a creerlo todo cuanto quisiera, pues el gigante le aseguraba que ganaría.

—No tengas miedo y haz lo que te digo –terminó diciéndole.

A los pocos días se cumplieron las predicciones del dios del lago. Sadko fue llamado por unos mercaderes para que les distrajera con su música. Al final del banquete, Sadko comprendió que era el momento propicio y dijo:

—Señores, ustedes, que han visitado tantos países, ¿han visto alguna vez peces con las aletas de oro?

Todos se echaron a reír, haciendo muecas de burla al músico al oírle pronunciar semejante cosa.

—No hay peces de ésos –respondió uno–. ¿Los has visto tú, acaso?

—Sí –contestó Sadko–. Muy cerca de aquí. En el lago Illmen.

Y como viera que todos tomaban a broma sus palabras, acalló con un gesto el vocerío general y agregó:

—¿No lo queréis creer? Entonces me apuesto tres cargamentos de pieles de Astrakán a que en ese lago hay peces con las aletas de oro.

Algo alegres por las copiosas libaciones, algunos mercaderes aceptaron la apuesta, no sin que uno, más receloso, dijera a Sadko:

—Y si pierdes, ¿de dónde sacarás tú las pieles?

—Eso es cosa mía –respondió el juglar.

A la mañana siguiente todos los de la víspera fueron a la orilla del lago dispuestos a ganar la partida. Se embarcaron junto con Sadko en una barca y éste no tardó en echar las redes al agua... Y ante el asombro de los mercaderes las sacó cargadas de pececillos de oro.

Entre los peces y los cargamentos de pieles, Sadko ganó mucho dinero. Y como luego se metió de lleno en negocios, no tardó en amasar una considerable fortuna.

Justo es decir, sin embargo, que seguía cultivando su maravillosa habilidad musical, pues no había día en que no tañera su guzla.

Entonces, un día, cuando regresaba con una nave cargada de riquezas y diversas mercancías, cruzando el Illmen, al llegar la noche se acomodó en la proa y comenzó a tocar su instrumento.

Repentinamente, las aguas del lago comenzaron a agitarse de manera extraña. Las olas eran tan altas y peligrosas que amenazaban con hundir la embarcación. Los marineros corrían asustados por la cubierta dando gritos, sin comprender lo que estaba sucediendo.

Sadko fue el único que adivinó de qué se trataba. Y estimando que pudiera estar irritado el dios del lago, por no haberle hecho partícipe de sus inmensas ganancias, ordenó a sus hombres:

—Echad inmediatamente al agua un tonel lleno de oro.

Pero la tempestad no amainó por eso. Ni tampoco cuando le arrojaron otros varios toneles más llenos de riquezas. Todo fue en vano.

—Quizá el dios exija una víctima humana —sugirió un marinero.

Entonces eligieron a suerte el que debía ser sacrificado y fue el propio Sadko el elegido. Pero como quiera que él era el jefe de la expedición y el dueño de la nave, sortearon de nuevo, pero volvió a salir el mismo resultado. Y así sucedió cuantas veces lo hicieron.

—Eso es que el dios desea que sea yo —dijo Sadko.

Y convencido de que con esta repetida elección se manifestaba la voluntad del gigante del lago, dispuso sus cosas y se arrojó al agua con la guzla bajo el brazo.

—Quería que bajaras tú —le dijo el dios al verle aparecer en el fondo del lago—. Necesito tu música.

Sadko vivió durante varios meses en el palacio del dios, un maravilloso edificio hecho de corales y algas, en el que oficiaban de servidores los peces de las más diversas especies.

—Tu quehacer sólo consistirá en tocar la guzla —dijo el dios a Sadko.

Y tan pronto como éste hacía sonar su dulce música, el gigante se ponía a danzar frenéticamente. Parecía como si el sonido de la guzla hiciese entrar al dios del lago en un raro paroxismo, haciéndole danzar locamente de manera infatigable.

Cierto día al dios le dio uno de estos arrebatos. Durante horas y horas estuvo danzando con frenesí, con agilidad increíble. Ya llevaba tres días así, bailando sin cansancio, cuando se apareció a Sadko un venerable y bondadoso anciano, que le dijo:

—Hijo mío, si amas a tu prójimo, haz el favor de dejar de tocar tu guzla. ¿No sabes lo que está ocurriendo desde hace tres días? Cientos de personas mueren por tu culpa. Y todo ello se debe a que la danza del gigante agita peligrosamente las aguas del lago y casi todas las naves se hunden, ya que no pueden resistir unas olas tan desusadas y violentas.

—Así que por mi culpa... –le interrumpió Sadko.

—Sí, hijo –repuso el anciano–, por causa de tu música se suceden a diario las desgracias.

Sadko recordó entonces el repentino encrespamiento de las aguas cuando tocaba a la orilla del lago. Y, sin pensarlo más, rompió las cuerdas de su guzla.

—Se me han roto sin querer –alegó después ante el dios.

Y como sin cuerdas mal podía deleitarle con su música, prosiguió suplicante:

—Señor, permitidme regresar a mi tierra.

Y el gigante, aunque triste y desencantado, se avino a hacerlo tal como se le pedía y condujo a Sadko hasta la orilla del lago, donde solía ponerse a tocar su maravilloso instrumento.

ARABIA

El padre del islamismo

Agar era una joven egipcia que Abraham y su esposa Sara trajeron consigo de Menfis, adonde habían tenido que emigrar en una época de hambre que asoló al país.

Dios había prometido al patriarca una posteridad tan numerosa como las arenas del mar, pero la esterilidad de su esposa Sara parecía desmentir el oráculo divino, y el pobre Abraham, anciano de ochenta y seis años, estaba muy triste.

Entonces convinieron ambos esposos en que, para que se cumpliese el oráculo, Abraham tomaría a Agar por esposa. Agar era joven y muy bella y dio un hijo al patriarca.

La infeliz hubiera vivido en paz y tranquilidad criando el fruto de sus entrañas, si no hubiera ocurrido una cosa extraordinaria.

En efecto, un buen día, Sara, hasta entonces estéril, concibió y tuvo un hijo a quien llamaron Isaac; sobrevinieron naturalmente las rencillas entre las dos mujeres y ello dio como resultado la expulsión de Agar, la cual, en compañía de su hijo Ismael, empezó una vida errabunda y llena de privaciones.

Cuéntase que en ocasión de una gran sed que padecieron, al ir Agar en busca de agua, el niño, al verse solo y sediento, empezó a llorar, rabiar y patear el suelo. Y una de las veces que su talón pegó sobre la tierra, ésta se hundió y apareció un manantial, que es el que aún hoy alimenta los pozos de Zemzem.

Y también se dice que el lugar en que Abraham, al expulsar de su casa a la esclava Agar, la dejó abandonada, era el sitio en que hoy está emplazada la Caaba.

Agar e Ismael fueron los pobladores de lo que hoy llamamos Arabia, y de ellos descienden los árabes.

Aladino y la lámpara maravillosa

Un sastre llamado Mustafá vivía en la capital de un reino de la China. Pero el hombre era tan pobre que casi no podía mantener a su esposa y a su hijo, llamado Aladino.

Este muchacho andaba siempre vagabundeando por las calles. Y aunque su padre quiso enseñarle su oficio de sastre, no pudo conseguirlo, por lo que el pobre Mustafá, apenado por la inutilidad y malas inclinaciones de su hijo, no tardó en morir.

Al ver que nada podía esperar de Aladino, su madre vendió los utensilios de la sastrería y cerró el establecimiento, dedicándose a hilar para poder alimentarse.

Aladino, entretanto, a sus quince años, era el muchacho más travieso y menos trabajador de la ciudad.

Cierto día que estaba jugando por la plaza, conoció a un mago africano que, fingiendo ser hermano de su padre, le prometió convertirle en hombre de provecho si se iba con él.

—Te pondré al frente de una tienda de telas –le dijo–, con lo que podrás llegar a ser un acaudalado comerciante.

Y como el muchacho vio que aquella proposición le venía como anillo al dedo, aceptó encantado.

En los días siguientes, el mago fue enseñando al muchacho cosas maravillosas y extraordinarias, aunque ninguna de ellas relacionada con la tienda que le había prometido. Pero como el fingido tío viera que Aladino se quedaba admirado con cuanto veía, le dijo:

—Mañana verás algo nunca visto.

Hora es ya de saber que el mago africano no era hermano del sastre Mustafá, sino un aventurero que había llegado a aquellas tierras de China, atraído por la noticia de que existía una lámpara maravillosa con la que era posible obtener todas las cosas. Y si utilizaba a Aladino para buscarla, era porque sabía que sólo un muchacho de su edad podía hacerlo sin peligro de muerte.

Así pues, al día siguiente, el mago y Aladino se pusieron en marcha, hasta que al cabo de varias horas de andar llegaron cerca de un magnífico palacio rodeado de jardines, fuentes y frondosos árboles.

El mago prendió fuego a unas malezas y derramó un perfume sobre las llamas al tiempo que pronunciaba unas palabras mágicas. Y, ante el asombro y temor de Aladino, con un ligero temblor de tierra se abrió súbitamente una grieta en el suelo, dejando al descubierto una losa con una argolla, de hierro oxidado.

—Aladino, tira de ella a la vez que pronuncias los nombres de tu padre y de tu abuelo –dijo el mago–. Verás con qué facilidad lo haces.

El muchacho tuvo miedo e intentó huir, pero su fingido tío le abofeteó diciéndole:

—Esto lo hago por tu bien, pues ahí dentro se esconde un tesoro que te hará el hombre más rico del mundo.

Al fin hizo Aladino lo que se le ordenaba. Y entonces vio que bajo la piedra aparecían una escalera y una puerta.

—Por ahí se entra a la gruta –dijo el mago–. Toma este anillo y baja. Con él evitarás cualquier mal que te pueda sobrevenir en el interior de la cueva.

Aladino descendió por las escaleras y no tardó en encontrar tres espaciosas salas llenas de jarrones de oro y plata colocados a los lados. Luego salió a un jardín y subió a una azotea, donde había un nicho que el muchacho abrió, siguiendo las indicaciones del mago.

Dentro había una lámpara, de la que se apoderó Aladino. Después de guardársela en el seno, el muchacho regresó de nuevo hacia la abertura.

Al pasar por el jardín, vio que los frutos que había en los árboles no eran sino perlas, brillantes, esmeraldas, etc. Codicioso de tanta riqueza, se llenó de joyas los bolsillos pero, como al llegar a la estrecha abertura le fue imposible salir por culpa de su rico cargamento, pidió al mago:

—Ayúdeme a salir de aquí.

—Dame la lámpara primero, hijo mío –replicó su falso tío.

Pero como Aladino se negara a entregársela a pesar de las insistentes amenazas del mago, éste, irritado, arrojó unos polvos que tuvieron la virtud de cerrar inmediatamente la abertura, dejando al muchacho sin posible salida al exterior.

Pasado un rato, el mago intentó abrir nuevamente la grieta, pero todo fue en vano. Entonces fue presa de la mayor desesperación, ya que reconocía que por haberse dejado llevar de la ira, acababa de perder la mejor oportunidad de enriquecerse que había tenido en su vida. Finalmente, al ver que todos sus esfuerzos eran en balde, emprendió el camino de regreso y se dirigió hacia el corazón de África, donde estaba su patria de origen.

Mientras tanto, Aladino llamaba en vano a su tío, implorando que le ayudara a salir de allí. Ya estaba desesperado y casi muerto de hambre, cuando se acordó del anillo mágico que llevaba. No hizo más que pedirle que le sacara de allí, cuando se abrió la tierra y Aladino quedó en libertad.

Lo malo fue que el muchacho, para poder salir de su encierro, tuvo que dejar todas las joyas que llevaba, por lo que llegó a su casa tan sólo con la lámpara.

Un día, la madre de Aladino, apurada por carecer en absoluto de dinero, pensó en vender aquella lámpara que había traído su hijo. Y como estaba bastante sucia de polvo, la frotó con un trapo antes de llevársela al trapero. Pero, al hacerlo, salió de ella un enorme gigante de aspecto andrajoso.

—¿Qué deseas? –dijo–. He de obedecer ciegamente a quien posea la lámpara.

Al ver aquello, la madre de Aladino cayó desmayada, y cuando llegó su hijo le contó todo lo ocurrido. El muchacho frotó nuevamente la lámpara y cuando vio aparecer al gigante, le dijo, temeroso:

—Tengo hambre. Dame de comer.

El genio partió al oír esto y no tardó en regresar con una fuente repleta de los más suculentos alimentos y platos, vasos y cubiertos de oro y plata.

A partir de entonces, la lámpara fue la solución de Aladino y de su buena madre. Pero sólo la utilizaban para cubrir las necesidades más perentorias.

Un día, sin embargo, Aladino vio a la hermosa princesa Brudulbudura, hija del rey de la ciudad, y tan prendado quedó de ella que al instante concibió la idea de hacerla su esposa. Para ello pensaba valerse, naturalmente, de su mágica lámpara.

La madre de Aladino, aunque a regañadientes, fue a pedir al rey la mano de su hija, pero le fue denegada. ¿Cómo podía una vieja miserable pretender semejante cosa?

Pero tantas joyas y regalos valiosos presentó la mujer, gracias al gigante, que, al fin, el monarca accedió a casar su hija con Aladino. También éste, por su parte, deslumbró a la princesa con tantas riquezas como jamás hubiera podido soñar. Incluso hizo levantar al mago en una sola noche un magnífico palacio, en el que los nuevos esposos fueron a vivir.

Pero ocurrió que tantas maravillas llegaron a oídos del propio mago que un día se fingió tío de Aladino y le reveló el secreto de la lámpara al joven. Y lleno de ira y envidia decidió regresar a China para vengarse del muchacho.

Inmediatamente, empezó a rondar por el palacio donde vivía Aladino. Y un día, aprovechando la ausencia de éste, se presentó como comprador de lámparas viejas. La princesa Brudulbudura, que sentía aversión hacia aquella lámpara anticuada y astrosa que su marido retenía, al parecer por puro capricho, decidió deshacerse de ella.

—Vendédsela a ese hombre —ordenó a sus criados.

Tan pronto como el mago se vio en posesión de la lámpara, la frotó y le pidió al gigante, que se puso a su disposición:

—Trasládame al corazón de África junto con el palacio de Aladino y su esposa.

Aladino quedó muy consternado al saber lo ocurrido. Y aunque todos creían que era obra suya lo de haber hecho desaparecer el palacio, él sabía muy bien que aquello era obra de su falso tío.

Y ocurrió que al frotarse las manos con desesperación, restregó, al hacerlo, el anillo mágico que le había dado el mago y que ahora siempre llevaba en un dedo. Inmediatamente apareció el genio de la lámpara.

—¿Qué deseas de mí? –le dijo.

—Que me transportes al lugar donde se encuentra mi esposa.

En un santiamén, Aladino fue conducido a África, a los mismos jardines de su palacio, donde encontró a la princesa. Después de abrazarse con alegría, buscaron la forma de recuperar la lámpara, que el mago llevaba siempre oculta en el seno.

Todo fue muy fácil. Mientras comían, la princesa echó disimuladamente en la bebida del nigromante unos polvos que le privaron por completo del conocimiento. Inmediatamente, salió Aladino de su escondite, le quitó la lámpara y pidió a continuación al gigante:

—Trasládanos a nuestro país.

Y en un abrir y cerrar de ojos, el palacio volvió a aparecer en el sitio donde había sido colocado la primera vez. Pero cuando todos estaban otra vez felices y contentos, surgió una nueva desdicha, esta vez por culpa de un hermano del mago, hombre de instintos perversos y también muy ducho en cosas de magia.

Al saber lo ocurrido a su hermano, se trasladó al lugar donde vivía Aladino y con engaños y ardides, disfrazado de falsa vieja, intentó, finalmente asesinar al joven con un puñal; pero éste le arrebató el arma homicida, y, en defensa propia, mató al hermano del mago.

Después todo fue felicidad en aquel reino. Y al morir el rey, Aladino ocupó el trono junto con su esposa Brudulbudura. Las crónicas dicen que se mostraron siempre como soberanos buenos y justos.

Simbad el marino

Hace muchos años, vivía en Bagdad un viejo y rico mercader llamado Simbad el Marino. Muchos eran los que envidiaban sus riquezas. Y como en cierta ocasión oyera las críticas de que era objeto por parte de un pobre criado, le hizo entrar en el palacio y, tras darle de comer en abundancia, le dijo:

«—Tú me envidias y criticas porque no sabes con cuánta penalidad y sufrimiento he amasado la fortuna de que disfruto ahora y que mi vida no se ha desenvuelto, según crees, entre placeres, sino que ha sido pródiga en duros trabajos.»

Y a continuación le relató su azarosa vida con estas palabras:

«De joven gocé de una posición desahogada gracias a la herencia de mi padre. Pero al disiparla pronto en placeres propios de la edad, me vi obligado a prepararme de nuevo una posición sólida por mi propio esfuerzo.

»Embarqué en una nave que iba hacia Oriente y, después de varios días de navegación, desembarcamos en una pequeña isla. Pero al encender fuego para calentar unos alimentos, vimos horrorizados que lo que habíamos creído tierra firme era la espalda de una grandiosa ballena, la cual, cuando sintió sobre su piel la quemazón de la leña encendida, se sumergió rápidamente. Todos los que estaban allí perecieron, menos yo, que me salvé de milagro.

»Nadando fui a parar en una tierra de gentes extrañas que me acogieron con cortesía. Allí estuve durante algún tiempo hasta que llegó un buque procedente de mi país. Y con las mercancías que pude recoger hice un saneado negocio...

»Al poco tiempo hice un segundo viaje por mar. Y mientras estaba en una isla descansando a la sombra de un árbol, el barco en que hacía la travesía levó anclas y me dejó abandonado.

»Como la isla no ofrecía nada con qué alimentarme y aterrorizado ante la idea de morir allí de hambre, me dispuse a salir a nado aunque ello supusiera sin duda mi muerte. Entonces descubrí casualmente un enorme huevo blanco. Pero, cuando asombrado lo estaba contemplando, de pronto vi venir hacia mí un ave gigantesca. Voló planeando hacia el huevo que seguramente era de su cría, se aproximó a él, y, sin reparar en mí, lo cogió con sus enormes garras y remontó el vuelo.

»Instintiva y repentinamente yo me abracé al huevo, para que el ave me trasladara con él a algún lugar en el que me fuera posible entrar en contacto con los hombres. En efecto, el ave me llevó por los aires a una descomunal altura, pero con tan mal resultado que aquella tierra en que me dejó era aún más desolada que la anterior. Y para colmo, estaba llena de grandes serpientes. En cambio, brillaba toda ella de manera cegadora ya que la cubrían miles de diamantes.

»Sólo de milagro y gracias al refugio de una cueva, pude escapar a la voracidad de las serpientes. Nunca hubiera podido salir de aquel lugar, cerrado por todos lados de altísimas montañas inescalables, a no ser por una extraña circunstancia: un día comenzaron a caer grandes pedazos de carne como venidos del cielo. Comprendí en seguida que alguien los tiraba desde las cimas de las montañas. Esto me hizo recordar que los buscadores de diamantes utilizaban este procedimiento para que las águilas vayan a buscar la carne, la dejen en sus nidos para alimento de sus crías y, con ella, los diamantes que se le adhieren.

»Entonces se me ocurrió algo parecido a lo que había hecho con el huevo. Después de llenarme los bolsillos de diamantes, me agarré fuertemente a uno de los más grandes pedazos de carne y con él fui llevado hasta la cima de las montañas por un águila. Así pude entrar en contacto con los buscadores de diamantes, vender los que yo había llevado conmigo y regresar, más rico que nunca, a mi patria.

»Aunque hubiera podido quedarme en mi casa a disfrutar de mis bienes por toda la vida, me había acostumbrado tanto a los azares y aventuras, que un buen día partí de nuevo en busca de emociones.

»Me hice a la mar con un buque cargado de mercancías. Pocos días después, una fuerte tempestad llevó la nave hacia una costa desconocida. Nada más amainar el temporal, aparecieron miles de pequeñas embarcaciones llenas de hombres diminutos, que empezaron a trepar ágilmente por los costados de mi barco. Después de obligarnos a descender a tierra, nos condujeron a un palacio de enormes dimensiones, y nos encerraron en una habitación. Al cabo de varias horas apareció un gigante de horrible figura que tenía un solo ojo en mitad de la frente. Nos miró de manera alarmante, uno a uno, y, cogiendo al capitán por la cintura, se lo llevó a la boca y lo empezó a devorar ante nuestros ojos.

»En los días siguientes se fue comiendo a otros de los nuestros. Y ante el temor de no salir ninguno con vida, le preparamos al gigante unas hierbas somníferas y se las ofrecimos encomiándolas por sus virtudes digestivas. El monstruo las comió y quedó profundamente dormido. Inmediatamente cogimos una barra de hierro puntiaguda y, poniéndola al rojo vivo en una hoguera que hicimos, la clavamos con fuerza en el único ojo del monstruo. Como al despertar ya no podía dar con nosotros, corrimos hacia la playa y, tras embarcarnos en unas lanchas que habíamos construido con maderas de los árboles, pudimos llegar sin novedad a alta mar.

»Poco después logramos arribar a una costa que creíamos era un buen refugio, pero pronto vimos que era casi tan peligrosa como la tierra de los enanos y del gigante. En efecto, había en ella una enorme serpiente que rápidamente engulló a uno de los nuestros. De noche nos dejaba tranquilos pero de día, implacablemente hacía desaparecer a alguno, como hiciera la primera vez.

»Al final no quedé más que yo solo. Mi muerte era ya segura. Y ya estaba a punto de arrojarme al mar antes que ser devorado como mis compañeros, cuando casualmente apareció en lontananza una nave. Le hice señas con mi largo turbante y afortunadamente fui visto y auxiliado.

»Cuando subí al barco, quedé sorprendido al ver que era precisamente el mismo en que había navegado durante el segundo viaje, aquel que por descuido me había dejado abandonado en la isla del huevo del gigantesco pájaro *roc*. Como aún estaban allí mis mercancías, pude realizar un buen negocio en los puertos que fuimos tocando en la travesía, y así pude regresar a casa con incontables riquezas...

»Lo natural era que tras la experiencia de los tres viajes anteriores hubiera sentado la cabeza, pero como la sangre me hervía continuamente en las venas, sentí de nuevo la tentación del lucro y la quemazón de la aventura. Me embarqué otra vez rumbo a tierras extrañas. También en esta ocasión una tempestad nos llevó forzosamente a una isla desconocida, donde había unos salvajes muy corteses que nos invitaron a comer una hierba.

»—Es muy buena y tiene excelentes virtudes –nos dijeron.

»Sólo yo me abstuve de comer, llevado de un presentimiento que resultó cierto, ya que, a poco de haberla comido, todos mis compañeros se volvieron locos.

»A duras penas logré escapar de aquellos salvajes y fui a caer en una tierra poblada por hombres blancos que sentían la pasión de los caballos, pero que desconocían la montura y las riendas. Yo les enseñé a montar y les hice unas riendas, por lo que fui nombrado consejero del rey y todo el mundo me trataba con gran consideración.

»Para honrarme más, el monarca me dio por esposa a una de las más bellas, nobles y ricas mujeres de su corte. Viví feliz con ella durante algún tiempo. Pero un día supe que era costumbre en el país enterrar a la mujer junto al marido cuando moría éste, y a la inversa, es decir, que el marido debía seguir también a la esposa en caso de muerte.

»Tentado estaba de abandonar aquel reino con mi mujer para irnos a vivir a otra parte donde no hubiera tal costumbre, cuando he aquí que murió mi esposa. Naturalmente, fui enterrado en una gruta junto a ella. Sólo la fe en Alá me salvó del suicidio, pues era preferible morir antes que respirar el olor de los cadáveres en descomposición y ver cómo los gusanos iban consumiendo los cuerpos corruptos.

»Dispuesto a resistir al máximo, viví primero de la comida que habían dejado, según la costumbre. Luego, cuando ya empezaba a pasar hambre, un día abrieron la tumba y vi que enterraban a alguien junto con su esposa. Al principio me alegré al pensar que iba a tener a alguien con quien compartir la desdicha, pero el hambre y un feroz instinto de conservación acallaron bien pronto estas primeras impresiones.

»No pensé mucho. Presa de un furor desconocido, como enajenado, cogí uno de los huesos más grandes que hallé a mano y, tras matar de unos golpes en la cabeza a la recién llegada, cogí los panes y la comida que había en su ataúd y sacié el hambre que me devoraba.

»Pasaron varios días más. Y ya volvía a padecer un hambre feroz, cuando vi junto a un cadáver un enorme cuervo que estaba hartándose de carroña. ¿Por dónde había entrado aquel pájaro? Lleno de esperanza le asusté batiendo palmas, y así que el cuervo emprendió el vuelo por los recovecos de la gruta, le fui siguiendo hasta llegar a un hueco de la roca desde donde ya se veía luz. Aquella hendidura daba justamente a la orilla del mar.

»Golpeando con unas piedras logré, tras horas de trabajo, salir a la luz del día. Pero entonces tuve una idea. Y en lugar de echar a correr huyendo de aquella apestosa gruta, como hubieran hecho todos, regresé nuevamente a ella y despojé a todos los cadáveres de las riquezas con que habían sido enterrados.

»Hecho esto, permanecí vigilante en la costa hasta que una nave que pasaba a lo lejos me recogió al apercibirse de mis señales. Y después de haber vendido todo lo robado en la gruta a los comerciantes de los puertos donde fuimos tocando, pude regresar a casa con una considerable fortuna en monedas de oro y plata...

»Como las veces anteriores, la afición a las aventuras y la ambición de hacer aún más dinero, me llevaron a emprender un nuevo viaje por mar.

»Todo iba perfectamente, cuando apareció en el horizonte un enorme *roc* y uno de los tripulantes tuvo la desdichada idea de dispararle y matarlo. En seguida aparecieron otros pájaros de su especie que venían a vengar a su compañero. Y lo consiguieron con tan mala fortuna para nosotros, que con una enorme roca tirada sobre nuestra nave desde lo alto, en vuelo, lograron hundirla.

»Alcancé la costa como pude. Y estaba descansando en la arena cuando apareció un anciano decrépito, el cual me pidió que le ayudara a trasponer un río que había allí cerca. Accedí gustoso a su demanda, pero cuando lo hubimos cruzado, el viejo estrechó con fuerza sus piernas alrededor de mi cuello y me dijo:

»—No pienso apearme, pues necesito tus piernas y no quiero prescindir de ellas.

»Por todos los medios intenté deshacerme de aquel viejo, pero todo fue inútil, pues me tenía cogido con una fuerza extraordinaria. Esta situación duró varios días y ni aun por las noches el repugnante anciano disminuía la fuerza con que me tenía aprisionado.

»Ya comenzaba a ser presa de la desesperación, cuando se me ocurrió la estratagema de recoger muchas uvas y después de chafarlas dejé que fermentaran en una gran calabaza. Pasados unos días bebí un poco de su contenido, mostrando gran placer al hacerlo. El viejo, tentado al verme beber con tanto deleite, empinó con tanta afición, que el mosto se le subió a la cabeza hasta quedar completamente embriagado. Sólo entonces, al perder aquel hombre el dominio de sí mismo, pude escapar del odioso anciano.

»Rápidamente corrí a la playa, donde casualmente estaba a punto de zarpar un buque que había anclado para recoger agua potable. Me embarqué en la nave, recogí luego muchos cocos en una isla, los cambié en otra por áloe, vendí éste en una ciudad y regresé a mi casa cargado de monedas de oro.»

Tras una larga pausa, Simbad el Marino continuó diciendo a su interlocutor:

«—No creas que con tan larga experiencia se terminó mi afán de aventuras. Todavía una sexta vez probé fortuna con éxito.

»También en esta ocasión el buque en que iba embarcado chocó con un acantilado y, a nado, hubimos de ganar la costa de una tierra de la que nos dijeron que nunca podríamos salir, pues carecía de comunicación con toda otra. Después de muchas calamidades, fueron muriendo todos mis compañeros uno a uno hasta quedarme completamente solo. Y ya estaba a punto de morir yo también, cuando encontré una enorme gruta por cuyo interior corría un río caudaloso.

»Inmediatamente, construí con unos troncos una lancha rudimentaria y me lancé por la corriente subterránea. Al cabo de varios días se me acabaron las provisiones y caí en un sopor invencible. Desperté en un país risueño, a plena luz. Varios negros que estaban aparejando unas barcas varadas en la orilla, me vieron y con gran cordialidad me auxiliaron. Me llevaron luego a su ciudad, Serendibe, y el rey me acogió con gran afecto, facilitándome después una nave y tripulantes para que regresara a mi patria.

»Y como además me obsequió con muchas joyas, ricas telas y metales preciosos, volví a mi hogar más rico que otras veces.

»Cuando ya rayaba en la vejez, hice un séptimo viaje; pero en esta ocasión no fue por mi propia voluntad, sino porque el Califa de Bagdad, sabedor de las maravillas del reino de Serendibe, me ordenó:

»—Simbad, vuelve allí y procura entrar en relación con aquel monarca.

»Fui muy bien recibido en Serendibe y me honraron con varios festejos, debidos quizá a la representación que me llevaban allí. Sin embargo, el viaje de regreso también estuvo marcado por la fatalidad. A poco de iniciado el retorno fuimos atacados por unos corsarios, que nos vendieron a todos en la primera isla que encontraron. Yo caí en manos de un opulento mercader, que me dedicó a matar elefantes para extraerles los colmillos.

»Coseché mucho marfil. Y me disponía a dar muerte a un nuevo animal, cuando de pronto vi aparecer muchos elefantes que venían hacia el árbol en que yo estaba encaramado. Creí llegada mi última hora, pero me equivoqué. Con gran estupor por mi parte observé que uno de los animales, cogiéndome suavemente con su trompa, me montó sobre su lomo. Y así me llevó hasta una gran explanada, en la que había miles y miles de colmillos y huesos de elefante, tantos como pudiera desear el mercader más ambicioso.

»Comprendí en seguida que los animales me habían llevado al lugar donde todos iban a morir para que me hartase de colmillos, dejando de dar muerte a más elefantes.

»Tanto alegró al mercader mi descubrimiento que, en señal de gratitud, decidió darme la libertad. Y gracias a ello puedo ahora contarte todas estas cosas, para que te des cuenta de que los hombres que parecen más dichosos y ricos, a veces ocultan un pasado lleno de trabajos y penalidades.»

Mahoma, el profeta de Alá

Cuentan los árabes que Mahoma, el hombre que dio una religión a su pueblo, lo unificó en un Estado y lo preparó para grandes conquistas, nació en la Meca en una noche de abril del año 569 de la Era cristiana.

Aquella noche fueron edificados en el Paraíso sesenta mil palacios de rubíes y otros tantos de perlas, los cuales son por eso conocidos con el nombre de «Palacios del Nacimiento».

Asimismo, el pez-monstruo, llamado «Tamavosa», que tenía setecientas mil colas, y llevaba en sus lomos setenta mil toros bravos, cada uno de ellos más grande que el Universo, armados con sendos cuernos de esmeralda, se entregó a tales manifestaciones de alegría al saber el nacimiento de Mahoma, que si el Todopoderoso no le hubiera calmado, habría llegado a volcar el mundo.

Parece ser que el nacimiento de Mahoma fue acompañado de signos y portentos que anunciaban a los hombres la venida de una criatura maravillosa y excepcional. Se dice que su madre no sufrió en el parto y que en el momento de su nacimiento brotó de los aires una luz celestial. El recién nacido, levantó entonces sus ojos al cielo y exclamó:

—¡Alá es grande! ¡No hay más Dios que Dios y yo soy su profeta!

Se afirma que, en aquel instante, la tierra y el cielo se agitaron violentamente y el lago Sawa volvió a sus secretas fuentes, dejando seca su cuenca, mientras que el Tigris inundaba las tierras vecinas con su cauce desbordado.

Los parientes del recién nacido estaban asombrados y temerosos ante manifestaciones tan prodigiosas y sobrenaturales.

Cuando Mahoma contaba tan sólo unos meses de edad, murió su padre Abdallah. Tanta pena sintió Amina por la muerte de su esposo, que no pudo continuar criando a su hijo, y se vio obligada a buscar un ama, llamada Halema, que era la mujer de un pastor saadita. Esta se llevó a Mahoma consigo a su choza en las montañas; pero ya en el viaje quedó Halema maravillada, puesto que nada más salir de La Meca, cuéntase que la mula que llevaba al pequeño proclamó en alta voz:

—¡Llevo sobre mis lomos al más grande de los profetas, al favorito de Alá el Todopoderoso!

Las ovejas –según Halema– se inclinaban cuando pasaba el niño. Y cuando éste se hallaba en su cunita y miraba la luna, «ésta se inclinaba hacia él en reverencia».

A los pocos meses ya podía Mahoma conversar con soltura, mostrando una sabiduría que dejaba atónitos a cuantos le escuchaban. Tenía apenas tres años de edad cuando, inesperadamente, aparecieron dos ángeles y, tomando al niño, lo acostaron suavemente sobre la tierra.

Entonces, el arcángel san Gabriel le abrió el pecho sin causarle ningún dolor. Después, le extrajo el corazón, limpió de él las negras y amargas gotas del pecado original y lo llenó con la fe, la ciencia y la luz profética.

A partir de entonces comenzó a emanar de la persona del niño una misteriosa luz que alarmó a su ama Halema, quien, asustada, llevó al pequeño a La Meca para devolverlo a su madre.

Pasaron los días y cuando Mahoma tenía veinticinco años, se casó con la rica viuda Kadijah, que contaba ya cuarenta. Quince años después, es decir, cuando Mahoma tenía cuarenta años de edad, tuvo la primera revelación.

Poco después, durante el Ramadán, luego de vagar solitario por el monte Hera, abrumado por el calor, se durmió y, al instante, vio en sueños a un ser sobrenatural que, aproximándose, le ordenó:

—*¡Igra!* (Predica.)

Por aquel entonces, Mahoma se sentía ya impulsado a predicar la unidad de Dios, siguiendo el ejemplo del hanife Zeid.

Un ángel que se le apareció, envuelto en un diluvio de luz, le ordenó por dos veces que se opusiera a las creencias establecidas. Entonces despertó Mahoma y, persuadido de que había sido objeto de la obsesión de un «dijnu», trató de suicidarse precipitándose desde la cima del monte Hera. Pero en aquel instante se le apareció un espíritu saludándole con el título de enviado de Dios.

—¡Lee! –le dijo desplegando su manto cubierto de caracteres escritos.

—No sé leer –respondió Mahoma.

—¡Lee! –insistió el ángel–. Lee, en el nombre del Altísimo, que enseñó a los hombres el uso de la pluma que infunde en sus almas el rayo del conocimiento y les enseña lo que antes no sabían.

Inmediatamente sintió Mahoma iluminado su entendimiento por luz celestial y pudo leer lo que había escrito en el manto. Contenía los decretos de Alá, que luego promulgó en el Corán. Al terminar la lectura, anunció el ángel:

—¡Oh, Mahoma! ¡En verdad tú eres el Profeta de Alá y yo su ángel Gabriel!

Y dicho esto desapareció súbitamente en medio de un gran resplandor.

Poco después, Mahoma empezó a predicar su nueva religión.

ÁFRICA

El dios de la muerte

Los masés, negros africanos que adoran a un Dios único, creador del Universo, cuentan que en un principio sólo había en la Tierra un hombre, llamado Kintu.

La hija del Cielo estaba enamorada de él y consiguió de su padre que la diera por esposa al solitario Kintu para que no se aburriera. Y tras salir éste victorioso de las pruebas que le impuso el gran dios, gracias al poder mágico de su prometida, se marchó con ella, luego de haberla ganado, hacia la Tierra.

Pero no se fueron solos, sino que se llevaron consigo a los animales domésticos y a las plantas útiles, que la hija del Cielo había recibido como dote.

Al despedir a los nuevos esposos, el gran dios, llamado Nge, les recomendó encarecidamente:

—Sobre todo no volváis sobre vuestros pasos, pues temo para vosotros la cólera de otro de mis hijos, la Muerte, a causa de no haberle informado de vuestro matrimonio por hallarse ausente.

Sin embargo, ocurrió que cuando se hallaban casi a mitad de camino, Kintu se dio cuenta de que había olvidado el grano para las aves.

—He de ir a buscarlo sin falta –dijo.

Y pese a las súplicas de su mujer, volvió a subir al Cielo, donde precisamente acababa de llegar el dios de la Muerte, un ser esquelético y malcarado, de faz descarada y amarillenta.

Cuando Kintu regresó, la Muerte le siguió sigilosa, se puso en acecho no lejos de su casa y empezó a matar a todos los hijos que nacían de Kintu y de su mujer. A la vista de aquellas continuas desgracias, los desdichados suplicaron al gran dios, que inmediatamente envió a otro de sus hijos para que expulsase al dios de la Muerte.

Pero todo fue en vano. La Muerte, más diestra que su hermano, escapó a todos los lazos que éste le tendió. Y, sin más, se quedó como soberana de la Tierra.

El rey de los watusi

Hace mucho, muchísimo tiempo, el rey de los aristocráticos watusi, de Ruanda-Urundi (África Oriental), estaba enfermo de nostalgia, y todo su reino sufría las consecuencias de ello. Le ofrecieron todas las princesas de las tierras circundantes, pero el joven monarca no podía hallar entre ellas a la mujer de sus sueños.

Naturalmente, las aves favoritas de los watusi, los holi-holi, conocían de sobra esta triste historia, y a toda costa trataban de ayudar al nostálgico soberano.

Cierto día, uno de estos pajarillos vio a la más linda muchacha watusi del mundo. Se podía juzgar su absoluta belleza, porque la joven salía en aquellos momentos de un pequeño estanque de agua cristalina en el que acababa de bañarse.

Entonces, el pequeño y juguetón holi-holi tuvo una idea. Con su pico arrebató a la muchacha el ligero delantal, única prenda con que se cubren las mujeres watusi, y se alejó volando. Inmediatamente, la doncella corrió tras el pájaro, riéndose, pues le hacía gracia la broma.

—¡Holi-holi, dame mi vestido! –le gritaba.

—¡Peechi, peechi! –dijo el pájaro, devolviéndole el pequeño delantal.

Pero cuando la hermosa muchacha, completamente desnuda, se lo iba a poner, volvió a quitárselo y voló algo más lejos. Y así varias veces.

De pronto, un joven watusi de más de dos metros de alto y de extraordinaria hermosura, apareció ante la muchacha y la contempló arrobado. Pero la joven, sumamente casta y decente, al verse sin su reducido delantal se sonrojó intensamente y el rubor dio un brillo aterciopelado a su oscura tez.

—¡Peechi, peechi! –cantó el pajarillo, dejando caer la escasa tela sobre los hombros del rey.

—¡Dámelo, ese delantal es mío! –dijo la joven.

—Te lo devolveré si quieres casarte conmigo –dijo el soberano de los watusi, que al fin había encontrado a su verdadero amor.

Y la virgen... ¿qué podía hacer una virgen en tales circunstancias?

Pero de repente el pequeño holi-holi pensó que quizá su esposa se sentiría celosa si sabía que estaba contemplando tanto rato a aquella hermosa muchacha desnuda. Entonces, cantó «peechi, peechi» y echó a volar, púdicamente, hacia su nido.

Las mujeres infieles

En Madagascar hay dos lagos, llamados Rasoabe y Rasoamasay. En ellos viven dos mujeres que en el fondo de las aguas han construido sus respectivos pueblos, en los que tienen bueyes y esclavos.

Cuando las aguas están tranquilas y transparentes, se las puede ver perfectamente.

En tiempos fueron mujeres de un monstruo gigante y se mostraban entonces en extremo vanidosas por el hecho de ser sus esposas. Solían decir con orgullo:

—Las otras mujeres tienen maridos insignificantes, incapaces de quebrar los árboles como si fueran pequeñas ramas y de aplastar contra las rocas a las más feroces bestias.

Poco a poco, sin embargo, la convivencia con un ser tan monstruoso les resultaba cada vez más molesta. Empezaron a tener envidia de las otras mujeres que estaban casadas con hombres iguales a ellas. Tanto, que llevadas por el deseo de tener hombres normales, comenzaron a ser infieles al gigante.

Todo fue bien durante bastante tiempo, ya que el monstruo ignoraba cuanto ocurría. Pero un día descubrió la infidelidad de sus mujeres y las arrojó al fondo de los lagos, donde quedaron sumergidas para siempre.

Las dos infieles y variables mujeres se llamaban Rasoabe y Rasoamasay.

AMÉRICA

La mujer que fue lanzada por la borda

Sedna era una hermosa joven esquimal con la que ningún hombre se quería casar, o que tal vez la que no quería desposarse era ella.

Era hija única de un hombre viudo y vivía con su padre a la orilla del mar. Tan pronto como estuvo en edad de contraer matrimonio, o bien no fue cortejada por ningún hombre, o bien, y es lo que asegura la mayoría, se negó a casarse porque no encontró a ninguno de sus muchos pretendientes de su gusto.

Cierto día, sin embargo, se presentó por allí un joven cazador extranjero, cuya natural apostura y belleza realzaban las ricas pieles que le cubrían. Llevaba una lanza de marfil y tripulaba un magnífico barco, que las olas habían intentado en vano hacer naufragar.

Al llegar a la orilla, sin intentar siquiera desembarcar, empezó a llamar a la hermosa Sedna, con palabras tan dulces y diciéndole tales cosas de su propio país y de la vida que junto a él le esperaba, que la joven, enamorada y seducida, acabó por seguirle.

El apuesto seductor, no obstante, aunque parecía un hombre no lo era, sino que en realidad se trataba del fantasma de un pájaro-espíritu, que tenía el don de adquirir forma humana y que para poder llevarse a la bella joven esquimal, de la que se había enamorado, ocultó su verdadera naturaleza.

Sedna se desesperó cuando supo la verdad, sin que todas las palabras y promesas de su amante pudieran calmarla.

También el padre de la muchacha, no menos desesperado, acabó por partir hacia la costa lejana adonde su hija había sido llevada. Y, al encontrarla, aprovechando que el marido-amante estaba ausente, partieron a toda prisa hacia el país natal.

Cuando el *fulmar* o pájaro-espíritu (especie de petrel) llegó, empezó a buscar a su amada, inútilmente, hasta que ciertos gritos misteriosos que le traía el viento, le hicieron saber lo que había ocurrido.

El pájaro, tomó entonces la forma de un fantasma, se metió en su barca y no tardó en alcanzar a los fugitivos. Pero en vano trató de que el padre de Sedna le devolviese a ésta. Al ver su fracaso, furioso, se transformó en pájaro, voló un instante sobre los que huían chillando de un modo singular y al punto se desencadenó una horrorosa tormenta.

El padre de la joven se aterró al ver que las olas reclamaban a su hija. Y el miedo de haber ofendido, llevándosela, a las potencias del Cielo y de la Tierra, le dio ánimos para consumar el sacrificio.

Con aire decidido, se arrojó inesperadamente sobre Sedna y la lanzó al mar, mas la joven salió a la superficie y desesperadamente se agarró al borde de la barca. Pero el padre, enloquecido por el terror, cogió un hacha de marfil y cortó los crispados dedos de su hija.

Por dos veces intentó Sedna agarrarse a la embarcación; y, también dos veces, su padre, le cercenó de un hachazo lo que quedaba de las manos.

Entonces ocurrió una cosa curiosa: las primeras falanges cortadas se transformaron en focas; las segundas, en okujs (focas de los fondos); las terceras, en morsas; el resto de la mano, en ballenas. Consumado el sacrificio, el mar se calmó de repente.

Cuando el infortunado padre llegó, al fin, a su igloo, o cabaña hecha de bloques de hielo, se apoderó de él un profundo sueño. Y al llegar la noche, una marea desacostumbrada se tragó la cabaña y los dos seres que había en ella: el padre y el perro de Sedna, que allí estaba atado.

Poco después, hombre y animal se reunieron con Sedna en el fondo del océano. Y en él reinan desde entonces en una región llamada «Adliden», lugar donde las almas, después de la muerte, son encarceladas para pagar sus culpas.

Naturalmente, la duración de esta condena depende de las faltas cometidas, por lo que puede ser temporal o eterna.

El oso enamorado

En *Los últimos reyes de Thule* se refiere que un oso macho se enamoró locamente de una mujer esquimal. La visitaba todos los días en su igloo tan pronto como la mujer se quedaba sola. Y ella sonreía cuando el oso entraba.

El marido había salido a cazar, a cazar precisamente a este oso, que se llamaba Nanuk. Y entretanto, la mujer y Nanuk se hallaban uno en brazos de otro.

—Oye, mujercita –dijo el oso–, yo vivo allá arriba, en lo alto de la montaña. Hay que caminar dos horas para llegar hasta allí. Mi igloo es muy bonito... pero en él vive un pobre oso que se aburre solo. Me gustaría tener una mujer, ¿sabes? Una linda mujercita como tú. Ah, pero no le digas nunca a tu marido donde vivo yo. Piensa que si lo haces, yo puedo oírlo dentro de mi corazón.

—Está bien –respondió la mujercita, acurrucándose contra el velludo y cálido pecho de su amante.

Los días fueron transcurriendo y el hombre aún no había dado muerte al oso. Por ello estaba cada día de mal humor. A veces husmeaba el aire y decía:

—Oye, Tipi, es curioso: aquí dentro huele mal; casi diría que huele a oso.

—No digas eso –respondía la mujer–. Se trata de tus botas,

que precisamente estoy remendando y que despiden un fuerte olor.

El marido Innuk, sin embargo, se volvía cada vez más huraño y llegó un momento en que ni siquiera tenía ganas de amar. A pesar de ello, su pequeña mujer hacía todo lo posible por agradarle: le cosía bien la ropa, tenía limpia la casa y la comida a punto.

—¡Todo me da igual! –murmuraba Innuk.

Cierta noche, cuando él había rechazado a su mujer y ésta se hallaba casi desnuda al borde de la cama, ella acercó su boca al oído de su marido y susurró:

—¡Na... nuk!...

El hombre dio un salto y rápidamente cogió el arpón.

—Nanuk, ¿dónde? ¿Dónde está?

—Cálmate –dijo ella para tranquilizarle, y de nuevo le susurró al oído–: Allá arriba, en la montaña; hay que caminar dos horas para llegar. Allí está, ¿sabes?

Innuk salió corriendo del igloo. Lo más deprisa que pudo se dirigió con sus arpones y con los perros hacia la montaña. Pero una vez estuvo en la cima, vio que el igloo del oso estaba vacío. El corazón de Nanuk lo había oído todo y dos gruesos lagrimones rodaron por su piel hasta su negra y húmeda nariz.

Mientras tanto, la mujer estaba acostada sobre la «eegla» y con sus uñas escarbaba la nieve. Entonces bajó el oso, como un trueno, de la montaña. Corrió dando resoplidos, furioso, en dirección al igloo... Levantó su poderosa zarpa. Pero no; sólo aplastó el techo y se alejó corriendo. Su espalda estaba encorvada y sus patas anteriores vacilaban como las de un viejo.

Traicionado y desgraciado, siguió lentamente su camino hacia la montaña para no regresar nunca más.

Michambó, el creador del mundo

Cuentan los pieles rojas algonquinos que Michambó, llamado también la Gran Liebre, reconstruyó el Mundo que había sido sumergido por el diluvio e inventó además las redes para la pesca.

Michambó salió de caza un día y los lobos que utilizaba a modo de perros entraron en un lago y allí quedaron prisioneros. Un pájaro le dijo a Michambó lo que había pasado y el dios se metió en el agua para sacarlos. Entonces, las aguas se desbordaron y cubrieron la Tierra, ahogando a todos los seres.

Inmediatamente, Michambó encargó a un cuervo que le buscase un pedazo de arcilla con el cual rehacer de nuevo la Tierra, pero el cuervo no pudo encontrarlo.

Michambó envió entonces a una nutria; ésta se zambulló, pero no trajo nada. Finalmente, el dios acabó por enviar a la rata almizclada, y ésta le trajo un poco de suelo, que Michambó empleó en rehacer la Tierra.

Acto seguido, lanzó flechas a los troncos de los árboles, que se transformaron en ramas. Y tras vengarse de los que le habían aprisionado en el lago a los lobos, se casó con una rata almizclada, que le hizo padre de una numerosa familia, que repobló el mundo.

Las flores del lago Oaxaca

Mucho antes de la llegada de los conquistadores españoles, había en Méjico un reino floreciente y poderoso: el de los zapotecas.

Los guerreros zapotecas, belicosos y disciplinados, habían obtenido numerosas victorias sobre sus reinos vecinos, y ello había fortalecido su poder, hasta el punto de que en muchas leguas a la redonda su imperio era por todos temido y respetado.

El rey de aquel poderosísimo reino tenía un hijo hermoso y fuerte, que era además muy diestro en la caza y en el manejo de todas las armas.

Un día, varios palaciegos, unidos a un regimiento de soldados, tramaron un levantamiento contra el monarca. Pero la confabulación llegó a oídos del príncipe, quien decidió inmediatamente poner remedio a tal insurrección de un modo implacable.

Para ello, espió la marcha del movimiento subversivo, y cuando los jefes traidores menos lo esperaban, el príncipe y sus servidores les atacaron con sus espadas en alto, y tras una brevísima y desesperada resistencia, exterminaron sin piedad a los confabulados.

A partir de este día, el príncipe se convirtió en el verdadero caudillo del reino zapoteca, siendo designado por el rey, ya muy anciano, como heredero del trono.

Como es natural, todas las doncellas del país suspiraban por el aguerrido y apuesto príncipe. Desde la más humilde muchacha hasta la más alta princesa, todas las mujeres estaban enamoradas de él. Pero el príncipe no hacia caso de ninguna seducción y se mostraba inconmovible ante cualquier mujer, por hermosa y atractiva que fuese.

Y ocurrió un día que en el celestial reino de las estrellas –hasta donde había llegado también la fama del príncipe–, la más linda de aquellas criaturas se enamoró de tal modo del heredero zapoteca, que decidió bajar a la tierra para conocerlo personalmente.

La hermosa estrella esperó una ocasión en que nadie la vigilaba. Y cuando sus hermanas estaban dormidas, tomó la forma humana de una bellísima doncella y descendió a la Tierra, en territorio mejicano.

Cierto día cabalgaba el príncipe de regreso de una cacería cuando se encontró en el camino con una bella muchacha vestida de campesina. El joven, sorprendido y admirado por su hermosura, detuvo el corcel, y descendiendo de él le preguntó:

—¿Cómo os llamáis?

—Oyomal –respondió la joven.

Y tras breves momentos de charla, el príncipe regresó a su palacio. Pero al día siguiente volvió a cazar y de nuevo se halló con la preciosa muchacha.

Aquellos encuentros se produjeron varias veces. Al fin, como era de esperar, los dos jóvenes quedaron prendidos en las redes del amor.

Una mañana, el príncipe propuso a Oyomal:

—¿Quieres ser mi esposa?

Y como no dudara la joven ni un momento en aceptarle, la tomó en sus brazos y, montándola sobre la grupa de su caballo, la llevó a palacio. Seguidamente, la presentó a su anciano padre el rey, y a los ministros y consejeros, al tiempo que les anunciaba:

—Quiero casarme con ella.

El monarca, admirado de la extraordinaria belleza de la muchacha, no opuso ningún reparo a los deseos de su hijo, y la fecha de la boda quedó señalada para una semana más tarde.

Mientras tanto, en el reino de las estrellas, la consternación por la misteriosa ausencia de la más hermosa de ellas era grande. Se hacían cábalas sobre su desaparición, y al fin se decidió que alguien bajase a la Tierra para averiguar su paradero.

En el cielo no tardó en saberse la noticia de la próxima boda entre la joven estrella y el príncipe. Ante la gravedad de la situación, se reunieron todas las estrellas, presididas, excepcionalmente, por el dios Sol, quien, tras conocer los hechos, pronunció esta sentencia:

—Para evitar la boda de la estrella con ese mortal, debe advertírsele que si se une con el príncipe, quedará convertida en una flor para el resto de sus días. Si se casa, nada podrá salvarla de este destino.

En la noche de vísperas de sus bodas, cuando la hermosa Oyomal estaba ya acostada en su lujoso lecho, por el ventanal de la habitación penetró una suave brisa, se hizo un resplandor, y se le apareció una de sus hermanas, en forma de espíritu. Y, ante el asombro de la novia, le notificó la suprema decisión del padre Sol.

—Puedes casarte con el príncipe –le dijo–; pero serás su esposa sólo por un día y una noche. Luego te convertirás para siempre en una flor.

Al desaparecer su compañera, Oyomal quedó sumida en la inquietud y la duda. Sin duda era grande el temor de la estrella hacia el dios Sol, pero el amor por el príncipe era más intenso aún, y la ilusión por el feliz instante de la boda, la dominaba por completo.

—Quizá el padre Sol sólo haya querido amedrentarme –se dijo–. Sea lo que fuere, me casaré con mi querido príncipe.

La boda se celebró con gran esplendor. De todos los países circundantes acudieron al reino zapoteca para presenciar los festejos nupciales.

Oyomal estaba bellísima con sus ropas de novia. Y a su lado, el príncipe, ataviado con su traje guerrero, mostraba su gallardía y apostura. Eran una pareja admirable.

Parecía que todo se desarrollaba felizmente. Pero a la mañana siguiente de la boda, cuando el príncipe despertó de su sueño, descubrió con sorpresa que su esposa Oyomal había desaparecido. Y fue inútil su búsqueda, ya que nadie logró encontrar a la joven princesa.

El príncipe no hacía más que llorar amargamente la ausencia de Oyomal. En uno de estos momentos de consternación, se le apareció un espíritu celestial que le reveló el verdadero origen de su esposa, y todo lo sucedido.

—Oyomal –le dijo el espíritu– reposa ahora en las aguas del lago Oaxaca, junto al palacio, convertida en una hermosa flor de color rosáceo y de tallo delicado y suave.

Tan terrible revelación desesperó de tal modo al príncipe, que su dolor conmovió al espíritu celeste. El joven heredero hincó sus rodillas en el suelo a los pies de la aparición y le rogó:

—Úneme a mi amada, aunque para ello tenga que convertirme también en flor.

—Te prometo consultar con el dios Sol tu deseo –dijo el espíritu.

Y tras desaparecer, el príncipe quedó sumido en la inquietud, pero igualmente en la esperanza de volverse a unir a su amada Oyomal.

¿Qué pasó? Nadie lo sabe. El hecho es que a la mañana siguiente los criados del príncipe no encontraron rastros del heredero en la habitación, Y por más que se le buscó por todas partes, nadie consiguió encontrarle.

Pero alguien notó que en el lago Oaxaca había aparecido una nueva flor de color rojo y tallo esbelto. Y estaba junto a otra rosa delicada, la cual ahora tenía abiertos sus sedosos y húmedos pétalos.

El padre Sol había accedido a los deseos del enamorado príncipe.

El origen de la Luna

Fue al caer de la tarde, en los primeros tiempos de los que, a duras penas, recuerda la memoria de los hombres.

En un sitio descampado del bosque, lejos de las chozas del poblado, los hermanos de Baipira le degollaron a machetazos, a pesar de ser el más bueno y el más pacífico de la tribu mejicana de los kachinawas.

Su cuerpo cayó de espaldas. La cabeza desprendida rodó por el suelo, enrojeciéndolo con pequeños charcos de sangre. Y miraba, fijamente, con los ojos desorbitados, a los fratricidas. Y lloraba. Y el viento le agitaba los cabellos, que le enjugaban las postreras lágrimas.

En el rostro lívido de la cabeza degollada, las líneas simbólicas del tatuaje bicolor se animaban y ondulaban como ofidios, o se contraían, semejando garras moribundas. Y luego la cabeza exclamó:

—¡Ay de mis hermanos kachinawas!

Y temblaban de pavor y de asombro los asesinos.

La cabeza degollada sonrió, entonces, con una sonrisa negra. Esa sonrisa temible de las tribus amazónicas, que acostumbran teñirse los dientes con negros barnices.

Los asesinos, rompiendo las malezas, cavaron apresuradamente un hoyo y arrojaron primeramente el cuerpo y después la cabeza de Baipira. Y echaron encima tierra, mucha tierra y troncos de árboles. Y luego regresaron a sus cabañas, siguiendo la ruta del Sol, que ya declinaba.

Pero... al volver la cara atrás, vieron que brotaba de su entierro la cabeza de Baipira, y que, rodando de un lado para otro, seguía tras ellos.

Corriendo, se internaron en el bosque y se arrojaron al río, nadando presurosos. Y al llegar a la otra orilla vieron, atemorizados, que allí también estaba la cabeza perseguidora con su sonrisa negra.

Los asesinos, huyendo siempre aterrados de aquella cabeza que les seguía y hablaba, se refugiaron en las chozas de su tribu, reclamando a gritos el auxilio de todos sus habitantes, pero la cabeza parlante les dijo:

—¡Oh, kachinawas! Me habéis matado injustamente. Me habéis degollado, envidiosos y cobardes. Y por eso he adquirido el poder de transformarme según mi voluntad.

—¿Y en qué te transformarás? –le interrumpió el más viejo y tatuado de la tribu.

Y respondió la cabeza:

—Si me transformo en pez, me pescarían para alimentarse; si en agua, me beberían para calmar la sed; si en madera, les serviría para encender el fuego; si en el Sol, me aprovecharían para calentarse en las estaciones frías. Pero no será así. ¡Los fratricidas no merecen beneficios, sino terribles castigos!

La cabeza hizo una pausa, miró fijamente a todos los reunidos y prosiguió con voz lúgubre:

—Voy a transformarme en luna... ¡Ah de los kachinawas fratricidas! Por su culpa las serpientes se multiplicarán; los ríos saldrán del cauce, y arrasarán las sementeras; las maderas de las canoas se pudrirán; las semillas en los sembrados no germinarán. Y vendrá una plaga más fuerte y más terrible. La plaga de unos hombres blancos. ¡Ellos robarán vuestros hijos, violarán vuestras mujeres y os matarán sin misericordia!

Y diciendo esto, gritó suplicante:

—Dadme un rollo de hilo.

Una anciana le alcanzó lo que pedía. Entonces la cabeza dio un silbido y se oyó como si una flecha emplumada atravesara el espacio. Inmediatamente apareció, batiendo alas, el *uribú* (especie de buitre americano), el ave divina. Y tomando con el pico un extremo del hilo, del rollo que trajo la anciana, voló hacia el cielo, desenrollándolo.

Después, la cabeza de Baipira tomó el otro extremo con los dientes y lo engulló poco a poco. La delgada cuerda no tardó en salir por entre el cuello cercenado que aún goteaba sangre.

Y así, entre el asombro de la tribu, la cabeza de Baipira fue alzándose lentamente, engulliendo la cuerda, rumbo hacia las nubes. Hasta que arriba, muy arriba, se transformó en la Luna. Sus ojos se desprendieron para convertirse luego en estrellas.

Y las gotas de sangre de su cuello se extendieron y se esfumaron en la inmensidad de los cielos hasta formar el arco iris.

El dios Bechica de los Chibchas

Las tierras de la actual Colombia central, donde habitaban los chibchas, estaban en tiempos inundadas. Sobre la Sábana, el agua parecía infinita. La niebla cubría los altos picos de las montañas como un sudario. La oscuridad reinaba en el espacio.

El Omnipotente, que era la Luz y aquel en quien la Luz estaba, al ver la soledad de la tierra de los chibchas, envió unos pájaros vigorosos y enormes para que con el batir de sus alas y el resoplar de sus potentes picos, ahuyentaran la niebla y llenaran el espacio de aire transparente y diáfano.

El Todopoderoso creó luego un ser radiante, inmenso, que rasgó las tinieblas, atravesó el espacio y calentó la Tierra, llenándola de luz. A este ser luminoso y bienhechor, el Omnipotente le dio el nombre de Sua.

Sin embargo, Sua tostaba con demasiado ardor la tierra de los chibchas. Entonces, el Señor ordenó que se hundiera tras las montañas y creó otra criatura dulce y melancólica para que iluminase la Tierra cuando Sua se retirara. Esta fue Chia (la Luna).

Aun así, la tierra seguía desnuda. No había peces, ni pájaros, ni bestias, ni hombres.

El Señor se apiadó. De la laguna de Iguaque, allá donde moran las nieblas eternas, salió una mujer a la que llamó Bachúe (la fecunda). Y Bachúe sacó de las aguas a un niño que apenas tendría tres años. Juntos fueron a los llanos, y allí edificaron su vivienda. El niño creció y se hizo hombre. Entonces Bachúe lo tomó por esposo y tuvo con él numerosos hijos.

Entonces, el Omnipotente creó las bestias que pacen y las aves que vuelan en el firmamento.

Bachúe dictó leyes a sus hijos, los acostumbró a reverenciar a los dioses y les enseñó a creer en Chiminigagua, hijo de todo Principio.

Los padres del pueblo chibcha habían llegado ya a una edad muy avanzada, y sus espaldas se doblegaban por el peso de la vida. Bachúe tomó de la mano a su esposo y se lo llevó a la laguna de Iguaque, su punto de origen. Y multitud de gentes les siguieron.

Entraron en el agua, y cuando ya estaban sumergidos hasta el pecho, Bachúe habló a sus hijos y a los hijos de sus hijos.

—Venerad a los dioses tal como yo os he enseñado –les dijo–. Y amad la paz y la concordia.

También les exhortó a conservar y respetar las leyes. A continuación se despidió de todos en medio de abundantes lágrimas, y las ondas se cerraron dulcemente sobre sus cabezas.

Al desaparecer bajo las aguas, aparecieron en el mismo lugar de la superficie dos serpientes.

—Eso es que el dios Chiminigagua los ha transformado –dijo el pueblo.

Y desde entonces, las serpientes fueron sagradas para los chibchas.

Por aquel entonces, los chibchas eran buenos agricultores e iban de caza armados con arcos y flechas, tiradoras y dardos. Se adornaban con plumas de papagayo, hacían sus casas de madera y las techaban con paja. Pero desconocían totalmente la industria del tejido y no tenían la menor noticia del arte.

Un día, por la llanura de Bacatá, por el lado donde nace el Sol, apareció un anciano venerable. Tenía la piel blanca, la barba crecida hasta la cintura y los cabellos largos, ceñidos a la frente por una cinta. Iba descalzo, vestía larga túnica y sobre ésta llevaba un manto cuyas puntas se ataban con un nudo en el hombro derecho.

—Es un enviado de Chiminigagua —dijeron los chibchas al verle.

Y se arrodillaron ante él, deseosos de escuchar sus palabras. Lo llamaron Bochicha, es decir: Manto de Luz. Fue su maestro y civilizador, creador de las artes y de la civilización en general.

Por donde quiera que iba, enseñaba a las gentes el modo de construir sus casas, de labrar la tierra y preparar las sementeras, de cosechar el maíz, de hilar el algodón, de tejer mantas y adornarlas con indelebles colores. También les enseñó el modo de trabajar el oro y de fabricar joyas.

En sus predicaciones les dijo que el alma era inmortal; que los hombres, después de su resurrección, reciben el castigo o el premio de sus obras. Les ordenó que fueran austeros y puros, buenos y misericordiosos.

Vivió con los chibchas muchos años. Y un buen día, cumplida su misión, desapareció sin dejar rastro.

Pasaron los años y los chibchas empezaron a olvidar las enseñanzas de Bochicha. Llegó entonces una mujer de extraordinaria belleza Ramada Huitaca, que fue el genio malo del pueblo. Enseñó el vicio y predicó la sensualidad y la venganza. Las señales que dejó de su paso por la tierra fueron el pecado y la disolución.

Bochicha, que velaba desde el cielo, convirtió a esta mujer perversa en lechuza. Desde entonces, sólo se atreve a salir de noche.

Sin embargo, Huitaca había destruido ya el germen del bien sembrado por el maestro. Indignado por tantos desmanes, Chibchachum, el dios de la Sábana, desató sobre la tierra abundantes lluvias. Se desbordaron los ríos y se inundaron las casas. Las gentes tuvieron que huir a los picos más altos de las montañas.

Pero allí, el hambre atormentaba a los hijos de Bachúe, porque ningún alimento había entre las rocas. En su desesperación se acordaron de Bochicha. Y llenos de angustia, elevaron sus preces pidiendo socorro, a la vez que hacían sacrificios y penitencias.

Entonces Bochicha se apiadó de ellos, acabó con el diluvio y se les apareció sobre el Arco Iris con una vara de oro en la mano.

La princesa Guatavita

Guatavita era la ciudad más populosa y la plaza de armas mejor fortificada del reino chibcha. Allí tenía su corte el cacique del mismo nombre, señor rico y poderoso.

Los habitantes de Guatavita eran inteligentes e industriosos; se les consideraba los orfebres más hábiles del reino. Ellos eran quienes tallaban las imágenes de los dioses y los que fundían y labraban las mitras de los jefes. Para el atavío de los reyes engarzaban en sus diademas de oro las piedras verdes traídas de Muzo y Somondoco.

El príncipe de estas tierras tenía una esposa a la que prefería sobre sus demás mujeres, hermosa como un sol. Para ella eran las galas más ricas y las joyas más apreciadas, pues la amaba con locura.

Y aconteció que su maravillosa hermosura despertó un fuego ardoroso en el corazón de uno de los más valientes guerreros. Tan fascinado quedó por la belleza de la princesa, que apenas podía separar la mirada de su rostro.

La princesa se dio cuenta inmediatamente de la admiración que había despertado en su vasallo. También vio que era esforzado y arrogante, y que las plumas de papagayo que adornaban su frente estaban enriquecidas con piedras maravillosas que lanzaban verdes destellos. Y supo que era noble, porque de las orejas y de la nariz le pendían magníficos aros de oro.

El enamorado guerrero era fuerte y hermoso como Sua, y de sus ojos se desprendían rayos que calentaban el corazón.

Una noche, mientras reinaba la animación y el bullicio en palacio, la princesa le dio a su marido una *totuma* rebosante de turbadora bebida, y luego otra, y aún otra, hasta que la embriaguez lo venció.

El vasallo, en cambio, no estaba bebido. Estaba contemplándola. Y cuando ella se acercó silenciosamente a su lado, la tomó en sus brazos vigorosos y la llevó a su bohío. Tras ellos cayó la cortinilla de juncos que tapaba la entrada.

Lo mismo sucedió durante tres noches. A la cuarta... De nuevo le dio a su marido la *totuma* llena de bebida para embriagarlo, y una vez más la cortina de juncos cayó tras los amantes.

Sin embargo, la más antigua de las mujeres del rey, celosa de la hermosura de la princesa y del favor que le dispensaba el soberano, supo lo que ocurría y decidió vengarse. Despertó al monarca y lo condujo al bohío donde se ocultaban los dos amantes, diciendo:

—Ven y verás cómo te engaña tu mujer.

Durante unos instantes, el rey quedó agobiado bajo el peso del dolor. Pero luego se irguió furibundo y su diestra se crispó sobre la empuñadura del cuchillo. Lleno de cólera, lanzó un grito que resonó como un rugido en el silencio de la noche. Acudió la guardia, y allí mismo dictó órdenes tan severas que hasta sus fieros guerreros quedaron petrificados de horror.

Al día siguiente, a la salida del sol, la ciudad de Guatavita fue testigo de un terrorífico espectáculo. Atado a un poste pintado de rojo estaba el joven guerrero rodeado de cien soldados armados. Y a dos pasos de la víctima, dos esclavos sujetaban a la favorita adúltera, a la que el rey había obligado a presenciar el castigo.

Entonces, con los ojos desorbitados, transfigurada por el terror, la princesa vio cómo le cortaban a su amante las orejas, la nariz, los labios... Le sacaron los ojos, le rompieron uno a uno los miembros, le vaciaron las entrañas... La sangre le tiñó la frente y las vestiduras.

Por último, del cuerpo palpitante arrancaron el corazón, lo asaron allí mismo y la obligaron a comérselo.

Para mayor castigo de la culpable y con el fin de que sirviera de lección a las demás mujeres, el jefe dispuso que en las fiestas públicas se relatase el delito de la adúltera, y que trovadores asalariados fuesen todas las noches al pie de la ventana a cantar la historia del suplicio.

¡Cuántas lágrimas brotaron de los hermosos ojos de la princesa! Noche tras noche oía los cantos de los trovadores. Y noche tras noche recordaba el suplicio de aquel que no podría olvidar jamás.

No pudo resistirlo. Y mientras su esposo estaba profundamente dormido, se deslizó hasta la cuna de su hijita, una niña de corta edad, hija suya y del rey, y tomándola en sus brazos huyó hacia las montañas.

Mientras Chía, la dulce Chía, iluminaba con su blanca luz el camino, la princesa corría afanosa hacia el páramo. Ya en la cumbre de un cerro que se alzaba sobre el lago, se detuvo. Soplaba un viento frío y la niebla se arremolinaba en las alturas.

Un árbol cuyo tronco estaba engarzado con lianas de flores rojas se asomaba al abismo. A él se agarró la princesa e, inclinándose, miró las tranquilas aguas que parecían bruñidas como un espejo.

De pronto, se rasgaron las nieblas y la luna se reflejó en las aguas. La princesa, por tres veces, se encomendó a Bachúe. Después apretó a su hijita contra su corazón y se arrojó al vacío. Y las ondas cristalinas se abrieron amorosas para dar refugio a tan hermosa mujer y tan linda niña.

Entretanto, el cacique se había despertado, dándose cuenta de que su esposa no estaba junto a él. Buscaron a la princesa por todas partes sin poderla encontrar.

Al fin corrieron hacia el lago. Pero ya no alcanzaron a ver más que unos círculos concéntricos, formados al caer los cuerpos, que se iban ensanchando más y más, hasta llegar a los juncales de la orilla.

Por orden del rey, que aún amaba a su adúltera mujer con locura, uno de los jeques se zambulló en el lago. Y al reaparecer de nuevo a la superficie al cabo de poca rato, contó:

—La princesa y su hija viven felices en la morada del dios Guahaloque, un espléndido palacio rodeado de hermosos jardines.

—¿Y no volverá a salir nunca? –preguntó el rey.

—No –respondió el jeque–. Por mandato del dios vivirá siempre en el fondo del lago, desde donde se ocupará de remediar las necesidades de Guatavita.

Desde esos tiempos remotos, de todos los confines del reino chibcha venían los peregrinos a traer sus dádivas al genio del lago.

Y contaban los sacerdotes que en noches estrelladas y luminosas solía mostrarse la hermosa princesa sobre el cristal de las aguas.

La flor y el colibrí

Flor –hermosa india de grandes ojos negros– amaba a un joven indio llamado Agil. Éste pertenecía a una tribu enemiga y, por tanto, sólo podían verse a escondidas.

Al atardecer, cuando el Sol en el horizonte arde como una inmensa ascua, los dos novios se reunían en un bosquecillo, junto a un arroyo cantarín y juguetón, que ponía un reflejo plateado en la penumbra verde.

Los dos jóvenes podían verse sólo unos minutos, pues de lo contrario hubieran despertado las sospechas de la tribu de Flor. Una amiga de ésta –amiga fea, odiosa–, descubrió un día el secreto de la joven y se apresuró a comunicárselo al jefe de la tribu. Y Flor no pudo ver más a Agil.

La Luna, que conocía la pena del indio enamorado, le dijo una noche:

—Ayer vi a Flor, que lloraba amargamente, pues la quieren hacer casar con un indio de su tribu. Desesperada pedía al dios Tupá que le quitara la vida, que hiciera cualquier cosa, con tal de librarla de aquella boda horrible. Tupá oyó la súplica de Flor: no la hizo morir, pero la transformó en una flor. Esto último me lo contó mi amigo el Viento.

—Dime, Luna, ¿en qué clase de flor ha sido convertida mi enamorada?

—¡Ay, amigo, eso no lo sé yo ni lo sabe tampoco el Viento!

—¡Tupá, Tupá! –gimió Agil–. Yo sé que en los pétalos de Flor reconoceré el sabor de sus besos. Yo sé que la he de encontrar. ¡Ayúdame a encontrarla, tú que todo lo puedes!

Y el cuerpo de Agil –ante el asombro de la Luna– fue disminuyendo, disminuyendo, hasta quedar convertido en un pequeño y delicado pájaro multicolor, que salió volando apresuradamente. Era un colibrí.

Desde entonces, el novio triste, en esa bella metamorfosis, pasó sus días buscando ávida y rápidamente los labios de las flores buscando una, sólo una.

Pero, según dicen los indios más viejos de las tribus, todavía no la ha encontrado.

La monja alférez

Hacia fines del siglo XVI, ocurrió en América un atrevido episodio del que fue protagonista la famosa «Monja alférez», cuyo verdadero nombre era, en España, Catalina de Erauzo, de vascongado origen y dura como el hierro de aquellas montañas.

Había tomado el hábito de novicia y, estando a punto de profesar, huyó del convento, se fue a América, «sentó plaza de soldado, se batió bizarramente en Arauco, alcanzó el grado de alférez con título real, y en los disturbios de Potosí se hizo reconocer por capitán en uno de los bandos».

También sirvió como soldado en los tercios de Chile bajo el nombre de don Antonio de Erauzo, pero desertó y, por su fama de camorrista y espadachín temible, fue de todas partes expulsada.

Su última y menos conocida hazaña de aquella su turbulenta época, fue que cuando ya el verdugo iba a prepararse para ahorcar a aquel alférez, por numerosos crímenes que él no negó nunca, al confesarse con el cura e ir a comulgar, arrebató de pronto de manos de éste la sagrada hostia, y echó a correr gritando:

—¡A Iglesia me llamo! ¡A Iglesia me llamo!

Y entró en un próximo templo, dirigióse al altar mayor y arrodillándose depositó en él la divina forma, repitiendo lo que ya había dicho y que le otorgaba, según la ley, el derecho de asilo.

Tras ella iba alborotado el pueblo, sin atreverse a castigar con las armas a quien, si bien había cometido un sacrilegio, obligaba a cometer otro mayor a quien quisiera atacar al que en la mano llevaba la sagrada hostia y con ella penetraba en la iglesia.

El atrevido alférez estaba, pues, a salvo, de momento. Únicamente quedaba sujeto a la jurisdicción del obispo, un fraile agustino, que se dirigió al templo resuelto a poner en práctica el duro castigo que se aplicaba a los autores de semejantes sacrilegios.

—Oidme antes en confesión –pidió el alférez al obispo.

Y concedida la súplica, la confesión fue tan larga, importante e inesperada, que terminó cogiendo de la mano el prelado al supuesto don Antonio de Erauzo, llevándolo a la portería de las monjas de Santa Clara. Y tras una breve y secreta conversación con la abadesa, el desaforado criminal tuvo por cárcel el convento, bien cerrado y vigilado.

El asombro y las habladurías del pueblo fueron enormes; pero cuando los familiares del señor obispo le indicaron algo de lo que el pueblo criticaba, llegando a dudar de que estuviera en su sano juicio, el obispo se contentó con sonreír tranquila y seráficamente.

Pasó así algún tiempo, hasta que de Lima le envió el virrey unos pliegos reservados, tras cuya lectura hubo de partir hacia aquella capital del virreinato el supuesto alférez, conducido por una fuerte escolta.

Allí estuvo preso unas semanas, «aunque también en un convento de monjas». Y, al fin, en el primer galeón que salió fue enviado a España aquel famoso camorrista, acerca del cual ya todo el mundo sabía que era una mujer maravillosamente disfrazada de hombre «en cuerpo y alma».

Por aquel entonces era el alférez un mozo de treinta años. Y, a pesar de lo imberbe de su rostro, había sabido imponer respeto a los desalmados aventureros que, por estas fechas, pululaban en el Perú.

Al ser detenido vestía con cierto elegante desaliño. Sombrero con pluma y cintillo azul, golilla de encaje de Flandes, jubón carmesí, calzas de igual color con remates de azabache, y cinturón de terciopelo, del que pendía una espada con gavilán dorado.

Parece ser que «la monja alférez» de España regresó de nuevo a América sin que quisiera renunciar a su traje de hombre. Murió, ya vieja, en un pueblo de Méjico.

Los trece de la fama

Cuéntase que en los primeros años del siglo XVI, cuando Pizarro era ya famoso en todo el territorio de las Indias por su arrojo y sus hazañas, el gran conquistador español vivió uno de los momentos más difíciles de su agitada vida.

Cierto día, Pizarro y sus compañeros de aventuras, conocidos por «Los trece de la fama», huían de la isla de Górgora, por estárseles agotando las provisiones. Y navegaban sedientos y hambrientos, hacia una playa cercana, próxima al valle de Túmbez.

Cuando ya los conquistadores españoles daban gracias a Dios, porque divisaron al fin la meta de su travesía, esta alegría se trocó en doloroso desencanto al ver que la playa estaba infestada de indios, que les esperaban armados hasta los dientes, dispuestos a exterminarlos.

—¡Detened la nave y estudiaremos la situación! –ordenó Pizarro al ver el panorama que se presentaba.

Y, un tanto alejados de la playa, los ocupantes del barco, tras una larga discusión, decidieron en común esperar al día siguiente para tomar alguna resolución. Entretanto comieron algo de las escasas provisiones que les quedaban, y se tumbaron, desanimados, sobre cubierta.

Aquella noche, sin embargo, no descansaron mucho «Los trece de la fama». Todos tenían el ánimo intranquilo, agitado, ante el temor de no poder salir con vida de aquella situación.

Al amanecer del día siguiente, ya estaba Pizarro en pie y sus hombres con él. Fue un despertar angustioso, triste, tenso.

—Amigos –dijo Pizarro a sus compañeros–, sólo veo una salida a nuestra difícil situación: desembarcar en la playa y luchar contra los indios como unos valientes. No olvidéis que debemos cumplir como lo que somos, como españoles a quienes nada puede intimidar.

Las palabras del conquistador fueron acogidas con el más absoluto silencio. Por lo visto, la decisión de Pizarro no había esta vez calado en el ánimo de sus guerreros.

Sólo uno de «Los trece», un caballero llamado Pedro de Cabia, tomó la palabra para decir:

—Los indios nos aventajan en número y van bien armados. No hay duda de que nuestra situación es realmente desesperada. Sin embargo, creo que hay una solución para vencerlos.

—¿Cuál es esta solución, don Pedro? –preguntó impaciente uno del grupo.

—Atemorizar a los indios por medio de un engaño –respondió el de Cabia–. Lo he pensado esta noche y yo voy a realizar la prueba. Sólo una cosa les pido, caballeros. Si fracaso en mi intento, recen por mi alma, por favor.

Tras decir esto, don Pedro de Cabia solicitó de Pizarro permiso para poder utilizar uno de los botes y lanzarse al mar. Y, momentos después, entre la natural curiosidad y admiración de todos los presentes, el caballero remaba hacia la playa plagada de indios.

Al llegar a tierra, don Pedro empezó a caminar llevando en su mano derecha una cruz de madera, y en la izquierda su rodela o escudo. Don Pedro era alto, fornido y barbudo. Y como iba además cubierto por su cota de malla, su aspecto era realmente impresionante.

Desde la nave, sus compañeros miraban atentos y admirados cómo el de Cabia avanzaba arrogante y con paso decidido hacia los indios. Estos debieron creer que se hallaban ante una aparición sobrenatural, pues, además, la armadura del guerrero, al igual que su rodela despedían fuertes resplandores a su contacto con los rayos del sol.

Y asustados a la vista de aquel guerrero que avanzaba sin miedo hacia ellos, huyeron despavoridos.

Esto dio nuevos ánimos a don Pedro, que siguió adentrándose majestuosamente en el poblado indio, causando su aparición el mismo efecto de pavor y sorpresa que en la playa.

El «curaca», o jefe indio, se reunió con sus consejeros y ancianos de la tribu para ver qué solución se había de adoptar. Muchos aseguraban que el aparecido era un mensajero del Sol, por su resplandeciente figura. Otros decían que se trataba del alma de un «viracocha» (nombre que los indios daban a los conquistadores españoles).

—Que se le echen leopardos a ese hombre extraño –ordenó el jefe indio–. Así veremos cómo se defiende.

Los indígenas soltaron dos leopardos contra don Pedro de Cabia. Y cuando éste se halló ante aquellos animales, se dispuso a luchar contra ellos hasta el último momento, no sin antes encomendar su alma a Dios, pues creyó llegada su última hora.

Uno de los leopardos se abalanzó inmediatamente contra don Pedro, pero cuando iba a descargar sobre él su zarpa, un rayo de sol se reflejó en la rodela del guerrero hiriendo agudamente los ojos del animal, que retrocedió intimidado y con los ojos cegados.

Las fieras se mostraron entonces más cautelosas ante lo deslumbrante figura del conquistador, sin decidirse a acercarse a él. Y luego, ante el continuo juego de resplandores que la rodela emitía, los leopardos se acercaron mansamente a don Pedro y le lamieron las manos.

E incluso la cruz de madera que el guerrero no había abandonado un solo momento, brilló también con un extraño fulgor.

Ni que decir tiene que al ver el acatamiento de las fieras, los indios no dudaron ya en arrodillarse ante el conquistador español, declarándole mensajero del Sol y rey suyo.

...Y Pizarro y sus hombres salieron de este modo con vida de su comprometida situación.

Los loros disfrazados

Los indios de una tribu del Ecuador refieren cómo dos hermanos se salvaron de perecer en el diluvio, refugiándose en la cumbre de un altísimo monte, dotado de la maravillosa particularidad de que, a medida que las temibles aguas iban subiendo, se elevaba también la cima del monte.

Pero cuando llegó, al fin, el ansiado descenso del agua, las provisiones que se habían llevado consigo los dos hermanos estaban agotadas. Y al no poder bajar a un valle donde se construyeron una cabaña, tenían que alimentarse únicamente con hierbas y raíces.

Ocurrió un día, cuando regresaban extenuados de fatiga de una infructuosa exploración en busca de más agradables alimentos, se quedaron pasmados al ver que cuanto pudieran desear estaba ya servido sobre su mesa, sin que ellos fueran capaces de imaginar quién podía ser el donador de aquel espléndido regalo.

Se repitió, durante varios días seguidos, el mismo caso, hasta que ellos decidieron esconderse para estar al acecho de a quién era debido tal prodigio.

Sin embargo, no contaban con que su curiosidad fuera castigada cesando ya, por unas días, el misterioso servicio. Luego, por compasión tal vez, renovóse cuando menos lo esperaban.

Lo único que pudieron averiguar, al fin, es que unos grandes loros o guacamayos, disfrazados con el traje de los criados del país, eran quienes tan misericordiosamente les prestaban el servicio de mesa, colmándola de apetitosas viandas.

Un día, con gran enojo suyo, fue aprisionado uno de aquellos loros que al instante se metamorfoseó en persona viviente, mejor dicho, en esposa que regaló a los dos hermanos toda una serie de hijos e hijas de quienes desciende toda una raza, orgullosa de ello.

Por eso aquellos indios ecuatorianos veneran a sus enormes y vistosos loros, y en sus fiestas se adornan con plumas de aquellas misteriosas aves que no en todas partes existen... ni se metamorfosean con tanta facilidad.

El origen de la luz

Kanachyuvé, el gran héroe de los carayas del Brasil, su Hércules, su Gilgamesh, se había casado y tenía un suegro muy viejo. En aquel tiempo no había otra luz en torno a los hombres que la de los hogares que ardían en cada casa. Fuera era la oscuridad total, la noche completa.

Y ocurrió que un día, un día de aquella noche eterna, el pobre viejo tuvo que salir a buscar leña para echar al fuego. Pero habiendo tropezado y caído, empezó a deshacerse en lamentaciones y hasta en denuestos contra su yerno, que consentía que él, viejo como era, tuviera que trabajar.

—¿Por qué no haces algo verdaderamente bueno? –le dijo irritado–. ¿Por qué no buscas y traes la luz?

Y como la suegra, más elocuente que su marido, se unió a éste en su petición, e incluso su mujer se animó a gritar siguiendo el ejemplo de su madre, el pobre Kanachyuvé, que, como suele ocurrir a muchos barbianes, sólo era héroe fuera de su casa, se decidió a ir en busca de la reclamada luz.

Después de mucho pensar, tuvo una excelente idea, que puso en práctica inmediatamente. Cogió una hoja de «imbahuba», la peló, dejando sólo el nervio central, metió uno de sus extremos en su boca, cual si se la hubiese clavado sin querer, y se echó por tierra, con los brazos abiertos, como si estuviera muerto.

Momentos mas tarde, un enjambre de moscas le rodeaba.

—¡Un muerto! ¡Un muerto! ¡Ataquémosle! –dijeron algunas.

—¡Esperad! –aconsejó la más prudente–. Conviene esperar a que vengan los urubúes.

Los urubúes, buitres negros que viven de la carroña, no tardaron en llegar. Y muchos, describiendo grandes círculos en torno de Kanachyuvé antes de caer sobre él, decían:

—¡Está muerto y bueno para ser comido en seguida!

Pero uno de ellos, más prudente, objetó:

—Hay que esperar al urubú-rey, puesto que ya sabéis que a él le corresponde el mejor pedazo.

El urubú-rey llegó poco después. Y solemnemente, como tenía por costumbre. Se trataba de un urubú blanco, ave excepcionalmente rara, y a causa de ello objeto de veneración, pues se suele estimar de preferencia lo raro que lo bueno.

Llegar y posarse sobre el pecho del falso cadáver fue todo uno y lo mismo. Pero apenas lo había hecho, Kanachyuvé lo cogió por las patas con ambas manos y se levantó triunfante.

—Ahora que te tengo –dijo al pajarraco–, no te soltaré sin que me entregues la luz.

—¿La luz? ¿Y de dónde sacaré yo la luz? ¡No la tengo! –respondió el urubú-rey, debatiéndose inútilmente, sin conseguir otra cosa que desplumarse.

—¡Mientes! Tú tienes la luz –insistió Kanachyuvé.

—No, no. Te aseguro que sólo tengo una lucecita que no vale nada.

—Muéstramela.

Entonces, allá lejos, en el cielo, apareció, en efecto, una minúscula lucecita dorada. Era Takiná, la estrella.

Como iba muy deprisa, Kanachyuvé le hizo una sangría en la pantorrilla, y al empezar a perder sangre disminuyó su marcha.

Pero su luz no le bastó al héroe, que, por supuesto, no había soltado a su presa.

—Necesito otra luz más potente –le dijo.

—No tengo más –contestó el urubú-rey.

—Más luz o estás perdido –amenazó el héroe.

—Tengo, sí, otra lucecita, pero muy pequeña...

—Enséñamela.

Por encima de los árboles, allá en lo alto del cielo, se mostró pronto un enorme disco plateado. Como llegaba raudo, como la estrella, Kanachyuvé le hizo la correspondiente sangría. Arandú, la Luna, pues ella era, acortó el paso.

—¡No me basta! ¡Quiero más luz! –dijo el héroe.

El urubú-rey empezó a protestar: no tenía más luz. Pero al ver que su opresor le empezaba a apretar el gaznate, hizo aparecer por sobre los árboles una nueva claridad, roja ésta al principio, pero cuyo resplandor, creciendo al punto, se extendió luminoso encendiendo maravillosamente árboles, ríos, montañas, Tierra y Cielo.

Aquella claridad era Diyu-ú, el Sol. Y como también corría mucho, Kanachyuvé le sangró sin compasión. Herido en una pantorrilla, el astro siguió corriendo a la pata coja; pero una nueva sangría le hizo entrar en razón.

Por esta razón, desde entonces, el Sol va despacio. El héroe le había dejado cojo.

Sólo entonces Kanachyuvé soltó al urubú-rey. Y ni que decir tiene que, al regresar el héroe a su tribu, fue recibido con vítores y aclamaciones, incluso hasta por su mujer y sus suegros.

El gusano Isondú

Dícese que hace muchos años, en la región comprendida entre el Panamá y el Uruguay, entre los arroyos Yalubiú y Guñapirú, vivía un joven gaucho de extraordinaria apostura.

Su arrogancia era tal y sus virtudes tantas, que todas las muchachas de los alrededores –por cierto muy lindas todas ellas– estaban locamente enamoradas de él. Sin embargo, ninguna había logrado conquistar su corazón.

Lo malo era que los demás jóvenes de aquellos parajes estaban enojadísimos por el proceder de sus vecinas, pues éstas, como sólo tenían ojos para el apuesto gaucho, no hacían el menor caso a sus pretendientes.

A tal extremo llegó aquella situación, que los despechados cortejadores decidieron hundir el prestigio de su rival, inventando mil calumnias y tentándole de mil maneras.

Pero todo fue en vano. Ni las calumnias hicieron mella en la fama del joven ni su temple virtuoso se doblegó ante las tentaciones que se le ofrecieron. Y así ocurrió que su prestigio creció aún más, y las doncellas del lugar suspiraban más que nunca por su amor.

—No tenemos más remedio que matarlo, si queremos desembarazarnos de él –dijo uno de los gauchos celosos.

Y una noche en que el afortunado joven volvía a su rancho, fue asaltado cobardemente por varios hombres, armados todos ellos con afilados puñales. De nada sirvió la resistencia que el agredido intentó ofrecer a aquel traidor ataque, pues pronto sintió el dolor de varios cuchillos clavados en su carne.

El gaucho cayó al suelo bañado en sangre. Once eran las heridas de su cuerpo muerto. La Luna se había ocultado para no presenciar aquel crimen.

Pero no había pasado siquiera un minuto desde que el desgraciado joven se desplomó, y no habían aún sus asesinos iniciado su cobarde retirada, cuando presenciaron, espantados, cómo el cuerpo de su víctima se transformaba en el de un insecto que despedía un extraño y rojo fulgor.

—¡Vamos, vayámonos de aquí cuanto antes! –dijo uno de los asesinos.

Y horrorizados, los criminales huyeron atropelladamente de aquel lugar de muerte.

Aunque al día siguiente se notó la desaparición del joven gaucho, nadie supo a qué atribuirla, calculando algunos que quizá habría ido de viaje.

Pero como quiera que uno de los asesinos volviese a pasar por el lugar del crimen y se encontrase con una multitud de insectos luminosos, que le cerraban el paso y que casi le cegaban con sus resplandores, no pudiendo resistir ya el horror que sentía y el remordimiento que le atenazaba, confesó su crimen y el de sus compañeros a las autoridades, que prendieron así a todos los que habían participado en el asesinato del joven gaucho.

Desde entonces, el número de aquellos extraños gusanos de luz, los isondús, ha aumentado enormemente. Y es curioso observar que si se coge a alguno de estos insectos –que están considerados como los vigías de los caminos de aquella región– se ve que son once los puntos luminosos que presenta su pequeño cuerpo.

Exactamente, el número de heridas que recibió el apuesto gaucho, ídolo de las muchachas de la región comprendida entre el Panamá y el Uruguay.

El paso de la cruz

Hace muchos años había un gaucho a quien de joven llamaban en la pampa un «mozo flor», flor de pecado, desgraciadamente.

Y cuentan que poseía el don de atraerse la simpatía de todos, hombres y mujeres. Y no poco aumentaba su prestigio el decirse, con aire de misterio, que era dueño de un talismán, que debía a un indio brujo y milagrero, cuyo poder era inmenso.

Por eso el mozo lo mismo copaba bancas en las mesas de juego que se adueñaba de los corazones femeninos en los bailes.

Pero llegaron los años de la madurez, de los desengaños, de los enemigos que la envidia produce, y de pronto, su corazón y su cerebro fueron tocados por la divina gracia. Cambió por completo y no se dedicó ya más que a hacer el bien donde tanto mal había hecho: convirtióse en el santo de su pueblo.

Sin embargo, hombres forasteros llegaron allí y se empeñaron en no querer ver en él más que a un viejo brujo que debía de ser muy rico, y algún tesoro debía de tener escondido.

No creyeron lo que decía. Y apoderándose de él una noche, sin lograr hacerle declarar dónde tenía el escondite de su oro, lo mataron a golpes. Después escondieron su cadáver bajo unas piedras y huyeron de allí como alma que lleva al diablo.

Desde entonces, su alma en pena aparecíase por las noches oscuras en forma de aquella luz azulada que llaman «la luz mala», y acompañaba, o mejor perseguía, a los jinetes y se posaba en las ancas de sus aterrorizados caballos.

El gaucho valiente que por allí pasaba, desafiando la superstición, o se volvía loco o pagaba con la vida su atrevimiento.

Finalmente, por milagro, en el sitio del crimen nació un árbol, y ese árbol tomó la forma de una cruz, es decir, que no tenía más que tronco y dos ramas horizontales, como los brazos de una cruz.

Si en la primavera nacían en él unas ramitas rojas, pronto se secaban, y volvía a presentar el árbol la forma de una cruz. Las gentes decían que el alma dejó de penar. Y al ver que la «luz mala» se había apagado, atrevióse a pasar por allí en las noches sin luna.

Como si aquel milagro no bastara, vino después otro. Un día, a un leñador sin creencia alguna, se le antojó cortar a hachazos uno de los brazos de aquella cruz natural y echarla al fuego del hogar como otra rama cualquiera.

¡Pero esa rama era diferente! Allí se quedó arrimada a la pared sin consumirse. Y lo más asombroso era que al calor de la ardiente brasa inalterable, se cicatrizaban, por prodigio, las heridas y se curaban diversos males.

La mayor curación, sin embargo, fue la del espíritu del atrevido leñador, quien de hombre sin entrañas ni creencias, trocóse, por la divina gracia, en un buen hombre respetuoso con el prójimo y creyente.

Ya efectuada esta conversión, el cortado tronco se consumió en el hogar. Pero allá en el árbol milagroso de donde procedía, brotó una nueva rama horizontal que iba a completar el brazo que le faltaba a la cruz.

Hoy este «Paso de la cruz» es un vado sobre uno de los ríos más bellos del país: el río Yi.

Las vacas del mar

El rey de las aguas tenía un hijito enfermo, y todas las sirenas, disgustadas porque alguna vez las insultó con el impaciente trueno y las castigó con el rayo de fuego, huyeron o se negaron a servir de amas, nodrizas o ayas del llorón infante.

Desesperado el monarca, su amor paternal lo llevó a humillarse hasta el punto de salir del fondo de su reino acuoso para pedirle ayuda a Gualicho, el genio maligno o dios de las pampas.

No sin algún interés, Gualicho le permitió que ordeñara, entre los rebaños, algunos de los animales que tenía para ese fin, y que no eran vacas, porque las primeras que pisaron América las trajo don Pedro de Mendoza.

—A cambio –dijo Gualicho al rey–, me has de dar algunos kilogramos de coral y de pescado, o perlas y caracoles de nácar.

Pero los tratos entre estos tipos de dioses nunca fueron limpios. Por razones difíciles de poner en claro, se disgustaron Gualicho y el rey de las aguas. Y en uno de sus encuentros, cuando ya el rey de las aguas iba metiendo en el río una tropa de ganado prestado, llegó Gualicho con sus demonios, y éstos no atinaron a otra cosa que a cortarles las patas a las bestias para inutilizarlas.

Y ocurrió que el rey de las aguas levantó a mil metros el nivel del río y se llevó la tropa. Y para que no se ahogaran los desgraciados animales, que ya tenían el vientre lleno de líquido, les hizo un agujero en la cabeza y desapareció con ellos.

Poco después, al nacer las crías, lo hicieron con aletas en lugar de patas. Pero la condición de mamíferos no cambió. A estas vacas del mar se les llamó luego ballenas.

La gruta de las maravillas

Allá por el año 1180 de la era cristiana, el poderoso monarca inca Mayta-Capac se decidió a invadir el país del joven y arrogante príncipe Huacari.

Era Mayta-Capac el hombre impertérrito para quien no existen obstáculos invencibles. En cierta ocasión, hallándose en una de sus campañas detenido de improviso su ejército por una vasta ciénaga, empleó todos sus soldados en construir una calzada de piedra, «de tres leguas de largo y seis varas de ancho, porque el inca creyó un desdoro dar un rodeo para evitar el pantano».

Pero si Mayta-Capac era así, el joven Huacari no le cedía en nada en cuanto a orgullo. No iba él a permitir que invadieran su tierra impunemente, por la que reuniendo su escaso ejército, se enfrentó al invasor.

Huacari fue ignominiosamente derrotado. Gran parte de los suyos huyó, con supersticioso terror, al verle construir a Mayta-Capac, como si fuera un ser sobrenatural, lo que nadie había visto hasta entonces: un puente de mimbres a través de un río, para que, pasando por él todo su inmenso ejército, pudiera atacar con más facilidad.

Ante el inevitable desastre, el indómito Huacari reunió, sin embargo, a los principales jefes que le habían permanecido fieles, y unánimemente acordaron, en su desesperación, que era preferible y más honroso encerrarse en el palacio real y dejarse morir de hambre, como buenos patriotas, a entregarse al vencedor como unos cobardes.

Y cuéntase que, compadecidos los dioses tutelares del país de la inmensa desventura del joven y pundonoroso Huacari y de la lealtad con que se sacrificaron con él sus capitanes, a fin de que quedara de ellos, cuanto menos, el recuerdo, como en un monumento, los convirtieron a todos en las estalagtitas y estalagmitas de la caverna que hoy el pueblo conoce con el nombre de «La gruta de las maravillas».

Porque maravillosas realmente, son las bellísimas y variadas irisaciones que continuamente se producen y reproducen allí.

Y hasta se dice que en una de las galerías que pueden visitarse, se ve la figura del príncipe Huacari en actitud arrogante, como diciendo: «Antes morir que rendir vergonzoso vasallaje.»

El indio loco

Cierto día, durante la conquista de América, los hombres que habían salido en descubierta regresaron al campamento español con varios prisioneros.

Eran indios charrúas, de mirada hosta y con la melena caída sobre el rostro. Entre ellos, sin embargo, había uno más alto que sus compañeros, que andaba con una altivez poco frecuente en un indio y tenía un porte especialmente distinguido.

—Desde luego ése no es un charrúa —comentó un soldado del campamento.

Y razón tenía, ya que nadie había visto jamás en uno de esos indios aquella tez tan blanca, unos ojos de azul tan intenso y unos cabellos tan rubios.

Efectivamente, el charrúa era hombre de pómulos prominentes, de piel olivácea, cabellos negros y ojos oscuros, que miraban torpemente.

¿De dónde procedía, pues, aquel indio de mirar inteligente? Nadie supo contestar a esta pregunta.

La incógnita fue aumentando en los días siguientes. Y no sólo al comprobar su físico no corriente, sino al observar sus reacciones totalmente distintas a las de sus compañeros de cautiverio En efecto, mientras éstos permanecían agrupados en actitud pasiva, como en letargo, a él se le veía siempre solo, deambulando por el campamento sin rumbo.

A la resignación sin alma, a la pasividad animal que los españoles estaban acostumbrados a ver en el indio que caía prisionero, desmentía éste con síntomas inequívocos de una delicada vida interior atormentada, de un espíritu que sufre.

Tanto de día como de noche se le podía ver en los lugares más apartados. Nadie le privaba la libertad en sus movimientos. Así lo había dispuesto don Gonzalo de Orgaz, jefe del campamento. Pero no sin las protestas de muchos, incluso de su misma mujer.

—Los indios son peligrosos, malignos por naturaleza –decía.

Aquel extraño charrúa llegó a preocupar seriamente a muchos, porque le creían demente y de ahí le quedó el apodo de «el indio loco». Otros, en cambio, recelaban cualquier estratagema.

—Quizá sea algún jefe o santón –añadían– y lleve en la cabeza proyectos para un asalto de sus hermanos de raza al campamento.

También Blanca, la hermosa hija de don Gonzalo, al verle llegar maniatado entre los otros charrúas observó en él una extraña turbación. Y ya después, siempre que se cruzaba con él, veía aparecer en sus ojos aquella mirada turbadora.

A Blanca le preocupaba igualmente «el indio loco». Pero no como a los demás, sino que le atraía su dolor. Veía en él al hombre, no al salvaje ni al loco, y se sentía atraída por su aspecto noble y delicado.

La joven quiso hablarle varias veces. Decirle que le apreciaba, que no le era indiferente, que no compartía el recelo de los demás.

Y un día los dos se encontraron frente a frente. El indio quiso apresurar su paso al verla, pero ella tuvo tiempo de decirle:

—¿Por qué huyes de mí? ¿Acaso te doy miedo?

El indio se detuvo. Y aunque al pronto permaneció cabizbajo, no tardó en alzar la cabeza para mirar a la joven fijamente a los ojos.

La conversación entre ambos duró largo rato. Y así Blanca supo que él se llamaba Tabaré y que era hijo de una cautiva española y de un cacique charrúa.

Blanca comprendió entonces el drama de aquel corazón inclinado a odiar a los que reconocía en gran parte como suyos; de aquella alma requerida por el apremio contrario de dos sangres.

—¡Pobre Tabaré! –dijo la joven, acariciando dulcemente las manos finas, alargadas del indio.

A partir de aquel día, Blanca y Tabaré empezaron a verse a menudo. Y como algunos vieran que el «indio loco» solía rondar de noche la casa de don Gonzalo, decidieron intervenir antes de que fuera, según decían, demasiado tarde.

Y una noche, cuando Tabaré deambulaba tranquilamente por el campamento, se vio de pronto rodeado de varios soldados armados. El indio no se alteró lo más mínimo. Pero al ver que uno de ellos apenas le rozó el pecho con la punta de su lanza, dio un salto de tigre, se la arrebató de las manos rápidamente, y después de hacerla trizas la arrojó el suelo.

Aquellos hombres no necesitaron más. Como ya tenían un motivo, una prueba que llevar a don Gonzalo, le pidieron al jefe:

—¡Echad al «indio loco» de aquí! ¡No lo queremos entre nosotros!

La esposa de don Gonzalo habló también exaltada.

—¡Ya ha mostrado lo que es! –dijo–: Un enemigo, un salvaje temible. No estaremos seguros mientras él permanezca en el campamento. ¡Échale de aquí!

Al final, don Gonzalo accedió. Y Tabaré cruzó la empalizada para quedar en libertad. Pero lo hizo con el mismo mutismo, con idéntica expresión hermética y concentrada que cuando llegó prisionero.

Tan sólo se iluminaron sus ojos al ver a Blanca, que hacía desesperados esfuerzos para no llorar...

Pasaron unos días. Pero una noche oscura como boca de lobo, los indios charrúas asaltaron el campamento español con intención de liberar a sus compañeros que estaban prisioneros. No fue fácil rechazar a los atacantes, y al final de la lucha quedaron bastantes muertos y heridos junto a la empalizada.

Cuando ya don Gonzalo empezaba a dar órdenes para reparar los daños causados en la refriega, su mujer llegó llorando a darle una terrible noticia.

—¡Nuestra hija Blanca ha sido raptada! –exclamó a voz en grito.

—Ha sido el «indio loco» –dijo uno.

Y todos pensaron lo mismo. Sobrecogía la cólera de don Gonzalo. Y es que no se conocían arrebatos de esta naturaleza en persona tan serena, ponderada y grave.

Todos los hombres del campamento se agruparon a su alrededor, fieles, unidos al jefe. Ni uno de ellos dejó de ofrecerse para ir a rescatar a Blanca.

Y rechinando los dientes, mientras empuñaba la espada, habló don Gonzalo de esta manera:

—¡Juro que a quien salve a mi hija le daré mi vida, si es preciso y mi blasón de hidalgo! Y ahora vamos. Todavía estamos a tiempo. Corramos a salvarla.

Mientras esto ocurría en el campamento español, el joven Yamandú, poderoso cabecilla charrúa, caminaba ligero por la selva llevando sobre los hombros una carga delicada: la hermosa y desfallecida Blanca.

Al entrar en el campamento castellano, desafiando el fuego de los arcabuces y de la madera en llamas, Yamandú entrevió entre el humo a la joven. No lo pensó mucho. Se abalanzó sobre ella y para él la lucha terminó tan pronto como la tuvo desmayada en sus brazos. Desde entonces llevaba horas con ella a cuestas.

Anochecía cuando la dejó en el suelo, sobre la yerba. El indio se inclinó hacia la española. Fijó sus ojos cargados de deseo en el pecho palpitante de la joven. Ella estaba como paralizada de terror al sentir tan próximo aquel rostro inmundo y pintarrajeado, al notar tan cerca el aliento del salvaje, su jadeo...

De pronto unas ramas se movieron a sus espaldas y se oyó un grito ahogado. Luego dos cuerpos cayeron al suelo, sobre la hojarasca. La lucha duró un segundo tan sólo. Después se hizo un silencio absoluto.

Blanca, aterrorizada, sólo oía el rumor de las hojas al viento. Y cerca, muy cerca, la respiración entrecortada de un hombre que conocía muy bien: ¡era Tabaré!

—¡Oh, gracias a Dios por haberme salvado! –exclamó la joven abrazando con fuerza al indio.

Don Gonzalo, entretanto, estaba desesperado al ver que, tras una intensa búsqueda por la selva, no habían encontrado ni rastro de su hija Blanca. La situación en el campamento era muy tensa. Y ya se temía lo peor, cuando alguien gritó:

—¡El «indio loco»! Mirad, viene por el bosque.

—¿Cómo dices? –preguntó don Gonzalo, sin dar crédito a lo que oía.

Y reaccionando con presteza de poseso, con la espada desenvainada se precipitó a la puerta y desapareció rápidamente entre los árboles de la vecina selva.

Los otros hombres salieron corriendo tras su jefe; pero cuando llegaron junto a él, encontraron ya a Tabaré de bruces sobre el suelo, muerto. Don Gonzalo le había atravesado con su espada.

—¿Qué has hecho, padre? Pero, ¿qué has hecho? –apostrofaba Blanca con gritos frenéticos a su progenitor.

Pero éste parecía no oírla. Con la espada todavía tinta en sangre, había quedado inmóvil, junto al cadáver del infeliz Tabaré.

No tardó en saberse que «el indio loco» había salvado a Blanca de las garras de Yamandú. Y que luego, con un respeto y una delicadeza exquisitos, tratando de evitarle toda clase de molestias, la había llevado hasta el campamento para ponerla de nuevo bajo la custodia de sus padres.

La hermosa Blanca no tardó en morir, sin que nunca perdonara a su padre el error cometido con su amado Tabaré.

OCEANÍA

El Cielo y la Tierra

El Universo empezó por un caos del que salieron sucesivamente la luz, el calor y la humedad; y, finalmente, el Cielo y la Tierra. El primer ser superior era una divinidad macho, llamado Rangi; el segundo, una divinidad hembra, Papa, que quiere decir madre.

También se dice que la diosa celeste Taaroa abrazó a una roca, fundamento de todas las cosas, que a causa de ello produjo la tierra y el mar.

En las tinieblas primitivas, Taaroa existía en un huevo, del que salió después. Del caos salieron, mediante evolución gradual, el movimiento y el sonido, la luz creciente, el calor y la humedad, la materia y la forma y, finalmente, el Cielo padre y la Tierra madre, padres de los dioses, de los hombres y de la naturaleza toda.

Respecto a Rangi y Papa (el Cielo y la Tierra), decíase sobre ellos que en un principio estaban unidos. Pero de tal forma enlazados que sus seis hijos vivían en profunda oscuridad.

Cinco de ellos, hartos de aquella noche eterna, decidieron matarlos. El sexto se negó. De los rebeldes, cuatro trataron de conseguir su propósito, pero fracasaron en su intento.

El quinto, Tenemahuta, padre de bosques, pájaros e insectos, tuvo más suerte y al fin consiguió separarlos. En cuanto al sexto de los hermanos, que era el dios de los vientos y tempestades, prefirió quedarse con su padre. Los otros se repartieron la tierra y el océano.

El dios de los vientos, dispuesto a vengar a sus padres, puso en fuga a cuatro de sus hermanos, pero no pude vencer al quinto. Ése era Tumatauenga, el padre de los hombres.

Pero la lucha, que fue feroz, tuvo como consecuencia la desaparición de gran parte de la tierra bajo las olas del mar.

Se asegura igualmente que el Sol y la Luna eran hijos de Rangi, y que los dioses Vatea y Tangaroa se disputaron al primogénito de los hijos de Papa, pretendiendo cada uno que él era su padre.

Tras mucho reñir, acabaron por entenderse haciendo que Papa cortase al niño en dos. Vatea lanzó al cielo la parte que le pertenecía, que fue el Sol. Tangaroa esperó que la suya se descompusiera para hacer lo mismo. Así se explica la palidez de la Luna.

Otros afirman que el Sol y la Luna son como marido y mujer. Primeramente habitaban en la Tierra, en alguna parte lejana allá al Este; pero luego el Sol se marchó al Cielo, ordenando a la Luna que le siguiese.

En cuanto a la noche, no existió siempre, sino que un demiurgo llamado Kat se la trajo a los hombres, a los que creó.

Cuando Kat hubo creado a los hombres, a los cerdos, a los árboles y a las rocas, el día era interminable. Entonces sus hermanos le dijeron:

—¡Esto es muy aburrido y desagradable, Kat! Mira de arreglarlo.

Entonces Kat cogió un cerdo y se fue a cambiarlo por un poco de noche a la Noche, que vivía en otro país. La Noche ennegreció las cejas de Kat, le enseñó a dormir e incluso a hacer la Aurora. Al volver Kat junto a sus hermanos trajo un gallo y otros pájaros para que anunciasen el día. Una vez con ellos, les dijo:

—Preparad camas con hojas de cocotero.

Hecho esto, vieron por primera vez descender el Sol hacia el Oeste y, alarmados, gritaron a Kat.

—¡Mira, hermano, el Sol se va!

A lo que Kat replicó:

—Sí, pronto va a desaparecer. En cuanto veáis un cambio en la faz de la Tierra, ello será la Noche.

Entonces hizo venir la Noche. Y sus hermanos gritaron asustados:

—¿Qué es eso que llega del Mar y cubre el Cielo?

—La Noche –les respondió Kat–. Sentaos a los lados de la casa y cuando sintáis algo en los ojos, acostaos y permaneced tranquilos.

Era ya oscuro y los ojos de los hermanos de Kat empezaron a cerrarse. Al pronto sintieron miedo, pero Kat los tranquilizó y al final empezaron todos a roncar.

Cuando la noche hubo durado bastante, el gallo empezó a cantar y los pájaros a gorjear. Entonces Kat cogió un pedazo de obsidiana roja y cortó la noche.

Y la luz, sobre la que la noche se había extendido, brilló de nuevo, y los hermanos de Kat despertaron.

El sacrificio de Puna

Hace muchos años vivía en Moorea, la isla vecina a Tahití, una muchacha tan reputada por su belleza como por su altivez y virtud. El rey de Tahití, muy anterior a la dinastía de los Pomaré, envió emisarios con ricos presentes a la hermosa joven.

Mas ni el rango del egregio pretendiente ni la calidad de los regalos lograron conmover a la muchacha, y el monarca ultrajado juró venganza.

Y llegó un día en que Puna, la belleza de Moorea, tuvo que ir a Tahití. El rey, informado por su servicio secreto, le tendió una celada y la hizo prisionera al desembarcar en el sitio que todavía hoy se llama «Taapuna».

La justicia polinésica era en aquellos tiempos cruel y expeditiva, y la desventurada Puna fue atada a un árbol al borde de un torrente que lleva el nombre de «Punariu» (Puna ligada).

Puna fue condenada a ser quemada y el lugar donde el terrible sacrificio tuvo lugar se llamó «Puna aula», es decir, «Puna asada».

—Poco después empezaron a reinar en Tahití los Pomaré. Y se cuenta que el primero de su dinastía, al luchar con los reyezuelos que reinaban en los distritos, sostuvo serias batallas.

Durante un asedio nocturno, mientras el silencio se extendía sobre las aguas del «lagoon», el futuro monarca no pudo contener unos fuertes ataques de tos que le acometía. Aquella tos lo delató y fue atacado, pero ganó la batalla.

Los vencidos ignoraban el nombre del vencedor y le llamaron «Tané te pomaré», el «hombre que tose de noche».

Pomaré V, el último rey de Tahití, era muy dado a la bebida y especialmente al Benedictine, del cual hacía, según parece, largo y excesivo uso.

Por eso, al morir, sus descendientes pensaron que nada podía ser más grato a los manes del difunto que perpetuar el recuerdo de su predilección. Y hoy, el mausoleo de Pomaré V ostenta, a guisa de cúpula, una monumental botella de Benedictine hecha de cemento y yeso.

El nacimiento del arroz

Cuéntase que cierto día, el dios Siva de Java creó una mujer que excedía a todas en hermosura. La quiso hacer su esposa y, aunque ella se resistía al principio, se vio al fin obligada a acceder más que nada por los ruegos de todos los dioses.

Sin embargo, pidió una condición a Siva.

—Quiero –le dijo– que me proporcionéis un alimento que nunca llegue a cansarme.

El dios puso entonces en juego los mayores recursos para alcanzar lo que la hermosa mujer exigía. Y sin pérdida de tiempo envió emisarios a las cuatro partes del mundo con la orden de recoger los más sabrosos y exquisitos manjares.

No obstante, todo fue en vano. Por más frutos que le llevaron a la bella mujer no se daba nunca por satisfecha. Con el correr de los días se la veía desmejorar, quedarse demacrada y sin fuerzas.

Y tanto necesitaba el alimento imposible de hallar, que al fin murió de inanición.

El dios Siva la hizo enterrar con grandes pompas y ordenó celebrar solemnes funerales.

Pero justamente a los cuarenta días de haber sido sepultada aquella hermosa mujer, sobre la tumba surgió una linda y exótica planta que jamás nadie había visto: era el arroz.

Siva hizo sembrar su semilla y con la cosecha obtenida de ella comieron luego todos los dioses.

—Es un alimento muy grato —comentaron las divinidades.

Y entonces decidieron revelarlo a los hombres. A partir de esta fecha, el arroz les fue tan eficaz que siempre ya se han alimentado de él, sin cansancio, principalmente en Extremo Oriente y Oceanía.

Las dos mujeres

Érase un hombre que, al principio, sólo poseía una mujer, que sus padres habían escogido para él. Y cuando él quiso casarse con otra, que era bella e inteligente, le dijo su madre:

—No te cases con dos mujeres. ¡Eso te acarreará preocupaciones!

Entonces le respondió el hijo:

—No sois vosotros quienes tenéis que elegirla. Si luego no me va bien, la despido y en paz.

A partir de aquel momento, hizo que ambas esposas vivieran juntas en una misma casa. Una de ellas era mayor que la otra. Entonces la más joven pensó:

—Haré que mi compañera le resulte antipática a mi marido.

Para ello cogió un puñado de sal y lo echó a la comida que había preparado su compañera. Al probarla preguntó el esposo:

—¿Por qué está la comida tan salada? ¿Quién de vosotras la ha preparado?

La mujer que había hecho la comida respondió:

—Yo no le puse tanta sal.

A lo que el marido repuso:

—Vosotras, malditas mujeres, siempre encontráis excusas para todo.

A la mañana siguiente, cuando la esposa joven preparaba la comida, pensó la de más edad:

—¡Ahora verás lo que te hago yo a ti!

Cogió dos puñados de pimienta y la añadió a la comida que su coesposa había preparado. Entonces preguntó el marido:

—¿Por qué está tan picante la comida? ¿Quién de vosotras dos la ha preparado?

—¿Quién va a ser sino yo? –respondió la mujer joven–. Pero no te enfades, pues yo no puse tanta cantidad de pimienta.

El enfadado marido replicó:

—Contigo y con tu compañera sucede siempre lo mismo. Conocéis realmente las respuestas propias de las cocineras.

Todas estas cosas hacían que estuvieran siempre enfadadas una con otra. La más vieja pensó en echar maldiciones sobre las plantas de arroz que cultivaba la joven. Y no conforme con eso golpeó las plantas de arroz con una rama de bambú y aquéllas perdieron su fuerza vital.

Luego, cuando fue la otra esposa y vio los tallos de arroz totalmente destrozados, dijo para sus adentros:

—Esa vieja me ha perjudicado. Es una sinvergüenza. ¡Pero ahora verás lo que voy a hacerte yo a ti!

Y rápidamente se dirigió hacia la palmera burí de su compañera y la maldijo. Al día siguiente, cuando la otra mujer vio que ya no podía extraer sagú de su burí, dijo:

—Se ha vengado por lo que le hice a sus plantas de arroz. ¡Ojalá no las hubiera golpeado con la rama de bambú!

Y la mujer de más edad se arrepintió de lo que había hecho. Pero el marido dijo entonces:

—Esto no puede continuar, pues estoy arruinado por culpa de las malditas mujeres. ¡Ojalá no me hubiera casado dos veces!

Y a la mañana siguiente despidió a su mujer más joven.

Ésta regresó a la casa de sus padres y el marido se quedó con la mujer que le habían elegido sus propios padres. Por ello decía la gente del pueblo:

—No resulta buena cosa casarse con dos mujeres, por más que la segunda sea muy bonita.

Los dos hermanos

Heneitekakara era una mujer muy hermosa. Ni en Australia ni en ninguna de las islas de los alrededores había otra que se le pudiera comparar siquiera. Su marido era Waihuka.

El hermano mayor de éste, llamado Tuteamoamo, tuvo envidia y pensó darle muerte.

Un día, Tuteamoamo invitó a su hermano a ir con él a pescar. Pero al ver que la piedra que servía de ancla no volvía a subir, el hermano mayor dijo al menor:

—Anda, zambúllete y mira a ver qué es lo que ocurre.

Cuando Waihuka ya se había perdido de vista bajo el agua, Tuteamoamo cortó la cuerda y se alejó en la barca de vela.

Los gritos y las súplicas de su hermano, al salir a la superficie, no lograron conmoverle, y riendo burlonamente le arrojó las cosas que había en la barca y le pertenecían, diciendo:

—Toma, utiliza esto como embarcación.

Waihuka iba nadando y nadie oía sus llamadas ni sus gritos pidiendo socorro. Por último, la ballena, su antepasada, le cogió, lo puso sobre su espalda y lo llevó a la orilla.

Cuando el hermano mayor llegó a tierra, le preguntó la hermosa Heneitekakara:

—¿Dónde está mi marido?

—En otra barca –respondió Tuteamoamo.

Pero la mujer, ante la tardanza, empezó a inquietarse y entristecerse. Pensó que su esposo había muerto. Al atardecer vino el cuñado a su puerta y gritó:

—¡Oye, Heneitekakara, abre la puerta!

—¡Oh, déjame llorar! –respondió ella–. Déjame expresar mis querellas a causa de tu hermano más joven, Waihuka.

Mientras tanto, cavó un hoyo para escapar por debajo de la pared de la cabaña. Luego llegó felizmente a la playa, donde pensaba encontrar el cadáver de su marido. Preguntó a las aves, a los peces del mar, pero nadie supo darle noticias de Waihuka, hasta que llegó al lugar donde estaba la ballena, la cual le indicó dónde estaba su esposo.

—Volvamos a casa –dijo el hombre después de abrazar a su mujer.

Fueron a ella sigilosamente para que el pérfido hermano no pudiera oírles. Waihuka se peinó el cabello y lo adornó con plumas, como si fuera a partir para el combate. Luego cogió la mejor lanza que tenía, su maza, su cuchillo y le preguntó a su mujer:

—¿Tengo así buen aspecto?

—Sí, mucho –respondió ella–. Y si sabes blandir la lanza, tu hermano caerá muerto.

Al anochecer, cuando el aire empezaba a refrescar, acercóse Tuteamoamo a la puerta de la cabaña y dijo:

—¡Heneitekakara, abre! ¡Soy yo!

—Entra, Tuteamoamo –dijo la mujer.

Tuteamoamo entró en la casa, pero su hermano Waihuka saltó entonces hacia adelante y lo atravesó con la lanza.

ÍNDICE

PERSIA

La creación del mundo	9
El origen del fuego	11
El arte de la escritura	15

INDIA

La Trimurti	19
El nacimiento de Buda	21
El Ramayana	28
El Mahabarata	38

CHINA

El ordenador del mundo	41
El arroz	43
El Día y la Noche	45

JAPÓN

La creación del mundo	49
Origen de la dinastía imperial japonesa	52
La muerte del dragón	55

COREA Y TÍBET

La soberbia del árbol	59
Buda y la liebre	63

EGIPTO

El mito de Osiris	67
La historia del náufrago	71

CALDEA Y ASIRIA

La creación del mundo	75
La epopeya de Gilgamesh	77
El Diluvio Universal	81
Semíramis	84

FENICIA

La leyenda de Biblos	87

LA ANTIGUA GRECIA

Zeus o Júpiter	91
Dionisos o Baco	94
Apolo o Helios	98
Artemisa o Diana	101
Hera o Juno	102
Atenea o Minerva	104
Afrodita o Venus	106
Hermes o Mercurio	112
Hestia o Vesta	117
Poseidón o Neptuno	118
Ares o Marte	122
Deméter o Ceres	124
Hefaistos o Vulcano	128
Haides o Plutón	130

DIVINIDADES SECUNDARIAS

Los servidores de los dioses	133

Los amores de Selene y Endimión	135
El castigo de Prometeo	137
La caja de Pandora	140
El hermoso Narciso	142
Las aventuras del sátiro Pan	144
La enigmática esfinge de Tebas	146
Cupido y la hermosa Psique	148

HÉROES Y SEMIDIOSES

Los trabajos de Hércules	151
El héroe Teseo	164
El hilo de Ariadna	167
El fin de Teseo	169
Los Argonautas	168
Jasón y Medea	173

OTROS PERSONAJES FAMOSOS

Cadmo, fundador de Tebas	177
Las aventuras de Perseo	179
Perseo y Andrómeda	181
Los hermanos Cástor y Pólux	183
Agamenón y la venganza de Orestes	184
Las desgracias de Edipo	188
El talón de Aquiles	191
La estratagema de Ulises en Troya	193
La tela de Penélope	195

LEYENDAS POPULARES GRIEGAS

La historia del género humano	199
El hermoso Hermafrodita	200
La bajada de Orfeo a los Infiernos	201
El audaz vuelo de Ícaro	203
El suplicio de Tántalo	205
El toro y el rapto de Europa	207
Las orejas de burro del rey Midas	209
El juicio de Paris	212
El rapto de Helena	214
La estatua de Pigmalión	218
La fundación de Síbaris	220
Los amantes Píramo y Tisbe	222

ROMA

Dido y Eneas	225
Rómulo y Remo	228
El rapto de las sabinas	230
Acca Larentia, «la loba»	233

ESCANDINAVIA

El dios Odín o Wotan	235
La mansión de los dioses	238
La muerte de Balder	241
El martirio de Thor	243
El ocaso de los dioses	248
El rey que vino del mar	250

ALEMANIA

El oro del Rhin	253
La Walkiria	256
Sigfrido	260
La muerte de Sigfrido o el crepúsculo de los dioses	264

El doctor Fausto	268
Tannhauser	269
Parsifal	270
Lohengrin	275
El buque fantasma	279

INGLATERRA

El rey Arturo	285
El caballero Lanzarote	288
Tristán e Isolda	291

FRANCIA

El cantar de Roldán	301
Las aventuras del joven Huon	307

ITALIA

La madre del vino	311
Romeo y Julieta	313
La huida a Egipto	319

ESPAÑA

La venganza de Don Julián	323
Los siete infantes de Lara	325
L'era d'Escorca	330
La campana de Huesca	331
El Cristo de la Vega	335

PAÍSES ESLAVOS

El origen del hombre	341
El Kalevala finlandés	341
La guzla de Sadko	344

ARABIA

El padre del islamismo	349
Aladino y la lámpara maravillosa	350
Simbad el Marino	355
Mahoma, el profeta de Alá	362

ÁFRICA

El dios de la muerte	365
El rey de los watusi	366
Las mujeres infieles	367

AMÉRICA

La mujer que fue lanzada por la borda	369
El oso enamorado	371
Michambó, el creador del mundo	373
Las flores del lago Oaxaca	373
El origen de la Luna	377
El dios Bechica de los Chibchas	379
La princesa Guatavita	382
La flor y el colibrí	385
La monja alférez	386
Los trece de la fama	388
Los loros disfrazados	391
El origen de la luz	392
El gusano Isondú	395
El paso de la cruz	396
Las vacas del mar	398
La gruta de las maravillas	399
El indio loco	400

OCEANÍA

El Cielo y la Tierra	405
El sacrificio de Puna	407
El nacimiento del arroz	408
Las dos mujeres	409
Los dos hermanos	411

Las mejores leyendas mitológicas
se terminó de imprimir en
los Talleres Balmes en
el mes de octubre
de 1999.